ALFRED BILLET

Comédies

IMPRIMERIE ÉD. CRÉTÉ

COMÉDIES

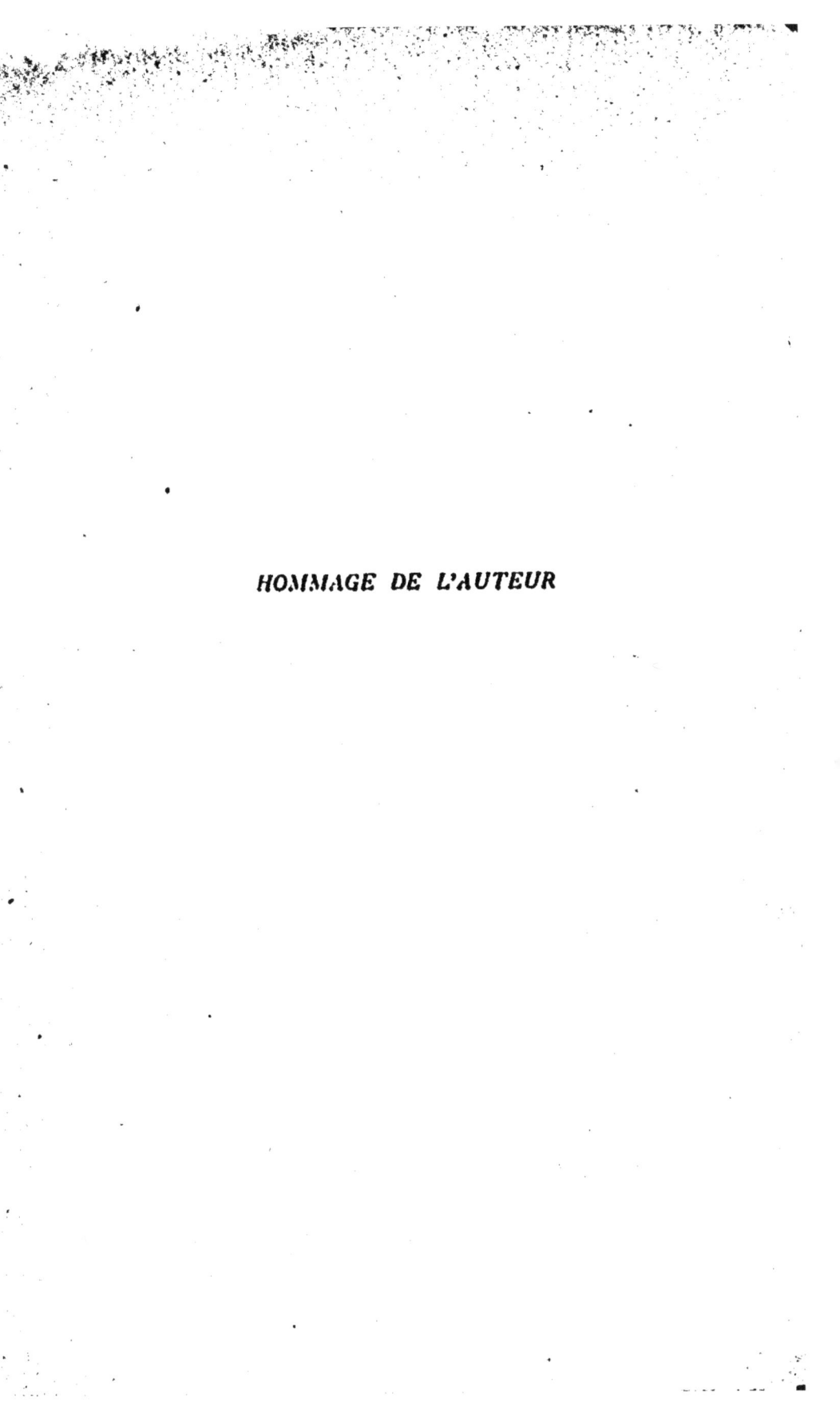

HOMMAGE DE L'AUTEUR

ALFRED BILLET

COMÉDIES

IMPRIMERIE ÉD. CRÉTÉ

PRÉAMBULE

Je ne me donnerai pas le ridicule de faire le modeste en me faisant imprimer.

Le jour où j'entrerai à l'Académie, après avoir sollicité les suffrages de mes collègues, leur avoir exhibé tous mes titres et démontré tous mes droits à partager leur immortalité momentanée, je ne leur débiterai pas la flagornerie traditionnelle : « Messieurs, *non sum dignus !* »

Le jour où j'arborerai des décorations, ce qui équivaudra à écrire sur mon chapeau : « Je suis d'un mérite supérieur », je ne me croirai pas obligé de pousser des « oh! », des « ah! », des « de grâce! » au premier compliment qu'on m'adressera.

Malgré leur solennité, les préfaces de Victor Hugo m'amusent. Je le trouve enfantin de s'y dire si petit tout en donnant à entendre qu'il est colossal. La dernière antithèse qu'il nous a servie est son testament où il dit : « Je veux le corbillard des pauvres », et « Je donne mon corps à la France. »

Pourquoi n'écrirais-je pas des pièces de théâtre tout comme un autre? Parce que ce n'est pas mon métier?

1

La belle raison! Aujourd'hui il n'y a plus de privilèges. Tout est à tous. Qui est-ce qui ne sait pas écrire, ne sait pas peindre, sculpter, composer? Jadis, il fallait pour tout cela un certain apprentissage; mais, vive la République! en arts comme en tout, nous sommes tous égaux. Il n'y a plus que les maîtres qui n'y entendent rien. C'est le règne de l'ignorance, de l'outrecuidance, de l'extravagance et du snobisme. — Sully-Prud'homme, Octave Feuillet, Gounod, poncifs, perruques!

Voulez-vous faire un livre qui sera admiré et compris? Prenez un dictionnaire, collectionnez les mots les plus inconnus et les plus biscornus, forgez-en vous-même, pourvu qu'ils soient baroques et qu'on ne puisse leur attribuer aucune signification quelconque, enfilez ces mots au hasard. C'est tout. — Pour les vers, il va sans dire qu'il n'y a plus ni mesure ni rythme, ni rimes, ni rien. Le nombre de pieds est illimité. Mais à quoi reconnaît-on que ce sont des vers? C'est écrit sur la couverture. On appelle cela des vers libres.

N'importe quel plumitif devient une puissance du jour où il écrit dans un journal tirant à quelques centaines de mille. Ce qu'il y écrit est bête, peu importe! C'est le nombre des lecteurs qui fait la valeur de l'argument. D'ailleurs, qui décidera si 2 et 2 font 4 ou 8? Et que voulez-vous prétendre contre cent mille imbéciles? La vérité est du côté de

ceux qui font le plus de bruit. La vérité c'est la force.
Le meilleur procédé pour être peintre de talent est
de casser des œufs sur une toile. Il y a, à toute expo-
sition des beaux-arts, une collection d'omelettes crues
ou cuites. Si vous restez stupéfait devant quelque
abominable barbouillage, vous êtes certain de trouver cent critiques pour porter cela aux nues en
débinant tout le reste, et vous n'êtes qu'un bourgeois.

Le type du genre est la célèbre « Olympia » du
non moins célèbre Manet. Quand cette toile a été
exposée, pour la première fois, on a cru à une
gageure : tout le monde riait en se tapant les cuisses.
Aujourd'hui, c'est un chef-d'œuvre classique qui
trône au Luxembourg. Si mon fils s'était permis cette
plaisanterie, à l'âge de cinq ans, je lui aurais de bon
cœur administré une fessée pour lui apprendre à se
moquer du monde.

Gardez-vous d'avouer votre sympathie pour une
œuvre où quelque véritable artiste aura mis toute
sa science, toute sa conscience, sans couper la queue
d'aucun chien. Un snob vous dirait : « Vous en êtes
là ? » Et il se tordrait.

La critique transcendante se pâme d'admiration
devant tel torse de Rodin que j'avais pris, quant à
moi, pour un sac de betteraves. Elle tombe en extase
en contemplant un énorme moule de plâtre, dont on
ne voit que l'extérieur. C'est la fameuse statue de

Balzac qui est là-dedans, à ce qu'il paraît. Pourquoi ne la sort-on pas?

On connaît la mésaventure d'un de nos bons snobs applaudissant avec conviction un morceau de piano joué dans une salle voisine. C'était le domestique qui essuyait le clavier de l'instrument!

Il en est de la danse des snobs comme de la poésie. La valse avait une mesure, une cadence qu'il fallait observer. Les couples décrivaient des courbes régulières et prévues. Il fallait savoir valser. Aujourd'hui, on « bostonne » : le boston est le vers libre de la danse. Liberté complète! On va, on vient, on se cogne comme font les petits bonshommes sur une plaque tremblante. Cette gymnastique nous est venue de la libre Amérique. La cadence, la mesure, une direction dans un sens quelconque! Allons! Un Américain n'est pas un esclave! Mais qu'est-il besoin d'un orchestre pour cette « ballade » incohérente? Et pourquoi lui joue-t-on des valses plutôt que le *Clair de la lune* ou une marche funèbre?

Pourquoi le hideux ne triompherait-il que dans les arts? Pourquoi pas dans la nature? Pourquoi toutes les femmes ne seraient-elles pas également laides? Dans l'ancien système, une femme, avant de concourir pour le prix de beauté, devait commencer par posséder quelques attributs principaux : une tête, des bras, des jambes, une poitrine, un ventre et le reste. On vient de simplifier ce programme. Le ventre est supprimé, en attendant mieux. Le ventre de la femme était une erreur, un lapsus du créateur. A bas le ventre ! ont décrété les prospectus des couturiers. *Fiat lux !* Le ventre s'est évanoui comme par enchantement.

A vrai dire, il ne s'est pas précisément volatilisé. Il n'a fait que changer de place. Il a passé à l'arrière-garde. Pour parler sans métaphore, le séant, — qu'il ne l'est pas d'appeler par son nom, mais qu'il est de la dernière élégance de montrer le plus possible en le grossissant — a tout absorbé. Il a le monopole des honneurs. Il n'y a plus de place que pour lui. Il se pousse, se gonfle, se tend, se balance... Il ne lui manque qu'une nacelle.

La beauté est donc à la portée de tout le monde comme un simple mandat de député. Au pis aller, c'est l'affaire des deux ou trois oreillers qu'on fait saillir en se dévissant le buste et en le reportant à cinquante centimètres en avant, — moyennant quoi la vue d'une femme est devenue un merveilleux remède contre l'amour.

Ces progrès constatés, puisque la science consiste à tout ignorer, le talent à n'en pas avoir, j'entends jouir pour ma part des bienfaits de la révolution et je me fais imprimer.

Toutefois, je ne pousserai pas la prétention jusqu'à essayer de me faire représenter. — Nul n'ignore qu'il est plus difficile de faire lire par un directeur de

théâtre une pièce, même mauvaise, que de l'écrire.
D'ailleurs, je n'ai aucune aptitude pour le métier de
solliciteur, aucun goût pour les antichambres.

J'ai écrit ces comédies — et d'autres fantaisies —
pour faire diversion à mes occupations et préoccupa-
tions professionnelles, pour me dégourdir le cerveau
comme on fait de l'escrime et du bilboquet pour se
dégourdir les membres. Il y a un nombre d'années
respectable, — hélas! trop! — qu'elles dorment dans
mes tiroirs. Si je les en sors aujourd'hui pour les réunir
en un volume tiré à quelques exemplaires, c"est tout
simplement parce que je crois le moment venu de
mettre mes papiers en ordre.

Paris, 9 mai 1901.

L'AGONIE

PIÈCE EN CINQ ACTES

PERSONNAGES

PHILIPPE LA GARDE, industriel.
ÉLIE MÉHUSSE, banquier.
SAUDEMONT, industriel.
DUTRÈFLE, spéculateur.
LE COMMANDANT FERDINAND PARENT.
MARTIN, comptable.
LE GÉNÉRAL.
MARIUS POULARD, commis voyageur.
GAUTIER, courtier.
BARON DE COURCOME.
CASIMIR, avocat.
SOSTHÈNES.
SERVAIS, créancier.
MUGUET, créancier.
DE LOUVIGNE, banquier.
ROBIN, secrétaire de MÉHUSSE.
LEFEBVRE, domestique.
CHRÉTIEN, domestique.
Un garçon de bureau.
CAROLINE DE TOLCY.
ANTOINETTE.
LA CHANOINESSE.
LUCY DUTRÈFLE.
Deux enfants.

La scène se passe en province.

L'AGONIE

PIÈCE EN CINQ ACTES

ACTE I

—

Cabinet de travail. Cartonniers, bibliothèque, secrétaire, etc. Portes
à droite et à gauche. Çà et là quelques instruments de laboratoire.

SCÈNE PREMIÈRE

PHILIPPE, MARTIN et, par intervalles,
LE PETIT COMMIS.

*Au lever du rideau, Philippe va et vient sur le théâtre
et paraît plongé dans de profondes réflexions; il a le
ruban rouge. Martin entre et lui remet une carte.*

PHILIPPE.

Qu'est-ce que c'est?

MARTIN.

Un marchand de... je ne sais pas quoi.

PHILIPPE.

Je n'en ai pas besoin. (*Martin va pour sortir.*) Eh bien!
et cet inventaire?

MARTIN.

C'est terminé.

PHILIPPE.

Et... le résultat?

MARTIN.

Je vais vous l'apporter. (*Il sort par le fond.*)

PHILIPPE, *seul.*

Hum!... Il ne paraît pas plus pressé de me l'apporter que moi d'aller le chercher, le résultat de mon inventaire! Je suis comme un criminel qui attend son arrêt! Il semble que j'ai commis un crime! Qu'ai-je fait? J'ai travaillé! Le jour de l'inventaire devrait être un jour de joie, de récompense... et... je n'ose pas regarder mes livres!

MARTIN, *montrant un papier.*

Voici...

PHILIPPE, *après avoir jeté les yeux sur le papier, à part.*

Allons! Il faut regarder le spectre en face. (*Haut.*) Qu'est-ce que vous pensez de ma situation, vous, Martin?

MARTIN.

Moi? De votre situation?

PHILIPPE.

Oui, vous. Parlez!

MARTIN.

Ma foi, monsieur, elle commence à devenir difficile... Les six mois de guerre pendant lesquels vous avez dû abandonner vos affaires pour faire votre devoir militaire, la désorganisation de votre personnel, la baisse et la mévente des produits, les débiteurs devenus insolvables... Ajoutez-y les dépenses de réparation et d'amélioration que vous avez dû faire... il vous a fallu recourir au crédit de Méhusse, et depuis... les grosses sommes que vous payez chaque année en intérêts, commissions, etc.

PHILIPPE.

Eh bien! alors... quoi?

MARTIN.

Le plus fâcheux, c'est que vous ne pouvez plus enrayer aujourd'hui.

PHILIPPE.

Parbleu! Le jour où je cesserais de remettre des valeurs à Méhusse, il exigerait le remboursement et...

MARTIN.

Évidemment. Et ce qui reste de votre capital est entièrement immobilisé dans l'usine.

PHILIPPE.

Ainsi, je suis condamné au travail forcé à perpétuité!

MARTIN.

Marcher avec l'argent du banquier, voyez-vous, c'est marcher avec une corde au cou qui vous traîne au précipice, et si l'on veut s'arrêter un seul instant... crac!

PHILIPPE.

Eh bien! soit, j'aime mieux en finir tout de suite.

MARTIN.

C'est la ruine, monsieur!

PHILIPPE.

C'est la ruine pour moi, tandis que, si j'attends, ce sera la ruine pour les autres! Je marche à la faillite.

MARTIN.

C'est que...

PHILIPPE.

Quoi?

MARTIN.

Il est peut-être un peu tard déjà...

PHILIPPE.

Comment!... (*Montrant le papier.*) Mon inventaire accuse encore un excédent d'actif.

MARTIN.

Oui, en comptant l'usine pour ce qu'elle vous a coûté.

PHILIPPE.

Tandis que si je la mettais en vente, j'en retrouverais le prix de la ferraille!

LE PETIT COMMIS, *présentant une carte.*

C'est un marchand de graisse à piston.

PHILIPPE.

Qu'il aille au diable! (*Le petit commis disparaît. — D'une voix étranglée.*) Alors, je suis... en dessous de mes affaires?

MARTIN.

Une liquidation vous y mettrait.

PHILIPPE, *à part.*

Ce serait la faillite!... immédiate. Pauvre sœur! Pauvre grand-père!... Et mon mariage!... Mais, si je tombais maintenant, j'aurais l'air d'avoir voulu voler cette femme!... Elle-même le croirait!... Que faire?... (*Haut.*) Qu'est-ce que vous me conseillez? Faut-il liquider?

MARTIN.

Jamais de la vie! J'ai été comptable dans des maisons aujourd'hui riches et considérées qui ont été plus bas que vous. Ne tombez pas! Ne tombez jamais! Si vous saviez ce que c'est qu'un homme à terre!

PHILIPPE.

Vous le savez, vous?

MARTIN.

Oui. Personne ne vous connaît plus. Et la misère, monsieur, la misère! quand on n'y est pas habitué!

PHILIPPE.

Se relever... comment?

MARTIN.

Ah!... il faut jouer son crédit!

PHILIPPE.

Jouer l'argent des autres?

MARTIN.

Dame!... Ce sont les affaires. Une bonne chance peut
vous relever.

PHILIPPE.

C'est mettre sur le tapis de la fausse monnaie.

MARTIN,

Mais, vous avez encore votre invention.

PHILIPPE, *d'un geste de découragement.*

Ah! mon invention!

MARTIN.

Voyez-vous, pour les inventions, c'est comme pour la
décoration et la députation, il faut savoir se remuer.
Quand on veut s'élever, il ne faut pas être fier.

PHILIPPE, *prenant une grande enveloppe sur son bureau.*

La voilà, mon invention! Voilà mon mémoire qui
m'est renvoyé avec cette annotation : « Rien à faire
tant que les Chambres n'auront pas modifié la loi. »

MARTIN.

Vous avez encore une autre planche de salut.

PHILIPPE.

Laquelle?

MARTIN.

Quand on est jeune, ingénieur, grand industriel
décoré, en plein crédit, en passe de devenir député...

PHILIPPE.

Eh bien?

MARTIN.

On peut faire un beau mariage.

PHILIPPE.

Un beau mariage?

MARTIN.

Mais, tout le monde dit que vous allez en faire un.

PHILIPPE.

Avec?

MARTIN.

Avec une jeune et jolie veuve... M™ de Tolcy.

PHILIPPE.

Et qu'est-ce que vous en dites, vous, de ce mariage?

MARTIN.

Mais je dis... naturellement, que c'est une affaire qui pourrait vous remettre à flot.

PHILIPPE.

Voilà ce que vous en dites... et qu'est-ce que vous en pensez?

MARTIN.

Comment?

PHILIPPE.

Vous en pensez que ce serait l'acte d'un fripon. Eh bien, je le pense aussi. Allez, Martin, c'est bien. (*Martin, avant de sortir, prend quelques papiers sur le bureau.*)

PHILIPPE, *à part.*

Ah! je voudrais être mort! Voyons, il faut rompre, d'abord. Mais sous quel prétexte? Exposer la situation? Pour qui me prendrait-elle? J'aurais l'air d'avoir essayé de la tromper,... de vouloir provoquer son désintéressement,... son dévouement,... son aide,... que sais-je?... (*Le petit commis entre et présente une carte. Philippe prend la carte.*) Marius Poulard? Le député? (*Allant à la porte.*) Veuillez entrer, monsieur.

MARTIN, *bas au commis.*

Il fallait prévenir M. La Garde que c'est un marchand de vin!

LE PETIT COMMIS.

Ce n'est pas le député?

MARTIN.

Non, c'est son frère. Je l'ai déjà renvoyé hier.

LE PETIT COMMIS.

Le frère d'un député, marchand de vin?

MARTIN.

Est-il bête! (*Ils sortent.*)

SCÈNE II

PHILIPPE, MARIUS POULARD.

MARIUS.

Excusez-moi de vous déranger, monsieur,... je...

PHILIPPE.

Comment donc, monsieur, je suis très honoré...

MARIUS.

Mais, vous tenez une lettre... Lisez, monsieur, je vous en prie.

PHILIPPE.

Ce n'est pas une lettre, c'est un mémoire,... tenez, sur une question dont vous allez avoir à vous occuper bientôt, l'impôt des boissons.

MARIUS.

En effet, monsieur, la question m'intéresse en ma qualité de représentant de...

PHILIPPE.

Oh! je sais... vous avez dû recevoir ce mémoire?

MARIUS.

Moi?

PHILIPPE.

Comme tous vos collègues. (*Il va prendre un flacon sur un meuble.*) Vous allez frapper l'alcool d'un droit exorbitant...

MARIUS.

Moi?

PHILIPPE.

La Chambre.

MARIUS.

Parfaitement.

PHILIPPE.

Afin de combattre l'alcoolisme.

MARIUS.

Bonne affaire pour les vins.

PHILIPPE.

Sans doute. Mais, en voulant atteindre l'alcool que l'on boit, du moins n'avez-vous pas l'intention de supprimer celui que l'on brûle et qui s'appliquerait à d'innombrables usages si l'impôt n'en quadruplait le prix.

MARIUS.

Évidemment.

PHILIPPE.

Cependant, vous le frappez aussi, faute de pouvoir donner aux agents du fisc un moyen simple de le distinguer de l'autre. Ce moyen, je l'ai trouvé et exposé dans ce mémoire après l'avoir fait breveter.

MARIUS.

Mais c'est une fortune, si le procédé est admis.

PHILIPPE.

Et si vous votez le projet de loi.

MARIUS.

Moi ?

PHILIPPE.

Vous n'êtes pas député ?

MARIUS.

Mais non, c'est mon frère qui l'est.

PHILIPPE.

Mais, ne me dites-vous pas que vous êtes représentant ?

MARIUS.

Représentant de la maison Cabassol et Cᵢᵉ, de Bordeaux.

PHILIPPE.

Vous êtes marchand de vin?

MARIUS.

Simplement. Et je venais vous offrir...

PHILIPPE, *se levant.*

Je le regrette, monsieur, mais je n'ai pas besoin de vin. Je regrette surtout que vous ayez cru devoir vous introduire chez moi à la faveur d'une confusion de noms.

MARIUS.

Le nom de mon frère est aussi le mien, monsieur, je n'ai cherché à établir aucune confusion. Vos premières paroles m'ont fait croire que vous saviez qui j'étais. J'aurais dû cependant m'étonner d'être accueilli avec tant de courtoisie. Hélas, oui, monsieur, je suis un de ces commis voyageurs importuns que l'on consigne à toutes les portes et qui, pour se les faire ouvrir, ont parfois recours à certains subterfuges plus ou moins ingénieux. Moi aussi, j'ai chassé de chez moi ces pauvres gens qui tâchent de gagner honnêtement leur vie dans un métier bien dur et bien ingrat, je vous assure.

PHILIPPE.

Mais, monsieur, ne croyez pas...

MARIUS.

Moi aussi, j'ai occupé une situation brillante. J'ai été le chef d'une maison importante que la guerre a ruinée. Il ne m'est resté qu'une nombreuse famille que je m'efforce de faire vivre et... je n'y arrive pas. Je vous prie d'agréer mes excuses.

PHILIPPE.

C'est moi, monsieur, qui vous prie de bien vouloir

2

accepter les miennes. (*Il lui tend la main.*) Veuillez vous
asseoir.

MARIUS.

Oh ! monsieur.

PHILIPPE.

Je regrette vraiment de n'avoir besoin de rien en ce
moment. C'est bien la maison Cabassol que vous repré-
sentez ?

MARIUS.

Parfaitement.

PHILIPPE.

Cabassol, le ministre?

MARIUS.

Le ministre.

PHILIPPE.

Et votre frère est député. Il me semble qu'avec des
appuis comme ceux-là il doit vous être facile de trouver
une situation, un poste honorable...

MARIUS.

Je suis failli.

PHILIPPE.

Ah!...

MARIUS.

Mais, s'ils ne peuvent rien pour moi, ils peuvent beaucoup pour mes amis... Voulez-vous que j'essaie de
m'occuper de votre brevet? que je prenne cette affaire
en mains? voulez-vous?

PHILIPPE, *à part.*

Après tout... qui sait? En tout cas, ce sera une charité. Faisons-la pendant que je le peux encore. (*Haut.*)
Monsieur Marius, voici mon mémoire (*Il prend un billet
de banque dans son tiroir et le donne à Marius*) et voici
pour vos premiers débours.

MARIUS.

Merci. Comptez sur mon activité.

PHILIPPE.

Bonne chance et au revoir !

MARIUS.

Au revoir, monsieur La Garde.

PHILIPPE, *à part.*

Je ferai peut-être le même métier que lui bientôt.

SCÈNE III

PHILIPPE, puis ANTOINETTE.

PHILIPPE.

Failli... On ne peut plus rien faire... rien être... ni éligible ni électeur... on ne peut plus porter le ruban, on est déshonoré...

ANTOINETTE, *entrant par la gauche.*

Bonjour, frérot!

PHILIPPE.

Bonjour, Antoinette.

ANTOINETTE.

Devine qui est ici.

PHILIPPE.

Mais... toi, d'abord.

ANTOINETTE.

Et puis qui?

PHILIPPE.

Et puis... moi.

ANTOINETTE.

C'est de la sorcellerie! Et puis qui encore?

PHILIPPE.

Le commandant?

ANTOINETTE.

Il ne s'agit pas du commandant.

PHILIPPE.

Alors, pourquoi rougis-tu?

ANTOINETTE.

Tu m'ennuies. Il s'agit de sa sœur! Pourquoi pâlis-tu?
Allons, viens vite !

PHILIPPE.

Non.

ANTOINETTE.

Quoi? Qu'est-ce que tu as?

PHILIPPE.

Va! Tu ne m'as pas vu!... Je suis sorti !

ANTOINETTE.

Mais, qu'est-ce que cela veut dire?

PHILIPPE.

Cela veut dire que ce mariage demande réflexion.

ANTOINETTE.

Comment? N'est-il pas décidé? Caroline n'a-t-elle
pas ta parole? N'as-tu pas la sienne?

PHILIPPE.

Oh!... oh!...

MARTIN, *annonçant de la porte.*

M. Gauthier!

PHILIPPE.

Le courtier?

MARTIN.

Oui, monsieur.

ANTOINETTE.

Nous l'attendons... tu sais ! (*Elle sort par la gauche.*)

SCÈNE IV

PHILIPPE, puis GAUTIER.

PHILIPPE.

Rompre sans donner de motif? Impossible! Révéler ma situation? Encore plus impossible! Voyons... la position est-elle tellement désespérée? Ce brevet, ce n'est pas fini.... Vais-je abandonner ma barque et me jeter à l'eau en vue du port? Dans un mois, je peux être député! Et, une fois à la Chambre! Oh! alors... la loi trouvera un avocat convaincu... Si je l'emporte, c'est la fortune,... c'est le bonheur... c'est presque la gloire... Allons! Il faut tenter le sort!

GAUTIER, *entrant.*

Mon Dieu!... Je n'ai rien à vous dire. Avez-vous quelque chose à faire?

PHILIPPE.

Non, rien pour le moment.

GAUTIER.

Je disparais. J'ai seulement voulu vous serrer la main. (*Il remonte, puis s'arrête et redescend.*) A propos, et cette candidature? Vous vous dévouez, décidément?

PHILIPPE, *résolument.*

Comme vous dites.

GAUTIER.

A la bonne heure! Voyez-vous, le titre de député dans une corbeille de noces !... Mais vous savez, vous aurez fort à faire contre cet imbécile de Saudemont!

PHILIPPE.

Je le battrai.

GAUTIER.

Tant mieux! Je n'aimerais pas d'avoir un grotesque

pour député. Malheureusement, je commence à croire
qu'il n'y a plus que ceux-là qui ont des chances. Avoir
de la chance, tout est là. J'ai fait un vers là-dessus :

Le talent sans la chance, est un meuble inutile.

(*Il redescend.*) A propos de Saudemont, il m'a chargé de
vous remettre sa facture. (*Il remet un pli à Philippe.*)

PHILIPPE, *prenant le pli.*

Merci.

GAUTIER.

Vous remarquerez qu'il réclame le payement comptant.

PHILIPPE.

Ah! très bien.

GAUTIER, *confidentiellement.*

Dites-moi donc? Est-ce qu'il ne vous a pas enlevé un
de vos commis, dernièrement?

PHILIPPE.

C'est bien possible.

GAUTIER.

Croyez-vous que vous n'auriez pas bien fait d'éviter ça?

PHILIPPE.

Je ne peux pas empêcher un de mes employés de
sortir de chez moi et d'entrer chez le voisin.

GAUTIER.

On augmente ses appointements!

PHILIPPE.

Ce serait me mettre à la discrétion de mon personnel.

GAUTIER.

Mais vous êtes à la discrétion de tous ceux qui sont
dans le secret de vos affaires!

PHILIPPE.

Plaît-il?

GAUTIER.

Bon! Ne vous fâchez pas. (*Il remonte, puis s'arrête.*) A

propos, Saudemont m'a chargé de vous dire qu'il ferait toucher dans la journée les 56,000 francs de sa facture. Au revoir.

PHILIPPE.

Bonjour.

GAUTIER (*même jeu*).

Ah ! Je vous ai envoyé ma note de courtage, il y a quelques jours, mais ne vous gênez pas, rien ne presse.

PHILIPPE (*Il sonne, Martin paraît*).

Dites qu'on règle le compte de M. Gautier. (*A Gautier.*) Au revoir!

SCÈNE V

PHILIPPE, MARTIN.

PHILIPPE. (*Il demeure quelques instants immobile et pensif avec sa facture à la main*).

Saudemont m'a enlevé cet employé pour le faire parler... (*Il remet la facture à Martin qui rentre.*)

MARTIN.

Je m'y attendais.

PHILIPPE.

M. Saudemont va passer pour toucher la somme.

MARTIN.

On lui remettra un chèque sur Méhusse.

PHILIPPE.

Que ce chèque soit prêt quand M. Saudemont se présentera. (*Martin sort un instant et revient avec un chèque qu'il présente à la signature de Philippe.*)

MARTIN.

Voici le chèque à signer. L'employé de M. Saudemont est là.

PHILIPPE, *signant.*

Il ne perd pas de temps. (*Martin sort.*) Si je dois succomber, que Dieu m'épargne l'humiliation de devoir un centime à ce rustre-là!

MARTIN (*Il rentre en tenant à la main une lettre ouverte qu'il présente à Philippe*).

Une lettre de... la banque Méhusse.

PHILIPPE, *lisant.*

Un bordereau de décompte?

MARTIN.

Avec un postscriptum...

PHILIPPE, *après avoir regardé Martin avec inquiétude, prenant le lettre et lisant.*

Comment! qu'est-ce que cela veut dire? Méhusse me ferme sa caisse! ·

MARTIN.

Ça en a tout l'air.

PHILIPPE.

Ce n'est pas possible! Il n'en a pas le droit! Je n'ai pas atteint la somme pour laquelle j'ai donné des immeubles en garantie!

MARTIN.

Vous avez encore une centaine de mille francs de crédit devant vous.

PHILIPPE.

Eh bien! il est obligé de les mettre à ma disposition.

MARTIN.

Obligé, oui, mais...

PHILIPPE.

Comment! Je lui emprunte une somme sur hypothèque, il prend l'hypothèque et me refuse la somme! Est-ce que je n'ai pas rempli toutes les obligations stipulées au contrat d'ouverture de crédit? Est-ce que je ne lui ai pas remis toutes mes valeurs? Est-ce que

jo n'ai pas payé des intérêts usuraires? Est-ce que jo
n'ai pas doublé, triplé ses garanties par des améliora-
tions et des additions successives? Et quand, pendant
des années, il a recueilli ces avantages, il pourrait,
au moment où j'en ai besoin, me refuser le crédit qui
en est la seule contre-partie! Mon droit est évident,
incontestable.

MARTIN.

Oui, mais ce droit, vous ne pourrez pas l'invoquer.

PHILIPPE.

Qui m'en empêchera?

MARTIN.

Invoquer votre contrat hypothécaire, c'est divulguer
la nécessité où vous vous êtes trouvé d'y avoir recours.
C'est tuer votre crédit. — Ce droit, destiné à vous sou-
tenir, si vous l'invoquez, vous tombez! — Et puis, est-ce
que vous ne savez pas à quel point sont savamment
perfectionnés les contrats d'ouverture de crédit de
M. Méhusse? C'est comme pour les contrats d'assurances. On n'est assuré que d'une chose, c'est de payer
la prime.

PHILIPPE.

M. Méhusse m'a déclaré devant témoins qu'il n'y avait
dans mon contrat que de simples formules dont il ne
se prévaudrait jamais; il m'en a donné l'assurance
formelle.

MARTIN.

Et verbale!

PHILIPPE.

Mais, alors, c'est un abus de confiance, un guet-
apens! Alors, ce chèque, remis à Saudemont, ne va
pas être payé! Retirez le chèque! L'employé n'est pas
parti?

MARTIN.

Il est déjà arrivé.

PHILIPPE.

Oh! C'est une fatalité!

MARTIN.

C'est un coup monté. Méhusse et Saudemont ont dû s'entendre.

PHILIPPE.

S'entendre! Mais Méhusse à tout à perdre à ma ruine! Faire tomber un client avant d'avoir assuré son remboursement! Il est incapable d'une pareille faute! Il y a là quelque chose d'inexplicable!

MARTIN.

Il y a là quelque chose que nous ne comprenons pas, mais qui s'expliquera, soyez tranquille. Méhusse sait ce qu'il fait.

LE PETIT COMMIS, *du fond.*

Mademoiselle fait dire à M. Philippe qu'on l'attend au salon.

PHILIPPE.

Au salon! Ah oui! Il s'agit bien de salon! (*Le petit commis sort. — A Martin.*) Courez chez M. Méhusse. Dites-lui que je vais le voir, m'entendre avec lui... en passer par où il voudra, mais que ce chèque soit payé, vous entendez!... Dites-lui qu'un protêt c'est ma ruine irrévocable. Allez! je vous attends ici!

SCÈNE VI

PHILIPPE.

Voici l'agonie qui commence... Voici le glas de mon honneur!... Mon Dieu, écartez de moi ce calice!... Non, je ne gravirai pas ce calvaire! Je ne me laisserai pas clouer à ce pilori... Antoinette a sa dot... Mon grand-père a sa pension... (*Avec précision et sang-froid.*) Si Martin, à son retour, ne m'annonce pas que le chèque est payé, je me fais sauter la cervelle! Il n'y a rien qui vous calme un homme comme une résolution prise. (*Voyant Caroline et Antoinette.*) Elle! Que lui dire?

SCÈNE VII

PHILIPPE, CAROLINE, ANTOINETTE.

CAROLINE, *à Philippe en lui tendant la main.*
Bonjour!

PHILIPPE.
Madame!... Caroline!...

CAROLINE.
Je vous dérange?

PHILIPPE.
Non.

ANTOINETTE.
Je vais voir si mon grand-père n'a besoin de rien. Grondez-le bien fort. Je reviens. (*Elle sort par la gauche.*)

SCÈNE VIII

LES MÊMES, moins ANTOINETTE.

CAROLINE.
Je n'ai pas voulu partir sans vous serrer la main. Ai-je eu tort? (*Elle lui donne ses deux mains, Philippe les prend et les baise avec respect, et tendresse.*) Vous m'en

voulez? (*Philippe fait non de la tête en lui tenant les mains et en la regardant dans les yeux. — Caroline se dégageant.*) C'est donc ici que vous travaillez. (*Elle regarde autour d'elle.*) Voilà le sanctuaire mystérieux où vous élaborez vos grandes découvertes. (*Montrant la salle où donne la porte de droite.*) Qu'est-ce que cet antre cabalistique?

PHILIPPE.

C'est un laboratoire.....

CAROLINE.

Qu'est-ce qu'on fait là-dedans?

PHILIPPE.

On y fait des études, des analyses, des expériences.

CAROLINE, *touchant une boîte.*

Qu'est-ce que c'est que ça?

PHILIPPE.

Cette boîte?

CAROLINE.

Oui.

PHILIPPE.

Des pistolets.

CAROLINE.

Brrr... (*Elle se rapproche de Philippe après un temps avec une affection inquiète.*) Voyons, mon cher ami, qu'est-ce que vous avez? (*Elle lui prend la main.*)

SCÈNE IX

LES MÊMES, ANTOINETTE.

ANTOINETTE.

Philippe, trois hommes de la campagne qui désirent te voir, je leur ai dit que tu étais en affaires...

CAROLINE.

Comment! à l'approche des élections, renvoyer des électeurs! Cela ne s'est jamais vu. En affaires! — Rappelle-les bien vite.

ANTOINETTE.

Ils sont partis.

CAROLINE.

Quelle écervelée! Je ne t'engage pas à être jamais la femme d'un député, toi. D'ailleurs tu préfères les officiers, je crois?

ANTOINETTE.

Peut-être.

CAROLINE.

Dites-moi, Philippe, est-ce que vraiment cette élection vous préoccupe? La concurrence de ce Saudemont? un butor!

PHILIPPE.

Ça n'empêche pas.

CAROLINE.

A propos, vous savez qu'il me fait la cour?

PHILIPPE.

Saudemont?

CAROLINE.

Lui-même. Depuis qu'il est futur candidat, sa galanterie ne connaît plus d'obstacles.

ANTOINETTE.

Et les yeux de sa femme ne connaissent plus de limites. Elle, qui se donnait le genre d'être myope, découvre maintenant, à l'œil nu, des électeurs microscopiques à des distances incalculables. Elle les salue à toute portée. Est-ce que M. Méhusse est pour toi ou pour Saudemont?

PHILIPPE.

Je ne le lui ai pas demandé. Il ne doit pas être pour moi.

CAROLINE.

Pourquoi ? Vous êtes son client.

PHILIPPE.

Saudemont aussi. Et d'ailleurs Élie Méhusse ne fait rien pour rien et, comme je ne lui ai pas offert de commission...

ANTOINETTE.

C'est méchant ce que tu dis là. Tout le monde accuse M. Élie Méhusse de rapacité, je le trouve très désintéressé, moi.

PHILIPPE.

Ah bah! Méhusse désintéressé! Voilà du nouveau.

ANTOINETTE.

En tout cas, il m'a donné hier un conseil désintéressé relativement à ma fortune.

PHILIPPE.

Tu m'étonnes. Quel conseil?

ANTOINETTE.

Tu sais que ma dot est placée en rentes sur l'État, dont les titres sont dans la caisse de M. Méhusse?

PHILIPPE.

Oui. Je sais cela.

ANTOINETTE.

Eh bien, en me prévenant hier qu'il tenait à ma disposition le montant des derniers coupons, il me faisait remarquer que mon revenu ne dépassait pas 4 1/2 *(Caroline s'est un peu écartée depuis le commencement des explications d'Antoinette)* et que j'aurais un grand avantage à vendre mes rentes et à en placer le capital.

PHILIPPE.

Chez lui?

ANTOINETTE.

Non, chez toi.

PHILIPPE.

Chez moi?... Parce que?...

ANTOINETTE.

Parce que tu me donnerais au moins 5 p. 100, ce qui serait un avantage pour nous deux : pour moi, qui toucherais 5 au lieu de 4 1/2; pour toi, qui ne payerais que 5 au lieu de 6 qu'il te prend.

PHILIPPE.

Ce n'est pas 6 c'est 10 qu'il me prend en comptant tout! (*A part.*) Tiens! tiens !

ANTOINETTE.

Eh bien! Raison de plus! Tu vois que c'est désinté-ressé puisqu'il sacrifie tout à la fois sa commission sur l'encaissement de mon revenu et son intérêt sur les fonds qu'il t'avance.

PHILIPPE.

Et... Qu'est-ce que tu as répondu?

ANTOINETTE.

Qu'il était un banquier de l'âge d'or.

PHILIPPE.

Et alors?

ANTOINETTE.

Alors, il m'a dit de lui écrire un mot pour l'autoriser à vendre mes titres et à en porter le montant à ton crédit.

PHILIPPE, *à part.*

Ah! Je comprends !... Oui, il me ferme sa caisse pour m'obliger à accepter l'argent de ma sœur à la place du sien, et pour se rembourser d'autant,... mais Antoinette n'a aucune garantie, elle,... Méhusse les conserve toutes,... et, le jour où je serais ruiné, elle le serait aussi. (*Haut.*) Il ne faut pas écrire cette lettre.

ANTOINETTE.

Mais je l'ai écrite.

PHILIPPE.

Quand?

ANTOINETTE.

Ce matin.

PHILIPPE.

Pourquoi ne m'as-tu pas consulté?

ANTOINETTE.

M. Méhusse m'a parlé comme si vous étiez d'accord. Du reste, si tu ne consens pas, il n'y a rien de mal fait. Je peux lui donner contre-ordre.

PHILIPPE.

Eh bien! je ne consens pas le moins du monde. Retire immédiatement ton ordre.

ANTOINETTE.

Très bien. — Mais pardon, Caroline! Excuse-nous...

CAROLINE.

Vous avez fini?

ANTOINETTE.

Oui.

CAROLINE, *tendant la main à Philippe.*

Au revoir! Ainsi à ce soir, au bal chez M. Dutrèfle? (*A Antoinette.*) Toi aussi, n'est-ce pas?

PHILIPPE.

Ah! c'est vrai.

CAROLINE.

Vous l'aviez oublié? Tenez, voici mon carnet. Vous y inscrirez ce que vous voudrez. La seconde valse d'abord. Voulez-vous?

PHILIPPE.

Merci!

CAROLINE, *à Antoinette.*

Si ton grand-père ne peut pas te conduire je viendrai te prendre. Sois prête de bonne heure pour ne pas faire

trop languir ce pauvre commandant ! Eh ! mais, le voici !
Bonjour, frère !

(*Ferdinand paraît à la porte du fond.*)

FERDINAND, *saluant.*

Mademoiselle... (*A Caroline.*) Bonjour, sœur. (*A Philippe.*) J'étais venu pour te dire deux mots.

CAROLINE.

Que de mystères ! Nous partons ! Nous partons ! (*A Philippe.*) A ce soir.

(*Elles remontent.*)

FERDINAND, *bas à Caroline.*

Alors, tu crois que je peux me risquer carrément ?...

CAROLINE.

Eh ! oui ! Va donc !

SCÈNE X

PHILIPPE, FERDINAND.

PHILIPPE, *resté sur le devant de la scène, à part.*

Oui, voilà le plan de Méhusse. Dans cette combinaison, c'est Antoinette qui court les risques, tandis que lui conserve les garanties. A cette condition il me laisserait sans doute continuer, et tout pourrait encore être conjuré... Payer Saudemont... gagner l'époque des élections et après... Mais non ! non ! je ne veux pas de son argent.

FERDINAND, *touchant Philippe.*

Quand tu voudras ?

PHILIPPE.

Oh ! Mille pardons, mon bon Ferdinand !

FERDINAND.

C'est à moi de m'excuser de venir troubler ton extase !

3

Mon ami, tu peux me rendre aussi heureux, plus heureux que toi...

PHILIPPE.

Comment ?

FERDINAND.

Tu épouses ma sœur... eh bien, moi, je... pas de phrases, n'est-ce pas ? Je voudrais épouser la tienne. Quelle fortune a-t-elle, la sœur?

PHILIPPE.

250,000 francs, environ.

FERDINAND.

En quoi ?

PHILIPPE.

En rentes sur l'État.

FERDINAND.

C'est tout son héritage ?

PHILIPPE.

Tout.

FERDINAND.

Présent et à venir?

PHILIPPE.

Oui.

FERDINAND.

Où sont les titres ?

PHILIPPE.

A la banque Méhusse.

FERDINAND.

Libres?

PHILIPPE.

Comment libres? Parfaitement.

FERDINAND.

Tu sais, moi, l'industrie, les affaires... J'aime ce qui est clair et net.

PHILIPPE.

Tu as raison.

FERDINAND.

J'ai 6,000 francs de rentes et ma solde. Je te demande la sœur en mariage.

PHILIPPE.

Je te l'accorde.

FERDINAND.

Merci. Si j'allais séance tenante lui faire ma proposition à elle-même, en droite ligne, et au grand-père?

PHILIPPE.

Ce serait le plus court chemin.

FERDINAND.

Tu m'accompagnes?

PHILIPPE.

Je te suis.

FERDINAND.

Bon.

SCÈNE XI

PHILIPPE, MARTIN, puis ANTOINETTE.

PHILIPPE.

Eh bien?

MARTIN.

Il refuse de payer le chèque.

PHILIPPE.

Ah!... Bien. Laissez-moi...

MARTIN.

Mais...

PHILIPPE

Laissez-moi.

(*Martin, comme soupçonnant l'intention de Philippe, le regarde sans obéir.*)

Retirez-vous donc !

(*Martin se retire, mais, après avoir franchi la
porte du fond, il la rouvre et observe. Philippe
va prendre un pistolet dans sa boîte et l'arme.*)

MARTIN, *se précipitant sur lui.*

Vous n'allez pas vous... ?

PHILIPPE.

Je vais en finir !

MARTIN.

Je vous le défends ! (*Il lui saisit le bras*).

PHILIPPE.

Sortez d'ici !

MARTIN (*même jeu*).

Je n'en sortirai pas. — Monsieur, je vous en supplie,
il sera toujours temps !

PHILIPPE.

Oui, quand j'aurai fait faillite ! Sortez !

MARTIN.

Monsieur ! Songez à votre sœur !

PHILIPPE.

Elle n'a pas besoin de moi...

MARTIN, *avec beaucoup d'éclat.*

Pas besoin de vous ! Vous ne savez pas ce qui se
passe ! Votre sœur est ruinée, monsieur !

PHILIPPE.

Non, j'ai refusé son argent.

MARTIN.

Mais Méhusse l'a accepté, lui. Il est en règle. Il a une
lettre d'elle ! Il a porté la somme à votre crédit et se

trouve remboursé d'autant! C'est fait! C'est fini, vous dis-je... et il vous ferme sa caisse.

PHILIPPE.

Malgré ce remboursement?

MARTIN.

Grâce à ce remboursement! Ses risques sont en partie couverts! Et il ne veut plus les augmenter. La voilà l'explication que nous cherchions! (*Il le lâche.*) Tuez-vous maintenant!

PHILIPPE (*il laisse échapper son arme*).

Ma sœur! Ma pauvre sœur! Tu n'as plus de pain!
(*Martin a ramassé le pistolet et l'a emporté. Antoinette paraît à la porte de gauche.*)

ANTOINETTE.

Philippe! je suis bien heureuse!... Embrasse-moi!
(*Il l'embrasse.*)

FIN DU PREMIER ACTE.

ACTE II

Un jardin d'hiver donnant, par le fond, sur un salon très éclairé où l'on danse. On entend, par moments, les sons de l'orchestre. Portes à droite et au fond.

SCÈNE PREMIÈRE
LEFEBVRE, CHRÉTIEN.

Lefebvre, en maître d'hôtel, portant un plateau chargé de verres, entre par le fond et traverse la scène en se dirigeant vers la porte de droite, au premier plan. Il y rencontre Chrétien en livrée qui, une lettre à la main, semble chercher quelqu'un sans entrer.

LEFEBVRE.

Tiens! C'est monsieur Chrétien!

CHRÉTIEN.

Oui, parfaitement. Tiens! C'est M. Lefebvre! (*Ils se donnent la main.*) Vous donnez bal?

LEFEBVRE.

Ne m'en parlez pas, je ne fais que ça dans cette maison-ci.

CHRÉTIEN.

Jolie fête.

LEFEBVRE.

Pas mal. Et... où êtes-vous maintenant, vous?

CHRÉTIEN.

Comme vous, chez un négociant, M. La Garde... qui m'a donné une lettre pressée pour votre maître, par parenthèse.

LEFEBVRE.

M. Dutréfle n'est pas négociant, il est spéculateur.

CHRÉTIEN.

Ah! Parfaitement.

LEFEBVRE.

Il y a une certaine différence. Vous savez cela?

CHRÉTIEN.

Oh! Parfaitement. Quelle différence?

LEFEBVRE.

C'est qu'un spéculateur, voyez-vous... c'est autre chose qu'un négociant! (*Présentant un verre à Chrétien, en prenant un pour lui-même et trinquant avec lui.*) Et vous êtes bien là-dedans?

CHRÉTIEN.

Oui, parfaitement.

LEFEBVRE.

Les maîtres?...

CHRÉTIEN.

Convenables et respectueux...

LEFEBVRE.

Respectueux! Alors, ils n'ont pas le sou! A votre santé.

CHRÉTIEN.

Je m'en doute, aussi pas de familiarité. — A la vôtre!

(*Ils boivent. Dutrèfle paraît au fond. Lefebvre s'esquive en laissant Chrétien avec son verre d'une main et sa lettre de l'autre.*)

SCÈNE II

CHRÉTIEN, DUTRÈFLE.

CHRÉTIEN, *troublé, présentant le verre et cachant la lettre.*

C'est une lettre que...

DUTRÈFLE.

C'est une lettre ça?

CHRÉTIEN.

Oui, parfaitement... Ah! Pardon! (*Présentant la lettre et cachant le verre.*) C'est un verre que...

DUTRÈFLE, *prenant la lettre.*

C'est bon (*Après avoir lu la lettre.*) Vous direz à M. La Garde qu'il trouvera M. Méhusse chez moi, ici, ce soir.

CHRÉTIEN.

Je demande pardon à monsieur si...

DUTRÈFLE, *lui tournant le dos.*

Allez!

CHRÉTIEN, *à part.*

Je ne sais pas s'il est riche, mais il est richement malhonnête, celui-là. (*Il sort.*)

DUTRÈFLE, *seul.*

Il a besoin de voir Méhusse et il me demande s'il est ici!... Courir après les banquiers, mauvaise affaire! Il faut faire courir les banquiers après soi. (*Un domestique lui présente deux télégrammes sur un plateau... Lisant le premier télégramme.*) « Je vous accorde les 3 millions de kilos à 70 francs. Affaire conclue. » — Bon. Il faudrait maintenant une petite reprise de 10 à 12 francs... 2 fois 3, 6; 1 fois 3... 360... bah! pourvu que les mises en magasin continuent jusqu'à la fin du mois... c'est 360,000 francs de bénéf... (*Lisant le second télégramme.*) « Les mises en magasins ne continuent pas... livrable 57. » Diable! Alors 3 fois 3, 9; 1 fois 3... 390,000 francs de perte... Ah çà! Pas de bêtises... il faut que je repasse cette affaire-ci à quelqu'un de mes invités.

SCÈNE III

DUTRÈFLE, SAUDEMONT, MÉHUSSE.

SAUDEMONT, *bruyant et commun.*

Tenez! Encore des dépêches en main! En plein bal! Quel homme que ce Dutrèfle! Toujours des affaires! Toujours sur la brèche!

DUTRÈFLE, *à Méhusse.*

Je viens de recevoir un mot de La Garde, qui veut vous voir et qui me demande si vous êtes ici. Je lui ai fait répondre que oui... Est-ce qu'il est... malade?...

MÉHUSSE.

Il traverse une crise, il faut être prudent...

DUTRÈFLE, *à Saudemont.*

Ah! Saudemont! (*Il le prend à l'écart;* une opération splendide (*Il lui parle à l'oreille.*)

SAUDEMONT, *très haut.*

Et pourquoi ne la faites-vous pas pour votre compte, votre opération splendide? (*A Méhusse.*) Il est succulent!

DUTRÈFLE.

Moi?... Je la fais! (*A part,* en sens inverse! (*Haut.*) Ça ne vous dit rien?

SAUDEMONT.

Non.

DUTRÈFLE, *à part.*

Veinard! Je te pincerai un jour ou l'autre. (*Haut.*) Non?

SAUDEMONT.

Au bal, je ne joue pas, hé, hé.

DUTRÈFLE.

Eh bien, dansez, alors!

SAUDEMONT.

Minute! Je suis fatigué!

DUTRÈFLE.

C'est juste, vous sortez de table.

SCÈNE IV

LES MÊMES, LE BARON, CAROLINE, LA CHANOINESSE.

SAUDEMONT.

Je vous prie de croire que je prends des leçons à Dumollet !

LE BARON.

Qu'est-ce que Dumollet ?

SAUDEMONT.

Dumollet ? Un danseur de l'Opéra ! 25 francs le cachet, si vous voulez bien le permettre, monsieur le baron.

LE BARON.

Comment donc ! A votre place, je m'adresserais à une danseuse : vingt-cinq louis le cachet !

SAUDEMONT.

L'un n'empêche pas l'autre, monsieur le baron; ce n'est plus le même genre.

LE BARON.

A quoi en êtes-vous de vos entrechats ?

SAUDEMONT.

Au pas de zéphir.

LE BARON.

Au pas de zéphir ! C'est le danseur ou la danseuse qui vous apprend ça ?

SAUDEMONT.

Le danseur ! Le danseur ! Comment, vous ne connaissez pas... (*Il ébauche un pas ridicule.*) Non... il faut savoir ces choses-là. Comme député, on est appelé à fréquenter les salons officiels...

LA CHANOINESSE, *lorgnant, à Méhusse.*

Qu'est-ce que c'est que ce monsieur?

MÉHUSSE.

M. Saudemont.

LA CHANOINESSE.

Je vous remercie. Mais...

MÉHUSSE.

Le candidat qui se porte contre...

LA CHANOINESSE.

Ah! Très bien. Il a une jolie tournure votre candidat ! Quel monde !

MÉHUSSE.

Mais, madame, toute la ville vient chez M. Dutrèfle.

LA CHANOINESSE.

Je le vois bien... et même la banlieue.

MÉHUSSE.

Vous n'aimez pas les gens d'affaires, madame la chanoinesse.

LA CHANOINESSE, *minaudant.*

Je vous avoue que... hormis les banquiers...

(*Lefebvre, traversant la scène pour son service heurte Saudemont.*)

SAUDEMONT.

Plaît-il?... Ah! Bonjour, monsieur... (*Il fait semblant de chercher à se rappeler le nom du domestique et lui tend la main.*)

LEFEBVRE, *lui donnant la main.*

Passez donc des glaces!

SAUDEMONT.

Hein? Il me prend pour un domestique!

LEFEBVRE.

Ah! Pardon! (*Il s'esquive*).

LE BARON.

Il vous rend votre politesse. Vous l'avez bien pris pour un invité.

SAUDEMONT.

A quoi voulez-vous que ça se reconnaisse?

LE BARON.

Vous lui tendez la main sans le connaître?

SAUDEMONT.

C'est un électeur.

MÉHUSSE, *à Saudemont.*

Qu'est-ce que vous avez fait de votre chapeau?

SAUDEMONT.

Mon chapeau?.. Je l'ai déposé au vestiaire...

MÉHUSSE.

Il fallait le garder à la main.

SAUDEMONT.

Pour quoi faire?

MÉHUSSE.

Pour ne pas être pris pour un domestique.

SAUDEMONT.

Mon paletot aussi, alors?

MÉHUSSE.

Et votre parapluie.

SAUDEMONT.

Quelle bêtise!... (*Il sort.*)

LE BARON.

Voilà un candidat invraisemblable.

MÉHUSSE.

Pourquoi donc?

LE BARON.

Vous le prenez au sérieux?

MÉHUSSE.

Comme candidat.

LE BARON.

Il a des chances?

MÉHUSSE.

Pourquoi pas?

LE BARON.

Mais, c'est un imbécile.

MÉHUSSE.

Rais n de plus.

LE BARON.

C'est juste.

MÉHUSSE.

Et il a de l'argent.

LE BARON.

Oh! Alors!

SAUDEMONT, *qui reparaît.*

Il a disparu.

MÉHUSSE.

Qui donc?

SAUDEMONT.

Mon chapeau!

LE BARON.

Allons, bon!

SAUDEMONT.

Un chapeau gris, tout neuf!

LE BARON.

Gris? On l'aura utilisé pour le cotillon.

MÉHUSSE.

Nous parlions de votre candidature.

SAUDEMONT.

Vous comprenez qu'avec mes capacités...

LE BARON.

Gastriques?

SAUDEMONT.

Mes propriétés...

LA CHANOINESSE, *à Caroline.*

Il a celle de me porter sur les nerfs. (*A Saudemont.*) Est-ce que vous comptez les partager avec vos électeurs, vos propriétés, monsieur?

SAUDEMONT.

Mais... pas du tout...

LA CHANOINESSE.

Alors, qu'est-ce que vous voulez qu'elles leur fassent?

SAUDEMONT.

Permettez... Madame... Mademoiselle...

LE BARON.

Et vous allez lutter contre notre ami?

SAUDEMONT, *faisant une pirouette.*

M. La Garde? Pstt! Il va la descendre... la garde! (*A part.*) Tiens! c'est un calembourg!

LE BARON.

Est-ce un pas de zéphyr?

SAUDEMONT.

M. La Garde ne se présentera pas!

LE BARON.

Ah bah!

CAROLINE.

Vraiment?

SAUDEMONT.

Voulez-vous mettre cent mille francs sur cette table, madame la comtesse?

SCÈNE V

CAROLINE, LE BARON, SAUDEMONT, LA CHANOI-NESSE, ANTOINETTE, FERDINAND, MÉHUSSE, DUTRÉFLE.

ANTOINETTE, *entrant au bras de Ferdinand et causant avec lui.*

Et quel âge a-t-il votre terre-neuve?

FERDINAND.

Trois jours.

ANTOINETTE.

Et vous le nommez?

FERDINAND.

Nestor...

ANTOINETTE.

Pourquoi pas Mathusalem?

FERDINAND.

Eh! Mathusalem a été jeune...

ANTOINETTE.

Est-ce bien prouvé?

FERDINAND, *montrant le baron.*

Demandez à votre cousin s'il n'a pas été jeune, lui aussi! Il est vrai qu'il s'appelle Arthur.

LE BARON.

Oui, ma cousine. J'ai même été tout petit, tel que vous me voyez, et, par dessus le marché, un fort joli enfant.

ANTOINETTE, *élourdiment.*

Pas possible!

LE BARON.

Comment, pas possible?

FERDINAND.

On voit souvent de fort jolis enfants devenir des individus fort laids.

(On rit).

LE BARON.

Ah! mais; permettez...

FERDINAND.

Je parle en général.

LE BARON.

Ah! bon.

CAROLINE, *à Antoinette.*

Et Philippe?

ANTOINETTE.

Pas vu... Il n'est pas arrivé?

LA CHANOINESSE, *bas à Caroline.*

Vous voilà bien désappointée!... Je ne comprends pas qu'une femme de votre monde... Passe encore pour un banquier... mais un fabricant de produits chimiques!... Et qui se fait attendre!...

CAROLINE.

Je vous abandonne le frelon, laissez-moi l'abeille, ma tante. (*Un domestique en livrée passe des rafraîchissements. A Antoinette.*) Alors, c'est le général qui t'a amenée?

ANTOINETTE.

Oui. Pauvre grand-père! Il est si bon! (*A Ferdinand, avant de quitter son bras*). Vous n'avez encore rien dit à personne?

FERDINAND.

A personne, et vous?

ANTOINETTE.

Moi non plus!

FERDINAND.

Pas même à Caroline?

ANTOINETTE.

Non, ce soir c'est un secret entre nous deux, n'est-ce pas? (*Elle s'assied auprès de Caroline.*)

SAUDEMONT.

Pouich! Ça vous empâte! (*Au baron.*) Je viens d'en avaler une!... Au patchouli!... Je mangerai un morceau de gruyère en rentrant, ça remet la bouche.

SCÈNE VI
LES MÊMES, LUCY, SOSTHÈNES.

LUCY (*Elle entre au bras de Sosthène*), *à Saudemont,
gracieusement.*

Voulez-vous que je vous en fasse servir, monsieur?

SAUDEMONT.

De quoi donc?

LUCY.

Du fromage de gruyère.

SAUDEMONT.

Merci... Mademoiselle. (*Au baron.*) Quelle est cette
jeune personne?

LE BARON.

La maîtresse de la maison.

SAUDEMONT.

Alors, j'ai dit une bêtise?

LE BARON.

Vous vous serez cru à la Chambre!

LUCY, *à Sosthènes.*

Ce monsieur est député?

SOSTHÈNES.

Il est à croire, ma cousine!

LUCY.

Tiens! Dites-moi donc, Sosthènes, qu'est-ce qu'on
fait quand on est député?

SOSTHÈNES.

Je ne vous dirai pas, ma cousine.

LE BARON.

Monsieur Saudemont, Mlle Lucy désire savoir ce
qu'on fait quand on est député.

SAUDEMONT.

On va à la Chambre, pardi.

4

LUCY.

Merci, monsieur, et qu'y fait-on ?

SAUDEMONT.

Des lois.

LUCY.

Oh! Il faut être très savant alors ?

SAUDEMONT.

Oui... comme ci, comme ça.

LUCY.

On doit passer des examens terribles pour être reçu député ?

SAUDEMONT.

Pardon !

LUCY.

Qu'est-ce qu'il faut savoir au juste ?

LE BARON.

Mais, mademoiselle, rien.

LUCY.

Rien du tout ! Oh! Quel bonheur! (*A Sosthènes.*) Mon cousin, vous serez député, vous entendez ? Ah ! La valse, mais venez donc ! (*Ils sortent.*)

FERDINAND, *allant offrir le bras à Antoinette.*

Cette valse ?

ANTOINETTE.

Je crois bien. (*Ils sortent.*)

SCÈNE VII

MÉHUSSE, CAROLINE, SAUDEMONT, LE BARON, LA CHANOINESSE, PHILIPPE, DUTRÉFLE.

Philippe agité, mais se contenant, s'approche de Caroline et lui donne la main, ainsi qu'au baron. Il s'incline pro- fondément devant la chanoinesse.

LA CHANOINESSE.

Monsieur !

LE BARON.

Enfin ! Te voilà donc ! Tu as l'air tout malagrobolisé !...

PHILIPPE, *distrait.*

Non... pas du tout. (*A Méhusse, en le prenant à part.*)
Voulez-vous m'accorder un moment, monsieur Méhusse ?
(*Ils s'éloignent.*) Je me suis présenté chez vous vers cinq
heures... (*Ils sortent par la droite.*)

CAROLINE.

Qu'est-ce qu'il a donc ?

DUTRÈFLE, *à part.*

Encore une mouche dans la toile de Méhusse... Ah ! ça,
n'oublions pas notre affaire ! Il s'agit de savoir quel est
celui de mes invités qui va payer les violons.

SAUDEMONT, *le prenant par le bras et sortant avec lui.*

Dites donc, Dutrèfle...

SCÈNE VIII

LE BARON, CAROLINE, LA CHANOINESSE.

LE BARON, *à Caroline.*

Oui, il a l'air... et l'autre avec son pstt ! et ses cent
mille francs sur la table ? Qu'est-ce qu'il veut dire ?

CAROLINE.

Je ne sais pas du tout !

LE BARON.

Philippe ne songe pas à reculer devant un pareil
chimpanzé ?

CAROLINE.

Vous l'aimez beaucoup, votre cousin ?

LE BARON.

Dites mon frère... mon enfant chéri. Ah ! comtesse, je
vous rends responsable de sa gloire. Savez-vous que
c'est un garçon d'élite... et qui ira loin... très loin, vous

verrez ! (*Confidentiellement.*) Je compte sur vous pour
me faire décorer quand il sera...

CAROLINE.

Vous? A quel titre?

LE BARON.

Comme parent... Vous savez... sur un habit noir...

SCÈNE IX

LES MÊMES, LE GÉNÉRAL, *vieux, infirme,*
il s'appuie sur deux cannes.

CAROLINE.

Bonsoir, général... Nous parlions de votre petit-fils.
Qu'est-ce qu'il a donc ce soir ?

LE GÉNÉRAL.

Ce qu'il a... Mais, beaucoup de bonheur s'il vous a
aperçue, madame.

CAROLINE.

Et il se sauve au moment de faire cette valse que je
lui avais gardée ?

LE GÉNÉRAL.

Est-il possible! C'est un déplorable malentendu! Je
ne vous offrirai pas de le remplacer, comtesse ?

CAROLINE.

Mille grâces, général.

LE BARON.

Alors... Si je me dévouais ?

CAROLINE, *à la chanoinesse.*

Vous restez, ma tante ?

LA CHANOINESSE.

Non. Je dis bonsoir à M{{ll}}ᵉ de Cayeux, et je pars.

LE GÉNÉRAL.

Alors, moi, je vais me reposer un instant dans un
coin. (*Saluant.*) Madame la chanoinesse...

CAROLINE, *montrant un buisson d'arbustes.*

Voici un bosquet de lauriers... Vous y serez chez vous, général...

LE GÉNÉRAL, *baisant la main de Caroline.*

Toujours adorable et charmante.

(*Le baron, la chanoinesse, Caroline sortent par le fond. Le général se cache derrière le buisson et s'installe. On entend l'orchestre.*)

SCÈNE X

LE GÉNÉRAL, *caché*, PHILIPPE, MÉHUSSE.

Méhusse entre par la droite, suivi de Philippe, aux obsessions duquel il semble vouloir se dérober.

MÉHUSSE.

Sur ce ton-là, nous n'avons plus rien à nous dire, vous savez?

PHILIPPE.

Mais... je vous ai supplié... Je ne me mettrai pas à genoux!... laissez-moi le temps de me retourner... acquittez ce chèque.

MÉHUSSE.

Ce n'est pas possible.

PHILIPPE.

Eh bien ! oui, vous m'avez trompé !

MÉHUSSE.

Assignez-moi.

PHILIPPE.

Ah! Vous savez bien que ce serait divulguer mes embarras... ruiner mon crédit, je suis à votre merci et vous en abusez! Eh bien, soit! faites-moi tomber, mais ne dépouillez pas ma sœur! Rendez-lui son argent!

MÉHUSSE.

C'est justement dans l'éventualité de votre chute qu'il est intéressant pour moi de le garder.

PHILIPPE.

Vous n'en avez pas le droit.

MÉHUSSE.

Mlle votre sœur m'a remis 250,000 francs pour votre compte. C'est autant de moins que vous me devez. Rien n'est plus régulier ni plus simple.

PHILIPPE.

Mais je ne ratifie pas, moi, ce versement qu'elle vous a fait !

MÉHUSSE.

Mais je n'ai pas besoin de votre ratification.

PHILIPPE.

Personne n'a le droit de vous remettre de l'argent pour mon compte, sans mon autorisation.

MÉHUSSE.

C'est une erreur profonde.

PHILIPPE.

Je plaiderai !

MÉHUSSE.

Je m'en rapporte à votre avocat.

PHILIPPE.

Ah ! je sais bien que vous ne marchez pas sans un code dans votre poche ! Voyons, je vous en supplie, faites de moi ce que vous voudrez, mais ne réduisez pas ma sœur à la misère. Oh ! ce serait épouvantable... Je vous demande la grâce de ma sœur... qu'elle ne soit pas une victime... que je ne sois pas son bourreau.

(*A partir de ce moment, Méhusse et Philippe se sont rapprochés du général qui, désormais, les entend.*)

MÉNUSSE.

Eh! laissons les sentiments de côté ! Où en seraient les banquiers s'ils donnaient dans le pathétique ?

PHILIPPE.

Enfin, si vous ne voulez pas rendre cet argent, laissez-moi du moins essayer de le sauver... ne m'arrêtez pas!... je puis me relever...

MÉNUSSE.

Allons donc ! Vous vous enfoncez de plus en plus !

PHILIPPE.

C'est un moment de crise industrielle... une réaction peut se produire... je suis inventeur d'un procédé...

MÉNUSSE.

C'est possible ; mais, moi je ne veux pas risquer un sou de plus. Trouvez de l'argent ailleurs et vous ferez tout ce que vous voudrez.

PHILIPPE.

Où en trouver ?... du jour au lendemain ? Où ?

MÉNUSSE.

Où ?

PHILIPPE.

Oui.

MÉNUSSE, *montrant Caroline qui passe dans le salon du fond.*

Là.

PHILIPPE.

Mme de Toley ?

MÉNUSSE.

Finissez-en donc !

PHILIPPE.

A la veille de liquider ?

MÉNUSSE.

Ne liquidez pas.

PHILIPPE.

Mais comment ?

MÉHUSSE.

Je ferai le nécessaire. Vous me rembourserez après
la noce.

PHILIPPE.

C'est là que vous voulez en venir ?

MÉHUSSE.

Vous avez des scrupules ?

PHILIPPE.

Et vous avez voulu brusquer la situation ?

MÉHUSSE.

Précisément.

PHILIPPE.

Vous y avez complètement réussi.

MÉHUSSE.

A la bonne heure.

PHILIPPE.

Je renonce à ce mariage.

MÉHUSSE.

Ah! Vous y renoncez! (*Un temps.*) Alors, si vous ne
voulez pas me rembourser avec l'argent de votre femme,
remboursez-moi avec le vôtre.

PHILIPPE.

Comment?

MÉHUSSE, *après un temps.*

Combien vaut votre usine ?

PHILIPPE.

Elle me revient à 1,300,000 francs, vous le savez bien.

MÉHUSSE.

Elle est assurée pour cette somme?

PHILIPPE.

Oui.

MÉHUSSE.

Si vous en retiriez ce prix-là vous auriez encore cinq ou six cent mille francs à vous !

PHILIPPE.

Vous savez bien aussi que la vente de mon usine ne produirait pas le quart de ce qu'elle a coûté.

MÉHUSSE.

Si elle brûlait ?...

PHILIPPE.

Plaît-il?

LE GÉNÉRAL, *se levant, à part.*

Le scélérat !

PHILIPPE, *à part.*

Bandit ! — Laissons-le aller. (*Haut et comme prêtant l'oreille.*) On dirait que j'y ai mis le feu.

MÉHUSSE.

On dit tant de choses !

PHILIPPE.

En effet...

MÉHUSSE.

Dire et prouver c'est deux.

PHILIPPE.

Oui...

MÉHUSSE.

Les paroles volent... l'argent reste... payez, vous serez considéré. Eh mon Dieu! Les essences, les corps gras, les huiles, les salpêtres... c'est très inflammable, tout ça! Qui peut répondre d'un accident? Je suis étonné qu'il ne s'en produise pas davantage dans ce moment-ci.

PHILIPPE.

Mais un... accident... dans ma position obérée?...

MÉHUSSE.

Quand les livres brûlent, on n'y voit que du feu. Du moment que vous faites un beau mariage, il n'y a plus

de position obérée puisque vous êtes riche par votre
future femme. Et, du moment que votre fortune est
rétablie, vos scrupules à l'égard de ce mariage n'ont
plus de raison d'être... puisque vous êtes riche par
vous-même.

PHILIPPE.

Ainsi, vous me conseillez...

MÉHUSSE.

Moi! Je vous conseille de me payer.

PHILIPPE.

Infâme !...

LE GÉNÉRAL, *apparaissant et lui montrant la porte.*

Sortez d'ici !

MÉHUSSE.

Plaît-il?

LE GÉNÉRAL.

Je vous dénonce à la justice comme...

MÉHUSSE.

Allons donc!... Comme votre créancier! Et moi je
vous fais condamner pour chantage et diffamation,
messieurs les débiteurs insolvables!

LA CHANOINESSE, *entrant par le fond.*

Je crois que j'ai laissé mon éventail...

MÉHUSSE, *prenant l'éventail sur un meuble.*

Est-ce celui-ci, madame la chanoinesse?

LA CHANOINESSE.

C'est cela même. Merci, monsieur.

(*Méhusse lui offre le bras et la reconduit.*

SCÈNE XI

PHILIPPE, LE GÉNÉRAL.

PHILIPPE.

Vous nous entendiez! Moi qui espérais vous cacher!...
Ah! tout est perdu!

LE GÉNÉRAL.

Non, mon fils, rien n'est perdu quand l'honneur est
sauf.

PHILIPPE.

L'honneur!

LE GÉNÉRAL.

L'honneur seul ne se retrouve pas. Tu travailleras, le
bonheur est dans le travail, ne le cherche jamais
ailleurs, tu ne le trouverais pas, mon enfant. Ceux que
la fortune, par ses dons funestes, a exonérés de la loi
du travail et qui passent pour les heureux de ce monde,
sont d'incurables malheureux. Réalise tout... Ne va pas
plus loin, pour ne pas t'exposer à perdre ce que tu n'as
pas... acquitte-toi et remets-toi courageusement à
l'œuvre, fut-ce comme simple ouvrier! Il te restera
l'honneur et la conscience du devoir accompli.

PHILIPPE.

Mais vous n'avez donc pas compris?

LE GÉNÉRAL.

Qu'est-ce que je n'ai pas compris?

PHILIPPE.

Le produit de ces réalisations ne suffira pas...

LE GÉNÉRAL, *avec éclat.*

Vous avez risqué, perdu ce qui ne vous appartenait
pas? Alors, c'est le déshonneur! (*Philippe baisse la tête.*)
Et vous le subissez!

PHILIPPE.

Je m'y serais déjà soustrait si ma sœur avait encore du pain!

LE GÉNÉRAL.

Comment! Ah! Ma pauvre fille!

SCÈNE XII

LES MÊMES, CAROLINE, DUTRÊFLE.

(Caroline entre au bras de Dutrêfle. Elle s'approche de Philippe qui ne la voit pas et le touche de son éventail.)

CAROLINE.

Eh bien?

PHILIPPE.

Madame...

CAROLINE.

Général, je vous signale un fait grave... votre petit-fils ne fait pas honneur à ses engagements.

LE GÉNÉRAL, *saisi.*

Vous savez...

CAROLINE.

Comment?

PHILIPPE.

Mᵐᵉ de Tolcy fait allusion à mes engagements de bal... il s'agit d'une valse...

CAROLINE.

De deux valses!

PHILIPPE.

Que d'excuses!

CAROLINE.

Qu'est-ce que j'aurai le plaisir de danser avec vous? Vous ne m'avez pas rendu mon carnet.

PHILIPPE.

Je vais vous le rendre... (*A Dutrèfle, qui va pour se retirer.*) Un mot, Dutrèfle. (*Il le prend par le bras et l'emmène au fond.*)

CAROLINE.

Encore !

DUTRÈFLE.

J'ai justement une affaire splendide à vous proposer.

PHILIPPE.

Mon ami, je suis dans une situation terrible...

(*On ne les entend plus.*)

LE GÉNÉRAL, A CAROLINE.

Savez-vous où est Antoinette ?

CAROLINE, *montrant le salon du fond.*

A droite en entrant, vous partez ?

LE GÉNÉRAL.

Oui, madame. (*Le général salue et sort.*)

CAROLINE.

Qu'est-ce qu'ils ont donc tous ?

SCÈNE XIII

PHILIPPE, DUTRÉFLE, CAROLINE, SAUDEMONT.

Dutrèfle et Philippe causent dans le fond.

SAUDEMONT.

Madame la comtesse veut-elle me faire l'honneur de la valse ?

CAROLINE.

Je l'ai promise... Je suis bien fachée...

SAUDEMONT.

Et la subséquente ?

CAROLINE.

La suivante ? Vous valsez donc aussi ?

SAUDEMONT.

Avec un peu d'indulgence.

CAROLINE.

Je n'en ai aucune pour mes valseurs.

SAUDEMONT.

Vous exigez la perfection ?

CAROLINE.

Rien de plus.

SAUDEMONT, *piqué.*

M. La Garde peut sans doute vous l'offrir... comme danseur.

CAROLINE.

Il sera certainement flatté de votre suffrage.

SAUDEMONT.

Mais comme mari.....

CAROLINE, *se levant.*

Comme mari, ne craignez-vous pas de priver trop longtemps M Saudemont des attentions du sien ?

SAUDEMONT.

M Saudemont n'a pas besoin des attentions de son mari, madame la comtesse. Elle sait qu'il l'a épousée par affection et non par calcul.

CAROLINE, *avec une nuance d'étonnement.*

Mais... j'en suis persuadée.

SAUDEMONT.

Vous savez ce que je veux dire ?

CAROLINE.

Vous voulez donc dire quelque chose ?

SAUDEMONT.

Je veux dire que, moi, je n'ai pas épousé M Saudemont pour payer mes créanciers,... comme on veut le faire à vos dépens.

CAROLINE.

Mais, vous mentez, monsieur.

SAUDEMONT.

Voici un chèque créé par M. La Garde à mon ordre. Le payement en a été refusé aujourd'hui même chez son banquier, M. Méhusse; il sera protesté demain. Après demain, M. La Garde sera assigné en déclaration de faillite.

SCÈNE XIV

PHILIPPE, DUTRÈFLE, CAROLINE, ANTOINETTE, LE BARON.

ANTOINETTE.

Bonsoir!

CAROLINE.

Tu t'en vas?

ANTOINETTE.

Oui. (*Bas.*) Demain je te dirai quelque chose.

CAROLINE.

Pourquoi pas ce soir?

ANTOINETTE.

Trop tôt... et aussi trop tard... je suis mère de famille... j'ai un grand-père à mettre coucher! Bonsoir.

CAROLINE.

Bonsoir.

(*Antoinette se sauve, Caroline prend le bras du baron et jette un coup d'œil sur Philippe qui cause avec Dutrèfle. Ils remontent.*)

Baron, qu'est-ce qu'un chèque protesté?

LE BARON.

Un chèque protesté, comtesse? ma foi...

(*Ils sortent tandis que Dutrèfle et Philippe descendent en scène.*)

SCÈNE XV

DUTRÈFLE, PHILIPPE.

DUTRÈFLE, *mangeant une glace.*

Alors, vous vous étiez imaginé aussi qu'il n'y avait qu'à s'embarquer dans l'industrie avec des scrupules et l'argent de Méhusse! Savez-vous ce que ça coûte l'argent de Méhusse?

PHILIPPE.

J'ai payé pour le savoir.

DUTRÈFLE.

Eh bien! Vous ne vous en doutez pas. Voyons, à quelle somme estimez-vous ce que vous avez donné à Méhusse, depuis douze ans que vous travaillez?

PHILIPPE.

Un million.

DUTRÈFLE.

Oui. On ne se rend pas compte de cela. Allez donc lutter contre ceux qui ont leur capital à eux! Et étonnez-vous que les imbéciles qui ont de l'argent réussissent! Mon cher, vous faites un métier de dupe. C'est moi qui vous le dis. Le dernier de vos ouvriers, le manœuvre, l'homme de peine qui creuse un trou dans la terre, gagne sa journée; vous, qui vivez dans des transes perpétuelles, qui suez du corps et du cerveau, vous ne la gagnez pas! — Pauvres patrons! quoi qu'en disent MM. les professeurs de socialisme, — et le trou que vous creusez...

PHILIPPE.

C'est ma fosse.

DUTRÈFLE.

Ou un trou à la lune.

PHILIPPE.

A la lune...

DUTRÈFLE.

Retenez ceci : quand on est aux prises avec Méhusse,
il faut l'enfoncer ou il vous enfonce.

PHILIPPE.

Être aussi coquin que lui?

DUTRÈFLE.

Plus!

PHILIPPE.

C'est difficile.

DUTRÈFLE.

Pas tant que ça.

PHILIPPE.

Mais, vous avez été aux prises avec lui, vous.

DUTRÈFLE.

J'y suis encore!

PHILIPPE.

Eh bien, alors...

DUTRÈFLE.

A Méhusse, Méhusse et demi.

PHILIPPE.

Enfin, répondez-moi. C'est une question de vie ou de
mort. Pouvez-vous mettre cette somme à ma disposition? Voyons, oui ou non?

DUTRÈFLE.

Non.

PHILIPPE.

Je vous ai prêté de l'argent, il y a deux ou trois ans!

DUTRÈFLE.

C'est autre chose.

PHILIPPE.

Comment autre chose?

5

DUTRÈFLE.

Sans doute. Quand j'ai eu recours à votre bourse, ai-je été vous confier, moi, que j'étais au-dessous de mes affaires?

PHILIPPE.

Non...

DUTRÈFLE.

J'y étais de cinq cent mille francs.

PHILIPPE.

Alors, vous m'avez trompé?

DUTRÈFLE.

Bien entendu.

PHILIPPE.

Pourtant... eh bien, raison de plus! puisque vous ne m'en avez pas moins remboursé... Pourquoi ne vous rembourserais-je pas aussi, moi?

DUTRÈFLE.

Oh! vous...

PHILIPPE.

Je suis un honnête homme!

DUTRÈFLE.

C'est justement pour ça! Si vous ne l'étiez pas, j'aurais confiance en vous. Vous pourriez vous relever... Et puis, il y a autre chose : je n'ai pas le sou.

PHILIPPE.

Vous?

DUTRÈFLE, *montrant un objet dans le cabinet de droite.*

Moi. Vous voyez bien ce meuble-là, dans mon cabinet?

PHILIPPE.

Oui.

DUTRÈFLE.

Il est visible à l'œil nu. Qu'est-ce que c'est?

PHILIPPE.

Un grand coffre-fort.

DUTRÈFLE, *faisant le geste de battre la caisse.*

Non, une grosse caisse.

PHILIPPE.

Mais on vous donne trois millions.

DUTRÈFLE.

C'est le chiffre. Seulement, il est en dessous de zéro, pour le moment.

PHILIPPE.

Vous devez trois millions?

DUTRÈFLE.

Après?

PHILIPPE.

Mais... Méhusse insinue que vous les possédez.

DUTRÈFLE.

Parce que c'est à lui que je les dois, et que, si l'on connaissait le fond de mon sac, sa boutique sauterait comme un magasin de fulmicoton.

PHILIPPE.

La banque Méhusse sauterait pour une perte de trois millions?

DUTRÈFLE.

Ouais!

PHILIPPE.

Une maison qui distribue des dividendes superbes!

DUTRÈFLE.

Ouais! Et c'est même parce qu'elle les distribue.

PHILIPPE.

Alors, vous en êtes là, vous aussi!

DUTRÈFLE.

Comment, là? Ah çà, permettez, je suis debout! Et devoir trois millions, c'est une force, ne vous y trompez pas!

PHILIPPE.

Mais comment avez-vous pu vous faire avancer une pareille somme?

DUTRÉFLE.

D'abord, avancer n'est pas le mot. Est-ce que vous croyez que Méhusse vous a avancé, à vous, la somme que vous pouvez lui devoir aujourd'hui? L'argent que Méhusse nous prête, retenez bien ceci, ce n'est pas le sien, c'est le nôtre. Ah! oui, au début, il commence bien par avancer réellement un capital comme entrée de jeu — et sur bonnes hypothèques — mais ce capital, à quoi l'employons-nous? A en servir les intérêts... agrémentés de commissions, escomptes, changes, négociations, etc., etc. En sorte que son argent lui rentre au plus vite, et sans en avoir l'air, car nous continuons à le lui devoir, et à en servir les intérêts et tout ce qui s'en suit. Notre avoir y passe, et le produit de notre travail *idem*. Quand ils n'y suffisent plus, alors les intérêts font des petits, se multiplient, leur taux augmente avec leur nombre... et voilà comment, après avoir travaillé toute notre vie, non pour nous, mais pour le banquier, et lui avoir donné tout ce que nous possédions, nous nous trouvons encore, un beau matin, lui devoir des sommes extraordinaires dont il ne nous a rien avancé du tout.

PHILIPPE.

C'est un peu vrai!

DUTRÉFLE.

Un peu!... Mais sapristi! mon cher, c'est-à-dire que non seulement quiconque emprunte à Méhusse est ruiné, mais même quiconque lui prête! Tenez, prenez une somme, déposez-la chez Méhusse, n'y touchez plus, passez à la caisse dix ans après et je gage qu'on vous remet un compte d'intérêts, de commissions et d'histoires d'où il résulte que c'est vous qui redevez de l'argent !

PHILIPPE.

Si ce que vous devez à Méhusse n'est, en partie, que ses bénéfices sur vous, comment la perte de cette somme pourrait-elle le ruiner?

DUTRÈFLE.

Mais justement, je viens de vous le dire, parce que ces bénéfices il les a distribués à ses actionnaires.

PHILIPPE.

Et pourquoi s'est-il empressé de les distribuer?

DUTRÈFLE.

Parbleu! De peur de les reperdre! et parce qu'il en empoche sa bonne part comme directeur! Et puis, en ce qui me concerne, il y a autre chose. J'ai su emballer Méhusse, moi, je lui ai jeté de la poudre aux yeux... bref! je le tiens. Quand je lui devais une malheureuse centaine de mille francs, il me tracassait, je n'aurais pas osé m'acheter une paire de bottes sans sa permission. Je lui dois trois millions, c'est moi qui le tracasse. Et je donne avec son argent des petites fêtes assez coquettes, comme vous voyez, dont il fait le plus bel ornement pour consolider mon crédit. (*On passe des rafraîchissements. Dutrèfle se sert.*) Prenez donc! C'est Méhusse qui paye.

PHILIPPE.

Merci.

DUTRÈFLE.

Et si je saute, il saute. Ce sera ma consolation et mon plus beau titre de gloire;... mais nous n'en sommes pas là :... pour me relever il ne faut que deux ou trois bonnes affaires,... tenez comme celle que je vous propose...

PHILIPPE.

Eh bien, faites-la, alors!

DUTRÈFLE.

Mais je la fais ! J'achète de mon côté toutes les quan-
tités qu'on veut me vendre personnellement ! Ça ne
vous empêche pas d'en faire autant du vôtre ! Au contraire, plus nous serons d'acheteurs...

SCÈNE XVI

LES MÊMES, deux enfants de trois et quatre ans.

*Les deux enfants entrent par la gauche en dansant, le
petit garçon en coiffure de femme, la petite fille avec un
chapeau d'homme. Le chapeau est gris et tout bossué.*

DUTRÈFLE.

Comment, vous n'êtes pas couchés, bandits ! Sapristi !
Le chapeau neuf de Saudemont. Il a de beaux cheveux !

LE PETIT GARÇON.

Petit père, nous faisons une figure de cotillon.

LA PETITE FILLE.

Petit père, je ne veux plus danser avec Toto, moi.

DUTRÈFLE.

Et pourquoi cela, mademoiselle ?

LA PETITE FILLE.

Il a fait un prout.

DUTRÈFLE.

C'est vrai, monsieur?

LE PETIT GARÇON, *d'un air de triomphe.*

Voui !

DUTRÈFLE.

Au bal! Voulez-vous vous sauver tout de suite.

(*Les enfants sortent en courant.*)

SCÈNE XVII

PHILIPPE, DUTRÉFLE.

PHILIPPE.

Allons, bonsoir.

DUTRÉFLE.

Vous ne voulez pas de mon affaire? Tant pis pour vous, elle vous aurait tiré d'embarras. Ne pas s'arrêter, voilà le grand principe! Montez toujours, vous ne tomberez jamais! Et, d'ailleurs, il vaut mieux tomber de haut que de bas, du moment qu'on doit se casser les reins! Si vous devez éclater, que ce soit comme une bombe! Un passif de quelques centaines de mille francs, c'est misérable! Le jour où je tomberai, moi, on croira que c'est le beffroi qui s'écroule! Voulez-vous de mon affaire?

PHILIPPE.

Il faut que je paye!

DUTRÉFLE.

Payez d'audace!

PHILIPPE.

Mais le chèque!

DUTRÉFLE.

Je m'en charge.

PHILIPPE.

Comment?

DUTRÉFLE.

Ce n'est pas votre affaire. Prenez seulement celle que je vous propose. Douze francs de hausse à la fin du

mois... Tenez, voici la dépêche... (*Lisant*) « Les mises en
magasin ne continuent pas. » Non ce n'est pas celle là.
C'est l'autre. Enfin, est-ce fait ? Je donne votre nom à
mon correspondant. Ça y est-il ?

PHILIPPE.

Non.

DUTRÈFLE.

Mais on ne se laisse pas tomber dans votre position,
sacrebleu ! Vous avez un avenir magnifique !... Vous êtes
certain d'être député. Vous n'avez qu'à vous présenter.
Mais c'est idiot ! Ce n'est pas tomber ça, c'est se coucher ! Vous mettre en faillite bénévolement ! Mais que
diable est-ce qui peut arriver de pis ? Vous vous jetez
dans l'eau de peur de la pluie ! Comment ! avant d'abandonner la partie, vous n'abattez pas votre dernière carte !
Vous avez le crédit et vous n'en usez pas ! Vous avez de
la poudre et vous ne tirez pas ! Eh ! tirez donc, tant
que le vaisseau flotte ! Tirez quand il s'enfonce !
Tirez sous l'eau ! Tirez tant qu'il vous reste un bouton
de culotte ! Tirez, morbleu ! — Oui, ou non ?

PHILIPPE.

Non.

DUTRÈFLE.

Il est onze heures. Je reste engagé jusqu'à onze heures
quinze, à minuit le courrier part. (*A part.*) Il y viendra ! Si je
m'y présentais, moi, à la députation ?... Il y a là une affaire.

SCÈNE XVIII

PHILIPPE, puis CAROLINE.

PHILIPPE.

Oui... c'est une chance... Autant de raisons pour que
contre... plus même... car la hausse est probable... Si

c'est la hausse, tout est sauvé... Si c'est la baisse... eh bien, je n'en suis ni plus ni moins perdu! Qu'est-ce que je risque?... rien. Il n'y a pas à hésiter!... demain, trop tard. Une fois mon crédit ébranlé, plus d'affaires possibles... C'est ma seule planche de salut... Si je la repousse, je me noie. Si je la saisis... que faire? Non... mille fois non. J'aime mieux perdre l'honneur que d'y manquer! Voyons... oui... Caroline d'abord! Elle est femme à vouloir sacrifier sa fortune... il faut tuer cela. Lui déclarer que je ne l'aime pas... que... (*Voyant entrer Caroline.*) Non... lui écrire plutôt, oui... sur son carnet. (*Il écrit quelques mots sur son carnet.*)

CAROLINE.

Eh bien, quelle valse?

PHILIPPE, *lui remettant le carnet.*

C'est inscrit.

CAROLINE.

Ah! Et c'est tout ce que vous avez à me dire?

PHILIPPE.

Oui.

CAROLINE.

Rien de plus?

PHILIPPE.

Non.

CAROLINE.

Eh bien, moi, j'ai encore quelque chose à vous demander. Qu'est-ce qu'un chèque protesté?

PHILIPPE.

Un chèque protesté?... Qui vous a parlé?...

CAROLINE.

Mais, vous ne pouvez donc répondre franchement à aucune question? Est-ce vrai que vous êtes sous le coup de la faillite?

PHILIPPE.

Oui.

CAROLINE.

M. Saudemont ne mentait donc pas, quand il me disait que vous ne vouliez m'épouser que pour la conjurer... pour rétablir vos affaires... que vous ne m'aimiez pas?

PHILIPPE.

Il a dit cela?

CAROLINE, *montrant Saudemont qui entre.*

Demandez-le-lui! Vous êtes un malheureux!

SCÈNE XIX

LES MÊMES, SAUDEMONT.

Philippe s'avance précipitamment vers Saudemont, et le soufflète.

Je vous tuerai!

SAUDEMONT.

Pas avant de m'avoir payé, s'il vous plaît! Vous saurez, d'ailleurs, que je n'accepte pas d'affaire d'honneur avec les gens qui ne font pas honneur à leurs affaires...

PHILIPPE, *bas à Dutrèfle qui entre.*

J'accepte!

DUTRÈFLE.

All right! Il était temps! Entrez là, je vous rejoins avec le chèque.

PHILIPPE.

Comment allez-vous faire?

DUTRÈFLE.

Je m'en charge.

SCÉNE XX

SAUDEMONT, DUTRÈFLE.

DUTRÈFLE.

Vous refusez de vous battre?

SAUDEMONT.

Je n'accepte pas cette manière de régler ses comptes! Quand il aura payé le chèque à mon ordre, je serai aux siens.

DUTRÈFLE.

Le chèque de 56,000 francs?

SAUDEMONT.

Parbleu!

DUTRÈFLE.

Mais je l'attends.

SAUDEMONT.

Comment? Qu'est-ce que vous attendez?

DUTRÈFLE.

Le chèque. C'est moi qui suis chargé du payement.

SAUDEMONT.

Vous?

DUTRÈFLE.

Certainement, je suis en compte avec La Garde. Pourquoi ne le présentez-vous pas, votre chèque?

SAUDEMONT.

Mais il est sur Méhusse!

DUTRÈFLE.

C'est une erreur de plume. Alors, c'est à Méhusse que que vous l'avez présenté?

SAUDEMONT.

Méhusse n'a pas payé.

DUTRÈFLE.

Bien entendu, il n'était pas avisé. Passons à la caisse, puisque vous êtes pressé.

SAUDEMONT.

Moi, pressé! Mais si la somme est prête!...

DUTRÈFLE.

Elle me gêne. Et puis, une fois payé, vous pouvez vous aligner.

SAUDEMONT.

Hein?

DUTRÈFLE.

Je dis, une fois payé, vous pouvez lui rembourser le soufflet qu'il vous a donné. Une, deusse! fenndez-vous à fond!

SAUDEMONT.

Oui, mais, d'un autre côté, je ne voudrais pas avoir l'air de courir après cinquante mille francs, vous comprenez?

DUTRÈFLE.

Oh! très bien.

SAUDEMONT.

Et, du moment que la somme est en sûreté,... j'attendrai.

DUTRÈFLE.

Alors, rendez le chèque.

SAUDEMONT, *lui rendant le chèque.*

Voilà.

DUTRÈFLE, *à part.*

A l'autre maintenant.

(*Saudemont sort. Dutrèfle se dirige vers le cabinet.*)

FIN DU DEUXIÈME ACTE.

ACTE III

Petit salon chez madame de Tolcy.

SCÈNE PREMIÈRE

CAROLINE, puis la CHANOINESSE.

CAROLINE, *lisant dans le code.*

Article 455... le tribunal ordonnera l'apposition des scellés et le dépôt de la personne du failli dans la maison d'arrêt... (*Le livre lui tombe des mains.*) La prison!... Et je l'ai appelé misérable! Oh! j'ai été lâche! (*La chanoinesse entre.*) Bonjour, ma tante.

LA CHANOINESSE.

J'ai aperçu de la lumière dans votre chambre très tard, cette nuit. Est-ce que vous étiez souffrante?

CAROLINE.

J'ai lu un peu tard. (*Elle sonne.*)

LA CHANOINESSE.

Dites-moi, je viens d'apprendre une jolie nouvelle. Vous êtes au courant?

CAROLINE.

Je crois que oui, ma tante.

(*Le domestique paraît.*

Reportez ces volumes à la bibliothèque.

(*Le domestique ramasse trois ou quatre gros volumes.*)

LE DOMESTIQUE, *à part.*

Décidément, madame a fait son droit cette nuit.

LA CHANOINESSE.

Eh bien! c'est du joli! Cette leçon suffira peut-être?

CAROLINE.

A quoi?

LA CHANOINESSE.

Mais à changer le cours de vos idées, ma belle!

CAROLINE.

C'est-à-dire que l'oisiveté étant la mère de toutes les vertus, une femme qui se respecte ne doit épouser qu'un homme qui ne fait rien. Est-ce bien cela, ma tante?

LA CHANOINESSE.

A peu près, ma nièce. La veuve du comte de Tolcy épouser un monsieur qui fabrique des produits chimiques!

CAROLINE.

Vous oubliez que je suis née roturière. Quant au titre de comte de M. de Tolcy, titre qu'il s'est décerné lui-même, je reconnais qu'il l'a vaillamment conquis par le courage qu'il lui a fallu pour en affronter le ridicule. Les naïfs poussaient autrefois le scrupule jusqu'à se donner la peine d'aller acheter leur titre à Rome. Lui a adopté le système moderne. Un beau matin, il a tout simplement mis le titre de comte sur ses cartes de visite, sans autre formalité. Comme d'usage, on en a ri pendant six mois, après quoi on a perdu de vue la spontanéité de cette transformation subite, le ridicule s'est évaporé et le titre est resté, ce qui me vaut d'être comtesse et de ne pouvoir, sans déroger, épouser un simple roturier!

LA CHANOINESSE.

S'il n'était que roturier!

CAROLINE.

C'est juste. Par-dessus le marché il travaille, ce qui fait double roture. Ah! si encore il ne faisait rien! S'il pouvait dire, avec un noble orgueil : « Vous voyez ces merveilles dont la science, les arts et l'industrie ont doté la terre; vous voyez les prodiges de cette civilisation sans laquelle les hommes ne seraient encore que des brutes sauvages; vous voyez ces laborieuses conquêtes faites sur la nature à qui, successivement, on a arraché tous ses secrets; vous voyez ces splendides édifices dus au génie et aux efforts de l'homme? eh bien, j'ai la gloire de n'y avoir pas apporté la plus petite pierre! Je n'y suis pour rien. J'ai le mérite d'en jouir sans y contribuer. Je ne produis pas, mais je consomme. Je suis un oisif, un inutile, un incapable, un parasite et par conséquent bien supérieur aux vulgaires artisans de mon confortable et de mon luxe et j'ai le droit de les mépriser. Je fais partie d'une élite moi, et, n'étant capable de rien, je puis prétendre à tout. »

LA CHANOINESSE.

Vous vous échauffez, ma nièce! Seriez-vous devenue socialiste?

CAROLINE.

Oui, ma tante... jusqu'au charlatanisme... exclusivement, c'est-à-dire fort peu. Je dis simplement que le plus humble des ouvriers, est, à mes yeux, cent fois plus honorable que le monsieur qui ne fait rien.

LA CHANOINESSE.

L'homme qui ne fait rien, ma nièce, a du moins un petit avantage, c'est qu'il ne fait pas faillite.

CAROLINE.

L'homme qui ne va pas au feu, ma tante, jouit de cet avantage, qu'il ne reçoit pas de boulets de canon.

LA CHANOINESSE.

Quoi! Vous, la sœur d'un officier, vous comparez le joueur qui fait la culbute sous le péristyle de la Bourse au soldat qui tombe sur le champ de bataille!

CAROLINE.

Les joueurs sont précisément des hommes qui ne travaillent pas, votre exemple est mal choisi! Je compare entre eux les hommes qui luttent pour la gloire et la fortune de leur pays et qui tombent sur n'importe quel champ de bataille. Du reste, M. La Garde a fait brillamment son devoir de soldat pendant la guerre. Il est tombé sur le champ de bataille de Saint-Quentin et a été décoré pour sa belle conduite.

LA CHANOINESSE.

Il y a pourtant cette petite différence que la chute des uns c'est l'honneur, que celles des autres c'est la honte.

CAROLINE.

Pas à mes yeux, du moins.

LA CHANOINESSE.

Décorons-les tous et n'en parlons plus! Les faillis seront chevaliers et les banqueroutiers commandeurs!

CAROLINE.

Vous avez raison de ne pas les confondre.

LA CHANOINESSE.

Oh! je n'y regarde pas de si près.

CAROLINE.

Alors, vous avez tort. Le banqueroutier est un fripon, le failli est un honnête homme.

LA CHANOINESSE.

C'est dans les livres qu'on vient d'emporter que vous avez fait ces belles découvertes?

CAROLINE.

Oui, dans le Code. Le failli est un honnête homme;
car, s'il ne l'était pas, il serait banqueroutier.

LA CHANOINESSE.

Ah!... mais vous êtes d'une force!...

CAROLINE.

La faillite...

LA CHANOINESSE.

Est un titre de noblesse peut-être?

CAROLINE.

Elle est du moins une preuve d'honnêteté. Elle constate que tous les actes du négociant malheureux ont
été passés au crible d'un sévère examen et reconnus
honnêtes. Sait-on ce qu'on découvrirait chez ceux qui
prospèrent s'ils subissaient les mêmes épreuves?

LA CHANOINESSE.

Très joli! En sorte que tout négociant qui n'a pas
fait faillite est par cela même suspect?...

CAROLINE.

La mauvaise foi ne se présume pas.

LA CHANOINESSE.

Vous me charmez. Mais puisque la loi les fait si
blancs et si purs vos intéressants clients, pourquoi les
frappe-t-elle d'une flétrissure?

CAROLINE.

Cette loi est absurde. Supposez que votre notaire dis-
paraisse en enlevant sa caisse....

LA CHANOINESSE, *sursautant.*

Mon notaire!

CAROLINE.

C'est une simple supposition, ne vous effrayez pas.

LA CHANOINESSE.

Soit! Supposons-le.

6

CAROLINE.

Vous avez bien quelques petites dettes?

LA CHANOINESSE.

Des dettes?... sans doute. Je dois à mes fournisseurs comme tout le monde.

CAROLINE.

Ne pouvant plus payer, vous faites faillite.

LA CHANOINESSE.

Par exemple! Pour faire faillite, il faut être commerçant, exercer un métier.

CAROLINE.

En un mot, travailler. Or, vous ne travaillez pas, donc vous êtes à l'abri légalement. — Vous ne payez pas, c'est vrai, mais aussi vous ne travaillez pas. L'honneur est sauf. Donc, voici un homme, un travailleur qui a été toute sa vie utile à tous... voici un autre homme, un oisif qui n'a jamais rien fait que des dettes et des dupes. Un beau jour, l'oisif ruine le travailleur en ne le payant pas. Que va-t-il se passer? L'honnête homme est mis en faillite, déshonoré; quant à l'autre, il continue à marcher la tête haute; son honneur est intact et toute femme peut être fière de l'épouser. Voilà la loi.

LA CHANOINESSE.

Changez-la, ma nièce (1), et, en attendant, faites-moi grâce de vos paradoxes. Quand une femme en tient pour un homme, les défauts de cet homme deviennent des qualités et ses tares des vertus! Mais, ne l'oubliez pas, peut-être serait-ce présumer beaucoup de ma bonne volonté que de compter sur mon héritage après une pareille incartade.

(1) On sait qu'elle a été changée depuis.

CAROLINE.

L'homme qui voudra m'épouser ne s'arrêtera pas plus que moi à une question d'argent, ma tante.

LA CHANOINESSE.

Tenez, vous êtes folle à lier! Ce monsieur connaissait sa situation de longue date. En vous laissant vous engager, il a fait une spéculation malhonnête qu'il n'a pas eu le temps de mener à bonne fin, heureusement.

CAROLINE.

Je ne crois pas à cette infamie.

LA CHANOINESSE.

Quoi qu'il en soit, M. La Garde va être mis en faillite, si ce n'est déjà fait et, que la loi soit bonne ou mauvaise, on n'épouse pas un failli, ma chère nièce!

CAROLINE.

Il ne l'est pas encore!

LE DOMESTIQUE, *annonçant.*

Mademoiselle La Garde.

CAROLINE, *vivement.*

Ah! qu'elle entre!

SCÈNE II

ANTOINETTE, CAROLINE, LA CHANOINESSE.

CAROLINE.

Philippe m'aime-t-il?

ANTOINETTE.

Quelle question me fais-tu là?

CAROLINE.

Jure-moi que tu en es sûre.

ANTOINETTE.

Mais, je te le jure! Pourquoi?

CAROLINE.

Alors, le reste n'est rien!

ANTOINETTE.

Le reste? Quel reste? La nouvelle que je viens t'annoncer?...

CAROLINE.

Je la connais, la nouvelle.

ANTOINETTE.

Ah! il a parlé l'indiscret! Tu ne m'embrasses pas?

CAROLINE, *l'embrassant.*

Oh! de tout cœur. Pauvre, pauvre chère amie! Quelle part je prends à ton chagrin.

ANTOINETTE.

A mon chagrin! Quand je suis si heureuse!

CAROLINE.

Heureuse?... toi?

ANTOINETTE.

Ne suis-je pas bien sûre de mon bonheur avec ton frère?

LA CHANOINESSE.

Il vous épouse?... quand même?

ANTOINETTE.

Quand même?

CAROLINE.

Ah! c'est bien de sa part!

ANTOINETTE.

Comment?

CAROLINE.

Oui, c'est bien et c'est beau! (*Elle l'embrasse.*) Ferdinand est un noble cœur.

ANTOINETTE, *à part.*

C'est bien? c'est beau?...

SCÈNE III

LES MÊMES, FERDINAND.

FERDINAND, *brusquement.*

C'est vous que je cherche, mademoiselle. Vous savez ce qui se passe ?

ANTOINETTE.

Ce qui se passe ?

FERDINAND.

Votre frère est un drôle !

ANTOINETTE.

Monsieur ! Qu'est-ce que vous dites ?

FERDINAND.

Votre frère est un...

ANTOINETTE.

Je vous cède la place. (*Elle fait une révérence et va pour sortir.*)

CAROLINE, *à Antoinette.*

Ma chère amie !... Ferdinand...

FERDINAND.

Est-ce que vous ignorez, mademoiselle, que vous êtes complètement ruinée ?

ANTOINETTE.

Oui, monsieur, je l'ignore.

FERDINAND.

Vous ne savez pas que vous êtes dépouillée par votre frère ?

ANTOINETTE.

Cet homme est fou !

CAROLINE.

De grâce, Ferdinand !

FERDINAND, à *Caroline*.

On a voulu nous faire jouer à tous deux le même rôle dans cette comédie, celui de dupe!

ANTOINETTE.

De dupe?

FERDINAND, à *Caroline*.

Tu m'as vu hier chez Philippe. Ma visite avait pour but de lui demander, à lui d'abord, d'agréer ma recherche. (*Il s'incline légèrement en regardant Antoinette.*) Je lui fais part de mes... de mon... de mes sentiments pour mademoiselle et je lui demande quelle est sa dot... Oui, ma question était peut-être un peu brutale... mais elle était nette, franche et loyale — 250,000 francs. — En titres? — En titres. — Parfaitement libres? — Parfaitement libres. — Très bien. J'obtiens, oh! sans difficulté, l'agrément de ce... de Philippe, puis celui du général, puis celui de mademoiselle elle-même. (*Il sadze.*) Or, sais-tu ce qui venait de se passer quelques minutes avant ma visite? M. La Garde s'était entendu avec son digne banquier M. Méhusse pour spolier mademoiselle à leur profit commun. M. La Garde, embarrassé dans ses affaires, à ce qu'il paraît, et pressé par ce Méhusse, le remboursait en partie avec l'argent de sa sœur... comptant prolonger ainsi son existence commerciale... jusqu'à son mariage avec toi.

LA CHANOINESSE.

C'est charmant.

ANTOINETTE.

Quelle infâme calomnie!

FERDINAND.

On fit écrire à mademoiselle une lettre par laquelle elle consentait à tout. Mademoiselle n'avait donc plus rien au moment où elle me faisait l'honneur de m'accorder sa main.

LA CHANOINESSE.

Tout à fait charmant !

ANTOINETTE.

Mon Dieu! Que suppose-t-il ?

FERDINAND.

Quant à M. Méhusse, une fois l'argent dans sa caisse, il l'a fermée au nez de son complice qui devenait sa dupe. En sorte que M. La Garde est sur le point de faire faillite et que mademoiselle est dévalisée. Comprends-tu ?

CAROLINE.

Non, je ne comprend pas.

ANTOINETTE.

Mais... je rêve... c'est un horrible cauchemar! Tout cela n'est pas vrai, n'est-ce pas? ruiné!... faillite!... comédie !... dupes! Il nous accuse de friponnerie, lui... lui! Oh! mais où suis-je? C'est bien vous qui êtes là Caroline... Toi-même, tout à l'heure, tu étais singulière... Mais quoi? Quoi donc ! Mais ce qu'il dit n'est pas possible? Mais dis-le-lui donc! Tu n'entends pas qu'il nous accuse!

LA CHANOINESSE.

Mademoiselle, avez-vous, oui ou non, écrit cette lettre à M. Méhusse ?

ANTOINETTE.

Vous me questionnez ?

CAROLINE.

Réponds, ma chérie.

ANTOINETTE.

Une lettre à M. Méhusse!

FERDINAND.

Oui, une lettre à M. Méhusse. Que diable! on n'écrit pas sans s'en apercevoir une lettre par laquelle on abandonne toute sa fortune! L'avez-vous écrite ?

ANTOINETTE, *se souvenant.*

Oui, en effet... j'ai écrit une lettre à M. Méhusse, hier matin... mais...

LA CHANOINESSE.

Et vous nous accordiez votre main hier soir!

ANTOINETTE.

Pourquoi pas?

LA CHANOINESSE, *saluant.*

Mademoiselle! (*Elle sort.*)

FERDINAND.

Pourquoi ne m'avez-vous pas instruit?

ANTOINETTE.

De quoi? Dans quel intérêt? Je n'ai rien abandonné de ma fortune. Que voulez-vous dire?

FERDINAND.

Soit! Vous ne saviez pas que vous aviez signé votre ruine, mais votre frère? Il le savait, lui! Il connaissait sa situation! Est-ce que, au moment de ma visite, il ignorait que vous aviez écrit cette lettre?

ANTOINETTE.

Je venais de le lui dire.

CAROLINE.

Tu venais de le lui dire?

FERDINAND.

Vous veniez de le lui dire! Et il m'a assuré que votre fortune était intacte et parfaitement libre!... Vous voyez bien que la conduite de votre frère envers vous, envers moi, envers ma sœur,...est celle d'un misérable!

ANTOINETTE.

C'est vous qui êtes un misérable et un lâche! (*A Caroline.*) Et toi aussi tu es lâche de me laisser insulter chez toi par ton frère!... de laisser insulter Philippe! (*Elle sanglote.*)

FERDINAND.

Mademoiselle!... Mademoiselle!... vous n'êtes pas coupable... vous, j'en suis convaincu... D'ailleurs, je vous ai donné ma parole... et je n'en ai qu'une, moi.

ANTOINETTE.

Je vous la rends!

FERDINAND.

Je ne la reprends pas.

ANTOINETTE.

Je reprends la mienne!

FERDINAND.

Je ne vous la rends pas!

(*Antoinette sort. Caroline la suit.*)

SCÈNE IV

FERDINAND, puis CAROLINE.

FERDINAND (*Il marche avec agitation. Caroline rentre*).

J'aurai toute la famille sur les bras, mais ça m'est égal, je n'en aurai pas le démenti!

CAROLINE.

Tu as raison! Mais...

FERDINAND.

J'ai été un peu vif?

CAROLINE.

Trop! Beaucoup trop.

FERDINAND.

Pauvre enfant! Ce n'est pourtant pas sa faute,... mais son frère quel...

CAROLINE.

Punis-le!

FERDINAND.

Le punir? comment?

CAROLINE.

D'une manière digne de nous, en le sauvant! Sauvons-le, Ferdinand.

FERDINAND.

Lui? ah bah!

CAROLINE.

Oui.

FERDINAND.

Sacrifier ma fortune pour l'honneur de ce drôle! Mais avec quoi ferai-je vivre sa sœur, moi, si je l'épouse?

CAROLINE.

C'est vrai, garde les ressources. Mais il ne sera pas dit que le nom que j'ai dû porter traînera dans la boue!

FERDINAND.

Que prétends-tu faire?

LE DOMESTIQUE, *annonçant.*

M. Saudemont.

CAROLINE.

Que me veut ce personnage?

FERDINAND.

Je ne sais pas. Tu le reçois?

CAROLINE.

Jamais! (*Au domestique.*) Je n'y suis pas. (*Se ravisant.*) Si! Faites entrer. (*A part.*) Pour être utile à un homme ce sont ses ennemis qu'il faut entendre!

SCÈNE V

LES MÊMES, SAUDEMONT.

SAUDEMONT, *saluant.*

Madame! (*Bas à Ferdinand.*) Eh bien! vous ai-je trompé?

FERDINAND.

Non, c'est un malhonnête homme!

SAUDEMONT.

Madame en est-elle également convaincue?

FERDINAND.

Espérons-le!

SAUDEMONT, *à Caroline.*

Après le petit service que j'ai eu le bonheur de vous rendre...

CAROLINE.

Vous venez chercher mes remerciements?

SAUDEMONT.

Si vous croyez que je les ai mérités.

CAROLINE.

Exigez-vous aussi une récompense honnête?

SAUDEMONT, *à part.*

Honnête ou non...

CAROLINE.

Mon Dieu, monsieur, vous m'avez informée d'une situation que j'aurais connue sans vous quelques heures plus tard; par conséquent, je ne vois pas trop....

SAUDEMONT.

Vous n'auriez pas connu cette situation sans moi, madame, car, sans moi, elle ne se serait pas révélée.

CAROLINE.

Ah! Comment donc cela?

SAUDEMONT.

Désirant, madame, dans votre intérêt, me renseigner sur cette situation de M. La Garde, j'ai pris à mon service un de ses employés.

FERDINAND.

Oui vous l'avez débauché.

SAUDEMONT.

Non, je lui ai offert mille francs de plus par an, simplement.

CAROLINE.

Alors, il n'y a rien à dire.

SAUDEMONT,

Seulement, quand j'ai su ce que je voulais savoir, j'ai mis le jeune homme à la porte pour lui apprendre la discrétion.

CAROLINE.

En sorte que vous avez obtenu vos renseignements pour rien?

SAUDEMONT.

Et que j'ai donné un exemple de haute délicatesse.

CAROLINE.

C'est habile.

SAUDEMONT.

C'est politique, l'enfance de l'art.

CAROLINE.

Et... qu'avez-vous appris?

SAUDEMONT.

Ce que je soupçonnais. Que M. La Garde était gêné, très gêné... comme tant d'autres!...

CAROLINE.

Comme vous, par exemple.

SAUDEMONT.

Moi... madame la comtesse, j'ai pour deux millions de foin dans mes bottes.

CAROLINE.

Vous ne mourrez pas de faim.

SAUDEMONT.

Ce serait malheureux! Cela fait, sous couleur d'aller demander des renseignements à Méhusse, je lui en ai porté, moi.

CAROLINE.

C'est ingénieux.

SAUDEMONT.

C'est politique. Naturellement, Méhusse ferme sa caisse, et voilà M. La Garde mis en demeure de faire faillite ou de vous épouser *illico*.

CAROLINE.

Il n'eût pas hésité, suivant vous?

SAUDEMONT.

Vous êtes trop modeste, madame la comtesse, mais j'étais là, et je vous avais mis en garde contre La Garde. (*A part.*) Encore un mot.

CAROLINE, *à part.*

Pauvre Philippe! Pauvre ami! Une pareille épreuve! Tout sacrifier... tout perdre... c'eût été stoïque, c'eût été impossible! Impossible à un saint! (*Depuis un moment, elle joue machinalement avec son carnet de bal qu'elle a pris sur la table; elle en regarde distraitement les pages. Tout à coup, ses yeux se fixent, lisant.*) « Je ne vous aime pas,... j'aime une autre femme,... pardonnez-moi! Adieu! » Que signifie? Mais quand donc?... Ah! oui! oui!... hier soir au bal! Je comprends. Ah! oui, je comprends. Et moi qui l'ai accusé!... Dieu merci! il est encore temps peut-être? (*A Saudemont.*) Est-ce que la faillite est inévitable, maintenant, monsieur Saudemont?

SAUDEMONT.

Inévitable! Ah! soyez tranquille! Elle l'est, et même c'est grâce à vous.

CAROLINE.

A moi?

SAUDEMONT.

Qui lui avez très élégamment servi le coup du lapin.

CAROLINE.

Plaît-il?

SAUDEMONT.

Je n'ai pas bien entendu ce que vous lui avez dit, mais c'est là-dessus qu'il est allé donner, tête baissée, dans les panneaux de ce diable de Dutrèfle.

CAROLINE.

Quels panneaux?

SAUDEMONT.

Une spéculation mirobolante, qui lui ajoute pour trois ou quatre cent mille francs de plomb dans le râble! Oh! il ne courra plus loin!

CAROLINE, *à part.*

C'est moi qui l'ai perdu!

SAUDEMONT, *confidentiellement.*

Maintenant que nous avons paré la botte, voulez-vous que je vous indique un joli coup en manière de riposte? Ce serait, une fois la faillite déclarée, d'acheter son usine pour un morceau de pain et ses brevets pour rien du tout. Il y en a un dans le tas qui, entre ses mains, est une non-valeur, mais qui, avec de l'appui, du piston...

FERDINAND.

Ah bah!

SAUDEMONT.

C'est comme j'ai l'honneur de vous le dire.

FERDINAND.

Vous avez des amis influents?

SAUDEMONT, *à Caroline.*

Un peu! — Eh bien! madame la comtesse, pendant que je suis en train de travailler pour vous,...si le cœur vous en dit,... je vous offre de faire l'affaire ensemble... Nous mettons chacun une centaine de mille francs,... Méhusse avancera le reste et je vous donne la moitié du bénéfice,... (*Plus bas.*) pour le simple bonheur d'être votre associé.

FERDINAND, *bas à Caroline.*

Si je le jetais par la fenêtre?

CAROLINE.

Cependant... Si M. La Garde trouvait à emprunter...

SAUDEMONT.

800,000 francs! d'ici à trois jours! Allons donc!

CAROLINE.

D'ici à trois jours?

SAUDEMONT.

Il a convoqué ses créanciers pour le 15.

CAROLINE.

Pour le 15!

SAUDEMONT.

Eh! il n'avait pas de temps à perdre! La fameuse spéculation court toujours! On ne sait pas où elle s'arrêtera! Eh bien, qu'est-ce que vous me répondez?

CAROLINE.

Passez chez mon notaire, maître Pringeart, qu'il prépare une procuration pour vendre mes valeurs personnelles, j'irai la signer dans une heure!

SAUDEMONT, *à part.*

Eh bien! Je suis encore plus fort que je ne croyais! Avec les femmes, comtesses ou non, il n'y a qu'à oser! Tout est là. On arrive à des résultats foudroyants dont on est étonné soi-même!

CAROLINE.

Repassez ensuite chez maître Pringeart, prenez procuration et titres, et faites vendre aujourd'hui même par le banquier que vous voudrez, en lui disant de tenir les fonds prêts.

SAUDEMONT.

Madame la comtesse, ce sera fait.

FERDINAND.

Caroline!

CAROLINE.

Laisse-moi faire! (*Elle sonne, le domestique paraît.*)
Reconduisez monsieur.

SAUDEMONT.

A bientôt... comtesse... commandant... (*A part.*)
Voilà ce que j'appelle mener de front le sentiment, les
finances (*Donnant une poignée de main au domestique*)
et la politique!

SCÈNE VI

CAROLINE, FERDINAND.

FERDINAND.

Ah ça! qu'est-ce que tu fais donc, toi?

CAROLINE.

Ferdinand, ne perdons pas une minute! Pendant
que cet homme va m'aider à réaliser mes valeurs,
cherche de ton côté, je chercherai du mien... Il n'est
pas coupable! C'est nous qui le sommes de l'avoir
accusé! Oh! bien coupables! tiens, lis! (*Elle lui présente le carnet.*) Voilà ce que je découvre! Voilà ce qu'il
m'écrivait hier soir!.. et je n'ai pas lu, moi, je n'ai pas
compris! Et je l'ai outragé! et je l'ai perdu!

FERDINAND, *après avoir lu.*

Qu'est-ce que cela veut dire?

CAROLINE.

Mais qu'il rompait! Tu ne comprends donc rien?
Qu'il rompait en voyant sa ruine qu'il avait espéré conjurer... au moyen de ce brevet peut-être! Voilà pourquoi
depuis si longtemps il ne voulait pas conclure ce mariage!... il attendait le succès, la fortune! Mais, placé
par ce banquier dans l'alternative de périr ou de se

sauver par un moyen déloyal, il a préféré le naufrage, la ruine et le déshonneur à la déloyauté.

FERDINAND.

Mais il dit qu'il ne l'aime pas! qu'il aime une autre femme.

CAROLINE.

Oui, pour m'ôter jusqu'au droit, jusqu'à l'envie de le secourir! Pauvre cher malheureux!

FERDINAND.

Ah! tu crois! Enfin, soit! Voilà pour ce qui te concerne. Mais, quand il m'affirmait que la dot de sa sœur était intacte!... il savait...

CAROLINE.

Il ne savait rien!

FERDINAND.

Elle venait de l'instruire!

CAROLINE.

. Il ne savait rien! Un homme ne se conduit pas à la fois avec cette indélicatesse et cette grandeur d'âme!

FERDINAND.

Le fait est que...

CAROLINE.

Oh! J'en suis sûre! Ce malentendu s'éclaircira aussi à son honneur! (*Frappée*)... Mais je me rappelle.., oui... je me rappelle! mais j'étais là, moi!... j'y étais! oui! quand elle lui a déclaré avoir écrit cette lettre à M. Méhusse... et... il l'en a blâmée devant moi, et devant moi, il lui a fait promettre de donner contre-ordre!

FERDINAND.

Alors, il a refusé l'argent de sa sœur!

7

CAROLINE.

Oui, oui, je l'ai vu, je l'ai entendu! Comment ne me suis-je pas rappelé cela tout de suite?

FERDINAND.

Alors, il ne m'avait pas trompé?

CAROLINE.

Ah! J'en étais bien sûre qu'il en était incapable!

FERDINAND.

Et tu m'as laissé faire une pareille avanie à cette jeune fille?

CAROLINE.

Ferdinand, cours! Va voir tes amis... ceux de Philippe, obtenons de l'argent... du temps... que sais-je?

FERDINAND.

Et qui diable veux-tu que j'aille voir! Un million! C'est ridicule!.. (*Il sort.*)

SCÈNE VII

CAROLINE.

Voyons... par où commencer?... Que puis-je moi d'abord?... (*Chiffrant sur son carnet.*) 15,000 francs de rente 3 p. 100 à.... Combien vaut la rente? Je ne sais pas... enfin c'est 350,000 francs environ... pas la moitié de ce qu'il faudrait... A qui m'adresser maintenant?

LE DOMESTIQUE.

M. le baron de Courcome.

CAROLINE.

Ah! c'est le ciel qui l'envoie!

SCÈNE VIII

CAROLINE, LE BARON.

CAROLINE.

Monsieur de Courcome, quel est votre plus proche parent?

LE BARON.

Philippe, vous le savez bien!

CAROLINE.

Vous lui êtes dévoué?

LE BARON.

Il donnerait sa vie pour moi.

CAROLINE.

Mais vous, vous l'aimez?

LE BARON.

Si je l'aime! Un garçon qui me fera décorer!... Oh mais! j'y compte, vous savez?

CAROLINE.

En un mot, vous êtes pour lui un ami véritable?

LE BARON, *inquiet.*

Pourquoi me demandez-vous ça?

CAROLINE.

Répondez.

LE BARON.

Mais... ce qui est à lui est à moi.... Je veux dire ce qui est à l'un est à l'autre! Il me l'a prouvé cent fois.

CAROLINE.

Lui?

LE BARON.

Oui.

CAROLINE.

Mais vous?

LE BARON.

Moi! Je n'attends qu'une occasion !

CAROLINE.

Je vous l'apporte.

LE BARON.

Ah! (*Cherchant à faire bonne contenance.*) Bon !

CAROLINE.

Vous ne savez pas ce qui lui arrive à votre cousin, à votre frère, comme vous l'appelez?

LE BARON.

Non.

CAROLINE.

Il est ruiné!

LE BARON.

Bah !

CAROLINE.

Et, si on ne lui vient pas en aide, il est sur le point d'être mis en faillite.

LE BARON.

Vous plaisantez !

CAROLINE.

C'est tout ce qu'il y a de plus sérieux et de plus grave !

LE BARON.

Sapristi!

CAROLINE.

Vous comprenez qu'il faut le tirer de là à tout prix !

LE BARON.

Pardieu! (*A part*) Voilà ma décoration au diable !

CAROLINE.

Ce serait un coup mortel pour lui!

LE BARON.

Et pour moi donc!

CAROLINE.

Je crois bien. Vous, son ami !

LE BARON.

S'il n'était que mon ami !... mais, c'est qu'il est mon parent... nous ne portons pas le même nom, heureusement... mais il n'en est pas moins mon proche parent, c'est connu... et ma considération...

CAROLINE.

J'avoue que ce n'est pas précisément à ce point de vue que...

LE BARON.

Ce point de vue a bien son intérêt, comtesse.

CAROLINE.

Enfin, quel que soit le point de vue... du moment que ce malheur vous touche si fort... comme il dépend de vous de le conjurer...

LE BARON.

De moi ?

CAROLINE.

Vous êtes riche, vous êtes garçon.

LE BARON.

Mais, avant moi, il y a vous... qui êtes sa fiancée... il y a sa sœur... qui est... sa sœur et...

CAROLINE.

Sa sœur a donné toute sa fortune et je donne toute la mienne.

LE BARON.

Ah! C'est bien! cela... c'est superbe !... c'est même excessif. Eh bien ! le voilà hors d'affaire... mon concours devient superflu.

CAROLINE.

S'il en était ainsi, je ne vous le demanderais pas, mais nos sacrifices ne suffiront pas et vous allez donner la mesure exacte de votre chagrin par le prix que vous allez mettre à vous l'épargner.

LE BARON.

Cofmment, il vous ruine! Il ruine sa sœur et j'irais me
laisser ruiner, à mon tour, par un pareil égoïste!

CAROLINE.

D'abord, cela ne vous ruinera pas. Vous avez
150,000 livres de rentes... Ensuite, il ne faut plus qu'un
appoint. Réduisez votre concours au chiffre que vous
voudrez.

LE BARON.

Comment! Vous voulez que j'aille faire à Philippe une
aumône dérisoire quand, vous et sa sœur, vous vous
dépouillez complètement? En pareil cas, moi, je fais
tout ou rien....

CAROLINE.

Faites tout!

LE BARON.

Merci! Comme vous y allez! M. La Garde confond
facilement ma bourse avec la sienne, à ce que je vois!

CAROLINE.

Vous disiez même qu'il vous avait prouvé cent fois
que ce qui était à l'un était à l'autre... Prouvez-le-lui
une fois... Voilà l'occasion que vous cherchez.

LE BARON.

Je lui ai des obligations, c'est possible... mais après
le tour qu'il me joue!... vous m'avouerez que nous
sommes quittes! Me laisser croire qu'il est dans une
brillante situation... qu'il peut arriver à tout... et se
ruiner comme un imbécile! Il m'a berné! Sans compter
que cette émotion peut me... Tenez, j'ai une partie de
chasse pour demain, je suis sûr que je ne pourrai pas
tirer un coup de fusil!

CAROLINE.

Peut-être n'a-t-il pas songé que son désastre pouvait

avoir de pareilles conséquences pour vous. (*Riant aux éclats.*) Ah! ah! ah!

LE BARON.

Vous riez?

CAROLINE.

Laissez à mon amour-propre d'auteur la satisfaction d'espérer que je ne serai pas seule à rire. Ah! ah!

LE BARON.

Je ne comprends pas.

CAROLINE.

Je vais vous expliquer.... Baron, figurez-vous que je collabore à un petit proverbe... j'ai à peindre un égoïste et... pardonnez-moi, mais je me suis imaginé que vous pourriez, au besoin, en faire un assez bon modèle. Ah! ah! ah!

LE BARON.

C'est-à-dire que vous m'avez fait poser?

CAROLINE.

Mon Dieu! baron! Il me reste à vous remercier... Ah! ah! ah!

LE BARON.

Alors! l'histoire de Philippe?

CAROLINE.

Est une histoire qui va bien l'amuser. Ah! ah!

LE BARON.

Comtesse, il n'y a là qu'une assez pauvre plaisanterie, franchement... et puis cela ne se fait pas, entre nous. Vous m'avez causé une émotion réelle!

CAROLINE.

J'en suis témoin, baron! Vous avez failli vous voir forcé d'être généreux... Mais vous avez su résister à la tentation. Ah! ah! ah! Avouez que c'est drôle! C'est pris sur le vif, n'est-ce pas? Eh bien, vous verrez qu'à la représentation on dira que c'est chargé! Heureuse-

ment, vous serez là pour attester le contraire... Ah!
ah! ah!

LE BARON.

Comtesse, vous vous méprenez du tout au tout... si
vous m'aviez donné le temps de me reconnaître...

CAROLINE.

J'aime à croire que si j'avais accordé vingt-quatre
heures à votre présence d'esprit, vous eussiez trouvé
des arguments un peu moins déplorables... pour serrer
les cordons de votre bourse... Ah! ah! ah!

LE BARON.

Vous n'en croyez rien! Mais vous comprenez bien
qu'on ne reçoit pas un coup pareil à l'improviste. C'est
une fort mauvaise plaisanterie! On ne rit pas avec ces
choses-là, comtesse! Vous ne savez donc pas ce que
c'est qu'une faillite, pour un homme dans sa position?
Mais c'est effroyable! Et je ne comprends vraiment pas
que vous puissiez en faire le sujet d'une mystification!
Tenez, vous n'avez pas de cœur! Tant mieux pour vous,
du reste! Le monde est aux flegmatiques! Mais aller
jusqu'à me dire que moi...

CAROLINE.

Mon cher baron, vous montez bravement à cheval
après la bataille.

LE BARON.

Comment! Vous croyez... vous supposez... réellement...

CAROLINE, *riant.*

Oui, je suppose... je suppose... Ah! ah! ah!

LE BARON.

Je vous affirme...

CAROLINE, *sérieuse.*

Quoi?

LE BARON.

Mais, que ce n'est pas pour un million que je laisserais Philippe tomber en faillite !

CAROLINE.

Vous me le jurez?

LE BARON.

Pardieu !

CAROLINE.

Votre parole d'honneur?

LE BARON.

Ah! çà est-ce que ce serait vrai, par hasard?

CAROLINE.

Donnez votre parole d'honneur.

LE BARON.

Est-ce vrai, oui ou non?

CAROLINE.

C'est vrai.

LE BARON.

Allons donc !

CAROLINE.

Malheureusement vrai! Ainsi, je préviens M. La Garde qu'il peut compter sur vous, n'est-ce pas?

LE BARON.

Certainement! Mais... dites-moi, ce n'est pas sérieux, hein ?

CAROLINE.

Vous mettez à sa disposition..... Combien?

LE BARON.

Combien... combien... sans doute, je vous l'ai dit et je ne suis pas homme à revenir sur une parole. Mais il aurait fallu d'abord, au lieu de me mystifier, m'exposer franchement la situation!...

CAROLINE.

Mais, c'est justement...

LE BARON.

Maintenant que le voilà en faillite... on ne se relève pas de la faillite, voyez-vous, comtesse. Il ne faut pas nous le dissimuler !

CAROLINE.

C'est justement pour cela qu'il ne faut pas le laisser tomber.

LE BARON.

Sans doute, s'il était homme à se relever, mais, avec ses cornues et ses inventions biscornues, c'est un garçon qui n'arrivera jamais à rien, je l'ai toujours dit... et quand je dis une chose, moi.

CAROLINE.

Mais, vous lui prédisiez un portefeuille !

LE BARON.

Faire des sacrifices pour un homme incapable, c'est prolonger son agonie... et, dans son intérêt, il vaut mieux qu'il fasse faillite tout de suite...

CAROLINE.

Vous disiez qu'il fallait l'éviter à tout prix !

LE BARON.

Mais oui, si nous avions affaire à un homme capable, mais il ne l'est pas, puisqu'il n'a pas réussi... D'ailleurs, j'ai sérieusement à me plaindre de lui. Je l'aime beaucoup, et il me récompense en s'arrangeant de manière à me faire jouer le rôle d'un ingrat ! Qu'il se débrouille, quant à moi je ne veux plus entendre parler de lui.

CAROLINE, *se levant.*

Je ne vous cache pas que chez moi vous y resteriez fort exposé.

LE BARON, *saluant.*

Madame... (*Il sort.*)

CAROLINE, *avec découragement.*

Voilà donc les amis.

ACTE IV

Grand cabinet d'un luxe sévère. Casiers chargés de papiers. Deux
bureaux ministres, placés de profil, se font face au premier plan,
de chaque côté de la scène. Portes au fond et à droite. On entend
compter de l'argent.

SCÈNE PREMIÈRE

MÉHUSSE, ROBIN.

Ils sont assis chacun devant son bureau.

MÉHUSSE, *tenant un papier.*

Vous vous attendiez à la perte de ce procès-là,
Robin ?

ROBIN.

Quand on a affaire à la justice, il faut s'attendre à
tout.

MÉHUSSE.

Des paysans signent des billets, croyant signer des
reçus ! Est-ce que c'est ma faute ? Suis-je chargé
d'apprendre à lire aux gens de la campagne ? Eh bien !
les tribunaux ne comprennent pas ça !

ROBIN.

C'est fâcheux !... surtout pour l'effet produit...

MÉHUSSE.

Oh! quant à l'effet produit! Gagnez de l'argent, c'est le meilleur effet que vous puissiez produire.

ROBIN.

Oui, mais, c'est que nous en perdons là-dessus!

MÉHUSSE.

Voilà ce qui est fâcheux. Où ai-je donc fourré la note du *Gresham?* Ah! je l'ai. (*Il prend parmi ses papiers une petite brochure qu'il feuillette. Lisant, à part.*) « Contrairement à l'usage adopté par les autres compagnies anglaises ou continentales, la compagnie *Gresham* accorde aux assurés la faculté de voyager par mer ». Ce n'est pas ça.. Ah! voilà : « Tandis que les compagnies françaises prononcent la déchéance de la police, si la mort de l'assuré a lieu par suite de suicide, le *Gresham* en maintient la validité, après trois ans de date ». C'est bien clair, celui qui est assuré sur la vie au *Gresham* peut se suicider au bout de trois ans. La compagnie paye quand même. (*Haut.*) Robin, quelle est donc la date de la police d'assurance sur la vie de M. La Garde?

ROBIN, *après avoir pris un papier dans un carton.*

4 septembre 1869.

MÉHUSSE.

Alors, elle a trois ans de date?

ROBIN.

Trois ans et demi.

MÉHUSSE.

Bien. La police est bien à notre profit?

ROBIN.

Comment?

MÉHUSSE.

Nous sommes bien les bénéficiaires en cas de mort de l'assuré?

ROBIN.

Oui, oui, parfaitement.

LE GARÇON DE BUREAU, *annonçant à mi-voix.*

M. Dutréfle.

ROBIN.

Qu'il entre.

SCÈNE II

LES MÊMES, DUTRÉFLE.

DUTRÉFLE.

Messieurs, bonjour.

ROBIN.

Monsieur Dutréfle...

MÉHUSSE, *froidement.*

Bonjour.

DUTRÉFLE.

Eh bien !... Et l'affaire La Garde?

MÉHUSSE.

Eh bien ?

DUTRÉFLE.

On dit que vous refusez d'adhérer à l'arrangement?

MÉHUSSE.

Je ne refuse rien.

DUTRÉFLE.

Au contraire! Vous demandez quelque chose de plus que les autres.

MÉHUSSE.

Ma position n'est pas non plus la même que celle des autres.

DUTRÉFLE.

Parbleu! Elle est meilleure! Vous êtes dix fois

couvert de votre perte par les intérêts et commissions
qu'il vous paie lui depuis douze ans, d'abord.

MÉHUSSE.

Dix fois!

DUTRÈFLE.

Mettons cinq. De plus, comme créancier hypothécaire, vous mettez la main sur presque tout l'actif
immobilier... vous avez la part du lion. Vous devriez
signer à deux mains et faire signer les autres! C'est
donc une inimitié personnelle?

MÉHUSSE.

En banque, il n'y a ni amitié ni inimitié. J'ai toujours
porté à M. La Garde le plus grand intérêt.

DUTRÈFLE.

Oui, à dix pour cent. Alors, pourquoi ne signez-vous
pas puisque c'est en même temps son intérêt et le
vôtre? Parole d'honneur! Je ne comprends pas!

MÉHUSSE.

Napoléon disait à ses généraux : « — Voyez-vous
cette étoile là-bas? — Non Sire. — Eh bien, moi, je la
vois. » Dites donc, croyez-vous qu'il soit capable de...
comme on le dit?

DUTRÈFLE.

De quoi?

(*Méhusse fait le geste de se brûler la cervelle.*)

DUTRÈFLE.

La Garde? possible, mais qu'est-ce que ça peut bien
vous faire?

MÉHUSSE.

Et qu'est-ce qui vous amène?

DUTRÈFLE.

Je viens vous annoncer que je m'embarque...

MÉNUSSE, *saisi.*

Hein? vous vous embarquez?..

DUTRÈFLE.

Dans une petite opération anodine pour laquelle j'aurai recours à votre extrême obligeance.

MÉNUSSE.

Quelle opération?

DUTRÈFLE,

Je me présente à la députation.

MÉNUSSE.

Vous?

DUTRÈFLE,

En propre original.

MÉNUSSE.

Qu'est-ce que cette plaisanterie?

DUTRÈFLE.

Ma candidature? C'est une plaisanterie comme une autre,

MÉNUSSE.

Non, non, non, non! Nous n'avons pas le temps de nous amuser. Je ne vous autorise pas...

DUTRÈFLE.

Je compte me passer de votre autorisation.

MÉNUSSE.

Vous êtes dans ma main.

DUTRÈFLE.

Vous êtes dans la mienne.

MÉNUSSE.

Je suis votre créancier.

DUTRÈFLE.

Je suis votre débiteur!

MÉNUSSE.

Oui, vous vous imaginez me tenir parce que vous me devez trois millions! Je ne désire pas que vous tombiez

certainement, mais après ? ce serait un article à passer
par profits et pertes! Ma position n'en serait pas
changée, puisque vous n'avez rien !

DUTRÈFLE.

Non, mais je représente trois millions sur vos livres.

MÉRUSSE.

Au compte de créances douteuses.

DUTRÈFLE.

Allons, vous me mettez à mon aise pour la pénible
communication que je venais vous faire.

MÉRUSSE.

Une pénible communication ?

DUTRÈFLE.

Je suspends mes payements.

MÉRUSSE, *se trahissant.*

Nom de Dieu! Ne faites pas cette bêtise-là !

DUTRÈFLE.

Vous voyez bien ? Calmez-vous. Je ne suspends rien
du tout. Mais soyons sérieux et plus de rodomontades
n'est-ce pas ? Je compte sur votre caisse pour mon
élection.

MÉRUSSE.

Mais elle est absurde votre élection! Ce n'est pas avec
vos appointements de député que vous me rembourserez, je présume!

DUTRÈFLE.

D'abord, il n'est pas question de vous rembourser.
Ensuite, qui sait? Tout a une valeur! Je vends mon désistement à Saudemont.

MÉRUSSE, *radouci, après un temps.*

Combien?

DUTRÈFLE.

Cent mille.

MÉHUSSE.

Il y a mieux.

DUTRÈFLE.

Certainement... deux cent mille.

MÉHUSSE.

Non, une association.

DUTRÈFLE, *après un temps.*

C'est plus fort.

MÉHUSSE.

Vous comprenez ?

DUTRÈFLE.

J'en ai peur.

MÉHUSSE.

Vous rachetez l'usine de La Garde pour presque rien, je vous avance les fonds pour la payer, et vous l'apportez avec majoration dans une association où Saudemont apporte ses deux millions.

DUTRÈFLE.

Société en nom collectif, Saudemont et Dutrèfle.

MÉHUSSE.

Bien entendu...

DUTRÈFLE.

Nous répondons l'un pour l'autre, par conséquent.

MÉHUSSE.

Parfaitement bien...

DUTRÈFLE.

Et, aussitôt la société constituée vous la mettez en faillite.

MÉHUSSE.

Parbleu ! (*Se reprenant.*) Mais non, pas du tout !

DUTRÈFLE.

Vous faites main basse sur les deux millions de Saudemont...

MÉHUSSE.

Mais non, mais non !

8

DUTRÊFLE.

Et le tour est joué.

MÉHUSSE.

Vous ne saisissez pas !...

DUTRÊFLE.

C'est-à-dire que je ne veux pas être saisi. Allons, ça n'a pas pris, ce sera pour une autre fois. (*A Robin qui écrit.*) Il baisse, le patron !

MÉHUSSE.

Eh bien ! Voyons, je vous donne personnellement quittance de ce que vous resterez me devoir après la liquidation de votre société. Ça vous va-t-il ?

DUTRÊFLE.

Pas précisément.

MÉHUSSE.

Comment ! Être quitte et libre ! et blanc comme neige !

DUTRÊFLE.

Et nu comme un ver et failli par-dessus le marché.

MÉHUSSE.

Failli ! Vous vous ferez réhabiliter quand vous voudrez, puisque vous ne me devrez plus rien et que vous serez censé m'avoir remboursé.

DUTRÊFLE.

Vous vous imaginez que je vais me laisser déposséder comme ça d'une petite dette de trois millions ?

MÉHUSSE.

Déposséder d'une dette !

DUTRÊFLE.

Vous me croyez donc bien bête? Mon cher, la première chose que doit faire un homme réellement intelligent c'est de discerner l'intelligence de ceux à qui il a affaire et de ne pas les prendre *a priori* pour des imbéciles : vous êtes embarqué sur mon navire... ou si vous l'aimez mieux — c'est plus sentimental — nous sommes les deux tendres pigeons de la fable ! Quand j'ai une émotion, vous avez la colique, et j'irais me séparer de vous ? Et qui me soignera ? Qui me dorlotera ? Qui me donnera de l'argent pour faire la fête ? Soyons sérieux : l'acte signé, vous me faites une nouvelle avance d'un million.

MÉHUSSE.

Hein ?

DUTRÈFLE.

Eh bien, quoi ? Il vous rentre un million au lieu de deux, c'est déjà bien joli. Nous coupons Saudemont en deux et nous le partageons par moitié. Quoi de plus équitable ?

MÉHUSSE.

A la rigueur, je peux passer un million par profits et pertes, je ne peux pas en passer deux. Comprenez donc.

DUTRÈFLE.

C'est une raison.

Le garçon de caisse entre discrètement et vient parler à Robin.

ROBIN, *à Méhusse.*

M. Saudemont est là.

DUTRÈFLE.

Tiens ! il arrive à point, comme dans les comédies.

MÉHUSSE.

Voulez-vous votre quitus et cinq cent mille francs ?

DUTRÈFLE.

Tope ! Aussitôt l'acte signé, les espèces ou (*Il fait le geste de déchirer un papier*) plus d'acte.

ROBIN, *au garçon de caisse sur un signe de Méhusse.*

Faites entrer M. Saudemont.

DUTRÈFLE, *à Méhusse.*

Vous sortez ?

MÉHUSSE, *sortant par la droite.*

Je reviens.

DUTRÈFLE

Bon ! Prévenez la Banque de France.

SCÈNE III

DUTRÈFLE, SAUDEMONT, ROBIN.

SAUDEMONT, *à Dutrèfle.*

Tiens ! c'est vous ? Ah ! le veinard ! L'a-t-il roulé mon concurrent ! l'a-t-il enfoncé ! enfoncé jusqu'à la garde ! Ah ! il est bon celui-ci. Enfoncé jusqu'à la garde ! Ah ! ah ! ah ! La Garde, enfoncé jusqu'à la garde... il est fameux ce mot-là ! Ce diable de Dutrèfle ! (*A Robin.*) C'est qu'il avait essayé de me la passer à moi, son affaire ! Ç'aurait été plus fort ça, hein ?

DUTRÈFLE, *à Robin, en s'asseyant près de lui.*

Vous permettez que j'écrive une note... (*Il écrit.*)

SAUDEMONT, *à Robin.*

Et M. Méhusse ?

ROBIN.

Il vient à l'instant.

Saudemont s'assied sur un siège placé derrière le bureau de Méhusse.

SAUDEMONT.

C'est égal ! Vous avez eu une fière chance que je ne vous ai pas pris vos 56,000 francs ! Vous seriez créancier à ma place.

DUTRÈFLE, *écrivant.*

Oui, mais vous auriez probablement la bedaine percée d'un coup d'épée à l'heure qu'il est.

SAUDEMONT.

Pas du tout, puisque mon adversaire suspendait ses payements ce matin ! Il ne réglait plus de comptes ! Je vous revaudrai celle-là !

DUTRÉFLE.

Quand vous voudrez!

SCÈNE IV

LES MÊMES, MÉHUSSE.

MÉHUSSE, *sans voir Saudemont caché par son bureau ni Dutrèfle caché par le bureau de Robin.*

Eh bien !... où est-il cet imbécile ?

DUTRÉFLE, *se levant.*

Moi?

MÉHUSSE.

Non! l'autre !

SAUDEMONT, *se levant.*

Moi ?

MÉHUSSE.

Eh non! Robin.

ROBIN.

Mais, me voici...

MÉHUSSE.

Bien.

DUTRÉFLE, *continuant à écrire.*

Alors, vous ne voulez pas de mon argent à cinq?

MÉHUSSE.

A quatre.

DUTRÉFLE.

Cinq!

MÉHUSSE.

Quatre.

DUTRÈFLE.

Alors, j'achète du trois.

SAUDEMONT.

Encore des bénéfices à placer! Quel homme! Il ne sait quoi faire de son argent. Mais j'en ai, moi, du trois!

DUTRÈFLE.

A vendre?

SAUDEMONT.

Un peu! Quinze mille francs de rente. En voulez-vous?

DUTRÈFLE.

Non, j'attends la baisse.

SAUDEMONT, *remettant des titres à Méhusse.*

Alors, vendez-moi ça, monsieur Méhusse.

MÉHUSSE.

Bien. (*Prenant les papiers. A Robin.*) Un reçu à M. Saudemont.

SAUDEMONT.

Vous tiendrez les fonds à ma disposition, n'est-ce pas?

MÉHUSSE.

Très bien.

Robin remet un reçu à Saudemont.

DUTRÈFLE, *écrivant.*

Dites donc, Saudemont, il paraît que nous allons nous battre?

SAUDEMONT, *saisi.*

Nous battre! Qui ça?

DUTRÈFLE.

Vous et moi, parbleu!

SAUDEMONT.

Comment?

DUTRÈFLE.

Vous ne savez pas que je pose ma candidature?

SAUDEMONT.

A la députation? Vous ?

DUTRÈFLE.

Mais, aussi bien que vous. Pourquoi pas?

SAUDEMONT.

Moi? Permettez... c'est malgré moi...

DUTRÈFLE.

C'est juste! On vous fait violence. Qu'est-ce que vous pensez de ce petit boniment-ci? (*Montrant et lisant ce qu'il vient d'écrire*). C'est pour l'*Écho :*

« Nous apprenons qu'un important groupe d'électeurs fait de pressantes démarches auprès de notre éminent concitoyen, l'honorable M. Dutrèfle, pour l'amener à accepter la candidature... Nous espérons que M. Dutrèfle, dont la haute personnalité s'impose... » etc.

SAUDEMONT.

Vous faites vos réclames vous-même, vous ?

DUTRÈFLE.

Oui, je connais l'orthographe ! Et vous ?

SAUDEMONT.

Moi pas ! C'est-à-dire... Permettez !

DUTRÈFLE.

Je continue : « Monsieur le Directeur » (C'est moi qui parle ici) « En présence des démarches réitérées...

SAUDEMONT.

Réitérées !...

DUTRÈFLE.

« Que d'innombrables électeurs...

SAUDEMONT.

Innombrables !

DUTRÈFLE.

« Ont bien voulu faire auprès de moi... je croirais manquer au premier devoir d'un citoyen dévoué... à son pays, si je ne faisais, en cette circonstance, le grand et douloureux sacrifice de mes goûts et de mes intérêts personnels. »

SAUDEMONT.

C'est indécent.

DUTRÈFLE.

Qu'est-ce que vous allez donc nous raconter, vous !

SAUDEMONT.

Moi... permettez ! Tout cela ne nous explique pas votre ligne, en définitive !

DUTRÈFLE.

Ma ligne ?

SAUDEMONT.

Parbleu ! Votre ligne politique ! On ne se présente pas sans ligne ! Quelle sera votre ligne ?

DUTRÈFLE.

C'est celle qui pêchera le mieux les suffrages, parbleu !

SAUDEMONT.

Et vous appelez ça une ligne ?

DUTRÈFLE.

Et ce que je mettrai au bout s'appellera une amorce ! La bagatelle de cent mille francs.

SAUDEMONT, *inquiet.*

Cent mille francs !

DUTRÈFLE.

En rafraîchissements.

SAUDEMONT.

Quelle histoire !

DUTRÈFLE.

Si vous voulez vous désister je suis prêt à vous la compter !

SAUDEMONT.

L'histoire ?

DUTRÈFLE.

La somme.

SAUDEMONT.

Vous m'offrez cent mille francs de mon désistement?

DUTRÈFLE.

Je vous offre cent mille francs de votre désistement... par économie... pas de temps à perdre... pas de tournées électorales... pas de marmots à embrasser... pas de....

SAUDEMONT.

Comptant!

DUTRÈFLE.

Comptant.

SAUDEMONT, *à Méhusse.*

Vous êtes témoin?

MÉHUSSE.

Oui.

SAUDEMONT.

En voilà une idée de vouloir être député!

DUTRÈFLE.

C'est ce que je me suis dit en vous voyant vous présenter.

SAUDEMONT.

C'est de la gloriole!...

DUTRÈFLE.

Je m'en rapporte à vous.

SAUDEMONT, *à part.*

C'était bien la peine de faire des prodiges de politique pour enfoncer l'autre! Celui-ci est positivement assez fou pour sacrifier une somme énorme à sa ridicule vanité! (*Haut.*) Voyons, si je vous les offrais, moi?

DUTRÈFLE.

Les cent mille francs?

SAUDEMONT.

Oui.

DUTRÈFLE.

Pour renoncer?

SAUDEMONT.

Accepteriez-vous?

DUTRÈFLE.

Vous le verrez bien.

SAUDEMONT.

Je vous vois venir.

DUTRÈFLE.

Vous êtes si malin.

SAUDEMONT.

Eh bien! Je vous les offre.

DUTRÈFLE.

Sérieusement?

SAUDEMONT.

Sérieusement.

DUTRÈFLE, *à Méhusse.*

Vous êtes témoin?

MÉHUSSE.

Oui.

DUTRÈFLE.

Eh bien... Je refuse.

SAUDEMONT.

Vous refusez cent mille francs? Eh bien alors... pourquoi voulez-vous que je m'en contente, moi?

DUTRÈFLE, *après un temps.*

Permettez! moi, je suis sûr du succès... Je ne vous offre cette somme que pour m'épargner la peine d'aller la distribuer dans les cabarets.

SAUDEMONT.

C'est de la corruption électorale! Eh bien, moi, j'en distribuerai le double!

DUTRÈFLE.

Moi, le triple !

SAUDEMONT.

Député ! vous qui avez de la besogne par-dessus les oreilles !

DUTRÈFLE.

Peuh ! Je ne peux pas supporter le désœuvrement, moi.

MÉHUSSE.

Alors, ce n'est pas le cas de vous faire député. — Prenez les cent mille francs et rachetez l'établissement de La Garde ! C'est une bonne affaire, il n'y manque que les capitaux.

SAUDEMONT.

Tiens ! tiens ! J'avais justement songé à vous proposer de le reprendre à nous deux.

DUTRÈFLE (*bas à Méhusse*).

Bon ! il y vient tout seul !

SAUDEMONT.

Malheureusement, je viens de m'engager avec une autre personne.

MÉHUSSE.

Par écrit ?

SAUDEMONT.

Sur parole.

MÉHUSSE.

Tant qu'un contrat n'est pas signé...

SAUDEMONT.

C'est juste. (*A Dutrèfle.*) Alors, nous mettrions chacun la moitié du capital nécessaire et vous auriez la gérance ?

DUTRÈFLE.

Ah ! non. La gérance c'est la responsabilité ! Et, pour tant faire que d'être seul responsable, j'aime mieux avoir seul les bénéfices et je n'ai pas besoin de vous.

MÉHUSSE.

C'est clair. Associez-vous en nom collectif. C'est bien plus simple.

DUTRÈFLE.

En nom collectif? Oh! oh! je ne m'associe pas en nom collectif avec le premier venu. On répond l'un pour l'autre en pareil cas!

SAUDEMONT.

Le premier venu! Je vous accepte bien, moi!

DUTRÈFLE, *riant.*

Je le pense bien!... Mais moi...

SAUDEMONT.

Mais, il me semble que ma position... (*A Méhusse.*) Dites donc monsieur Méhusse?

MÉHUSSE.

Oh! excellente! excellente!

DUTRÈFLE.

Je sais bien, je sais bien.

SAUDEMONT.

D'ailleurs, c'est vous qui tiendrez la queue de la poêle.

DUTRÈFLE.

Oui, c'est moi qui tirerai les marrons du feu pendant que vous les croquerez à la Chambre! (*A Méhusse.*) Voyons, qu'est-ce que vous dites de ça, vous!

MÉHUSSE.

Eh! eh! Ça mérite réflexion.

SAUDEMONT (*bas à Méhusse*).

Poussez-le, c'est vous qui aurez nos affaires.

MÉHUSSE (*bas à Saudemont*).

Ma conscience parle plus haut que mon intérêt!... Donner un conseil... c'est une responsabilité...

SAUDEMONT.

Mais, j'ai deux millions! (*A Dutrèfle.*) Est-ce dit?

~~~~~~

DUTRÉFLE.

Oh! je ne fais pas les affaires comme ça!

MÉHUSSE.

C'est prudent. (*A Saudemont.*) On ne fait pas les affaires par surprise. Formulez votre proposition par écrit. M. Dutrèfle réfléchira... se renseignera.

DUTRÈFLE, *tirant sa montre.*

Diable! trois heures! Au revoir.

SAUDEMONT.

Attendez donc !

DUTRÈFLE.

L'heure du journal!

SAUDEMONT.

Mais, si nous nous arrangeons... ce n'est pas la peine, puisque vous me cédez la place.

DUTRÈFLE.

Je vais toujours jusqu'à l'imprimerie... et si je me dé- cide... ma foi, je vous repasserai l'article, il n'y aura que le nom à changer...

SAUDEMONT.

Soit! (*Bas à Méhusse.*) L'affaire est dans le sac.

DUTRÈFLE (*bas à Méhusse*).

L'affaire est dans le sac! Ne le lâchez pas qu'il n'ait signé sa proposition. (*Il sort.*)

MÉHUSSE, *à part.*

Oui, l'affaire est dans le sac, mais dans le mien.

SAUDEMONT, *à Robin.*

Je vous ai joliment mené ça!

ROBIN.

Vous êtes d'une belle force.

SAUDEMONT.

On le dit... Il n'est pas encore trop mal tourné, son petit boniment (*Lisant.*) « Notre grand industriel et émi- nent concitoyen... dont la haute personnalité s'impose. »

Avec quelques retouches et deux ou trois petits mots
flatteurs, ça pourra marcher.

MÉHUSSE.

C'est un homme à prendre au vol, vous savez! Préparez un acte d'association signé de vous... qu'on n'ait
plus qu'à lui mettre la plume à la main!

SAUDEMONT.

Je cours chez mon notaire. Et dans une heure envoyez-
y notre homme. (*Il sort.*) Les affaires et la... politique!

LE GARÇON DE BUREAU, *annonçant.*

Mademoiselle La Garde.

MÉHUSSE.

Seule?

LE GARÇON DE BUREAU.

Avec une femme de chambre.

MÉHUSSE.

Qu'elle entre.

SCÈNE V

MÉHUSSE, ROBIN, ANTOINETTE.

MÉHUSSE.

Veuillez vous asseoir, mademoiselle.

ANTOINETTE.

Monsieur... vous tenez entre vos mains l'honneur de
mon frère... je viens vous supplier d'adhérer à son arrangement qui évite la... tout en offrant les mêmes garanties... et même des garanties meilleures... car on lui
laisse la possibilité de travailler... de se relever... Enfin,
on s'épargne le remords d'avoir déshonoré un honnête
homme... une famille qui... (*Méhusse reste impassible.*)

Je viens vous supplier d'avoir pour mon frère la bien-
veillance que lui témoignent ses autres créanciers.

MÉNUSSE, *froid.*

Je n'ai à régler ma conduite sur celle de personne.

ANTOINETTE.

Veuillez m'excuser... je croyais... sans parler du sacrifice que j'ai fait... sacrifice... involontaire... c'est vrai...

MÉNUSSE.

Voulez-vous insinuer que je vous l'ai imposé !...

ANTOINETTE.

Je suis bien loin de...

MÉNUSSE.

Alors, mademoiselle, veuillez le déclarer bien haut...
de pareilles insinuations ne seraient pas le moyen d'arriver au but que vous vous proposez.

ANTOINETTE.

Mais quel est-il ce moyen, monsieur! Je ne demande
qu'à y recourir! Je ne vous dis rien de mal...

MÉNUSSE.

La situation de votre frère est fort grave.

ANTOINETTE.

Mon Dieu!

MÉNUSSE.

Fort grave!

ANTOINETTE.

Oh! mon Dieu! que faire! Oh! je vous en supplie à
mains jointes, monsieur... sauvez-le du déshonneur...
de la mort... Oh! il en mourrait !...

MÉNUSSE, *dressant l'oreille.*

Volontairement?

ANTOINETTE.

Se tuer! Philippe! Oh! grâce! grâce pour mon malheureux frère... signez... signez sa grâce! (*Elle lui pré-*

sente un papier que Méhusse prend et dépose sur son bu-
reau après l'avoir parcouru rapidement des yeux).

MÉHUSSE.

Vous devez comprendre, mademoiselle, que ce ne
sont pas les créanciers de votre frère qui doivent faire
des sacrifices, mais sa famille, d'abord.

ANTOINETTE.

Sa famille, c'est moi. Je n'ai plus rien.

MÉHUSSE.

Oh! plus rien...

ANTOINETTE.

Rien, monsieur! Vous m'avez tout... Je vous ai tout...

MÉHUSSE.

Vous avez votre dividende?

ANTOINETTE.

Mon... dividende!

MÉHUSSE.

La somme qui vous reviendra comme créancière dans
le partage des biens de votre frère.

ANTOINETTE.

Il me reviendra une somme?

MÉHUSSE.

Sans doute.

ANTOINETTE.

Je ne savais pas.

MÉHUSSE.

Vous pourriez me l'abandonner?

ANTOINETTE.

Oh! bien volontiers si...

MÉHUSSE, *lui présentant un papier qu'il tire d'un tiroir.*

Voici une formule toute imprimée... Il n'y a qu'à
signer. (*Il lui présente une plume.*)

ANTOINETTE, *prenant la plume.*

Et mon frère ne sera pas mis en faill...? Si je signe, vous signerez?

MÉHUSSE.

Je ne signerai que si vous signez vous-même.

ANTOINETTE.

Donnez. (*Elle signe.*) Je vous serai reconnaissante toute ma vie de ce que vous faites pour mon frère... c'est un honnête homme, je vous le jure!

MÉHUSSE, *saluant comme pour congédier.*

Mademoiselle...

ANTOINETTE.

Vous ne me remettez pas un double signé de vous du papier que... je viens de signer?

MÉHUSSE.

Je le remettrai à votre frère...

ANTOINETTE.

J'aurais été si heureuse de le lui porter moi-même.

MÉHUSSE.

Je le remettrai à votre frère.

ANTOINETTE.

Pourquoi pas à moi?...

MÉHUSSE.

Est-ce que vous n'avez pas confiance en moi, mademoiselle?

ANTOINETTE.

Oh! monsieur!...

(*Le garçon de bureau vient parler bas à Robin.*)

ROBIN.

C'est bien.

(*Le garçon de bureau sort.*)

(*Bas à Méhusse.*) M. La Garde et son avocat.

9

MÉHUSSE.

Ah!... (*A Antoinette qu'il reconduisait par le fond, lui indiquant la porte de droite.*) Voulez-vous passer par ici?...

ROBIN, *bas à Méhusse.*

Ils savent que mademoiselle est ici, sa bonne est dans l'antichambre.

MÉHUSSE.

Ah! alors, faites entrer! (*A Antoinette.*) Mais, voici précisément votre frère, mademoiselle, vous pouvez rester.

SCÈNE VI

LES MÊMES, PHILIPPE, CASIMIR, LE GÉNÉRAL.

CASIMIR, *bas à Philippe.*

Du calme, beaucoup de calme, vous entendez? Nous n'arriverons que par la douceur.

ANTOINETTE, *sautant au cou de son frère.*

Sauvé! M. Méhusse consent!

CASIMIR.

Monsieur, je suis le conseil de M. La Garde et... je venais précisément... Alors vous voulez bien consentir...

MÉHUSSE.

La question a fait un pas, certainement, maître Casimir.

ANTOINETTE.

Il consent! il consent! C'est convenu.

CASIMIR.

Je vous en remercie... et vous reconnaîtrez que vous n'avez pas tort de...

MÉHUSSE.

Je ne me reconnais pas d'autre tort que celui d'avoir

accordé à la parole de M. La Garde plus de confiance qu'elle n'en méritait.

PHILIPPE.

Monsieur...

CASIMIR, *interrompant Philippe.*

Enfin, vous consentez?

MÉHUSSE.

Du moment que l'on m'accorde les satisfactions auxquelles...

ANTOINETTE.

Mais ces satisfactions vous les avez; c'est chose faite... je... je viens de vous donner ma signature!

PHILIPPE.

Quelle signature?

CASIMIR, *à Méhusse.*

Auriez-vous la bonté de nous mettre au courant?

MÉHUSSE.

Mademoiselle fait allusion, sans doute, à la renonciation qu'elle a jugé convenable de faire au sujet de son dividende.

PHILIPPE.

Vous lui avez arraché ce dernier morceau de pain?

CASIMIR.

En votre faveur particulière?

PHILIPPE.

Tu as signé cela?

ANTOINETTE.

Oui, mais maintenant, que M. Méhusse signe à son tour, comme il me l'a promis.

CASIMIR, *à Antoinette.*

Vous avez eu tort, mademoiselle. Enfin!... (A *Méhusse.*) Il ne nous reste plus qu'à réclamer votre signature, monsieur.

MÉHUSSE.

Réclamer!... Je ne comprends pas, d'abord, que ces messieurs viennent avec cette attitude « réclamer » la remise d'une dette!

CASIMIR.

Permettez, monsieur Méhusse, il n'est pas en ce moment question de ces messieurs, ni de leur attitude... Vous venez de vous engager envers mademoiselle à lui remettre votre adhésion si elle signait l'abandon, en votre faveur, du dividende auquel elle a droit.

MÉHUSSE.

Mais, non.

ANTOINETTE.

Non? Vous dites non?

MÉHUSSE.

Je n'ai pas dit que je donnerais ma signature si mademoiselle me donnait la sienne.

ANTOINETTE.

Vous n'avez pas dit cela?

MÉHUSSE.

Non.

ANTOINETTE.

Qu'avez-vous donc dit?

MÉHUSSE.

J'ai dit que je ne donnerais pas ma signature si mademoiselle ne donnait pas la sienne.

ANTOINETTE.

N'est-ce pas la même chose?

MÉHUSSE.

Non.

PHILIPPE.

Mais c'est un...

MÉHUSSE.

Vous dites?

CASIMIR.

Il y a une nuance, en effet... mais si délicate que vous admettrez qu'elle ait pu échapper à Mlle La Garde.

MÉHUSSE.

Peu importe.

CASIMIR.

Justement !... Peu importe ! La question n'a pas d'intérêt du moment que vous donnez votre adhésion. La donnez-vous ?

MÉHUSSE.

Je vous répète que cela dépend des compensations que vous m'offrirez.

CASIMIR.

Il y a ici un malentendu. Si le sacrifice nouveau et consenti, cette fois, par mademoiselle, n'est pas, suivant vous, une compensation suffisante, ne l'acceptez pas et rendez-lui sa signature.

MÉHUSSE.

Je n'ai rien à rendre.

CASIMIR.

Comment !

MÉHUSSE.

Absolument rien.

CASIMIR.

Mais vous venez de reconnaître que mademoiselle avait pu se tromper au sens de vos restrictions... mentales...

MÉHUSSE.

Je n'ai rien reconnu.

CASIMIR.

Dans tous les cas, vous ne vous êtes pas entendus et la signature de mademoiselle est d'autant plus nulle que vous n'acceptez pas encore sa proposition.

MÉHUSSE.

Mademoiselle m'a fait spontanément l'abandon de
son dividende pour m'amener, c'est possible, à accorder
mon adhésion. Mais il n'y a là rien qui ressemble à
une condition et je n'en accepte aucune.

PHILIPPE, *faisant des efforts pour se contenir.*

Enfin, vous voulez encore quelque chose? Je ne vois
pas, je vous l'avoue, ce qui peut nous rester à vous
offrir.

MÉHUSSE.

Le général pourrait faire un sacrifice, ce me semble.

PHILIPPE.

Mon grand-père! Mais il n'a absolument rien, monsieur!

ANTOINETTE.

Il nous a tout donné! Tout!

MÉHUSSE.

Il a sa pension de retraite.

ANTOINETTE.

Ah! c'est horrible!

LE GÉNÉRAL.

Et ma croix de commandeur.

PHILIPPE.

Oh! jamais cela! jamais!

ANTOINETTE, *à Méhusse.*

Vous ne ferez pas cela, monsieur!

CASIMIR.

D'ailleurs, la pension du général est inaliénable...

MÉHUSSE.

Je me contenterai de sa parole.

CASIMIR, *bas à Méhusse..*

Monsieur Méhusse, franchement, la pension viagère
d'un homme de quatre-vingts ans... passés.

LE GÉNÉRAL, *qui a entendu.*

J'ai une bonne santé, je puis vivre quelques années
encore...

CASIMIR.

Sans manger!

LE GÉNÉRAL.

Vous avez ma parole.

ANTOINETTE, *courant à son père qu'elle étreint.*

C'est votre dernier morceau de pain qu'on vous
arrache, père!

PHILIPPE.

Je ne le permettrai pas! sois tranquille! C'est un par-
ricide qu'on me demande. J'aime mieux la faillite! Je
vais signer mon bilan!

LE GÉNÉRAL.

Vous m'obéirez, monsieur!

PHILIPPE.

Je ne vous obéirai pas, grand-père, si vous m'ordonnez de payer mon honneur du prix de votre vie.

LE GÉNÉRAL.

Ma vie! Je l'ai jouée cent fois pour l'honneur, monsieur. Grand merci, de votre intérêt. Moi, j'aime mieux
vous voir mort que déshonoré!

PHILIPPE.

Vous avez raison, père, d'autant plus que je suis
assuré sur la vie et que le capital assuré rembourse-
rait complétement M. Méhusse... (*Il fait un mouvement pour sortir, Antoinette court à lui et le tient
embrassé.*)

ANTOINETTE.

Philippe!

CASIMIR, *à Méhusse.*

Un pareil dénouement entre bien un peu dans vos
prévisions, n'est-ce pas, monsieur Méhusse?

MÉHUSSE, *froidement.*

En effet, maître Casimir, j'attendais cette comédie.

CASIMIR, *les dents serrées.*

Il y a plus que de l'impudence à parler de la sorte!

MÉHUSSE, *de même.*

Ah! mais, maître Casimir, de débiteur à créancier...
c'est un langage...

CASIMIR, *éclatant.*

Le créancier, c'est lui! Le débiteur, c'est vous! Il a
tenu ses engagements, vous avez manqué aux vôtres et,
même insolvable, même failli, il sera toujours plus honorable que vous, qui, après avoir ruiné, dépouillé lui,
sa sœur et son grand-père, spéculez maintenant sur
son suicide!

MÉHUSSE.

Moi?

CASIMIR, *au général.*

Et, en y poussant votre petit-fils, sachez, général, que
vous vous faites l'exécuteur des hautes œuvres de cet
homme.

MÉHUSSE.

Allons! Vous avez besoin d'une douche!

CASIMIR, *à Philippe.*

Je vous prends à témoin que je m'étais promis de rester calme. Je vous l'avais fait promettre à vous-même...
Mais devant un tel cynisme, choisissez un autre conseil!
Moi, je n'en puis supporter davantage. (*Au général.*)
Dans la prévision du désastre qui se produit, M. Méhusse a imposé à M. La Garde une assurance sur la vie
à son profit à lui, Méhusse, à la seule compagnie qui
permette le suicide!

ANTOINETTE.

Voilà donc pourquoi vous me demandiez si mon frère
était capable de se tuer!... Oh!

CASIMIR.

Oui, car la mort de votre frère fait bénéficier M. Méhusse de la somme assurée (*Il prend dans les mains de
Méhusse un papier que celui-ci cherche à dissimuler.*) Et
tenez, voici la pièce de conviction! Voici le contrat
d'assurance qu'il était probablement en train de relire
en attendant que le revolver entre en scène.

LE GÉNÉRAL, *s'approchant de Méhusse, d'une voix
profonde.*

J'ai quatre-vingt-deux ans, j'ai vu dans ma vie bien
des coquins, mais je n'avais pas encore vu de scélérat
de votre espèce! (*A Philippe.*) Sortons d'ici, mes enfants!
(*Il remonte avec Philippe, Antoinette et Casimir.*)

MÉHUSSE, *en ricanant.*

Il y a longtemps que je la connais cette musique-là.
(*A Robin.*) Qu'est-ce que vous en dites?

ROBIN.

Je dis que du moment qu'il n'y a plus rien à en tirer...

MÉHUSSE.

Vous croyez ça, vous?

ROBIN.

Et puis, pour ce qui vous restera dû!

MÉHUSSE.

Raison de plus pour tout exiger! Il en est des débiteurs comme des femmes, plus on a obtenu, plus on est
fort. J'aurai tout ce qui m'est dû!

FIN DU QUATRIÈME ACTE.

ACTE V

—

Même décor qu'au premier acte. Des sièges et une table formant bureau sont disposés pour une réunion de créanciers.

SCÈNE PREMIÈRE

PHILIPPE, MARTIN, ANTOINETTE.

Philippe, sans décoration, est assis, les coudes sur la table et la tête dans ses mains. Martin dispose des papiers sur la table.

ANTOINETTE, *entrant par la gauche, à Martin.*

C'est ici?

MARTIN.

Oui, mademoiselle.

ANTOINETTE.

Bientôt?

MARTIN.

A deux heures.

ANTOINETTE, *montrant Philippe.*

Pauvre garçon! Dites-moi, monsieur Martin... si la faillite est déclarée, qu'est-ce qu'on va faire?

MARTIN.

Comment... ce qu'on va faire?

ANTOINETTE.

On va tout vendre?

MARTIN.

Oui.

ANTOINETTE.

On ne lui laisse rien?

MARTIN.

Son lit... les vêtements qu'il porte.

ANTOINETTE.

Rien d'autre?

MARTIN.

Non.

ANTOINETTE.

Mais une bague... un souvenir ?...

MARTIN.

Non... souvent la famille rachète ces objets qui n'ont de valeur que... pour elle.

ANTOINETTE.

Mais, quand la famille n'a plus rien, elle ne peut rien racheter? Des huissiers sont venus tout saisir ce matin... jusque dans la chambre de notre grand-père... couché et malade... on a peur que nous dérobions quelque chose? Pour vivre, il faudra travailler... mais, pour travailler, il faudra vivre d'abord et... en attendant ?...

MARTIN.

Oh! mademoiselle, chez vos fournisseurs habituels, vous pourrez toujours vous procurer...

ANTOINETTE.

A crédit, dans notre position?...

MARTIN.

Le tribunal peut accorder un secours...

ANTOINETTE.

Un secours! (*Elle remonte vers Philippe.*) Pauvre frère! Pauvre grand-père!

MARTIN.

Pauvre fille! Ils n'ont pas mangé ce matin. Rien n'est

entré dans la maison... mais je n'ose pas... (*Il s'approche
d'Antoinette.*) Mademoiselle, veuillez excuser ma femme...
elle a pensé que dans le premier moment... elle a pré-
paré... (*Il ne peut continuer.*)

ANTOINETTE.

Merci, mon cher monsieur Martin !
(*Ils ne sont ni l'un ni l'autre maîtres de leur émotion.*)

MARTIN.

Je n'ai pas voulu vous faire de peine...

ANTOINETTE, *prenant la main de Martin.*

J'accepte.

MARTIN.

Je vais vous apporter cela ici. Les autres appartements sont.....

ANTOINETTE.

Fermés... oui...
> (*Martin sort et rentre, après quelques instants,
> avec une petite table très modestement servie
> qu'il met en place avec deux chaises. Antoi-
> nette s'approche de Philippe à qui elle prend la
> main.*)

Allons, Philippe, ne t'absorbe pas ainsi, il faut savoir
supporter les épreuves... vois-tu... On en sort plus
grand et plus fort. Courage! D'ailleurs, quelque chose
me dit que tout n'est pas perdu, tout s'arrangera.
Allons! Embrasse-moi !

PHILIPPE, *se levant.*

Pauvre et noble victime... qui m'as tout sacrifié...

ANTOINETTE.

Je t'ai perdu en voulant t'être utile. Si je t'avais consulté, tu serais debout. Après t'avoir perdu, je ne puis
rien pour toi! Voilà ce qui me désole !

PHILIPPE.

Toi! tu l'accuses! Oh! tais toi! je t'en supplie! je suis assez malheureux!

ANTOINETTE.

Voyons, calme-toi. Tu dois avoir faim... Veux-tu que nous déjeunions? (*Lui montrant la table.*) Regarde, c'est M™ Martin qui...

PHILIPPE.

Laisse-moi, tiens, laisse-moi! Tu n'as plus de pain! (*Il éclate en sanglots. Un temps.*)

ANTOINETTE, *le prenant par la main.*

Allons, tu n'es vraiment pas raisonnable! Comment veux-tu que j'aie du courage! Viens!

PHILIPPE.

Je ne peux pas!

ANTOINETTE.

Voyons, Philippe, tout n'est pas fini... tu as besoin de forces... Et puis, nous ne pouvons pas faire à M. Martin l'affront de ne pas toucher à ce qu'il nous offre... nous pouvons encore être généreux, vois-tu, en acceptant. (*Elle l'embrasse.*) Et puis,.. j'ai faim, moi.

(*Ils s'assoient. Elle verse du vin.*)
Bois un peu de vin.

(*Philippe essaie de boire, Antoinette sert Philippe et se sert elle-même.*)

Mange, maintenant..,

Ils commencent à manger silencieusement. Au bout de quelques instants Philippe laisse tomber sa tête sur la table et se met à sangloter. Antoinette, à bout de courage, se met à pleurer aussi, et Martin, assis au bureau, ne peut pas résister non plus à son émotion. Sur ce tableau Caroline entre par le fond, elle regarde et comprend.

CAROLINE, *à part.*

Et je n'ai rien trouvé, rien !

SCÈNE II

LES MÊMES, CAROLINE.

CAROLINE, *s'approchant d'Antoinette et lui mettant doucement la main sur l'épaule.*

Bonjour !

(*Philippe et Antoinette se lèvent.*)

ANTOINETTE.

Toi... vous... madame !

CAROLINE.

Madame ! vous ! C'est moi, oui ma chère, chère amie ! Excuse-moi de venir te surprendre ainsi... mais je n'ai rencontré personne dans la maison.

ANTOINETTE.

C'est que...

(*Martin sort discrètement en emportant la table.*)

CAROLINE.

Bonjour, Philippe ! (*Elle lui tend la main.*) Est-ce que je ne puis rien faire pour vous ?

PHILIPPE.

Rien.

CAROLINE.

Ainsi, vous ne m'aimiez pas ?

PHILIPPE.

Non.

CAROLINE.

Ainsi, vous m'avez trompée ?

PHILIPPE.

Oui.

CAROLINE, *à Antoinette.*

Tu l'entends ?

ANTOINETTE.

Oui.

CAROLINE.

Tu le crois ?

ANTOINETTE.

Oui.

CAROLINE.

Eh bien ! Moi je ne vous crois ni l'un ni l'autre. (*A Philippe avec beaucoup de douceur.*) Philippe ! mon enfant ! mon cher ami ! J'ai été bien coupable et bien cruelle ! (*Elle lui prend la main.*)

PHILIPPE.

Vous ?

CAROLINE.

Oui, mais sachez bien, mon cher ami, que je vous ai compris. En me disant que vous ne m'aimez pas, vous me donnez une nouvelle preuve de votre amour... et la plus noble et la plus délicate... en me disant que vous m'avez trompée, vous me donnez une nouvelle preuve de votre désintéressement et de votre loyauté. Oh ! pardon ! je vous demande pardon ! (*Elle lui baise la main.*)

PHILIPPE.

Pardon ! vous ! oh !

CAROLINE.

Pardon ! pardon ! pardon ! Je vous ai accusé sans voir, sans comprendre. Dites-moi que vous me pardonnez ! Mais, vous, Philippe, pourquoi ne m'avez-vous pas confié vos soucis, vos peines ? Étais-je indigne de les partager ? Qu'avez-vous donc pensé de mon courage ? Ah ! vous avez douté de moi ?

PHILIPPE.

'C'est parce que je n'ai pas douté de vous, au contraire, que je n'ai rien voulu vous dire.

CAROLINE.

Vous m'avez refusé le plus grand de tous les bonheurs, celui de vous sauver! Voyons, Philippe, qu'y a-t-il de possible? Est-il absolument trop tard?

PHILIPPE.

Oh! absolument! grâce au ciel!

CAROLINE.

Trois cent mille francs.....

PHILIPPE.

Et d'ailleurs, jamais! jamais!

CAROLINE.

Pourquoi, jamais? Je vous ai demandé pardon, et ne suis-je pas votre femme?

PHILIPPE.

Vous êtes folle!

CAROLINE.

Non.

PHILIPPE.

Je suis un homme perdu.

CAROLINE.

Je suis votre femme.

PHILIPPE.

Et, si j'étais capable d'abuser de votre folie, je ne serais pas seulement un homme déshonoré, je serais un homme sans honneur.

CAROLINE.

Et moi, si j'étais capable de vous abandonner quand vous êtes malheureux, je ne serais plus une femme, je serais une fille!

PHILIPPE, *avec désespoir.*

Je ne dois rien emporter d'ici,... pas même votre souvenir. Il faut que j'arrache votre image de mon âme.

CAROLINE.

Et vous me faites l'injure de croire que je peux vous oublier?

ANTOINETTE, *à Caroline.*

Merci! merci! Que Dieu te le rende,... car nous... nous ne le pourrons plus jamais.

CAROLINE.

Voilà votre monde qui arrive! Partons!... courage!

ANTOINETTE.

Non, non, ne nous éloignons pas! Je ne veux pas le quitter, mettons-nous ici!

CAROLINE, *pendant que Philippe cause au fond avec Casimir qui vient d'arriver.*

Tu as raison...

ANTOINETTE, *avec hésitation.*

Caroline, ton frère nous accuse-t-il toujours?

CAROLINE.

Oh! Dieu, non! Il m'a quittée pour chercher de son côté quelque moyen de salut... Oh! il avait bien reconnu son injustice. Il l'avait bien sentie avant de la reconnaître... Il était humilié, désolé!

ANTOINETTE.

Je ne lui en veux pas!

CAROLINE.

Ah! ma pauvre enfant! pourquoi ton malheureux frère a-t-il douté le premier? Que faire maintenant?

ANTOINETTE.

La volonté de Dieu! (*Elle pleure.*)

(*Elles se cachent derrière la porte de gauche où le spectateur peut les voir.*)

10

SCÈNE III

PHILIPPE, CASIMIR, MARTIN, — CAROLINE et ANTOINETTE, *cachées.*

CASIMIR, *montrant un papier.*

Pourquoi ce chiffre, représentant la perte de jeu, est-il écrit au crayon?

PHILIPPE.

Parce que c'est un chiffre provisoire basé sur le cours d'hier, l'opération n'est pas arrêtée.

CASIMIR.

Alors, il y a encore des chances?

PHILIPPE.

Non, j'ai donné l'ordre de revendre au mieux. Ce doit être fait maintenant.

CASIMIR.

Moi, j'aurais préféré attendre!... Que cette perte soit plus ou moins considérable, au point où vous en êtes,... cela ne changeait pas beaucoup votre position... Tandis que, sur un chiffre pareil,... la hausse pouvait vous tirer d'affaire. C'était une chance qu'on pouvait laisser entrevoir aux créanciers. Une perte supplémentaire de quatre cent mille francs! diable!

PHILIPPE.

Je n'ai pas cru devoir conserver des chances de gain...

CASIMIR.

Du moment que vous ne pouviez plus payer la perte, je comprends,... mais...

PHILIPPE.

Je me suis un seul jour écarté de la ligne droite. J'y rentre et je n'en sortirai plus.

CASIMIR.

Enfin! vous avez donné l'ordre de vendre au mieux immédiatement?

PHILIPPE.

A M. Gautier que j'attends d'un instant à l'autre. Il a dû télégraphier.

CASIMIR.

Voici vos gens. Venez un moment.

(*Ils sortent par la droite.*)

SCÈNE IV

ANTOINETTE, CAROLINE, *cachées*, MÉHUSSE, ROBIN.

Plusieurs créanciers entrant successivement; Martin les fait asseoir au fond, pendant que Méhusse et Robin descendent sur le devant de la scène.

MÉHUSSE, *à Robin.*

Allons donc!

CAROLINE, *bas, à Antoinette.*

C'est lui?

ANTOINETTE, *de même.*

Oui.

CAROLINE.

Je veux lui parler. (*Elle s'approche de Méhusse.*)

MÉHUSSE, *bas à Robin en la voyant s'approcher.*

Ah! il n'y a plus rien à en tirer! Nous allons voir ça!

CAROLINE.

Monsieur Méhusse?

MÉHUSSE.

Madame?

CAROLINE.

Vous êtes créancier?

MÉHUSSE.

J'ai ce désagrément, madame.

CAROLINE.

Et créancier implacable?

MÉHUSSE.

Je suis créancier.

CAROLINE.

Voyons, monsieur Méhusse, n'y a-t-il réellement aucun moyen de vous fléchir?

MÉHUSSE.

Mon Dieu!...

CAROLINE.

Si l'on vous offrait la moitié de ce qui vous reste dû... Accepteriez-vous?

MÉHUSSE.

Non.

CAROLINE.

Vous exigez le tout?

MÉHUSSE.

Non plus...

CAROLINE.

Ah! et... combien exigez-vous?

MÉHUSSE.

Cinquante mille francs.

CAROLINE.

Mais, c'est à peine s'il vous reste dû cinquante mille francs!

MÉHUSSE.

C'est possible.

CAROLINE.

Eh bien! monsieur!

MÉHUSSE.

Eh bien! madame?

CAROLINE.

Je ne comprends pas... M. La Garde n'a pas à vous rembourser plus qu'il ne vous doit!

MÉHUSSE.

Aussi n'est-il pas question d'un remboursement.

CAROLINE.

Comment, monsieur?

MÉHUSSE.

Certainement, madame, car, alors, je serais obligé de le refuser.

CAROLINE.

Pourquoi? Je comprends de moins en moins.

MÉHUSSE.

Parce que je n'ai plus le droit d'accepter.

CAROLINE.

Comment, M. La Garde n'est pas libre de vous payer?

MÉHUSSE.

Non, madame, il ne l'est plus, à moins qu'il ne paye en même temps tous ses autres créanciers. C'est la loi.

CAROLINE.

Ah! Eh bien, ce n'est pas lui, c'est moi qui vous paye, monsieur!

MÉHUSSE.

C'est-à-dire que vous me proposez de me racheter ma créance?

CAROLINE.

Si vous le voulez bien.

MÉHUSSE.

Elle n'est pas à vendre.

CAROLINE.

Qu'est-ce donc qui est à vendre pour cinquante mille francs?

MÉHUSSE.

Mon influence.

CAROLINE.

Ah! votre influence !...

MÉHUSSE.

Parfaitement.

CAROLINE.

Alors, après avoir touché mes cinquante mille francs, vous demeurez encore créancier de la même somme?

MÉHUSSE.

Je tiens à ne pas sortir de la légalité.

CAROLINE.

Cinquante mille francs, votre influence! C'est du désintéressement!

MÉHUSSE.

Vous estimez à moins l'honneur de vos amis?

CAROLINE.

Voyons, monsieur, ceci n'est pas sérieux?

MÉHUSSE.

Je suis de votre avis, c'est un prix dérisoire. Mais, enfin, je m'en contente, et c'est à prendre ou à laisser.

CAROLINE.

Monsieur...

MÉHUSSE.

C'est mon adhésion que vous voulez, n'est-ce pas, parce que, sans elle, on ne peut rien et qu'elle peut tout? Eh bien, pour pouvoir adhérer, il faut donc que je reste créancier. Si je ne le suis plus, je n'ai plus voix au chapitre, et, me sachant payé, tout le monde voudra l'être. Mais pardon... je... (*Il fait mine de prendre congé.*)

CAROLINE.

Alors, monsieur, pour cinquante mille francs...

MÉHUSSE.

Je signe l'arrangement.

CAROLINE.

Et si vous signez..., les autres..., M. Saudemont...?

MÉHUSSE.

C'est probable.

CAROLINE.

Faut-il vous faire un billet?

MÉHUSSE.

Inutile, madame, le billet est fait... Robin, recevez la signature de madame. (*A part.*) Voilà comme il n'y a plus rien à en tirer.

SCÈNE V

LES MÊMES, SAUDEMONT.

SAUDEMONT, *qui a distribué des poignées de main sur son passage, tendant la main à Méhusse.*
(*Bas.*) Eh bien, c'est convenu? pas d'arrangement?

MÉHUSSE, *bas.*

Jamais! Seulement... vous savez, il ne faut pas qu'on puisse dire que c'est moi qui... y mets obstacle!...

SAUDEMONT.

Alors, vous signez, vous?

MÉHUSSE.

Oui, mais vous, tenez bon!

SAUDEMONT.

Soyez tranquille!
(*Méhusse remonte. Chacun se lève avec déférence; on entend : « Monsieur Méhusse... Monsieur Méhusse... »*)

SAUDEMONT, *apercevant Caroline qui vient de signer.*

Tiens! vous, madame la comtesse, créancière aussi! Ah! ça me fait plaisir! parole d'honneur!

CAROLINE.

Vous avez réalisé? Quelle somme avez-vous à moi?

SAUDEMONT.

380,000.

CAROLINE.

Merci !

(Saudemont remonte et recommence à donner des poignées de mains. Caroline rejoint Antoinette.)

ANTOINETTE, *à Caroline en l'embrassant.*

Oh! ma chère amie! quel homme odieux! et toi, quelle générosité !

CAROLINE, *bas à Antoinette.*

Je suis encore plus riche que je ne croyais, malgré ce sacrifice. Il me reste 330,000. Je ne comptais que sur 300,000.

SCÈNE VI

LES MÊMES, PHILIPPE, CASIMIR, puis SERVAIS, puis MUGUET, puis DE LOUVIGNÉ.

Philippe et Casimir entrent par la droite, traversent le théâtre et vont prendre place. Casimir s'assied au bureau, à côté de Martin. Philippe se tient debout près du bureau. Il s'appuie sur le dossier d'une chaise. Personne ne le salue. Pendant toute la scène, il s'essuie fréquemment le front. Méhusse reçoit les saluts de tous à mesure qu'ils entrent. Chacun s'installe.

CASIMIR.

Veuillez prendre place, messieurs.

SAUDEMONT, *assis au premier rang. Il se retourne et se lève.*

Tiens ! bonjour, monsieur Servais! Ça va bien, mon-

sieur Servais. (*Il distribue des poignées de mains. Bas.*)
Dites donc, pour un futur député, ne pouvoir plus être
électeur, en voilà une panne ! Ah ! messieurs, la roche
Tarpéienne est près du Capitole! Tiens, bonjour, monsieur Muguet ! ça va bien, monsieur Muguet ? Ah ! ah !
vous êtes pincé aussi, vous ? (*A un créancier qu'il ne
connaît pas.*) Ah ! bonjour, monsieur... ça va bien...
monsieur...(*Il cherche le nom. Il lui donne une poignée de
main. Bas à Méhusse.*) Qui est-ce ?

MÉHUSSE.

Eh ! dites-le moi !

CASIMIR.

Messieurs, veuillez vous asseoir !

> *Entrée de Louvigné, personnage décoré et très
> digne. Il va droit à Philippe et lui serre la
> main.*

DE LOUVIGNÉ, *à Philippe.*

Croyez toujours, monsieur, à mes sentiments de sympathie. Je connais votre énergie et je ne doute pas que,
soutenu par l'estime des honnêtes gens, vous ne vous
releviez rapidement.

PHILIPPE, *que l'émotion empêche de parler.*

Merci !

> *Louvigné va s'asseoir. Méhusse se lève et lui tend
> la main.*

MÉHUSSE.

Monsieur de Louvigné...

> (*De Louvigné salue et passe sans prendre la main
> de Méhusse. Saudemont qui s'était levé pour sa-
> luer de Louvigné et avait aussi avancé la main
> se rassied en même temps que Méhusse.*)

SAUDEMONT, *bas à Méhusse.*

Il est raide, celui-là. Voilà un drôle de banquier.

CASIMIR.

Vous savez tous, messieurs, quelle crise pèse sur nos industries. M. La Garde aurait pu la traverser s'il n'avait vu lui échapper le crédit sur lequel il était en droit de compter...

MÉHUSSE.

Oh ! en droit !

CASIMIR.

En droit, monsieur Méhusse.

MUGUET, *à son voisin.*

C'est encore Méhusse qui a fait le coup?

LE VOISIN.

Pardi.

CASIMIR.

Faute de ce crédit qui lui a été retiré du jour au lendemain, M. La Garde s'est vu dans l'impossibilité de faire face à ses engagements et, par suite, sa position s'est trouvée irrévocablement compromise. Il n'a pas cru devoir différer d'un seul jour à vous en instruire afin que vous puissiez aviser sans retard. Si les biens constituant l'actif pouvaient être réalisés à peu près à leur valeur, le capital de votre débiteur, toutes dettes payées, s'élèverait encore à un chiffre important. Malheureusement la dépréciation qu'une liquidation forcée fait subir aux propriétés industrielles...

SERVAIS.

Quatre-vingts pour cent !

CASIMIR.

Dans cette situation, je viens vous proposer d'adhérer au projet de liquidation amiable qui vous a été communiqué et qui est certainement la solution la plus favorable pour tout le monde...

DE LOUVIGNÉ.

Mon Dieu, messieurs, je suis assez sérieusement intéressé dans cette regrettable affaire, pour qu'il me soit permis d'émettre un avis dans l'intérêt commun. Quand il s'agit d'un honnête homme qui n'a été que malheureux, j'estime, quoique banquier, qu'il n'y a pas deux solutions, il n'y en a qu'une : celle qui n'ajoute pas le désastre moral au désastre matériel, celle qui permet au négociant de survivre à sa ruine et qui conserve aux créanciers leur meilleure garantie, la valeur personnelle du débiteur!

SERVAIS.

Quant à moi, mon opinion est faite. Qu'est-ce que la faillite? La faillite est une opération par laquelle, deux hommes étant donnés, l'un nommé débiteur et l'autre créancier, on en crée un troisième nommé syndic qui réduit le dividende à zéro. J'ai appris les mathématiques.   (*On rit.*)

CASIMIR, *aux créanciers du fond.*

C'est bien votre avis à tous, n'est-ce pas, messieurs ?

(*Silence.*)

PLUSIEURS CRÉANCIERS.

Nous ferons comme M. Méhusse. Quel est l'avis de M. Méhusse ?

CASIMIR, *à Méhusse.*

Quel est votre avis, monsieur Méhusse ?

MÉHUSSE.

Je ne m'oppose pas à l'arrangement...

MUGUET.

Quelle est l'importance du déficit ?

CASIMIR.

Les éléments dont nous disposons permettent de l'évaluer à 400,000 francs.

CAROLINE, *bas à Antoinette.*

Seulement !

SAUDEMONT.

Et la dette de jeu ? Je demande la parole !

CASIMIR.

Parlez, monsieur.

SAUDEMONT, *se levant comme pour prononcer un discours.*

Messieurs! je crois aussi avoir le droit de prendre la parole dans cette enceinte... (*Il reste court.*)

SERVAIS.

Eh bien! parlez!

SAUDEMONT.

Et la dette de jeu? (*A Casimir.*) Vous n'en parlez pas de la dette de jeu?

CASIMIR.

Je ne peux pas porter en compte une perte qui n'existe pas encore. Ce que je puis vous dire, messieurs, c'est qu'il y a quatre jours...

SAUDEMONT, *aux créanciers.*

Quatre jours, vous entendez! Il y a quatre jours, messieurs, c'est-à-dire que sous le coup de la faillite, M. La Garde a fait une honnête spéculation se sachant hors d'état de payer un sou de sa perte! Et il a perdu quatre cent mille francs!

MUGUET.

Alors cela fait 800,000?

SAUDEMONT.

Bien entendu, 4 et 4 font 8. Le déficit est de 800,000 francs à l'heure qu'il est, au dernier cours, et ce n'est pas fini! La bille court toujours.

CASIMIR.

Messieurs, je vous disais qu'il y a quatre jours un M. Dutrèfle...

SAUDEMONT.

Ce n'est pas un M. Dutrèfle, c'est M. Dutrèfle, mon honorable associé, si vous voulez bien le permettre.

CASIMIR.

Pour se décharger d'une spéculation désastreuse, est

venu tendre à M. La Garde un piège abominable, dans lequel je ne comprends pas que M. Saudemont nous reproche d'être tombés, puisque c'est lui-même qui en profite avec son honorable associé qui vendait pendant que M. La Garde achetait.

SAUDEMONT.

La question n'est pas là.

SERVAIS.

Ni votre honorable associé non plus, en tous cas !

SAUDEMONT.

J'y suis, moi, et je soutiens que M. La Garde a agi malhonnêtement.

MUGUET.

Jouer avec l'argent des autres... risquer de gagner quand on ne peut pas perdre... il est de fait...

SAUDEMONT, *avec force.*

C'est une filouterie !

SERVAIS.

Quatre cent mille francs de perte en plus ?

CASIMIR.

Nous allons connaître le chiffre exact par M. Gautier chargé de la revente.

MUGUET.

Et vous comptez faire figurer cette perte au passif ?

SAUDEMONT.

Oh ! jamais de la vie !

SERVAIS.

Cela diminuerait notre dividende de moitié !

MÉLUSSE.

Que M. La Garde se retranche derrière l'exception de jeu et ne paye pas ! La loi ne reconnaît pas les dettes de jeu !

PLUSIEURS.

C'est évident ! Pas de dette de jeu !

DE LOUVIGNÉ, *à Méhusse.*

Si c'est une dette de jeu, c'est une dette d'honneur, monsieur.

SAUDEMONT.

Payez vos dettes d'honneur avec votre argent!

CASIMIR.

Messieurs, c'est vouloir la faillite.

MUGUET.

Oui, mais c'est vous-même qui la voulez en ne nous laissant pas d'autre moyen de sauver nos intérêts. — La faillite n'admettrait pas cette dette de jeu — elle ne peut l'admettre. — C'est vous qui la voulez, la faillite!

SAUDEMONT, *se levant.*

La faillite! Si vous disiez la banqueroute! (*Tirant un code de sa poche et lisant.*) « Code de commerce, Article 585... sera déclaré banqueroutier simple et puni d'un emprisonnement d'un an au moins et deux ans au plus, tout commerçant failli qui aura consommé de fortes sommes à des opérations de pur hasard. » C'est la banqueroute, s'il vous plaît. M. La Garde est un banqueroutier! Et ce qu'il a de mieux à faire c'est d'aller se constituer prisonnier! Voilà mon arrangement, à moi.

DE LOUVIGNÉ.

Vous êtes sévère, monsieur!

ANTOINETTE, *cachée.*

Banqueroutier!

CAROLINE, *cachée.*

La prison!

CASIMIR.

Messieurs, il n'y a ici que l'égarement momentané d'un homme frappé de vertige... la culpabilité est indépendante des résultats de la faute commise... or, supposez un résultat tout opposé, un bénéfice au lieu d'une perte... La faute eut été la même et cependant vous n'eussiez rien dit... vous en eussiez profité.

SAUDEMONT.

Jamais !

SERVAIS.

On n'a pas le droit de prendre le bénéfice quand on n'aurait pas pu payer la perte !

SAUDEMONT.

Monsieur, nous aurions refusé le bénéfice comme nous refusons la perte !

MUGUET.

Nous n'aurions pas consenti à profiter d'une...

SAUDEMONT.

Filouterie !

PLUSIEURS VOIX.

C'est positif !

ANTOINETTE.

Mon Dieu !

SCÈNE VII

LES MÊMES, GAUTIER.

CASIMIR.

Ah! Voici M. Gautier. (*A Gautier.*) Eh bien?

GAUTIER, *sans se presser, saluant à droite et à gauche les gens de sa connaissance, à mesure qu'il les aperçoit et tout en causant.*

Bonjour... bonjour... Eh bien, messieurs... bonjour.... Eh bien! j'ai deux nouvelles assez coquettes à vous annoncer... bonjour, vous allez bien ? Mais elles ne sont pas toutes les deux... Bonjour... aussi réjouissantes l'une que l'autre. Il y en a une bonne et une mauvaise. Par laquelle voulez-vous que je commence?

CASIMIR.

Avez-vous revendu?

GAUTIER.

Celle-ci, c'est la bonne.

SERVAIS.

Eh bien, allez !

GAUTIER.

Soit! Eh bien, messieurs, j'ai le plaisir de vous annoncer que c'est une affaire... Monsieur de Louvigné, j'ai l'honneur de vous saluer...

SERVAIS..

Allez donc !

GAUTIER.

Une affaire faite... et vous en auriez eu connaissance plus vite si je ne m'étais trouvé empêtré dans un encombrement de bestiaux.

SERVAIS.

Mais, sapristi! est-ce que vous croyez y être encore, dans votre encombrement de bestiaux ! Allez donc !

CASIMIR.

Voulez-vous nous dire à quel prix vous avez revendu? Nous vous demandons un chiffre.

GAUTIER.

Quatre-vingt-cinq.

PHILIPPE.

Comment quatre-vingt-cinq ?

GAUTIER.

Quatre-vingt-cinq.

SAUDEMONT.

Les cent kilos?

GAUTIER.

Quatre-ving-cinq.

SAUDEMONT.

Ça n'est pas possible. Vous rêvez.

GAUTIER.

Je rêve ?

SAUDEMONT, *criant.*

Comment ! vingt-cinq francs de hausse ?

GAUTIER.

En une seule bourse ! Confirmés par deux dépêches.

MÉHUSSE.

Alors, c'est un bénéfice de 450,000 francs ?

GAUTIER.

442,500 francs : vous oubliez de déduire le courtage.

MUGUET.

Au lieu d'une perte de 400,000 francs ?

GAUTIER.

Au lieu d'une perte de 407,500. Vous oubliez d'ajouter le courtage.

SAUDEMONT, *bas à Gautier.*

Ah ! nom de nom de Dieu ! Alors Dutrèfle...

GAUTIER.

Dame ! Puisqu'il a opéré en sens contraire ! .

SAUDEMONT, *à part.*

Ah ! nom de Dieu de nom de Dieu !

MÉHUSSE.

Alors, M. La Garde peut payer tout le monde ?

SERVAIS.

Et conserver encore du reste !

MÉHUSSE.

La réunion n'a plus d'objet.

SERVAIS.

Allez-vous-en, gens de la noce...

PLUSIEURS CRÉANCIERS.

Bravo, bravo !

SAUDEMONT, *à part.*

Nom de Dieu de nom de Dieu !

11

CASIMIR.

Il ne nous reste plus qu'à vous demander pardon de vous avoir dérangés.

(*Plusieurs créanciers viennent entourer Philippe.*)

SAUDEMONT.

En voilà une guigne ! Sacr....

SERVAIS.

Une guigne ?

SAUDEMONT.

Je veux dire une veine. (*A part.*) Sacré nom de nom de nom de nom de Dieu !

CASIMIR, *à Philippe qui lui parle bas.*

Diable ! Réfléchissez ?

PHILIPPE.

C'est fait. (*Haut.*) Messieurs, vous perdez de vue que je n'ai pas le droit d'accepter le bénéfice de cette opération.

PLUSIEURS CRÉANCIERS.

Comment ?

SERVAIS.

Vous moquez-vous du monde ?

PHILIPPE.

Vous avez vous-même qualifié l'acte que je commettrais en l'acceptant et celui que vous commettriez en en profitant.

PLUSIEURS CRÉANCIERS.

Allons donc ! Vous voulez rire ?

PHILIPPE.

Je le refuse.

SERVAIS.

Ce n'est pas sérieusement que vous parlez ?

PHILIPPE.

Je ne me permettrais pas de ne pas vous parler sérieusement. (*A Gautier.*) Veuillez télégraphier que je n'accepte qu'une résiliation pure et simple, sans bénéfice.

GAUTIER.

Bon. — C'est bien décidé ? Résiliation pure et simple ?

PHILIPPE.

Oui.

GAUTIER.

J'y vais. (*Il sort, puis revient.*) C'est bien entendu ? Je télégraphie ?

PHILIPPE.

Oui. Allez.

MÉHUSSE, *à Casimir.*

Je vous prie de remarquer que M. La Garde est seul responsable des conséquences...

DE LOUVIGNÉ, *à Philippe.*

Prenez-y garde ! Cette probité...

PHILIPPE.

C'est le déshonneur, je le sais... et l'honneur c'est l'improbité. Mon choix est fait.

CASIMIR.

C'est votre dernier mot ?

(*Gautier sort définitivement.*)

Il ne vous reste plus qu'à signer votre bilan.

(*Tumulte.*)

SCÈNE VIII

LES MÊMES, moins GAUTIER.

Caroline et Antoinette s'avancent.

CAROLINE, *à Casimir.*

Il ne manque plus, pour donner satisfaction à ces messieurs, qu'une somme de 400,000 francs environ, n'est-ce pas, monsieur ?

CASIMIR.

Oui, madame.

CAROLINE.

J'en mets 330,000 à leur disposition.

PHILIPPE.

Vous !

CAROLINE.

Comme future épouse de M. La Garde.

PHILIPPE.

Je ne veux pas de votre argent.

SAUDEMONT, *à part.*

Ah ! nom de Dieu de nom de Dieu !

PHILIPPE.

Je n'ai jamais demandé votre main et je ne veux pas de votre argent.

CAROLINE.

C'est à ces messieurs que je l'offre.

PHILIPPE.

Madame ! je vous adjure ! Vous faites de moi le dernier des hommes !

CAROLINE.

Aimez-vous mieux qu'on croie que vous vous opposez à ce sacrifice pour m'épouser riche ?

PHILIPPE.

On ne le croira pas longtemps, madame ! (*Il sort.*)

SCÈNE IX

LES MÊMES, moins PHILIPPE.

CAROLINE, *à Casimir.*

M. Saudemont voudra bien vous remettre le montant d'un titre de quinze mille francs de rente qu'il s'est chargé de réaliser.

SAUDEMONT.

Comment ! C'est pour ça que... vous m'avez...

CAROLINE.

Oui, monsieur, je vous remercie des peines que vous avez bien voulu prendre.

SAUDEMONT.

Très bien, madame, M. Méhusse tient la somme à votre disposition.

CASIMIR, *à Méhusse.*

Quand pourrai-je toucher l'argent de M⁰ᵉ de Toley?

MÉHUSSE.

Je n'ai pas d'argent à M⁰ᵉ de Toley.

CASIMIR.

L'argent de M. Saudemont, si vous l'aimez mieux?

MÉHUSSE.

Je n'ai pas d'argent à M. Saudemont.

CASIMIR.

Comment !

SAUDEMONT, *à Méhusse.*

Vous dites ?

MÉHUSSE.

Je dis que je n'ai pas d'argent à vous.

SAUDEMONT.

Et la somme de 380,000 francs que je viens de vous confier et qui appartient à madame?

MÉHUSSE.

Elle vient en déduction de ce que me doit votre société.

SAUDEMONT.

Ma société vous doit quelque chose ?

MÉHUSSE.

500,000 francs prélevés hier par M. Dutrèfle.

SAUDEMONT.

Il a prélevé hier 500,000 francs ? Je ne savais pas. Eh bien, il vous les remboursera, voilà tout.

MÉHUSSE, *bas.*

Avec quoi?

SAUDEMONT, *de même.*

Comment avec quoi? Mais il a trois millions!

MÉHUSSE, *bas.*

De dettes.

SAUDEMONT, *terrifié.*

De dettes?

MÉHUSSE.

Parfaitement.

SAUDEMONT.

Et vous ne m'avez pas prévenu?

MÉHUSSE.

De quoi? De la position de votre associé? Ne pas connaître les gens à qui vous donnez la main, c'est très fort, politiquement. Mais ne pas connaître ceux avec qui vous vous associez... c'est très faible, financièrement.

SAUDEMONT, *très haut.*

Mais cette association est votre œuvre! Comment! moi! vous me volez aussi! Où est-il votre complice? Pourquoi n'est-il pas ici? Personne n'a vu cet infâme gredin? (*Avec force.*) Je suis roulé! (*Il prend la porte où il cogne violemment Gautier qui entre.*)

SCÈNE X

LES MÊMES, GAUTIER, puis MARTIN.

GAUTIER.

Faites donc attention!

SAUDEMONT.

Au diable!

GAUTIER.

Allez-y vous-même. (*Apercevant les dames.*) Mesdames!

SAUDEMONT, *revenant sur Gautier.*

Vous ne l'avez pas rencontré, vous?...

GAUTIER.

Qui?

SAUDEMONT.

Cette canaille de Dutréfle?

GAUTIER.

Votre associé? Attendez! Procédons par ordre... Je viens de passer la dépêche de résiliation pure et simple. C'est fait. Voici maintenant ma seconde nouvelle, c'est la mauvaise, celle-ci. M. Dutréfle...

SAUDEMONT.

Eh bien, quoi, M. Dutréfle?

GAUTIER.

Qui perd ce que gagnait M. La Garde, puisqu'il avait fait l'opération inverse...

SAUDEMONT.

Quatre cent mille francs!

GAUTIER.

Pour le moment.

SERVAIS

Oui, la bille court toujours.

GAUTIER.

Est allé faire une petite excursion en Belgique.

SAUDEMONT, *à part.*

Sacré mille tonnerres de nom de Dieu de mille tonnerres de nom de Dieu! (*A Méhusse.*) Quatre cent mille francs! vous entendez, vous, là-bas? Quatre cent mille francs!

MÉHUSSE.

Dont vous êtes responsable.

SAUDEMONT, *criant.*

J'invoque le jeu!

MÉHUSSE.

Sans compter ce qui m'est dû par votre associé.

SAUDEMONT, *même jeu.*

Oui! voilà pourquoi vous m'avez poussé à faire cette association! Je me moque de vous. Ma fortune est au nom de ma femme.

MÉHUSSE, *froidement.*

Ah! vous aussi, un filou?

SAUDEMONT, *à Méhusse.*

Après vous, s'il en reste.

MUGUET.

Eh! mais dites donc, nos affaires ne sont pas trop belles, monsieur Méhusse?

MÉHUSSE, *avec une insolence railleuse.*

Hein?

MUGUET.

Je la connais, la position. Je suis votre actionnaire. Si ces messieurs sont insolvables, vous sautez!

MÉHUSSE.

Moi? Ma société c'est possible! Mais comme elle est anonyme, je garde parfaitement intacts mon nom et ma fortune, s'il vous plaît! Au revoir, messieurs! *Il tend la main à quelques créanciers qui la lui donnent. D'autres la lui offrent et le reconduisent jusqu'à la porte.*)

SAUDEMONT.

Ils lui donnent la main! A un coquin!

SERVAIS.

On vous la donnera aussi, à vous, puisque vous conservez votre argent.

CAROLINE.

On ne me la donnera donc plus, à moi? Ces trois cent trente mille francs étaient toute ma fortune.

MARTIN, *présentant une grande enveloppe à Casimir.*

De la part de M. La Garde.

CASIMIR, *ouvrant l'enveloppe; attente générale.*

Son contrat d'assurances sur la vie? Qu'est-ce qu'il veut que j'en fasse?

(*Martin sort.*)

SCÈNE XI

LES MÊMES, LE GÉNÉRAL, FERDINAND, MARIUS.

LE GÉNÉRAL.

Où donc est Philippe? J'ai quelque chose d'inté-ressant à lui communiquer. (*A Antoinette.*) Je te prie d'accorder au commandant Parent un moment d'en-tretien. (*A Caroline, montrant Marius.*) Madame... voici monsieur qui sollicite l'honneur de vous dire deux mots. Donnez-moi d'abord vos deux joues... (*Avec intention*) ma fille!

MARIUS, *à Caroline.*

Vous ne me reconnaissez pas? Je suis Marius! (*Il lui présente un journal.*)

CAROLINE.

Qu'est-ce que c'est que ce journal, monsieur?

MARIUS.

L'Officiel... La loi a passé hier. La maison Hugelmann offre deux millions du brevet de M. La Garde.

CAROLINE.

Quelle loi? quel brevet? M. La Garde est sauvé!...

(*On entend un coup de feu.*)

MARTIN, *paraissant à la porte.*

M. La Garde est mort.

FIN DE L'AGONIE.

L'ÉCOLE DE LAUZUN

COMÉDIE EN UN ACTE

PERSONNAGES

LE CHEVALIER DE RIOM, vingt ans.
LE DUC DE LAUZUN, soixante-quinze ans.
LA DUCHESSE DE BERRY, vingt-deux ans.
LA COMTESSE DE MOUCHY, trente ans.
LA DUCHESSE DE SAINT-SIMON, quarante-cinq ans.
UN HUISSIER.

L'ÉCOLE DE LAUZUN

COMÉDIE EN UN ACTE

Un petit salon au palais du Luxembourg, 1717. Porte au fond, deux autres portes à droite et à gauche. Fenêtres à droite et à gauche.

SCÈNE PREMIÈRE

MADAME DE MOUCHY, puis UN HUISSIER, puis MADAME DE SAINT-SIMON.

Madame de Mouchy essaie devant une glace un domino de bal.

L'HUISSIER, *entrant par le fond et annonçant.*
Madame la duchesse de Saint-Simon !

MADAME DE MOUCHY, *à l'huissier.*
Y a-t-il déjà du monde ?

L'HUISSIER.
Oui, madame la comtesse, la galerie est toute pleine.

MADAME DE MOUCHY.
Quelle heure est-il donc ?

L'HUISSIER.
Minuit.

MADAME DE SAINT-SIMON, *entrant.*
Il serait grandement temps, je crois, que Son Altesse

Royale la duchesse de Berry voulût bien paraître! L'ambassadeur de Venise attend.

MADAME DE MOUCHY.

N'est-ce pas ce qu'il a de mieux à faire?

MADAME DE SAINT-SIMON.

Sans doute, mais la princesse aurait peut-être mieux à faire que de faire attendre un ambassadeur! — Dites-moi, madame la comtesse, est-ce que nous donnons la comédie?

MADAME DE MOUCHY.

Pas que je sache, madame la duchesse.

MADAME DE SAINT-SIMON.

Qu'est-ce alors, s'il vous plaît, que cette manière de théâtre que j'ai aperçue dans la galerie?

MADAME DE MOUCHY.

Ce n'est pas un théâtre, c'est une estrade.

MADAME DE SAINT-SIMON.

Une estrade? Et pourquoi faire, je vous prie?

MADAME DE MOUCHY.

Mais pour cette audience, justement.

MADAME DE SAINT-SIMON.

Une estrade de trois marches pour recevoir un ambassadeur! Mais c'est la démence, de l'orgueil! Jamais reine de France n'a osé... Son Altesse se croit donc plus qu'une reine?

MADAME DE MOUCHY.

Je l'ignore, je sais seulement que beaucoup de reines ne la valent pas.

MADAME DE SAINT-SIMON.

Je suis première dame d'honneur de Son Altesse et les devoirs de ma charge m'obligent à lui représenter...

MADAME DE MOUCHY.

Son Altesse, par malheur, goûte peu les représentations. Je veux bien vous le dire dans votre intérêt.

MADAME DE SAINT-SIMON.

Mon intérêt passe après mon devoir, madame !

MADAME DE MOUCHY.

Eh ! laissons votre devoir en repos, madame !

MADAME DE SAINT-SIMON.

Il est certain que je résignerais mes fonctions avec satisfaction. J'ai éprouvé assez de répugnance à les accepter !

MADAME DE MOUCHY.

Ce qui assurément serait grand dommage pour la cour et la ville, si friandes de médisances !

MADAME DE SAINT-SIMON.

Les médisances valent mieux que les complaisances, madame !

MADAME DE MOUCHY.

Car, n'ayant plus l'accès des petits degrés, vous en seriez réduite à écouter aux portes, ce qui est fort incommode, quand on a l'oreille dure.

MADAME DE SAINT-SIMON.

Il vaut mieux écouter aux portes de Son Altesse que de les ouvrir à ses amants, madame.

MADAME DE MOUCHY.

Il vaut mieux ouvrir les portes de Son Altesse à ses amants, madame, que d'aller, quand on est à ses gages, crier leurs noms sur les toits. — Après tout, la belle affaire qu'un amant pour une veuve de vingt-deux ans ! Quelle femme n'en a pas à la cour ?

MADAME DE SAINT-SIMON, *avec une révérence.*

Mais, votre humble servante, madame !

MADAME DE MOUCHY, *avec une révérence.*

Peut-être n'avez-vous pas non plus vingt-deux ans... madame ! mais ce n'est pas la faute de Son Altesse !

L'HUISSIER, *annonçant.*

Monsieur le duc de Lauzun, monsieur le chevalier de Riom. (*Il sort.*)

MADAME DE SAINT-SIMON, *après des saluts échangés avec Lauzun et Riom, qui entrent par le fond.*

Souffrirez-vous, madame la comtesse, que je traverse votre appartement pour aller rejoindre Son Altesse?

MADAME DE MOUCHY.

,J'allais vous en prier, madame la duchesse.
(*Madame de Saint-Simon sort par la droite.*)

SCÈNE II

MADAME DE MOUCHY, RIOM, LAUZUN.

MADAME DE MOUCHY.

Eh quoi! Est-ce bien vous, monsieur le duc, en chair et en os?

LAUZUN.

Hélas! oui, comtesse, et plus en os qu'en chair, malheureusement!

MADAME DE MOUCHY.

Mais on vous pensait mort.

LAUZUN.

Je n'étais qu'enterré.

MADAME DE MOUCHY.

Oui, et même assez agréablement, nous dit-on, en compagnie d'une jeune épouse charmante. Et vous avez daigné sortir du tombeau pour assister à ce bal?

LAUZUN.

J'en suis sorti pour vous voir. On ressusciterait à moins!

MADAME DE MOUCHY.

Ressusciter c'est bien peu quand on s'appelle Lauzun.
Mieux vaudrait rajeunir !

LAUZUN.

C'est justement ce qui m'arrive, et j'ai songé à vous.

MADAME DE MOUCHY.

C'est d'un bon cœur. Voyons votre jeunesse ?

LAUZUN, *présentant Riom.*

La voici, comtesse, sous la figure du chevalier de Riom,
petit-fils de ma sœur.

MADAME DE MOUCHY.

Un petit neveu ! Il n'y a qu'aux grands-oncles que
ces rajeunissements-là arrivent. (*Regardant Riom.*) Alors,
c'est lui que vous chargez de vous faire revivre ? (*A
Riom.*) Voici bien de l'ouvrage, chevalier, que votre oncle
vous donne !

RIOM, *avec modestie.*

Aussi, n'ai-je point la témérité de l'entreprendre,
madame.

MADAME DE MOUCHY, *à Lauzun.*

Il est charmant. Que voulez-vous faire de lui ?

LAUZUN.

Le mettre sous votre protection. Il faut qu'il songe à
se faire un état, car le pauvre garçon n'est pas riche.

MADAME DE MOUCHY.

Mais vous l'êtes, vous, monsieur le duc, et comme vous
n'avez pas d'enfants...

LAUZUN.

Je n'en ai point... c'est possible, mais...

MADAME DE MOUCHY.

C'est juste ! vous n'avez pas dit votre dernier mot.

LAUZUN.

Rien ne presse !

12

MADAME DE MOUCHY.

Comment donc !

LAUZUN.

Convenez qu'il serait dommage de laisser ce garçon-là se morfondre au fond de mon hôtel, sans autre compagnie que moi... qui ne suis plus de son âge...

MADAME DE MOUCHY.

Et M** de Lauzun qui en est encore ? En sorte que vous avez la bonté de me l'adresser ?

LAUZUN.

Il faut bien faire quelque chose pour un neveu qui a vingt ans...

MADAME DE MOUCHY.

Quand on a une femme qui en a trente ! Évidemment ! Il faut s'en débarrasser.

LAUZUN.

Ah ! mon Dieu, le pauvre chevalier n'est pas dangereux ! c'est une poule mouillée !

MADAME DE MOUCHY, à *Riom*.

Monsieur de Riom, votre oncle, me dit combien il s'intéresse à vous et à quel point vous en êtes digne. Je serai heureuse d'employer mon crédit pour vous.

LAUZUN.

Répondez !

RIOM.

Je vous remercie, madame... Si grand que soit mon besoin de me faire un état, mes efforts tendront moins à y parvenir qu'à ne pas me montrer indigne de vos bontés.

MADAME DE MOUCHY, *bas à Lauzun*.

Mais, dites-moi donc ! il est charmant, votre neveu ! Je comprends que vous ayez hâte de... faire quelque chose pour lui. (*A Riom.*) Un emploi dans la maison de

Son Altesse ne vous ferait-il pas peur, monsieur de Riom ?

RIOM, *d'un ton pénétré.*

Ma crainte, madame, c'est de ne pouvoir jamais assez vous prouver ma reconnaissance.

MADAME DE MOUCHY.

Cette crainte est le commencement de la vaillance, chevalier, et notre meilleure garantie ! Mais, rassurez-vous, monsieur de Riom, il n'y a ni grand mérite ni grand'peine à obliger un aimable cavalier. Peut-être trouverai-je plus tard l'occasion de vous témoigner l'intérêt que vous m'inspirez d'une manière plus digne d'un cœur si accessible à la reconnaissance. (*Elle lui donne sa main à baiser.*) Mon service m'appelle auprès de la princesse qui va dans un instant traverser mon appartement pour se rendre dans la galerie. Attendez-moi ici. Je vais lui parler de vous. Peut-être pourrai-je vous présenter ce soir même. (*Elle sort par la droite.*)

SCÈNE III

RIOM, LAUZUN.

LAUZUN.

Attendez-moi ici !... attendez-moi ici !... En attendant, il y a deux heures que je devrais être au lit, moi ! Pardieu ! voilà une belle corvée que vous me faites faire.

RIOM.

Je vous en ai une reconnaissance infinie, monsieur le duc !

LAUZUN.

Bon ! ne parlez donc jamais de reconnaissance, surtout aux dames ! Ce n'est point là ce qui les intéresse,

il leur faut de l'argent comptant. (*Un silence.*) Vous allez
être présenté à Son Altesse et obtenir sans doute, grâce
à mon intervention, l'emploi que vous ambitionnez.
Après cela, vous tâcherez, s'il vous plaît, de voler de vos
propres ailes... et que je n'aie plus à m'occuper de vous.
Et tâchez que votre jeunesse vous serve! Faites la cour
à toutes les femmes... Tenez! à commencer par Mme de
Mouchy, qui me paraît décidément remplie de bonne
volonté. C'est une bonne entrée de jeu.

RIOM.

Mme de Mouchy! lui faire la cour!

LAUZUN.

Ne vous ai-je pas dit qu'elle est première dame d'atours
de la princesse? Elle possède toute sa confiance et peut
beaucoup pour vous. C'est la maîtresse qu'il vous faut.

RIOM.

Courtiser une femme par calcul! par intérêt!

LAUZUN.

Pourquoi pas?

RIOM.

D'ailleurs, vous savez bien, monsieur le duc, que je
ne suis en état de faire la cour à aucune femme!

LAUZUN.

Tant pis, monsieur! tant pis! Il y a des choses que
je ne saurais faire à votre place, avec la meilleure volonté du monde!

RIOM.

Et vous savez bien aussi que ce n'est pas l'intérêt qui
m'attire vers la maison de la princesse!

LAUZUN.

Pardieu! c'est la princesse elle-même! vous me l'avez
assez dit. Donc, vous êtes amoureux de Son Altesse
Royale, tout bonnement! Eh bien, vous n'avez pas trop
mauvais goût, mon bon ami! Seulement, il me semble

que vous visez un peu bien haut. De ce que j'ai été, moi,
l'amant, voire le mari d'une fille de France, il n'en faudrait peut-être pas conclure que vous, mon beau neveu,
vous fussiez d'encolure...

RIOM.

Ah! mon oncle, de quel orgueil insensé, de quelle
audace sacrilège allez-vous m'accuser! Moi, je songe-
rais... j'oserais... Son Altesse!

LAUZUN.

Alors, à quoi songez-vous quand vous êtes amoureux?

RIOM.

Amoureux!... mais ce mot est à lui seul une profa-
nation! Être amoureux! c'est oser, c'est aspirer... Dieu
du ciel! mais je ne désire rien, moi, je ne veux rien!...
j'adore! j'adore! oui, l'adorer, me prosterner de loin
sur son passage, respirer les parfums qui l'entourent,
vivre dans sa lumière... la voir... l'entendre... lui
obéir... être le plus soumis de ses serviteurs inconnus...
donner ma vie pour elle... Oh! ce serait le bonheur! le
seul auquel j'aspire! le seul que je sois en état de
supporter!

LAUZUN.

Finissons-en, monsieur, avec toutes ces billevesées!
Vous allez prendre du service dans la maison de la
duchesse de Berry; ne perdez pas de vue, s'il vous
plaît, que c'est un service actif et que les abstractions
sentimentales n'y sont point de saison. Vertudieu!
avoir vingt ans! du sang dans les veines et du sang de
Lauzun!... Prenez Mⁿᵉ de Mouchy, vous dis-je, et laissez-la vous conduire!

(*Riom baisse la tête.*)

SCÈNE IV

LES MÊMES, MADAME DE SAINT-SIMON.

LAUZUN, *apercevant madame de Saint-Simon avant son entrée.*

Eh bien, alors, attaquez-vous à M⁽ᵐᵉ⁾ de Saint-Simon, tenez! c'est une vertu, cela. Voilà votre affaire! Les airs langoureux sont justement ce qu'elle préfère, à ce qu'elle dit. Et, puisque vous ne savez que pousser des soupirs, vous utiliserez les vôtres à son profit, en lui persuadant qu'ils sont pour elle. Tout se passera en conversation. Ceci doit être dans vos moyens ?

RIOM.

Tromper une femme?

LAUZUN.

Eh! les femmes sont faites pour être trompées. Il s'agit bien de savoir si ce qu'on leur raconte est ou n'est pas la vérité ! (*A madame de Saint-Simon qui est entrée par la droite et qui traverse le salon pour sortir de l'autre côté.*) Est-ce la présence de mon neveu ou la mienne, madame la duchesse, qui vous éloigne de ce salon?

MADAME DE SAINT-SIMON.

Il ne serait guère surprenant que ce fût la vôtre, monsieur le duc, avec la réputation que vous avez.

LAUZUN.

On m'a calomnié, madame ; je n'ai jamais sérieusement mis les dames en fuite. Au surplus, il ne serait pas juste de rendre mon neveu responsable de mes erreurs ! (*Présentant Riom.*) Le chevalier de Riom, petit-fils de ma sœur.

MADAME DE SAINT-SIMON.

Monsieur!...

LAUZUN,

Un poète, madame, un rêveur, qui n'a vécu jusqu'à
présent que dans les étoiles, mais qui doit désormais
songer à faire son chemin dans le monde.

MADAME DE SAINT-SIMON.

Je le plains! C'est tomber du ciel en terre!

LAUZUN,

Hélas!... Aussi mon neveu est-il à la recherche d'un
ange gardien qui lui facilite la transition.

MADAME DE SAINT-SIMON.

Les anges sont bien rares dans la maison de Son
Altesse!

LAUZUN.

Les anges, madame la duchesse, ont le don de traverser les flammes sans y roussir leurs ailes... C'est du
moins ce que me disait le chevalier, il n'y a qu'un
instant, en vous voyant vous éloigner.

RIOM, *protestant.*

Ah! monsieur le duc!

MADAME DE SAINT-SIMON.

Vous disiez cela?

RIOM, *embarrassé.*

Madame!

LAUZUN.

En rougissant! Le pauvre garçon est d'une timidité
et d'une innocence... dont vous ne vous faites pas une
idée.

MADAME DE SAINT-SIMON.

Voici des qualités bien précieuses et qui sont auprès
de moi une recommandation... toute-puissante, monsieur de Riom!

RIOM.

Madame!

MADAME DE SAINT-SIMON, *minaudant.*

Et puisque vous voulez un guide... et... (*Elle cherche le mot.*)

LAUZUN.

Et un emploi.

MADAME DE SAINT-SIMON.

Pas ici, grands dieux! Pas dans cette maison! Malheureux enfant! Mais, j'y pense... le duc de Saint-Simon, mon mari... a besoin d'un secrétaire... Voici Son Altesse! (*Elle court au-devant de la princesse.*)

LAUZUN, *bas à Riom.*

Eh bien, vous voilà casé.

(*En voyant paraître la princesse, Riom chancelle. Lauzun le retient.*)

Vous moquez-vous, monsieur! Mordieu! tenez-vous debout!

RIOM, *à part.*

Qu'elle est belle!

SCÈNE V

LAUZUN, RIOM, LA PRINCESSE, MADAME DE MOUCHY, MADAME DE SAINT-SIMON.

LA PRINCESSE, *entrant par la droite, à madame de Saint-Simon.*

Mon Dieu, duchesse, ce n'est pas ma faute, je vous le jure! Il est bien difficile, croyez-moi, de s'arracher aux douceurs de la conversation de M. le duc de Saint-Simon... quand on le voit à ses pieds vous déclarant sa flamme!

MADAME DE SAINT-SIMON,

Mon mari !... aux pieds de Votre Altesse ! Ah ! je
verrais cela de mes yeux !...

LA PRINCESSE.

Sans doute. Mais, du moment que je vous le dis !...
(*M*ᵐᵉ *de Saint-Simon s'incline.*) Il parlait même de se
tuer ! Il implorait la mort. Hélas ! pour être Altesse,
on n'en est pas moins femme... et je me suis laissé...
attendrir. Mon Dieu ! oui, duchesse, j'ai consenti à tout
ce qu'il a voulu, je lui ai même fait des avances,... dont
il a eu d'ailleurs la discrétion de ne point profiter.
Vous voyez ce petit bijou ciselé ?

MADAME DE SAINT-SIMON.

Un poignard ?

LA PRINCESSE.

Il voulait se tuer, je le lui ai offert.

MADAME DE SAINT-SIMON.

Ciel !

LA PRINCESSE.

Rassurez-vous ! M. de Saint-Simon, vous dis-je, a eu
assez d'empire sur lui-même pour ne point abuser de
ma complaisance, et il court encore... le volage ! Voulez-
vous me dire si ma suite est là ?

(*Madame de Saint-Simon sort par le fond.*)

SCÈNE VI

LES MÊMES, moins MADAME DE SAINT-SIMON.

MADAME DE MOUCHY, *après s'être approchée de la princesse
et lui avoir parlé bas, s'avançant vers Riom.*

Venez, monsieur de Riom !

LAUZUN, *bas à Riom.*

Avance. donc!

MADAME DE MOUCHY, *présentant Riom.*

Monsieur le chevalier de Riom.

LA PRINCESSE, *à Lauzun.*

Ah! ah! notre petit neveu, monsieur de Lauzun?

LAUZUN.

Oui, Altesse. Le petit-fils de ma sœur... qui brûle d'ardeur de vous servir.

LA PRINCESSE, *à Riom.*

Venez-vous à Paris, monsieur, dans le dessein de suivre les traces de votre oncle et d'ajouter à sa renommée?

RIOM.

Madame!

MADAME DE MOUCHY, *bas à Lauzun.*

Elle l'attaque! tant mieux! c'est un bon signe!

LAUZUN, *bas à madame de Mouchy.*

Malheureusement, mon neveu n'est qu'une oie!

RIOM.

Hélas! madame, je vois bien que mon ambition est plus haute, en effet, que tout ce qui se peut imaginer.

MADAME DE MOUCHY, *bas à Lauzun.*

Oh! oh!

LAUZUN, *bas à madame de Mouchy.*

Bon, cela!

LA PRINCESSE, *avec hauteur.*

Voilà qui est merveilleux, monsieur! (*Silence.*) Votre oncle a épousé une fille de France! A quoi donc aspirez-vous?

RIOM.

J'ose aspirer, madame, à l'honneur d'être compté parmi les serviteurs les plus dévoués de Votre Altesse Royale.

LA PRINCESSE.

Vous voulez un emploi dans ma maison? Auriez-vous, d'aventure, entendu dire qu'on y fît sa fortune plus rapidement qu'ailleurs?

RIOM.

Le bonheur de servir Votre Altesse est à mes yeux la plus haute de toutes les fortunes... après le bonheur de mourir pour elle.

LA PRINCESSE.

Vous voudriez mourir pour moi, chevalier, vous aussi?

RIOM.

Oui, madame.

LA PRINCESSE.

Comme M. de Saint-Simon, alors? Donc, si je vous ordonnais de vous tuer, vous le feriez?

RIOM, *simplement.*

Oui, madame.

LA PRINCESSE.

A l'instant? Sous mes yeux?

RIOM, *de même.*

Oui, madame.

MADAME DE MOUCHY, *bas à Lauzun.*

Il s'avance beaucoup!

LAUZUN, *bas à madame de Mouchy.*

Jamais trop... près des femmes!

LA PRINCESSE.

Eh bien, chevalier, je veux mettre votre fidélité à l'épreuve. (*Riom s'incline en signe de soumission. La princesse lui présente le poignard.*) Mourez!

LAUZUN, *bas à madame de Mouchy.*

Aïe ! ceci est mauvais!

> (*Riom prend le poignard, tombe à genoux et va se frapper. La princesse l'arrête en lui saisissant la main.*)

LA PRINCESSE.

Êtes-vous fou, monsieur ? (*A Lauzun.*) Monsieur le duc, votre neveu est donc fou ?

LAUZUN.

Mon Dieu! Altesse, cela vient de lui prendre subitement !...

LA PRINCESSE, *très impressionnée.*

Relevez-vous, monsieur ! C'est fort mal! Vouloir me rendre coupable d'un meurtre! (*Elle le regarde fixement sans lâcher sa main.*) Vous me haïssez donc bien !

SCÈNE VII

LES MÊMES, MADAME DE SAINT-SIMON, *entrant par le fond.*

MADAME DE SAINT-SIMON, *à la princesse avec une révérence.*

Le capitaine des gardes attend les ordres de Son Altesse.

> (*La princesse sort lentement, en laissant un moment son regard attaché sur Riom.*)

LAUZUN, *à part*

Quel regard! Oh ! oh ! qu'est ceci?

MADAME DE MOUCHY, *bas à Lauzun.*

Tous mes compliments, monsieur le duc. (*Elle suit la princesse.*)

MADAME DE SAINT-SIMON, *bas à Riom, tendrement.*

Nous reprendrons notre entretien bientôt, n'est-ce

pas, chevalier? (*Elle sort par le fond à la suite de la princesse.*)

SCÈNE VIII

LAUZUN, RIOM.

LAUZUN, *à part.*

Ouais! Nous avons bien affaire de cette duègne à présent! Suis-je bien éveillé? Ah! parbleu! voilà qui est étrange! Ah! ceci est inouï! Oh! oh! duc de Lauzun, quelle partie à jouer! C'est ici que ta science, ton expérience, ta politique vont pouvoir s'exercer d'une façon digne d'elles!... La fille du Régent dans les mains de Lauzun, vertudieu! c'est la cour tout entière à mes pieds! (*A Riom qui paraît profondément absorbé.*) Écoutez-moi, mon fils, vous avez fait un coup de maître. Hé, chevalier! Hé là!

RIOM, *comme sortant d'un rêve.*

Hé! Ah! mon oncle!

LAUZUN, *exalté.*

Appelle-moi ton père! (*Il l'embrasse.*) Oui, voilà bien mon sang! Ah! jeunesse, jeunesse! Véritable levier d'Archimède auquel il ne manque qu'un point d'appui : l'expérience! Tu as l'une, moi, j'ai l'autre; à nous deux, nous allons soulever le monde!

RIOM, *comme égaré.*

Plaît-il?

LAUZUN.

Savez-vous, mon neveu, que la duchesse de Berry, fille du Régent de France, est la première princesse de l'Europe, non seulement par son rang, mais encore par son esprit, par son talent, par sa grâce, par sa jeunesse et par son éblouissante beauté?

RIOM.

Hélas!

LAUZUN.

Savez-vous que la dominer c'est la toute-puissance! Ah! vous en êtes amoureux! Eh bien, monsieur, cela se trouve le mieux du monde, car elle vous aime!

RIOM, *effrayé.*

Dieu du ciel!

LAUZUN.

Et vous allez être son amant.

RIOM, *épouvanté.*

Son amant!

LAUZUN.

Son amant et, par conséquent, son maître, si vous suivez mes conseils.

RIOM.

Moi! l'amant de Son Altesse! Ah! monsieur, vous blasphémez!

LAUZUN.

Je vous dis que vous serez demain l'amant de cette femme. Est-ce clair?

RIOM.

Demain! Ah! mon Dieu! Mais, monsieur, Son Altesse n'est point une femme! C'est une créature céleste... un être... sacré... immatériel... une...

LAUZUN.

Hein?... Pardonnez-moi, c'est une femme. Et même une femme fort bien constituée... autant que je peux m'y connaître.

RIOM.

Ah! mon oncle, partons! Partons d'ici, protégez-moi!

LAUZUN.

Partir! vous protéger! — Restez, monsieur. C'est vous, demain, qui protégerez les autres.

~~~~~~

RIOM.

Ah! monsieur, par pitié! Je souffre, je meurs! Par-
lez-moi sérieusement!

LAUZUN, *solennel.*

Chevalier! jamais dans votre vie vous n'entendrez
parole plus sérieuse. Vous allez être l'amant de la princesse, et...

RIOM.

Mais, c'est impossible! moi... vous voulez... j'oserais...
j'irais...

LAUZUN.

Ne prenez point de souci là-dessus. Son Altesse fera
tout le chemin et saura choisir son heure, vous n'aurez
qu'à obéir. Seulement, retenez bien ceci : dès que cette
heure aura sonné, pas une seconde d'hésitation.

RIOM, *avec effroi.*

Hein?

LAUZUN.

Eh! oui, monsieur, oui.

RIOM.

Passer subitement de l'adoration... du respect... le
plus profond...

LAUZUN.

N'hésitez pas, vous dis-je. Ce serait justement le plus
grand manque de respect que vous pussiez commettre!
Du moment où vous voyez qu'une femme se rend, et
surtout une princesse, une seconde d'hésitation la pla-
cerait dans la plus fausse des situations et serait un
affront mortel qu'elle ne vous pardonnerait de sa vie!

RIOM, *à part.*

Ah! mon Dieu! (*Haut.*) Mais encore, monsieur, que
dire? que faire?

LAUZUN.

Comment! que faire, que dire! Parbleu! dites : « Je vous aime! » Et sautez-lui au cou.

RIOM.

Y songez-vous!

LAUZUN.

Oui, monsieur, j'y songe, et tâchez d'y songer vous-même! Il me semble que c'est bien simple.

RIOM.

Quoi! lui dire je vous... oh!

LAUZUN

Eh bien, soit! ne lui dites rien du tout. Ce sera encore plus simple. Les mots ne servent, d'ailleurs, qu'à couvrir le vide des idées.

RIOM.

Ah! vous m'épouvantez!

LAUZUN.

Hein? Ah!... Monsieur, pas d'enfantillages, n'est-ce pas? Rappelez-vous qu'il y va de votre fortune et de la gloire de notre maison. Rappelez-vous que, dans la vie de tout homme, il y a une minute solennelle, celle où passe devant lui l'occasion. Il faut la saisir par les cheveux. Si on la manque, c'est en vain qu'ensuite on essaie de la rattraper par sa robe ou par ses ailes! La gaze se déchire! Les plumes se détachent! Elle va passer pour vous les mains pleines! Saisissez-la par les cheveux! Vous m'entendez : par les cheveux!

RIOM, *égaré*.

Par les cheveux! une Altesse Royale!

LAUZUN.

L'occasion, vous dis-je! — Et l'Altesse aussi, pardieu!

RIOM, *avec inquiétude*.

Et croyez-vous, monsieur, que cette occasion... soit très proche?

LAUZUN,

Imminente, monsieur, imminente!... Une bourgeoise
vous ferait attendre, mais les Altesses vont d'une autre
allure. Leurs faveurs vous tombent sur la tête comme
la foudre. Et leur première œillade est l'éclair qui pré-
cède le coup de tonnerre! Vous avez vu briller l'étin-
celle, vous allez être foudroyé. (*Voyant entrer la comtesse*). Voici la comtesse! on vient vous chercher!

SCÈNE IX

LES MÊMES, MADAME DE MOUCHY, *entrant
par la gauche.*

MADAME DE MOUCHY.

Encore debout, duc? c'est admirable!

LAUZUN, *à part.*

Oui, on n'a plus besoin de moi. (*Haut.*) Est-il donc si
tard ?

MADAME DE MOUCHY.

Une heure du matin, s'il vous plaît. Mais, dites-moi,
ne viens-je point troubler quelque conciliabule secret?

LAUZUN,

Je me suis un peu attardé, avec mon neveu, à consi-
dérer les astres dans le firmament.

MADAME DE MOUCHY.

Le temps n'est guère propice aux observations astro-
nomiques. N'auriez-vous point, malgré cela, aperçu
l'étoile des Lauzun? Vous avez dû lui trouver un éclat
particulier?

13

LAUZUN, *avec galanterie.*

Il n'est point d'étoile si brillante que les feux de l'aurore n'effacent, madame.

MADAME DE MOUCHY, *bas.*

Votre madrigal tombe à point, monsieur le duc, je suis l'aurore, en effet, car l'aurore annonce le lever du soleil, et je viens vous annoncer, moi, que votre neveu est le soleil qui se lèvera demain sur le Luxembourg. (*A Riom.*) Son Altesse Royale vous fait savoir, monsieur le chevalier de Riom, qu'elle désire que vous l'attendiez ici.

RIOM, *saisi.*

Son Altesse?... moi?... ici?

LAUZUN, *à Riom.*

Que vous disais-je?

RIOM, *bas, à Lauzun.*

Mais, c'est impossible!

LAUZUN.

Tout est possible avec les femmes, et surtout avec les Altesses. (*A madame de Mouchy.*) Alors, je n'ai plus qu'à m'en aller, moi?

MADAME DE MOUCHY, *bas à Lauzun.*

Mon Dieu! duc, la princesse vous excusera!

LAUZUN, *à Riom.*

Voyez, monsieur, quel avantage vous donne sur moi votre âge! On vous retient et l'on me congédie. (*Bas.*) De la présence d'esprit, chevalier! Un homme averti en vaut deux! (*Il va pour sortir.*)

RIOM, *à part.*

Ah! si j'en valais seulement la moitié d'un! Je me sens mourir! (*A Lauzun en le retenant.*) Mon oncle!

LAUZUN.

Ah çà! est-ce que, tout de bon, vous songeriez à manquer l'occasion, monsieur, par hasard?

RIOM, *à part.*

Pourquoi suis-je venu à Paris!

MADAME DE MOUCHY, *à part.*

Quelle leçon lui fait-il donc?

LAUZUN, *à madame de Mouchy.*

Comprenez-vous rien à cette inconcevable défection?

MADAME DE MOUCHY.

Quoi donc? Que vous arrive-t-il?

LAUZUN.

Figurez-vous que... qu'il... qu'il y a une heure que j'y perds mon latin!

MADAME DE MOUCHY, *à part.*

J'en étais sûre! Il lui apprend des phrases! (*Haut à Lauzun.*) Eh! gardez donc votre latin! Il s'en tirera comme il pourra! Un peu d'embarras est bien excusable à son âge!

LAUZUN.

Ah! si vous trouvez que son âge l'excuse!

MADAME DE MOUCHY.

Dirait-on pas que vous n'avez jamais été jeune, vous?

LAUZUN.

Moi! jamais de la vie! Pas de cette façon, du moins! Et je vous le prouverai quand vous voudrez!

MADAME DE MOUCHY.

Trop bon, duc! mille grâces! Quoi qu'il en soit, si votre neveu n'a point votre éloquence, c'est un pauvre expédient que de lui vouloir noter ses paroles comme un rôle de comédie. Les bons discours ne s'apprennent guère par cœur, et, d'ailleurs, il y a des scènes qui veulent être jouées d'inspiration. Laissez-le s'expliquer à sa guise. L'esprit qu'on veut avoir gâte celui qu'on a...

LAUZUN.

J'entends! Ne forçons point notre talent...

MADAME DE MOUCHY, *riant.*

Et tout chemin mène à Rome! Chut! voici la princesse!

LAUZUN, *bas à Riom, vivement.*

... je vous aime, et... pas un mot de plus!

MADAME DE MOUCHY, *bas à Riom, vivement.*

Chevalier!... Mon Dieu! pas de phrases! (*Elle remonte avec Lauzun*).

RIOM, *à part.*

Quoi! elle aussi! pas de phrases! Ah! je n'oserai jamais! je n'oserai jamais!

LAUZUN, *bas à madame de Mouchy.*

Dirait-on pas qu'on le mène à l'échafaud! Ce n'est pas un gibet que le cou d'une femme!

MADAME DE MOUCHY, *inquiète.*

Comment le cou?

LAUZUN.

Sans doute!

MADAME DE MOUCHY.

Quoi! qu'est-ce que vous lui avez conseillé?...

LAUZUN.

Pardieu! de lui sauter au cou!

MADAME DE MOUCHY.

Ah! mon Dieu!

LAUZUN.

Et vous!

MADAME DE MOUCHY.

Moi!... mais... au contraire! je lui ai même recom-
mandé de ne pas faire de phrases!...

LAUZUN.

Eh bien! et moi aussi! précisément! Nous sommes
d'accord!

MADAME DE MOUCHY.

Comment... il a pu comprendre que je lui donnais le
même conseil que vous! Ah! mon Dieu! Chevalier? (*Elle*

*revient précipitamment vers Riom; mais apercevant la
princesse sur le seuil, elle sort par la droite en faisant à
Riom des signes qu'il ne comprend pas.)*

LAUZUN, *sortant par la gauche.*

Morbleu! que ne suis-je à sa place, et... à son âge! Je
ferais ma fortune en cinq minutes!

SCÈNE X

RIOM, LA PRINCESSE, MADAME DE SAINT-SIMON.

*Toutes deux en domino. Elles entrent par le fond
et se démasquent.*

LA PRINCESSE.

Duchesse, je me ferais conscience de vous retenir
plus longtemps! Le sort de M. de Saint-Simon vous préoccupe, je le vois, je vous rends votre liberté.

MADAME DE SAINT-SIMON, *à part.*

Eh quoi! elle en veut maintenant à l'innocence de ce
jeune homme! Dans quel temps vivons-nous! (*Elle
salue et sort par le fond en regardant Riom avec tendresse.*)

SCÈNE XI

LA PRINCESSE, RIOM.

LA PRINCESSE.

Approchez, monsieur de Riom. J'ai été coquette et
mauvaise avec vous, n'est-ce pas?... Hou!... vous me
gardez rancune?... Voyons! je vous ai fait du mal, je
veux le réparer! Qu'exigez-vous de moi? (*Silence.*) Il me

semble qu'une pareille question, quand je la fais, mérite une réponse. monsieur!

RIOM.

Madame!... ayez pitié de moi!...

LA PRINCESSE.

Vous êtes donc malheureux? Eh bien! dites-moi vos chagrins, je vous consolerai... je veux être votre amie... parlez!... nous sommes seuls, vous voyez!

RIOM, *regardant autour de lui.*

Oui, madame, et c'est bien ce qui me trouble!

LA PRINCESSE.

En vérité! faut-il que je fasse monter ici ma compagnie des gardes? Vous n'avez rien à me demander?

RIOM.

Non, madame.

LA PRINCESSE, *à part.*

Ah! je le ferai parler! (*Haut.*) Monsieur de Riom, j'ai compris ce qui se passe dans votre cœur...

RIOM, *effrayé.*

Madame!...

LA PRINCESSE.

Et j'ai résolu de vous rendre heureux.

RIOM.

Miséricorde! (*Haut.*) Vous avez résolu...

LA PRINCESSE.

Je l'ai résolu, chevalier.

RIOM.

Mais... (*A part.*) Mon sang se glace!

LA PRINCESSE.

Et j'entends, s'il vous plait, ne point en emporter le démenti.

RIOM, *à part.*

Où me cacher! Dans quel précipice!... (*Dans son trouble, il fait quelques pas vers la porte de gauche qui s'ou-*

cre, et il aperçoit Lauzun qui le repousse du geste et lui
lance des regards furibonds, en faisant des signes énergiquement affirmatifs. Il se dirige vers la porte de droite,
qui s'ouvre également, et il voit M* de Mouchy qui l'enga-
gage à demeurer en lui faisant des signes vivement néga-
tifs. Il va vers la porte du fond, qui s'ouvre encore, et voit
M* de Saint-Simon qui l'engage à venir à elle. Pendant
cette pantomime, la princesse a ôté son domino qu'elle a
placé sur un meuble à côté de son loup. Au moment où
Riom hésite à suivre M* de Saint-Simon, la princesse
qui l'aperçoit, en se mirant dans la glace, l'appelle.)*

Eh bien, chevalier? Où êtes-vous donc? Que faites-
vous là-bas?

RIOM, *troublé.*

Pardon! Altesse! Je regarde... si personne ne vient.

LA PRINCESSE, *avec un peu de surprise.*

Ah! *(Elle regarde Riom.)* Vous êtes disposé à vous
soumettre à ma volonté?

RIOM, *en s'inclinant.*

Autant qu'il sera en mon pouvoir, madame.

LA PRINCESSE.

A la bonne heure! Vous êtes amoureux, chevalier?

RIOM.

Hélas!

LA PRINCESSE.

Eh bien! je veux vous faire épouser celle que vous
aimez.

RIOM.

L'épouser! *(A part.)* Ah! grâce au ciel! elle ne m'a
pas deviné.

LA PRINCESSE.

Sans doute l'épouser!

RIOM.

C'est impossible!

LA PRINCESSE.

Pourquoi donc? Ne l'aimez-vous point assez?

RIOM.

Je l'adore, madame, je l'adore à genoux, le front dans la poussière!

LA PRINCESSE.

N'est-elle point digne de vous?

RIOM.

Ah! c'est moi qui suis indigne d'elle!

LA PRINCESSE.

N'est-elle point d'assez bonne maison?

RIOM.

La hauteur de son rang me donne le vertige!

LA PRINCESSE.

C'est donc une très grande dame? Lui avez-vous déclaré votre amour?

RIOM.

Ah! plutôt mourir!

LA PRINCESSE.

Voyons, chevalier, on ne saurait mourir à chaque instant! Voulez-vous que je sois votre intermédiaire auprès d'elle?

RIOM.

Non! non! qu'elle ne soupçonne jamais!...

LA PRINCESSE.

Alors... il lui sera bien difficile... Qu'est-ce donc que vous espérez?

RIOM.

Oh! rien, rien, madame!

LA PRINCESSE.

Je veux vous servir malgré vous. Comment s'appelle votre belle?

RIOM.

De grâce, ne me le demandez pas!

LA PRINCESSE.

Que de mystères! Eh bien! je garderai son nom pour
moi, voulez-vous? Qu'importe que vous me le disiez, si
ce n'est pas elle qui l'entend?

RIOM.

Elle l'entendrait... si je vous le disais.

LA PRINCESSE, *à part.*

Oui, c'est assez clair!... Mais je ne puis pourtant pas
me nommer moi-même. Il faut qu'il parle! (*Haut.*) Elle
l'entendrait, dites-vous?... me croyez-vous si indiscrète? suis-je capable de trahir un secret? Avez-vous si
peu de confiance en moi?

RIOM.

Ah! madame! J'ai plus de confiance en vous qu'en
moi-même!

LA PRINCESSE.

Alors, son nom?

RIOM.

Madame! personne au monde!...

LA PRINCESSE.

Son nom?

RIOM.

Je le profanerais rien qu'en le prononçant!

LA PRINCESSE.

Son nom?

RIOM.

Ah!... Vous l'exigez donc!

LA PRINCESSE.

Son nom?

RIOM.

Eh bien!... (*Au moment de parler, il aperçoit Lauzun
furieux qui lui fait des signes de plus en plus impératifs.
Riom porte la main à son cou, comme faisant un violent*

effort pour parler.) Ah!... Je ne peux pas! (*Il se sauve par la gauche, malgré Lauzun qui s'oppose à sa sortie.*)

SCÈNE XII

LA PRINCESSE, *seule.*

Parti! Que signifie cette retraite... précipitée?... Ah! ah! ah! (*Sérieuse.*) Il m'aime, cela est certain... il s'est trahi de mille manières. Mais, pourquoi cette obstina- tion?... Pourquoi ne pas se déclarer, quand je l'y auto- rise... quand je le lui ordonne... quand je l'en prie? Pourquoi donc ce mutisme... et pourquoi cette fugue? (*Silence.*) Ne serait-ce pas moi?... Voilà donc pourquoi il refusait de prononcer ce nom! Ce n'était pas le mien, et il m'avait comprise!... Je me suis donc offerte!... On m'a donc repoussée... Ah! où est-il? (*Elle va vivement à la porte du fond qu'elle ouvre et derrière laquelle apparaît Mme de Saint-Simon.*)

SCÈNE XIII

LA PRINCESSE, MADAME DE SAINT-SIMON.

LA PRINCESSE.

Vous étiez là?

MADAME DE SAINT-SIMON,

J'arrive.

LA PRINCESSE.

Vous entendiez?

MADAME DE SAINT-SIMON.

Madame!

LA PRINCESSE, *riant.*

Ah! ah! ah!... Comment expliquez-vous cette... aventure, duchesse?

MADAME DE SAINT-SIMON.

Votre Altesse voudra bien excuser... mon incompétence.

LA PRINCESSE.

Figurez-vous, duchesse, que ce jeune homme est amoureux.

MADAME DE SAINT-SIMON, *baissant les yeux.*

C'est vrai... altesse.

LA PRINCESSE.

Vous le saviez?

MADAME DE SAINT-SIMON, *même jeu.*

Mon Dieu...

LA PRINCESSE.

Il vous l'a dit?

MADAME DE SAINT-SIMON, *avec un soupir.*

Hélas!

LA PRINCESSE.

Et... de qui donc?

MADAME DE SAINT-SIMON, *avec pudeur.*

De moi.

LA PRINCESSE.

De vous!... En vérité, madame la duchesse, voilà qui est bien hardi... de sa part! Et je serais curieuse d'entendre les paroles d'amour qu'on ose adresser à votre... incompétence. (*Un temps.*) Donnez-moi votre domino.

MADAME DE SAINT-SIMON, *ôtant son domino et le donnant à la princesse.*

Quel dessein a Votre Altesse?

LA PRINCESSE, *mettant le domino.*

Oh! le faire parler... simplement! Rassurez-vous,

duchesse! (*Elle frappe sur un timbre, l'huissier paraît.*)
Trouvez, M. le chevalier de Riom et lui dites que
M⁓ la duchesse de Saint-Simon l'attend ici.

(*L'huissier sort.*)

Mettez-vous là, duchesse, afin de ne rien perdre
des soupirs de votre chevalier. (*Elle met son loup,
M⁓ de Saint-Simon se dissimule derrière une portière.*)

SCÈNE XIV

LA PRINCESSE, RIOM, MADAME DE SAINT-SIMON,
cachée, MADAME DE MOUCHY, *derrière la porte de
droite.*

RIOM, *entrant vivement, suivi de Lauzun.*
Son Altesse est partie?

(*La princesse fait signe que oui.*)

Ah! je l'ai perdue pour toujours!

LAUZUN.
Le bélître! (*S'adressant à la princesse qu'il prend pour
M⁓ de Saint-Simon.*) La fille du Régent!... qui se jette
à sa tête! — Tenez, comme vous tout à l'heure. — Et il
manque l'occasion! comme un nigaud, comme un benêt,
comme un oison! Je l'avais pourtant bien prévenu!
(*A Riom.*) Ne vous l'avais-je point assez dit qu'il fallait
commencer par lui sauter au cou!

LA PRINCESSE, *à part.*
Oui-da!

LAUZUN.
Et qu'une fois son amant, je vous eusse fait son
maître! Que je vous eusse enseigné à brider son
orgueil, à la tenir terrassée sous vos pieds, et à vous
élever au faîte des honneurs et de la puissance!

LA PRINCESSE, *à part.*

Ah! vraiment!

LAUZUN.

J'ai été quinze ans l'amant d'une princesse d'Orléans! Je sais, pardieu, comment on les dompte!

MADAME DE MOUCHY, *à part.*

Il ne s'arrêtera pas, le malheureux!

LAUZUN.

Mais vous avez écouté les vertueux conseils de Mme de Mouchy, n'est-ce pas? Je vous eusse fait, moi, le gendre du Régent et le cousin du roi! Allez, monsieur, allez! Désormais, ailleurs que chez moi, cherchez qui vous conseille! Retournez en Auvergne! Ou plutôt allez vous pendre de regret, c'est le mieux que vous puissiez faire!

RIOM.

Vous avez raison, monsieur le duc...

MADAME DE MOUCHY, *faisant de nouveaux signes.*

Bon Dieu! quelles sottises va-t-il aussi débiter, celui-là?

RIOM, *continuant.*

Vous avez raison, et dès ce soir j'aurai cessé de vivre! Plût à Dieu que vos autres conseils n'eussent point été plus difficiles à suivre que celui-ci! Mais ne croyez pas, monsieur le duc, que le regret dont je vous rends témoin soit celui d'avoir manqué ma fortune! Que m'importent la puissance, les honneurs et la gloire, quand je perds celle que j'adore!

MADAME DE SAINT-SIMON, *à part.*

Mais qu'est-ce qu'il dit donc?

LAUZUN.

Hé! raison de plus si vous étiez amoureux! Votre tâche n'en était que plus commode!

RIOM.

Pour la remplir, il eût fallu moins d'amour et moins
de respect.

LAUZUN.

Allons! déposez votre amour et votre respect aux
pieds de Mme de Saint-Simon, puisqu'elle a la bonté de
les vouloir recueillir... chez elle, et ne m'en rompez
plus les oreilles!

MADAME DE SAINT-SIMON, *à part.*

L'insolent!

RIOM, *à la princesse qu'il prend pour Mme de Saint-Simon.*

Ah! madame! ce n'est point, comme vous l'avez
pensé, par ambition que j'ai sollicité l'honneur de servir
Son Altesse! Si j'avais été si hardi que d'oser lui parler
d'amour, c'est de la meilleure foi du monde que je l'aurais fait et du cœur le plus sincère! Mon oncle vous a
trompée, madame! celle que j'aime, hélas! c'est la
princesse! Et si j'ai tremblé devant elle, c'est que je
l'aime avec tant de force qu'il ne m'en reste plus pour
le lui dire!

MADAME DE SAINT-SIMON, *à part.*

La sirène! le petit serpent!

RIOM, *toujours à la princesse.*

Mais vous, madame, vous qui la verrez encore, vous
qui vivez près d'elle, dites-lui, s'il vous plaît, que sa
vue avait embrasé tout mon être dans un instant! que
charmé par sa grâce, ébloui par sa beauté, mais séparé
d'elle par les marches d'un trône, j'ai mieux aimé la
perdre que l'offenser et que j'ai mieux aimé mourir que
vivre après l'avoir perdue! Adieu, madame! Pardonnez-
moi d'avoir laissé éclater mon chagrin devant vous! (*Il
prend la main de la princesse.*) Et laissez-moi vous dire
merci pour vos bontés. Ah! je souffre durement. Jugez
de ma folie! Quand elle était là tout à l'heure, devant

mes yeux, je ne la voyais pas! Maintenant qu'elle est
partie, il me semble que c'est elle que je vois! que c'est
à elle que je parle! que cette main est la sienne! et que
ces gerbes d'étincelles qui partent de votre masque
sont les purs rayons de ses yeux!

LA PRINCESSE.

Et croyez-vous aussi entendre sa voix, chevalier?

RIOM.

Ah! ciel! quel délire! quelle hallucination étrange!
Oui, oui, il me semble que j'entends sa voix! Ah! parlez! parlez! madame! Laissez-moi goûter un instant
encore cette illusion du paradis! (*Il lui baise la main
avec transport en s'agenouillant à ses pieds. Pendant qu'il
est dans cette posture, la princesse frappe sur un timbre.
M*^{me} *de Saint-Simon paraît, ainsi que M*^{me} *de Mouchy.
Stupéfaction de Lauzun. La princesse ôte son loup, et
Riom, en levant les yeux, voit son visage et demeure
pétrifié.*)

LA PRINCESSE.

Chevalier, malgré votre discrétion, celle que vous
aimez vous a entendu. Elle ne s'offense point d'un
amour dont la délicatesse l'a charmée. La certitude
d'avoir inspiré un attachement sincère et désintéressé
est un bonheur dont les plus puissants sont les plus
déshérités. Vous m'avez donné de votre amour la seule
preuve qui pouvait me convaincre et toucher mon
cœur. (*A Lauzun.*) Quant à vous, monsieur de Lauzun,
et à vos triomphantes théories, sachez que si l'intrigue
et l'intérêt prennent souvent auprès des princesses le
masque des affections sincères, les princesses n'en sont
que plus à plaindre, et qu'il n'est pas généreux de leur
en faire un crime, surtout quand on a su profiter de
leurs erreurs. Blâmez plutôt, monsieur, au lieu de le
glorifier, l'égoïsme des courtisans dont nous sommes

les dupes. Je consens à oublier les leçons que vous avez
données à votre neveu, en considération du peu de cas
qu'il en a fait.

LAUZUN, *après s'être incliné devant la princesse, au public.*

Dans les questions d'amour, les jeunes gens feront
toujours des sottises, mais ils n'en auront pas moins
toujours raison.

FIN.

NI G... NI CONTENT

COMÉDIE EN UN ACTE

PERSONNAGES

ROBERT.
ACHILLE.
HERMINE.
ARTHUR.
CHARLOTTE.
Un caporal.
Deux ordonnances.

La scène se passe en province, en janvier 1871.

NI C... NI CONTENT

COMÉDIE EN UN ACTE

Une chambre à coucher. A droite un lit, à gauche un canapé, au milieu un guéridon. Çà et là une malle, une caisse, des paquets, comme pour un départ.

SCÈNE PREMIÈRE

ACHILLE, en garde national, HERMINE.

ACHILLE, *s'interrompant dans la lecture de son journal.*
Eh bien ?

HERMINE.
Elle n'en finit pas ! Charlotte ! apportez donc le thé ! Monsieur attend depuis un quart d'heure !

ACHILLE.
Il y a vingt-cinq minutes que j'attends ! Bah ! c'est comme si je chantais ! Tant que je ne ferai pas la cuisine moi-même !... (*Il reprend sa lecture, puis s'interrompt de nouveau.*) Eh bien ! on débitera toutes les tartines sentimentales qu'on voudra sur les horreurs de la guerre, je suis partisan de la guerre, moi. J'aime la guerre, sabre de bois ! et je dis que la guerre est une institution rationnelle, hygiénique et morale. Je ne mets rien au-dessus d'un grand capitaine. Je dis que l'homme qui a voué son existence à la destruction des célibataires est le protecteur par excellence des bonnes mœurs et a

acquis des droits imprescriptibles à la reconnaissance
de la partie saine et décente de l'humanité, c'est-à-dire
des personnes mariées. Pour moi, le premier titre de
gloire de Napoléon, c'est d'avoir exterminé un million
de célibataires. Qu'est-ce qu'un célibataire? Un insecte
essentiellement nuisible et dévastateur! Un parasite
impudent qui vit aux dépens de l'homme marié, fait sa
proie des femmes honnêtes et dépose dans les ménages
des germes de dissolution ! Le célibataire est le phyl-
loxera de la famille. C'est la destruction complète,
radicale et définitive de cet ennemi de la société que les
philanthropes et les savants devraient mettre au concours
avant tout le reste. Voilà quel devrait être l'objectif des
gouvernements. Et la preuve qu'ils commencent à le
comprendre comme moi, c'est que toutes les nations
civilisées consacrent annuellement deux ou trois centaines de millions... (*A Hermine.*) Hein?

HERMINE.

Quoi ?

ACHILLE.

Qu'on me nomme seulement député! et l'on verra si
je sais faire un emploi utile et judicieux des deniers des
contribuables ! — C'est moi qui purgerais la terre... de
tous ces freluquets!... A commencer par notre ami
Robert! Pss! Un ami d'enfance de ma femme! un arrière-
cousin qui se permet de la tutoyer ! En voilà un qui me
porte sur le système nerveux! Heureusement qu'il a eu
la riche idée de se faire soldat et qu'il y a peut-être une
balle pour lui dans la bagarre. C'est ce qui me console
du tohu-bohu dans lequel nous sommes. Heureusement
que nous n'y sommes plus pour longtemps... d'ici deux
ou trois jours la petite maison que j'ai louée en Suisse
sera libre et nous filons! nos malles sont faites, voilà
comme je comprends la guerre! (*Tirant sa montre.*) Sept

heures ! Sacrebleu ! C'est que voilà deux heures que j'ai
quitté le poste sans rien dire à personne ! je vais me
faire pincer, moi ! Par exemple, ce que je trouve d'une
stupidité exorbitante c'est l'invention de la garde
nationale. Qu'est-ce qu'un homme marié a de mieux à
garder que sa femme ? je vous le demande ? Eh bien,
ces crétins-là ne comprennent pas ça. Avoir une femme
et ne pas la surveiller ! Ils s'imaginent qu'il n'y a que ça
à faire ! (*Il arpente la scène en regardant Hermine avec
méfiance, puis il s'arrête devant elle et lui dit inopinément*) :
A quoi pensez-vous ?

HERMINE.

Mais...

ACHILLE.

Vite !

HERMINE.

Je...

ACHILLE.

Bien.

HERMINE.

Quoi ?

ACHILLE.

Je suis fixé.

HERMINE.

Comment ?

ACHILLE.

Je sais ce que je voulais savoir.

HERMINE.

Quoi donc ?

ACHILLE.

Vous pensez à quelque chose de mal puisque vous ne
pouvez pas me le dire sans y réfléchir une demi-heure.

HERMINE.

Par exemple ! mais je ne pensais à rien du tout !

ACHILLE.

C'est convenu. Je sais ce que c'est.

HERMINE.

Encore! Voilà que cela vous reprend. En vérité, cela n'a pas le sens commun. Vous ai-je jamais donné l'ombre d'un motif de jalousie depuis cinq ans que nous sommes mariés! Mais je ne sors pas de la maison... je ne vois âme qui vive! A quoi, à qui voulez-vous donc que je pense?

ACHILLE.

A moi. Une honnête femme ne doit penser qu'à son mari.

HERMINE.

Eh bien! c'est justement à vous que je pensais, tenez!

ACHILLE.

Comme c'est bien trouvé!

HERMINE.

Je pensais à vous et à cette malheureuse jalousie...

ACHILLE.

C'est être jaloux que de vouloir avoir sa femme pour soi et non pour les autres?

HERMINE.

Mais puisque je n'ai aucune relation!

ACHILLE.

Et avec qui prétendriez-vous en avoir?

HERMINE.

Mais je n'en demande pas!

ACHILLE.

Une honnête femme n'a de relations qu'avec son mari.

HERMINE.

Cependant, les parents...

ACHILLE.

Oh! les parents! Les cousins par exemple! Robert
n'est-ce pas? disons-le tout de suite!

HERMINE.

Vous voilà encore retombé sur Robert! un garçon
avec qui j'ai été élevée et que nous n'avons pas revu
depuis le jour de notre mariage! Cinq ans!

ACHILLE.

Il ne manquerait plus que ça! Mais, ce jour-là, au
moins, nous avons été admis au bonheur de le con-
templer dans tout son éclat, avec son uniforme de
sous-lieutenant tout battant neuf, ses éperons, son
sabre... ses... moustaches!... La police des mœurs ne
devrait pas permettre à un officier de paraître dans une
noce avec des moustaches, c'est inconvenant.

HERMINE.

Vous déraisonnez! Robert ne m'a seulement pas
adressé la parole... il ne m'a pas regardée!

ACHILLE.

Ah! ah! Vous avez remarqué cela! Il ne vous a pas
regardée! Je l'espère, pardieu, bien! Moi, jaloux! C'est
fort!

*(Depuis un instant, Hermine a pris sur son per-
choir une petite perruche qu'elle caresse des
lèvres.)*

Mais, pour Dieu! laissez donc cet oiseau tranquille!
Vous le caressez... vous le becquetez! ça n'en finit pas...
ce n'est pas à moi que...

(Charlotte apporte le thé.)

Enfin!

*(Hermine lâche l'oiseau qui vient se poser sur le
bord du sucrier.)*

HERMINE, *chassant l'oiseau.*

Ah ! ah ! mon Dieu ! mais vous êtes très mal élevée, mademoiselle.

ACHILLE, *furieux.*

Dans le sucrier !

HERMINE.

Ah ! ah ! Allons, ne vous fâchez pas !

ACHILLE.

C'est ça, riez. Tout lui est permis... à lui ! (*Il abat l'oiseau d'un coup de serviette.*)

HERMINE, *ramassant l'oiseau.*

Oh ! non ! Achille... ma pauvre petite perruche ondulée !...

ACHILLE.

Bon ! Pleurez maintenant. Une scène pour un mauvais moineau !

HERMINE.

Est-ce ma faute si je n'ai qu'un moineau pour toute compagnie ?

ACHILLE.

Vous n'avez qu'un moineau ! Eh bien, et moi ? (*Il va s'asseoir dans un fauteuil à une certaine distance d'Hermine, les jambes écartées, la tête renversée.*) Hermine ! (*Hermine s'essuie les yeux et le regarde, il pose l'index sur sa joue.*) Allons !... (*Hermine vient lui donner un baiser à la place indiquée. Achille pose son doigt sur l'autre joue ; nouveau baiser.*) Bien.

HERMINE.

Maintenant, il faut vous en aller, il est grand temps !

ACHILLE.

En voilà un agrément d'aller passer la nuit au corps de garde !... Alors, ma pauvre petite chatte, tu vas te coucher toute seule ?

HERMINE.

Dame ! C'est probable !

ACHILLE.

Eh ! eh ! ma question n'est peut-être pas encore si bête ! (*A part.*) Avec les femmes... il faut s'attendre à tout !

SCÈNE II

LES MÊMES, CHARLOTTE.

CHARLOTTE, *accent belge.*

Monsieur ! Monsieur !

ACHILLE.

Eh bien, quoi ?

CHARLOTTE.

Un soldat !

ACHILLE.

Un soldat ? Qu'est-ce qu'il me veut ce soldat ?

CHARLOTTE.

Il veut parler à madame, une fois.

ACHILLE.

A madame ? Pourquoi à madame ? Vous êtes sûre que c'est à madame ? Qu'est-ce que c'est que ce polisson-là ? Où est-il ?

SCÈNE III

LES MÊMES, ARTHUR.

ARTHUR, *accent méridional.*

Présent ! (*Salut militaire.*)

ACHILLE.

Comment vous appelez-vous ?

ARTHUR.

Arthur Cabassou.

ACHILLE.

Ah! vous vous appelez Arthur. Ça me fait bien plaisir. Qui êtes vous?

ARTHUR.

Sergent à la quatrième du deuxième de la trente-quatrième.

ACHILLE.

Et qu'est-ce que vous me voulez?

ARTHUR.

Je viens de la part de mon capitaine...

ACHILLE.

Et qu'est-ce qu'il me veut votre capitaine?

ARTHUR.

Rien du tout.

ACHILLE.

Comment rien du tout? Qu'est-ce que vous venez faire ici?

ARTHUR.

Une commission pour madame.

ACHILLE.

Pour madame? pendant mon absence?

ARTHUR.

Excusez! Pour lors, ce n'est pas à vous que j'ai l'honneur de parler, si vous êtes absent?

ACHILLE.

Je suis censé absent. De quoi s'agit-il?

ARTHUR.

C'est un billet que j'ai à remettre à madame, de la part de mon capitaine.

ACHILLE.

Un billet! de la part d'un capitaine? Célibataire?

ARTHUR, *présentant le billet à Hermine.*
Le voici, madame.

ACHILLE, *après l'avoir saisi au passage.*
Voyons! (*Lisant.*) « Ma chère Hermine!... » Tiens!
tiens! ça va bien! Il vous appelle sa chère Hermine,
tout simplement, ce capitaine?

HERMINE.
Qu'est-ce que cela veut dire?

ARTHUR.
Mais c'est bien naturel!...

ACHILLE.
Ah! vous trouvez ça naturel, vous? Au fait!...

HERMINE.
Je n'y comprends rien!

ACHILLE.
J'y comprends beaucoup, moi, madame! (*Lisant.*)
« Ma chère Hermine, je viens te demander... » Te
demander! Il vous tutoie, ce capitaine! lui aussi! ça va
bien, « te demander l'hospitalité pour deux ou trois
nuits... » Rien que ça! Corbleu, madame, m'expliquerez-
vous?

HERMINE.
C'est inconcevable.

ARTHUR.
Mais c'est bien naturel!...

ACHILLE.
Ah! c'est naturel? (*Il lit.*) Ah! très bien! Un billet de
logement! Et c'est par ordre de M. le maire qu'il
vient s'installer chez vous, ce monsieur, ce capitaine qui
vous appelle « ma chère Hermine! » et vous tutoie,
avec deux ordonnances? Ah çà! Qu'est-ce que ça
signifie, tout ça? Alors, M. le maire s'imagine que je vais
me prêter à...

ARTHUR.

Tout le bataillon est logé chez l'habitant. C'est mon commandant lui-même qui a choisi votre domicile, ou plutôt celui de madame, en raison des rapports qui existent entre madame et mon capitaine.

HERMINE.

Il est fou!

ACHILLE.

Des rapports entre madame et votre capitaine?

ARTHUR.

Mais est-ce que le capitaine Robert Duplessy?...

HERMINE.

Robert?

ACHILLE.

C'est lui votre capitaine? Ah! ah! ah! Il est capitaine à présent?... et c'est lui qui vous envoie?

ARTHUR.

Parfaitement.

ACHILLE.

Pourquoi ne le dites-vous pas tout de suite?

ARTHUR.

J'ai cru que vous le saviez aussi bien que moi!

ACHILLE.

Il n'y aurait pas eu tant d'explications.

ARTHUR.

Je le pense bien.

ACHILLE.

Je vous aurais mis à la porte.

ARTHUR.

S'il vous plaît?

ACHILLE.

Vous direz à votre capitaine d'aller se loger chez le diable! Moi, je n'ai pas de place.

ARTHUR, *saluant.*

Très bien ! (*A part.*) En voilà un rhinocéros !

CHARLOTTE.

Moi, je prêterais bien ma chambre une fois !

ACHILLE.

Qui est-ce qui vous demande de prêter quelque chose, vous ?

SCÈNE IV

ACHILLE, HERMINE.

ACHILLE.

Ah çà ! mais, sacrebleu ! je décampe immédiatement, moi, si on ne peut pas laisser ma femme tranquille ! Nous aurions bien fait de déménager tout de suite ! En temps de guerre il n'y a pas autre chose à faire ! Les gens sérieux ne s'amusent pas à jouer au soldat ! Saltimbanque ! Ne faut-il pas qu'il vous fasse admirer ses galons ! Attendez un peu qu'il se présente, et vous verrez comme je vous le fais sauter par la fenêtre, lui et ses deux ordonnances.

HERMINE.

Voyons, Achille, soyez raisonnable ! Est-ce Robert qui a décidé que son régiment passerait par Amiens ? N'est-il pas tout naturel que, devant être logé chez l'habitant, il ait songé à nous qui sommes ses parents et qui, à défaut de lui, serons forcés d'en loger d'autres ?

ACHILLE.

Comment donc, naturel ! c'est tout ce qu'il y a de plus naturel ! Eh ! eh ! naturel !

HERMINE.

Voyons ! il faut trouver une solution... il peut nous tomber ici d'un moment à l'autre !

ACHILLE.

En voilà une cruche que ce maire !

HERMINE.

Trouvez un logement à l'hôtel... chez un ami... n'importe où... mais dépêchez-vous !

ACHILLE.

Comment ! il faut que je me dérange pour chercher des logements à ces messieurs, moi !

HERMINE.

Ils se dérangent bien autrement, eux !... en allant se faire casser la tête !

ACHILLE.

Continuez !... Oh ! je vous vois venir !

HERMINE.

Votre intention est-elle de me laisser seule ici avec ces militaires ?... oui ou non ?

ACHILLE.

Soyez tranquille !

HERMINE.

Je ne sais pas ce que je deviendrais !...

ACHILLE.

Je le sais bien, moi.

HERMINE.

Eh bien ! allez vous assurer un logement... Mon Dieu ! il y a un siècle que vous devriez être à votre poste. Si l'on vous mettait en prison... songez donc !

ACHILLE.

Enfin, soit ! je vais leur en chercher, des logements ! ça ne sera pas long ! mais... (*Apercevant son képi sur un meuble.*) Madame, à qui ce képi ?

HERMINE.

Ce képi ?... mais c'est le vôtre, mon ami !

ACHILLE.

Le mien ? Comment le mien ! vous êtes sûre que c'est le mien ?.. Hum ! c'est possible... (*Il se coiffe et sort.*)

SCÈNE V

HERMINE, seule.

Il a raison !.. recevoir ici Robert ! un jeune homme Ce serait effrayant. Pourvu qu'il trouve des logements ! S'il allait n'en pas trouver ! Et être obligé de me quitter !... je ne me coucherais pas ! je ne me coucherais certainement pas ! Quelle fatalité aussi ! Pourquoi faut-il que ce soit précisément Robert... (*Un temps.*) Mais, après tout, en quoi Robert est-il donc particulièrement redoutable ? Je n'en sais rien, moi ! Il ne m'a jamais dit un seul mot qui... et pourtant, il est certain que... pourquoi ? Oui, voilà le bel ouvrage de mon visionnaire de mari ! A force de me parler de Robert, encore de Robert, toujours de Robert... il a fini par me monter la tête à moi-même... à tel point que si je le voyais paraître... (*Apercevant Robert qui entre.*) Ah !

SCÈNE VI

HERMINE, ROBERT.

ROBERT, *s'avançant comme pour embrasser Hermine ; celle-ci pousse un nouveau cri et recule effrayée.*
Eh bien, Hermine, est-ce que tu ne me reconnais pas ?

HERMINE, *même jeu.*
Mais si ! au contraire !

ROBERT.

Eh bien... alors! (*Il lui tend les bras.*)

HERMINE.

Non! non! Robert! n'avancez pas... je ne veux pas... ou j'appelle!

ROBERT.

Qu'est-ce que tu as donc? tu ne veux pas que je t'embrasse?

HERMINE.

Mais vous êtes fou!

ROBERT, *s'avançant.*

Comment!

HERMINE.

Robert! je vous en prie! je vais crier!

ROBERT.

Eh! mon Dieu, ma chère cousine! je ne vous le demande pas, les armes à la main! Quoi! un parent, un ami d'enfance, un frère! qui a la chance de vous retrouver dans une pareille bagarre... Vous ne l'embrassez pas? Allons! donnez-moi la main, alors.

HERMINE, *avançant sa main avec hésitation.*

La main... mon Dieu!... (*Robert lui baise la main.*) si Achille arrivait!...

ROBERT.

Qui ça Achille? ton mari? Eh bien?

HERMINE.

Robert, allez-vous-en, je vous en supplie!... je suis sur des charbons ardents!

ROBERT.

Moi je suis gelé, comme cela se trouve! mais je viens m'installer chez toi, avec armes et bagages. Tu n'as donc pas vu mon ordonnance?

HERMINE.

C'est impossible!

ROBERT.

Pourquoi donc ?

HERMINE.

Mais, parce que c'est impossible ! vous le savez bien !

ROBERT.

Moi?...

HERMINE.

Allez-vous-en! Robert, je vous en prie! D'abord, nous n'avons pas une chambre à vous offrir. Voyez, tout est déménagé, nous partons dans trois 'ours...

ROBERT.

Ah! vous partez? Bon. Mais, je ne vous demande qu'un fauteuil pour moi et un peu de paille pour mes deux hommes.

HERMINE.

Robert, n'insistez pas ! je vous en conjure. Partez, il le faut !

ROBERT.

Je ne comprends pas.

HERMINE.

Eh bien, ne comprenez pas, cela vaut mieux!... mais partez.

ROBERT.

C'est une idée fixe. Ainsi, vous m'envoyez coucher à la belle étoile, par vingt degrés de froid.... moi qui ne vous demande qu'un abri pour la nuit ? C'est l'accueil qui attendait chez vous un ami, un parent, un soldat qui n'a pas de gîte ? Adieu. (*Il lui tend la main.*)

HERMINE.

C'est que c'est vrai, ce qu'il dit !... (*Lui tenant la main.*) Vous me prenez pour une femme sans.... humanité ! Votre main est glacée...

15

ROBERT.

Moins que votre hospitalité, ma chère cousine. Allons, adieu.

HERMINE.

Ah! c'est affreux! Restez un moment. Réchauffez-vous vite... après, vous vous en irez... promettez-le-moi.. Vous me pardonnerez... vous m'oublierez... dites...

ROBERT.

Comment, vous oublier?... mais au contraire... je vous prie de croire...

HERMINE.

Mais enfin, comprenez donc! je suis mariée...

ROBERT.

Je le sais bien, puisque j'étais de la noce... mais, qu'est-ce que ça fait?

HERMINE.

Vous ne voulez donc pas comprendre que mon mari m'aime... qu'il m'adore...

ROBERT.

Ah! il vous adore? Eh bien, il a raison. (*A part.*) Le fait est qu'elle est jolie, ma cousine. (*Haut.*) Mais, je comprends cela le mieux du monde! C'est le contraire que je ne comprendrais pas. Et cela vous empêche de me donner un fauteuil pour une nuit ou deux?

HERMINE.

Une nuit ou deux... Un brillant et jeune officier!...

ROBERT.

Ah bah! Quelle drôle d'idée tu... vous avez! (*A part.*) Ah! mais oui, elle est furieusement jolie! C'est curieux! je ne l'avais pas encore remarqué!

HERMINE.

Mon Dieu, si Achille rentrait!...

ROBERT.

Il est donc jaloux, Achille? c'est donc un tigre du Bengale?

HERMINE.

Que voulez-vous? Je ne peux pas lui en vouloir... Il m'aime tant!

ROBERT.

Tant que ça? (*A part.*) Il est certain qu'elle vous a une taille... ma cousine, un pied...

HERMINE.

Vous réchauffez-vous?

ROBERT.

Je crois bien. (*A part.*)... des yeux...

HERMINE.

Eh bien, allez-vous-en?

ROBERT, *à part.*

Jamais! (*Haut.*) Alors, c'est pour la tranquillité de ton... de votre mari que vous me mettez à la porte?

HERMINE.

Si vous saviez...

ROBERT.

Ma chère Hermine, ceci change la question. Pour vous plaire... je veux dire... pour moins vous déplaire, je vous aurais obéi... malgré la température... et la consigne... Il y a tant de femmes ordinaires pour qui un galant homme passerait dans le feu, que, pour vous, c'est bien le moins qu'on passe... une nuit dans la neige... Mais, du moment qu'il ne s'agit plus que de me soumettre aux exigences biscornues de monsieur votre époux, il y va de ma gloire...

HERMINE.

Robert! c'est pour moi que je vous en prie... vous ne savez pas quelles scènes... Achille...

ROBERT.

Ah! çà, c'est donc Barbe-Bleue, Achille?

HERMINE.

Mon mari ne vit que pour moi, que par moi; je ne le mérite pas, je le sais bien, mais enfin, je suis son élément... l'air qu'il respire... il ne me quitte pas... il...

ROBERT.

S'il est Barbe-Bleue, moi, j'ai bien envie d'être Croquemitaine! Et savez-vous, ma cousine, que vous êtes jolie à croquer?

HERMINE.

Non... non, je ne suis pas jolie... mais Achille...

ROBERT.

Ah! Achille... Il y a longtemps que nous n'en avions parlé. Comment se porte-t-il? pourquoi n'est-il pas ici?

HERMINE.

Parce qu'il est de garde, et que, d'ailleurs, il s'occupe de vous... il est allé chercher des logements, afin...

ROBERT.

De me fermer sa porte... je lui sais gré de cette attention. Peste! mais vous êtes une femme terriblement adorée, à ce que vois, ma cousine... Et alors, vous vivez dans un éternel et immuable tête à tête, comme Adam et Ève? Mais dites-moi une chose... est-ce que vous l'aimez, vous?

HERMINE.

Qui? Achille?

ROBERT.

Oui, Achille, Achille.

HERMINE.

Quelle question!

ROBERT.

Enfin, l'aimez-vous?

HERMINE.

Mais, certainement!

ROBERT.

Alors, pourquoi vous amusez-vous à le rendre malheureux?

HERMINE.

Moi! je m'amuse à...

ROBERT.

Vous devez bien voir que cette jalousie féroce le rend malheureux... et même un peu ridicule.

HERMINE.

Est-ce ma faute? Vous me ferez l'honneur de croire que je ne lui donne pas de motif d'être jaloux, n'est-ce pas?

ROBERT.

Eh bien, puisque, faute d'un motif de l'être, il l'est, donnez-lui ce motif, il ne le sera plus!

HERMINE.

Plaît-il?

ROBERT.

C'est un principe de mathématiques, changez la cause, l'effet changera.

HERMINE.

Je suis fort ignorante en mathématiques.

ROBERT.

En revanche, vous êtes experte en coquetterie, dites?

HERMINE.

En coquetterie... moi? Par exemple!

ROBERT.

Voulez-vous savoir ce que je me figure?... Un mari ne serait pas à ce point... farouche... si sa femme — une femme d'esprit — ne le trouvait bon. Les hommes sont ce que leurs femmes les font. La jalousie d'Achille ne s'épanouirait pas plantureusement comme une fleur des tropiques, sans un peu de... culture... et, si vous la cultivez, cette fleur, c'est parce qu'elle est un de vos moyens de séduction ! Voilà ce que je m'imagine.

HERMINE.

Eh bien, vous avez beaucoup d'imagination! C'est d'une profondeur ! Qu'est-ce que vous voulez dire?

ROBERT.

Ma cousine, de même qu'il n'y a pas qu'une seule manière de rendre son mari ridicule, il n'y a pas qu'une seule manière d'être coquette. Vous l'êtes, vous, avec raffinement... voilà mon opinion.

HERMINE.

Vous êtes le docteur Faust en personne! mais je ne comprends pas du tout.

ROBERT.

La jalousie d'Achille vous donne l'attrait du fruit défendu, gardé par un implacable Dragon... On dit : « Comme c'est dommage... pauvre petite femme... si charmante, si ravissante... si délicieuse... ainsi séquestrée! Ah çà, mais, il faut qu'elle possède des charmes... extraordinaires pour produire un tel phénomène de jalousie. » Et l'on devient la femme la plus désirée de l'univers.

HERMINE.

Le bel avantage! Et quel profit en a-t-on?

ROBERT.

Celui d'être désirée. Les coquettes n'en demandent pas d'autre. Leur jouissance est abstraite comme celle de l'avare devant son or. Ah! votre mari peut être tranquille en ce qui me concerne! ce n'est pas moi qui perdrai mon temps à vous faire la cour.

HERMINE.

Et cependant vous lui faites une peur bleue!

ROBERT.

Bleue? comme sa barbe alors ? Il ne me connaît pas.

HERMINE.

Il s'est mis dans la tête que vous... que je ne vous étais pas indifférente.

ROBERT.

Il est fou à lier, lui.

HERMINE.

Et vous êtes très galant, vous.

ROBERT.

A quoi bon être galant avec un marbre?... Et encore! j'aimerais mieux un marbre qui se laisserait embrasser. (*Il s'avance.*)

HERMINE.

Robert !

ROBERT.

Encore !... Vous refusez?... sérieusement ?

HERMINE.

Mais! très sérieusement. Laissez-moi ! Allez-vous-en !

ROBERT.

Mais, c'est à démonter... Saint Antoine! (*Il s'avance pour embrasser Hermine.*)

HERMINE, *se reculant.*

Robert ! non ! perdez-vous la tête?

ROBERT.

Certainement ! je t'adore ! je t'adore ! entends-tu?

HERMINE.

Robert... voyons... cessez ce badinage et partez! J'aurais dû l'exiger plus tôt!... partez!

ROBERT.

Eh bien, soit, je vais partir... mais je t'embrasserai!...

HERMINE.

Non! vous ne m'embrasserez pas.

ROBERT.

Je t'embrasserai de gré ou de force. (*Il la poursuit.*)

HERMINE, *s'échappant.*

Non, non ! je ne veux pas !... grâce !... Pas aujour-d'hui...

ROBERT.

Il ne faut jamais remettre au lendemain ce qu'on peut faire le jour même, surtout en temps de guerre. (*Il la saisit et cherche à l'embrasser.*)

HERMINE, *criant.*

Robert ! laissez-moi ! mon Dieu ! Au secours ! (*Beau-coup plus bas.*) Mon mari ! cachez-vous! (*Elle pousse vivement Robert derrière les rideaux du lit.*)

SCÈNE VII

LES MÊMES, ACHILLE.

HERMINE.

Vous avez trouvé des logements, mon ami?

ACHILLE.

Ce n'est pas sans peine! ni sans argent! Trente francs, deux mansardes! quel patriotisme! Est-ce que ces voleurs de maîtres d'hôtel ne devraient pas loger gratuitement des hommes qui vont répandre leur sang pour la patrie? C'est égal, m'en voilà débarrassé de votre polichinelle de Robert.

ROBERT, *à part.*

Voilà un désagréable animal.

HERMINE, *apercevant sur le guéridon le képi de Robert, à part.*

Ah! mon Dieu! (*Haut.*) Deux francs, trente mansardes, comme c'est cher !

ACHILLE.

C'est cher ! deux francs, trente mansardes ?

HERMINE.

Mais... c'est vous qui le dites !

ACHILLE.

Trente francs, deux mansardes ! où avez-vous l'esprit ?
(*Il dépose son képi sur la table à côté de celui de Robert.*)

HERMINE, *à part.*

Oh ! Seigneur, mon Dieu !

ACHILLE.

Qu'est-ce que vous avez ? quelle tête me faites-vous ?

HERMINE.

Quelle tête ?... Je ne vous fais pas de tête ! (*A part.*)
Sainte Vierge ! que faire ?

ACHILLE.

Il n'est venu personne ? Vous n'avez pas reçu de
lettre ?... (*Il tâte les poches d'Hermine qui manœuvre de
manière à prendre l'un des deux képis qu'elle tient derrière
son dos.*) Je vous autorise à me donner un coup de bec
sur l'oreille... et l'autre ? Bon. Tendez-moi les deux
pattes et le bout de votre nez.

> (*Hermine après l'avoir embrassé sur chaque joue
> avance sa figure.*)

Et les deux pattes.

> (*Hermine avance une seule main.*)

Et l'autre ?

> (*Hermine, pendant cette pantomime, est parvenue
> à s'approcher du canapé et à glisser sous un
> coussin le képi qu'elle tenait à la main: c'est
> celui d'Achille; elle avance l'autre main, Achille
> lui prend les mains et l'embrasse.*)

HERMINE.

Maintenant, il est temps d'aller à votre corps de garde,

grand temps, mon ami, je vous en prie, ne tardez pas davantage...

ACHILLE.

Je ne bouge plus d'ici!

HERMINE.

Mais vous serez puni... on vous mettra à la salle de police!... en prison!...

ACHILLE.

Ils me fusilleront s'ils veulent, mais je ne bougerai pas. (*Il s'installe sur le canapé.*) Couchons-nous!

HERMINE.

Mais, pour vous fusiller... il faudra bien qu'on vienne vous prendre et que vous vous en alliez!

ACHILLE.

Ça m'est égal, je ne bouge plus! Avec tous ces militaires qui inondent la ville... on n'est plus en sûreté... Tu aimes ça, toi, les militaires? Dire qu'il y a des femmes qui en raffolent! C'est l'uniforme! — Comment m'aimes-tu mieux, toi? en bourgeois ou en uniforme?

HERMINE.

Oh! l'uniforme! pour un uniforme comme celui-là?... D'ailleurs, vous savez bien que vous n'avez pas la tournure... mais allez-vous-en! mon Dieu!

ACHILLE.

Comment... je n'ai pas la tournure... Quelle tournure?

HERMINE.

Mon ami, je suis affreusement inquiète... je vous en supplie, rendez-vous à votre service... tenez, vous me faites mourir!

ACHILLE.

Tu veux que je m'en aille absolument! C'est absurde!

HERMINE, *voyant que le képi qu'elle a laissé sur le guéri-don est celui de Robert, à part.*

Ah! mon Dieu, je me suis trompée de képi!

ACHILLE.

Allons! mais quel est donc le goitreux qui a inventé la garde nationale. (*Il s'avance vers le guéridon pour prendre le képi.*)

ROBERT, *à part.*

Gare la bombe!

ACHILLE, *prenant le képi de Robert.*

Je m'en vais. (*Il se coiffe.*)

HERMINE, *à part.*

Un képi de capitaine! pour se rendre au poste! (*Haut.*) Non, non, ne vous en allez pas!

ACHILLE.

Hein?

HERMINE.

Ne vous en allez pas encore...

ACHILLE.

Mais, c'est toi qui me renvoies! et le fait est...

HERMINE.

J'ai peur...

ACHILLE.

Peur? les portes sont solides... et puis je t'enferme.

HERMINE.

Vous nous... vous me...

ROBERT, *à part.*

Bonne idée!

HERMINE.

Je ne veux pas que vous m'enfermiez!

ACHILLE.

Ah! vous ne voulez pas?... Eh bien, moi, je veux!

HERMINE, *s'asseyant sur le canapé.*

Venez ici, j'ai quelque chose à vous dire...

ACHILLE.

Vous avez quelque chose à me dire?

HERMINE.

Oui. — Allons, venez!

ACHILLE, *s'approchant.*

Eh bien, quoi?

HERMINE.

Asseyez-vous... près de moi. (*Achille s'assied*). Plus près...

ROBERT, *à part.*

Qu'est-ce qu'elle lui veut?

HERMINE.

Embrassez-moi. (*Elle lui passe le bras autour du cou.*)

ACHILLE.

Qu'est-ce qui vous prend?

HERMINE.

D'abord, on n'embrasse pas sa femme avec son képi sur la tête. (*Elle lui enlève son képi.*)

ROBERT, *à part.*

Ah! j'y suis.

ACHILLE, *embrassant Hermine.*

Est-ce tout? On n'en a jamais fini avec vous! c'est toujours à recommencer! C'est fatigant à la fin! Oh! les femmes!... je veux... je ne veux pas!

SCÈNE VIII

LES MÊMES, CHARLOTTE.

CHARLOTTE, *entrant précipitamment.*

Monsieur!

ACHILLE, *se dégageant brusquement de l'étreinte d'Hermine, tout en voulant reprendre son képi qu'Hermine ne lâche pas.)*

Eh bien, quoi? est-ce qu'on entre sans frapper?

CHARLOTTE.

Monsieur, moi, je ne savais pas que monsieur... était occupé, une fois!

ACHILLE.

Vous êtes une bécasse! Qu'est-ce que vous voulez?

CHARLOTTE.

Trois soldats...

ACHILLE.

Trois soldats maintenant... c'est comme chez Nicolet! *(Arrachant le képi des mains d'Hermine et le mettant sur sa tête.)* Mais, donne-moi donc mon képi!

ROBERT, *à part.*

Allons! il tient absolument à ce que je le coiffe.

ACHILLE.

Et qu'est-ce qu'ils me veulent ceux-là? C'est encore pour parler à madame?... Trois soldats... mais, sapristi! c'est le fameux capitaine, peut-être, et ses deux ordonnances! *(Poussant Hermine vers le lit.)* Cachez-vous là, vite!

HERMINE.

Me cacher là?... moi?... Mais...

ACHILLE.

Ah! vous voulez le voir! je ne veux pas, moi! Allons! vite! *(Il la pousse derrière le rideau du lit, à côté de Robert.)* Mais allez donc! *(A Charlotte.)* Où est-il?

CHARLOTTE.

Les voilà ici! une fois.

SCÈNE IX

LES MÊMES, UN CAPORAL, *deux ordonnances portant une malle.*

ROBERT, *embrassant Hermine.*

Enfin!

HERMINE, *résistant.*

Robert!

ACHILLE, *à Hermine.*

Tais-toi donc! et tiens-toi tranquille, sacrebleu!

ROBERT, *à Hermine.*

Eh bien, obéissez!... (*Il l'embrasse.*)

ACHILLE, *aux soldats.*

Qu'est-ce que c'est que tout ça?

LE CAPORAL.

C'est le bagage, mon capitaine. (*Il fait le salut militaire.*)

LES SOLDATS, *même jeu.*

Oui, mon capitaine.

ROBERT, *bas à Hermine.*

Bon! voilà mon képi qui fait son effet.

ACHILLE.

Le bagage de votre capitaine?

LE CAPORAL, *même jeu.*

Oui, mon capitaine.

LES SOLDATS, *même jeu.*

Oui, mon capitaine.

ACHILLE.

Du capitaine Duplessy?

LE CAPORAL, *même jeu.*

Oui, mon capitaine.

LES SOLDATS, *même jeu.*

Oui, mon capitaine.

ACHILLE, *à part.*

Ah! ça pourquoi diable m'appellent-ils mon capitaine?

ROBERT, *bas à Hermine.*

Ate!

ACHILLE, *au caporal.*

Votre capitaine est logé à l'hôtel du Grand-Cerf. Il doit y être en ce moment...

LE CAPORAL, *même jeu.*

Bien, mon capitaine.

ACHILLE.

Hôtel du Grand-Cerf!

LE CAPORAL, *même jeu.*

Oui, mon capitaine.

ROBERT, *bas à Hermine.*

Je suis en ce moment à l'hôtel du Grand-Cerf?

HERMINE, *bas à Robert.*

Je meurs de peur.

ACHILLE.

Vous retiendrez bien ? le Grand-Cerf?

LE CAPORAL, *faisant un geste mnémotechnique sur sa tête.*

Oui, oui, le Grand-Cerf, mon capitaine.

ACHILLE.

C'est là qu'il faut porter son bagage.

LE CAPORAL.

Bien, mon capitaine.

LES SOLDATS.

Bien, mon capitaine.

ACHILLE, à *Hermine.*

Je ne le leur fais pas dire! Et toi qui trouves que je n'ai pas la tournure militaire! voilà des soldats qui s'y connaissent. Ils ont du chic, ces soldats-là. (*Aux soldats.*) C'est entendu?

LES TROIS SOLDATS, *saluant militairement.*

Oui, mon capitaine.

ACHILLE.

Hôtel du Grand-Cerf.

LES TROIS SOLDATS, *même jeu.*

Oui, mon capitaine. (*Ils vont pour sortir.*)

ACHILLE.

Un instant! attendez!

E CAPORAL.

Halte!

ACHILLE, *s'approchant du guéridon.*

Je vais vous donner pour boire à ma santé. (*A part.*) Hum! je n'ai pas la tournure militaire! Que je passe seulement capitaine, on me prendra pour un colonel! (*Il aperçoit son képi sur le canapé. A Charlotte.*) A qui ce képi?

ROBERT, à *Hermine*

Attention!

CHARLOTTE.

Ce képi? c'est le vôtre, une fois!

HERMINE, *bas.*

Mon Dieu! mon Dieu!

ACHILLE.

Comment une fois? deux fois, vous voulez dire? Oui, c'est encore le mien! (*Il veut le mettre sur sa tête et, s'apercevant qu'elle est déjà couverte, il prend de la main gauche le képi du capitaine et regarde les deux képis.)* Eh bien et celui-ci? deux képis! trois galons!... de plus fort en plus fort!

HERMINE.

Ah! je me sens mourir!... (*Elle s'affaisse. Robert la soutient.*)

ACHILLE.

Qu'est-ce que ça veut dire? (*Au caporal.*) Où est-il, votre capitaine?

LE CAPORAL, *faisant le salut.*

Il est ici, mon... (*Il baisse la main.*) Vous n'êtes pas capitaine?

ACHILLE.

Ici?

LE CAPORAL,

Oui, mon ca... qu'est-ce que vous êtes?

ACHILLE.

Ce que je suis?... Je n'en sais rien! (*A Charlotte.*) Il est ici? Répondez, vous!

CHARLOTTE.

Qui? le cousin de madame? certainement... je ne sais pas moi... je l'ai fait entrer, une fois, mais je ne l'ai pas vu sortir... moi.

(*Au moment où Achille fait un nouveau pas vers le lit, Hermine se débat en proie à une crise nerveuse, et prononce des paroles entrecoupées. Achille s'arrête en voyant s'agiter le rideau du lit.*)

HERMINE.

Non! non, Robert!... Ah! je suis morte!

(*Achille court vers le lit, écarte vivement les rideaux et voit Hermine et Robert.*)

16

ROBERT, *à Hermine en lui frappant dans la main.*
Allons, là, là, ce n'est rien.

ACHILLE, *furieux.*
Qu'est-ce que vous faites là?

ROBERT.
Ce que je fais?

ACHILLE.
Oui!

ROBERT.
Et vous?

ACHILLE.
Moi?

ROBERT.
Oui!

ACHILLE.
Je suis chez moi!

ROBERT.
Justement! et vous devriez être au corps de garde!
Mettez votre képi.

ACHILLE.
Hein?

ROBERT.
Mettez votre képi, vous ne devez vous découvrir
devant votre supérieur qu'autant qu'il vous y autorise.

ACHILLE.
Comment ça?... mon supérieur?

ROBERT.
Vous êtes sous les armes... je suis votre supérieur.
Vous ferez vingt-quatre heures de salle de police pour
étudier dans votre théorie le chapitre relatif aux
marques extérieures du respect.

ACHILLE.
Du respect!... (*Il se couvre*) pour un... pour le...

ROBERT, *sévèrement.*

Appelez-moi mon capitaine. Tenez-vous à cinq pas de distance (*Achille se recule*) et gardez l'attitude militaire. Vous me logez ici pendant trois jours, moi et mes deux ordonnances.

ACHILLE.

Pardon, je vous logerai, soit! mais à l'hôtel où j'ai retenu des chambres.

ROBERT.

Elles sont convenables, ces chambres?

ACHILLE.

Meilleures que celle-ci.

ROBERT.

Eh bien, vous les garderez pour vous.

ACHILLE.

Mais, ici, nous n'avons qu'une chambre à coucher pour madame et moi.

ROBERT.

Oh! à la guerre comme à la guerre! on se tasse. D'ailleurs, vous êtes de garde... vous avez vingt-quatre heures de salle de police à faire pour manque de respect, et vingt-quatre heures que vous y ajouterez pour avoir quitté votre poste sans permission, total trois nuits... C'est exactement notre affaire. Demi-tour! Rendez-vous au poste.

ACHILLE.

Ah bah! vous croyez que je vais vous laisser seul ici avec ma femme!

ROBERT, *au caporal.*

Caporal, enlevez-le.

LE CAPORAL.

Bien, mon capitaine.

ACHILLE.

Comment! par exemple!

HERMINE.

Robert! je vous en prie!

ROBERT.

Ma cousine, nous sommes en présence de l'ennemi, il faut que la consigne soit observée.

LE CAPORAL, *à ses hommes.*

Par file à gauche! Halte! Front!

ACHILLE.

Eh bien, oui, c'est de plus fort en plus fort!

ROBERT, *au caporal.*

Emmenez cet homme au poste.

ACHILLE, *prenant sur un fauteuil la cravache de Robert et la jetant à Hermine.*

Coupes-en la figure du premier qui t'approchera.

LE CAPORAL, *à Achille.*

Passez devant!

ACHILLE.

Ni devant ni derrière, morbleu!

LE CAPORAL.

Garde à vô, ton!

(*Sur un signe du caporal les deux hommes prennent Achille au collet et l'entraînent.*)

ACHILLE, *se débattant.*

Ohé! oh! lâchez-moi!

LE CAPORAL.

Par le flanc droit... halte! En avant! Arrr!

(*Ils l'emmènent.*)

ACHILLE, *du dehors.*

Elle est forte!

SCÈNE X

ROBERT, HERMINE.

HERMINE.

Je suis perdue!

ROBERT.

Me voilà maître de la place! (*Hermine le regarde avec terreur.*

HERMINE.

Robert, songez à ce que vous allez faire!

ROBERT.

J'y songe, ma cousine, j'y songe. (*A part.* Ah ça, pas de bêtises! Un mot de plus et nous passons les bornes!... Il faut se replier en bon ordre. (*Il s'avance vers Hermine.*)

HERMINE.

Robert, si vous faites un pas en avant, vous êtes un lâche!

ROBERT.

Un lâche! pour aller en avant! joli principe à l'usage d'un soldat!... (*Il s'avance.*) Voyons, Hermine...

HERMINE, *s'éloignant.*

Oh, mon Dieu! non! non! au secours!

ROBERT.

Je veux...

HERMINE, *même jeu.*

Je ne veux pas! non, non!...

ROBERT.

Mais, écoutez-moi!

HERMINE, *se bouchant les oreilles.*

Non, non, je ne vous écoute plus! je ne veux rien entendre!

ROBERT.

Mais, écoutez-moi! nous sommes d'accord! je m'en vais!

HERMINE, *même jeu.*

Oh! employer la violence contre moi, après avoir fait saisir par des soldats celui qui pouvait me défendre! quelle infamie!

ROBERT.

J'en suis à mille lieues!

HERMINE.

Ce serait une lâcheté!

ROBERT.

Parbleu!

HERMINE.

Une félonie!

ROBERT.

D'accord!

HERMINE.

Ah! vous n'avez pas de cœur!

ROBERT.

Erreur!

HERMINE.

Moi, qui vous croyais généreux, chevaleresque...

ROBERT.

Je le suis! mais sacrebleu! débouchez vos oreilles. (*Il s'avance.*)

HERMINE, *criant.*

Ah!!!

ROBERT, *ne parvenant pas à se faire comprendre, prend son képi et s'incline en reculant comme pour se retirer.*
Adieu !

HERMINE, *débouchant ses oreilles.*
Vous partez?

ROBERT.
Mais, ma cousine, il y a un quart d'heure que je vous prie de m'en accorder la permission.

HERMINE.
Comment ?

ROBERT.
Ma présence ici, étant donné les... préventions d'Achille, pourrait donner lieu de sa part à des interprétations bien... invraisemblables, mais qu'il est charitable de lui éviter... et... je vous priais...

HERMINE.
Voilà ce que vous me disiez?

ROBERT.
Certainement... vous ne vouliez pas m'entendre!

HERMINE.
C'est que... je croyais...

ROBERT.
Quoi donc?... comme il m'est interdit de quitter cette maison ou ma consigne est d'attendre des ordres qui peuvent arriver d'un moment à l'autre, je vous demanderai de bien vouloir mettre à ma disposition... Mon Dieu... n'importe quel local... un grenier... une cave...

HERMINE.
Mon cousin, je vous prie de vous installer dans ce salon où vous trouverez un canapé...

ROBERT.
Merci! Bonsoir, cousine...

HERMINE.

Mais, puisque vous êtes bon... pourquoi cette... rigueur avec ce pauvre Achille?

ROBERT.

Ah! par exemple, il ne l'a pas volée... Mais sachez qu'en le renvoyant au poste, je lui ai évité une punition fort grave que le colonel, qui fait en ce moment sa ronde, n'aurait pas manqué de lui infliger. Bonsoir!

SCÈNE XI

HERMINE, *seule.*

Je ne le trouve pas déjà si terrible, moi! Il a été convenable, très convenable... pour un militaire! Il s'était imaginé de m'embrasser. Je suis sa cousine après tout. (*Elle se mire.*) Était-il dans son tort en disant que c'était son droit? C'était son devoir... Il a dû trouver mes terreurs bien exagérées... bien sottes!... Défendre une position qui n'est pas attaquée, n'est-ce pas provoquer l'attaque? Il a raison... c'est de la coquetterie, c'est de la provocation! Ah! mon Dieu! il n'est pas permis d'être aussi stupide que ce pauvre Achille!... Je me couche! — tout simplement. Oh! je suis en sûreté! (*Elle ôte sa robe et met un peignoir.*) Que va-t-il croire?... Il ne pensait à rien... et c'est moi! qui... Il est clair qu'une fois mis malgré lui sur ce terrain... Et encore! quelques madrigaux gratuits et obligatoires!... Mais, je me suis offerte! Mais il m'a refusée! Quel affront! quelle honte! Oh! mon mari (*Elle prend la cravache*) avec vos visions saugrenues!... (*Elle fait siffler la cravache et la jette sur le lit. Elle se couche et souffle la bougie.*)

SCÈNE XII

HERMINE, ACHILLE, puis ROBERT.

Au bout d'un instant, la porte du fond s'ouvre sans bruit. Achille paraît armé d'un fusil avec sa baïonnette. Il s'avance avec précaution vers le lit.

HERMINE, *à part.*

Robert ! le traître ! sa clémence n'était qu'une ruse de guerre ! Ciel ! c'est fini ! il n'y a plus d'illusion possible !...

ACHILLE, *à part.*

Seule ! Comment ! il n'est donc pas là ce Don Juan ! C'est encore plus fort que tout le reste ! Jobard ! Eh bien, il y a des imbéciles de maris qui ont peur de ces fantoches de militaires !... Et c'est pour voir tout ça que j'ai risqué quinze jours de prison ! moi ! C'était bien la peine !... Jobard, va !

HERMINE, *à part.*

Qu'est-ce qu'il marmotte donc là tout seul ? C'est effrayant ce monologue ! que va-t-il se passer ? Mon Dieu, que j'ai peur !

ACHILLE, *à part.*

Mais celle-ci ! Fiez-vous aux femmes !... Je savais bien, moi, qu'il fallait les surveiller ? Tenez, elle s'est couchée... quand même. Mais, parbleu, elle l'attend... ce savoyard ! cet auvergnat !

HERMINE, *retournant la tête et reconnaissant Achille.*

Mon mari ! Ah ! c'est indigne ! il vient pour m'épier ! me surprendre ! Un pareil affront !... après l'autre !...

C'est trop! Ah! il faut couper la figure à celui qui m'approchera! Eh bien, tu vas être obéi; approche!

ACHILLE.

Oui, oui, elle l'attend, elle l'attend... la coquine de femme!

HERMINE, *sautant en bas de son lit en poussant un cri aigu.*

Ah! Robert! c'est une infamie! vous si convenable, si respectueux... si... (*Elle le frappe.*) Au secours! Arrrh!

ROBERT, *entr'ouvant sa porte à part.*

Comment! encore cet animal-là?

ACHILLE.

Hermine! c'est moi! moi!...

HERMINE.

Je le sais bien que c'est vous! lâche! monstre! je le dirai à Achille (*Elle frappe toujours.*) Je lui dirai tout! tout! tout!

ACHILLE.

Eh! je suis renseigné! ale! ale.

HERMINE, *frappant.*

Tout! tout! tout!

ACHILLE.

Ale! sacrebleu! quel dommage que ce ne soit pas mon polichinelle qui reçoive cette danse-là! Oh! la, la! ale! Mais c'est moi, ton mari! Achille!

ROBERT *à part.*

Bing! Dzing! Allez!

ACHILLE.

Mais, c'est moi! Hermine! sacrebleu!

ROBERT.

Boum! Allez donc!

HERMINE, *frappant et criant.*

Au secours! Achille! Achille! Achille!

ACHILLE.

Je te dis que c'est moi!... (*Il saisit la cravache.*)

ROBERT, *à part.*

Pas mal joué! Entrons en scène (*Il fait irruption l'épée à la main.*) Qu'est-ce? Comment! l'ennemi?... Nous sommes donc envahis!... (*Il met l'épée sur la gorge à Achille.*) Ah! brigand! (*Achille pousse des cris de détresse et s'abrite derrière Hermine*) lâcheras-tu cette femme?

HERMINE.

Robert! Arrêtez! c'est mon mari!

ACHILLE.

C'est moi! mille tonnerres! moi!

SCÈNE XIII

LES MÊMES, *les deux ordonnances avec leurs fusils qu'ils mettent en joue,* CHARLOTTE, *avec une lumière,* puis ARTHUR.

ACHILLE.

A bas les armes! ne tirez pas! C'est moi! moi! moi! que diable!

ROBERT.

Comment, c'est vous!... qui venez nous faire ici un pareil vacarme!

ACHILLE.

Oui, moi! mari de madame, entendez-vous!

ROBERT.

Le moyen qu'on s'en doute! à la manière dont ma
cousine...

ACHILLE.

Parbleu! Madame m'avait pris pour vous!

ARTHUR, *remettant un pli à Robert.*

Mon capitaine, une dépêche de la place,

ROBERT, *après avoir lu.*

Ordre de départ. (*A Arthur.*) Qu'on rassemble les
hommes! (*Aux ordonnances.*) Mon bagage à la gare!
(*A Achille.*) Mon cher cousin... Ah! mais vous avez donc
encore une fois déserté le poste! vous mériteriez...
allons, je lève toutes les punitions et vous voilà débarrassé de moi.

ACHILLE, *ricanant.*

Je vous regrette, ma parole d'honneur! Vous aviez
conquis ma confiance! j'allais vous conférer mes pleins
pouvoirs! Eh, eh! ma femme perd en vous un chevalier!... un défenseur!... Il est vrai qu'elle se défend
pas mal elle-même.

ROBERT.

Vous en savez quelque chose! Allons, vous voilà battu
et content?

ACHILLE.

Oh!... content!...

ROBERT.

Pas encore? Que vous faut-il de plus? J'en étais sûr!...
il ne sera content que quand il sera...

ACHILLE.

Quoi?

ROBERT.

Morbleu! ce qu'un garde national comme vous mérite d'être!... fusillé.

FIN.

MA FILLE !

COMÉDIE EN DEUX ACTES

PERSONNAGES

ISABELLE, trente-huit ans.
BERTHE, dix-sept ans.
JULIA, dix-huit ans.
HENRIETTE, quarante-cinq ans.
HORACE, trente-cinq ans.
LOUIS, vingt-cinq ans.
TALANDIER, cinquante ans.
LE CAPITAINE DES POMPIERS.
JEAN.
Un domestique.
Sapeurs-pompiers.

MA FILLE!

COMÉDIE EN DEUX ACTES

ACTE I

—

Un salon.

SCÈNE PREMIÈRE

BERTHE, JULIA.

Elles sont au piano et font de la musique.

BERTHE, *se levant*

Ouf! Assez de musique! Eh bien, ma bonne Julia,
voilà donc la cage ouverte et les oiseaux envolés! Je
crois que nous ne sommes pas plus mal ici qu'au couvent? Qu'est-ce que tu en penses?

JULIA.

Certes! Et je ne sais comment te remercier, ma chère
Berthe, de ta fastueuse hospitalité.

BERTHE.

Oh! fastueuse! non. Mais enfin, tu ne m'en veux pas
trop d'avoir décidé ton farouche tuteur à nous confier,

17

pour quelques jours, la séduisante personne... en attendant qu'il te confine au fond de son village!

JULIA.

Je crois bien.

BERTHE.

Pour l'existence folâtre qu'il t'y réserve!... Au milieu
de ses moutons et de ses poules... Oh! moi, les douceurs
de la vie champêtre!... Dans un château, alors.

JULIA.

Dis-moi, tu me promets que je ne suis pas indiscrète...
au moins?

BERTHE.

Tu dis des bêtises!

JULIA.

Mais ton père...

BERTHE.

D'abord, mon père c'est ma mère, ensuite ma mère
c'est moi, et moi, je trouve bon de jouir un peu à mon
aise de ma meilleure amie de pension, avant d'en être
séparée... peut-être pour toujours.

JULIA.

Pour toujours! j'espère bien que non! pourquoi donc?

BERTHE.

Mon Dieu! tu comprends, ma chérie..., une fois sorties
du couvent... quand on n'est pas tout à fait du même
monde... la vie sociale a ses exigences... On se perd
de vue, c'est fatal. Mais je compte bien te garder une
semaine ou deux... par exemple!

JULIA.

Que tu es bonne!

BERTHE.

Jusqu'à ce que je fasse mon entrée dans le monde.
En attendant, maman reçoit beaucoup,... nous regar-

derons par les trous des serrures... et qui sait si nous
ne découvrirons pas un mari pour toi!

JULIA.

Rien ne presse!

BERTHE.

As-tu une dot?

JULIA.

Oh!... quatre-vingt mille francs!

BERTHE.

Oui... moins que rien... Mais les filles sans dot sont
bien heureuses! On les épouse pour elles-mêmes.

JULIA.

Oui... quand on les épouse... Mais, à propos... nous
ne voyons pas paraître le charmant cousin?

BERTHE.

Le charmant cousin manque à tous ses devoirs! Mais
il dîne avec nous, calme ton impatience.

JULIA.

Mon impatience! Mais ce n'est pas en mon honneur
qu'il soupire, je crois!

BERTHE.

Non! mais j'imagine que tu penses à lui, encore plus
que moi... (*Elle prend la taille de Julia.*) Oh! comme tu
l'es serrée, ma chère! — Oh! moi, tu sais, je ne suis pas
jalouse!

JULIA.

Comment tes millions pourraient-ils être jaloux de
mes pauvres quatre-vingt mille francs?

BERTHE.

Ce qui veut dire que sans mes millions...

JULIA.

Oh! quant à tes autres avantages, tu sais bien que j'aurais encore bien moins l'idée d'une comparaison.

BERTHE.

Mais tu n'es pas mal, toi, je t'assure... pour une campagnarde! — Il est certain qu'il tarde à venir déposer à mes pieds l'hommage de ses adorations, mon fidèle chevalier... (*Elle écoute.*) Je parie que c'est lui... Quand on parle d'un amoureux...

SCÈNE II

BERTHE, JULIA, LOUIS.

BERTHE.

Ce n'est pas malheureux! Bonjour, notre beau cousin! Vous savez que vous vous faites désirer?

LOUIS, *avec une admiration ironique.*

Oh!

BERTHE.

Qu'est-ce qui vous arrive? Pourquoi ne m'embrassez-vous pas?

LOUIS.

Mais... (*Il l'embrasse.*) c'est que te voilà si grande... et si imposante avec toutes tes décorations! (*A Julia plus sérieusement.*) Mademoiselle Julia...

JULIA, *saluant.*

Monsieur...

LOUIS, *à Berthe.*

Qu'est-ce que c'est que ça?

BERTHE.

Ça? impertinent! quoi d'abord? cette médaille avec un ruban bleu?

LOUIS.

Oui...

BERTHE.

Parlez-en avec moins d'irrévérence! c'est le ruban d'enfant de Marie.

LOUIS, *saluant.*

Diable! Je croyais que c'était une médaille de sauvetage.

BERTHE.

C'est une erreur.

LOUIS.

Oui... tu es plutôt faite pour la perdition des pauvres pêcheurs que pour leur salut.

BERTHE.

Qu'est-ce que vous dites?

LOUIS.

Et celle-ci, en sautoir avec un beau ruban à franges d'argent?

BERTHE.

C'est le grand ruban blanc, monsieur.

LOUIS.

Peste!

BERTHE.

Vous savez donc ce que c'est, celui-là?

LOUIS.

Non pas!

BERTHE.

Alors, sur quoi vous extasiez-vous?

LOUIS.

Mais... je m'extasie sur la valeur que tu lui donnes en le portant.

BERTHE.

Qu'il est bête!

LOUIS.

Si j'avais été informé de tes triomphes — mais je ne lis pas les journaux — je t'aurais apporté une couronne de lauriers.

BERTHE.

Je me moque bien de vos lauriers!

LOUIS.

C'est juste! Ce que tu ambitionnes maintenant, c'est une couronne de fleurs d'oranger?

BERTHE.

M'en auriez-vous apporté une, par hasard?

LOUIS.

Non... je te prie de m'excuser pour cette négligence... mais, d'abord, est-ce qu'on ne fait pas vœu de célibat dans cet ordre-là?

BERTHE.

Non, monsieur.

LOUIS.

Allons, tant mieux!

BERTHE.

Pour qui?

LOUIS.

Mais... pour celui dont ça fera le bonheur!

BERTHE.

Ça veut-il dire que vous retirez votre candidature, vous?

LOUIS.

Oh! tu sais, je n'ai jamais été un candidat sérieux, moi!

BERTHE.

Et vous vous désistez?

LOUIS.

Hélas! absolument.

BERTHE.

Parce que?...

LOUIS.

Parce que, maintenant que tu es une grande jeune fille... les petits maris doivent céder la place aux grands.

BERTHE.

Mais vous avez grandi aussi, vous, si je ne me trompe?

LOUIS.

Oui, mais pour t'épouser, il ne suffit pas d'avoir grandi...

BERTHE.

Il faut encore être riche, n'est-ce pas? J'ai lu ça dans un roman.

LOUIS.

Vous lisez donc des romans au couvent, mesdemoiselles?

JULIA.

Oh!... pas toutes!

BERTHE.

Non. Il y a celles qui en font.

SCÈNE III

LES MÊMES, ISABELLE, puis JEAN.

ISABELLE, *entrant, une lettre à la main.*

Oui! C'est une inspiration du ciel!

LOUIS.

Ma tante...

ISABELLE.

Ah ! bonjour, Louis. (*A Berthe.*) Berthe, va t'habiller.

BERTHE.

Mais maman, je suis en grand uniforme!

ISABELLE.

Oui, de pensionnaire... mais, va t'habiller, ta toilette est préparée... Allez, ma fille!

BERTHE.

Oui, maman. — Viens-tu, Julia?

ISABELLE (*Elle sonne, le domestique paraît*).

Cette lettre à son adresse.

JEAN.

Pour M. le comte de Crony?

ISABELLE.

A son adresse.

JEAN.

Bien, madame.

SCÈNE IV

ISABELLE, LOUIS.

ISABELLE.

Dites-moi, mon ami, vous savez que vous ne pouvez pas songer à épouser votre cousine?

LOUIS, *interloqué.*

Mais... si vous pensez que je le sais, ma tante, je me demande pourquoi vous prenez la peine de m'en informer.

ISABELLE.

Enfin, vous le savez?

LOUIS.

Que je ne peux pas songer à épouser ma cousine? Non. Je ne m'étais pas encore rendu compte de cette incapacité... Mais, ce que je puis vous dire, c'est que je n'y songe pas.

ISABELLE.

A la bonne heure... Quoiqu'il en soit... Voici Berthe sortie de pension et je crois devoir vous dire tout de suite que j'ai d'autres vues sur elle. Je vous en fais la confidence.

LOUIS.

Je vous en remercie.

ISABELLE.

Mon Dieu, je rends justice à toutes vos qualités, mon cher neveu, et surtout à votre jugement... Aussi, vous reconnaîtrez avec moi, j'en suis persuadée, que, sans rechercher la fortune dont ma fille n'a pas besoin, j'ai le devoir d'ambitionner pour elle une situation...

LOUIS, *gaiement.*

Mais, je suis avocat, moi, ma tante, et vous n'ignorez pas qu'au temps où nous vivons... un avocat...

ISABELLE.

Oui, mais malheureusement... heureusement, veux-je dire, car je vous en félicite! pour faire une de ces fortunes, vous êtes trop... vous n'êtes pas assez...

LOUIS.

Oui, vous me trouvez la figure d'un imbécile. Eh bien! ne vous y trompez pas, ma tante, la figure d'un imbécile n'est pas un sauf-conduit à dédaigner quand on veut parvenir. Rien n'est plus maladroit que d'avoir l'air malin. C'est mettre les niais sur leurs gardes. Ce qui est malin, c'est d'avoir l'air bête... quand on ne l'est pas... et même quand on l'est. On parvient encore très haut, comme ça.

ISABELLE.

Je vois que vous fréquentez des sommités. Mais, parlons sérieusement. Mon cher Louis, je sais tout ce que vous valez, malgré cette figure qui n'est pas celle d'un sot. Je connais la droiture et la délicatesse de votre caractère et j'y fais appel.

LOUIS.

Ma tante...

ISABELLE.

Vous n'êtes pas homme à abuser de votre... ascendant sur l'esprit de votre cousine pour la détourner de mes intentions... c'est bien certain.

LOUIS.

Oh! d'autant plus certain... que mon... ascendant.

ISABELLE.

Je sais ce que je dis, mon neveu. Je vous demande donc d'user de cette influence pour l'amener, au besoin, à s'en rapporter à sa mère du soin de son avenir et de son bonheur.

LOUIS.

Elle ne saurait absolument mieux faire... et mon concours, puisque vous le réclamez, vous est tout acquis.

ISABELLE.

Loyalement, Louis?

LOUIS.

Mais... très loyalement, ma tante.

ISABELLE.

Vous me comprenez, n'est-ce pas?

LOUIS.

A merveille! Vous me demandez de conseiller à
Berthe...

ISABELLE.

Je vous demande de ne pas chercher à lui plaire.

LOUIS.

Ah!

ISABELLE.

Au contraire.

LOUIS.

De chercher à lui déplaire alors?

ISABELLE.

S'il le fallait.

LOUIS.

C'est un rôle bien ingrat et qui demande une certaine
dose de fatuité.

ISABELLE.

Vous me le promettez?

LOUIS.

Mais... je ferai de mon mieux, ma tante.

ISABELLE.

Quant à vos sentiments à vous, mon cher Louis,
sentiments que, jusqu'à un certain point, vous avez pu
croire autorisés... vous les combattrez avec courage...
et vous en triompherez.

LOUIS.

Les combattre? en triompher? mais, je vous demande
pardon, je n'ai besoin, pour vous seconder, de combattre
aucun sentiment.

ISABELLE.

Vous n'aimez pas ma fille?

LOUIS.

Je la trouve charmante... j'ai pour elle l'affection d'un frère, mais quant à l'aimer, non.

ISABELLE.

Ah! par exemple! Cessez cette comédie, mon ami.

LOUIS.

Mais... je vous assure.

ISABELLE.

Je vous croyais plus d'esprit, mon neveu. Après tout... vous avez peut-être raison de me dire cela... c'est de meilleur goût... dans votre situation.... Mais ne pas aimer ma fille!... Ah!

SCÈNE V

LES MÊMES, BERTHE, JULIA.

BERTHE, *accourant suivie de Julia qui met la dernière main à l'arrangement de la toilette de Berthe.*

Me revoilà!

ISABELLE.

Tu es expéditive!

BERTHE.

Je me suis dépêchée.

LOUIS.

Changement de décoration?

BERTHE, *à Louis.*

Oui, suis-je bien?

LOUIS.

Oh! mon avis... tu sais...

BERTHE.

Je vous le demande pour ce qu'il peut valoir.

LOUIS.

Merci. Mais, en matière de chiffons... je me récuse.

BERTHE.

Vous me trouvez mal habillée?

LOUIS.

Déshabillée, tu veux dire?

BERTHE.

Comment, déshabillée?

LOUIS.

C'est donc une robe que tu as là?

BERTHE.

Mais certainement.

LOUIS.

Je croyais que c'était un peignoir.

BERTHE.

Non, c'est une robe.

LOUIS.

De première communion, alors... de rosière?

BERTHE.

C'est une robe blanche de jeune fille.

LOUIS.

De jeune fille! Mais, à une jeune fille de ta condition il faut des ornements... des broderies... des bijoux... des diamants...

BERTHE.

Des diamants! une jeune fille!

LOUIS.

Dame!... une jeune fille riche!

BERTHE.

Décidément, mon cousin, vous vous moquez de moi.

LOUIS.

Par exemple! Mais, tu me demandes mon avis, je te le donne. Il fallait me prévenir que tu voulais un compliment! Je t'en aurais composé un... en vers... avec des guirlandes tout autour.

> (*Berthe va se mettre au piano en boudant. Julia feuillette des albums.*)

ISABELLE.

Vous lui parlez d'un ton!...

LOUIS.

Mais...

ISABELLE.

Il est inutile d'être brutal.

LOUIS.

N'est-ce pas dans le programme?

ISABELLE.

Jusqu'à un certain point... On peut y mettre des formes. (*Allant vers sa fille.*) Viens, ma chérie... Je la trouve délicieuse, moi, ta toilette, et je m'y connais... et je ne veux pas qu'on te fasse du chagrin... entends-tu, mignonne?

BERTHE, *bas à Isabelle.*

Sais-tu ce qu'il me disait tout à l'heure quand tu es entrée?

ISABELLE.

Qu'il t'adore!

BERTHE.

Eh bien, non! Il disait qu'il refuse de m'épouser.

ISABELLE.

Vraiment! Ah! oui... c'est une politique! (*Confiden-tiellement.*) Écoute, ma fille, si le ciel favorise mes pro-jets... (*A part*) et s'il me fait la grâce d'accepter mon sacrifice... (*Haut*) tu seras la femme la plus heureuse qu'il y ait au monde.

BERTHE.

Bientôt?

ISABELLE.

Oui, ma fille.

SCÈNE VI

LES MÊMES, HORACE.

JEAN, *annonçant.*

M. le comte de Crony.

ISABELLE, *bas à Horace.*

Vous avez reçu ma lettre?

HORACE, *bas à Isabelle.*

A l'instant, et je m'empresse...

ISABELLE.

Monsieur de Crony, je vous présente ma fille.... (*A Berthe.*) Monsieur le comte Horace de Crony.

HORACE.

Mademoiselle Berthe, n'est-ce pas? Comment cette grande et belle jeune fille... déjà!

ISABELLE.

Hélas! oui, je suis la mère de cette grande jeune fille!

HORACE.

Il faut le voir pour le croire.

(*Des saluts s'échangent entre Horace, Julia et Louis.*

ISABELLE.

Mais, à propos, Louis, et ces volumes?

LOUIS.

Ah! je vous demande mille pardons! Je les ai laissés sur ma table...

ISABELLE.

Voilà qui vous ressemble. (*A Horace.*) Les œuvres et la vie de M⁻ Swetchine, que je veux vous faire lire, monsieur de Crony!... Vous n'imaginez pas quelle foi... quel courage... quel détachement de soi-même on puise dans cette admirable lecture! Après l'Évangile et l'*Imitation*... Cette femme est héroïque et sublime... Louis, vous êtes d'une étourderie...

LOUIS.

Qui n'a rien d'irréparable ma tante. (*Il va pour sortir.*)

HORACE.

J'espère, monsieur, que ce n'est pas pour moi... que...

LOUIS.

Comment donc, monsieur, dans quelques minutes...

ISABELLE.

Nous dînons à sept heures, Louis, ne l'oubliez pas?

LOUIS.

Non, ma tante. (*A part.*) Traduction : jusqu'à sept heures, laissez-moi tranquille. (*Il sort.*)

ISABELLE, *à Berthe.*

Laisse-nous, ma fille.

BERTHE, *sortant.*

Viens-tu Julia?

SCÉNE VII

HORACE, ISABELLE.

ISABELLE.

Asseyez-vous, mon ami, j'ai à vous parler sérieusement...

HORACE.

Sérieusement! (*A part, tout en prenant un siège.*)
Quelle solennité! Singulier type de femme! variété
mystique. Que veut-elle? Que ne veut-elle pas? (*Haut.*
Mais, chère madame, vous me parlez toujours sérieusement... trop sérieusement même.

ISABELLE.

Que pensez-vous de moi, mon ami?

HORACE.

Ce que je pense de vous?... Mais, voilà précisément
ce que je voudrais savoir moi-même...

ISABELLE.

Je vais vous le dire. Vous pensez que je suis, sous des
dehors peut-être un peu moins frivoles,... une femme
comme... tant d'autres que vous avez connues... n'est-ce
pas? Une femme fascinée par l'éclat de votre esprit...
par l'élévation de votre cœur?...

HORACE.

Mais, je suis à mille lieues...

ISABELLE.

Une femme prête à oublier ses devoirs d'épouse et de
mère?

HORACE.

Ah!

18

ISABELLE.

Vous le croyez! vous l'avez cru, n'est-ce pas?

HORACE.

Comment aurais-je pu le croire quand, au contraire, vous êtes d'une froideur... d'un rigorisme véritablement désespérants. Vous ne m'avez jamais laissé prendre le bout de vos doigts... (*Il veut prendre la main d'Isabelle qu'elle retire.*) Tenez!

ISABELLE.

Vous l'avez cru? Ne dites pas non... Vous ne vous trompiez pas!

HORACE.

Est-ce possible... Isabelle! (*Il fait mine de tomber à ses genoux. Isabelle le relève.*)

ISABELLE.

Ou plutôt... c'est moi qui le croyais... et je me trompais moi-même! Ne comprenant pas le sentiment qui m'entraînait vers vous... j'avais peur que cette affection ne fût coupable... je me la reprochais comme un crime... et pourtant, je la sentais innocente et sainte... mais vous, mon ami, vous, en lisant mes lettres (que je réprouve et que vous brûlerez, n'est-ce pas?) où vous avez trouvé les effusions de mon ineffable tendresse... dites, soyez sincère, que pouviez-vous croire, sinon qu'il y avait là, emportée vers l'abîme, une malheureuse femme...

HORACE.

Oh! une plume, tout au plus, que la pensée ne suivait pas! car...(*Il veut encore lui prendre la main.*) vous voyez bien, la plume vole...la main reste...et le rêve s'évanouit!

ISABELLE.

Eh bien, oui, mon ami, et le ciel en soit loué! Si même il y a là un rêve, il s'est évanoui. Écoutez! Ce matin, Horace, agenouillée devant l'autel, j'ai prié

Dieu de laisser descendre en moi sa lumière ... bientôt,
dans le plus profond de mon cœur éclairé comme un
tabernacle... vous m'êtes apparu, oui, vous, mon ami...
Oh ! non pas tel que je redoutais de vous y voir, railleur, sceptique, mais souriant, mais heureux et tout
rayonnant de mon amour qui n'était pas criminel et
parjure, mais chaste et pur, de mon amour maternel !

HORACE.

Maternel ?

ISABELLE.

Oui, maternel !... O mon ami, ô mon enfant... ne
comprenez-vous donc pas ?

HORACE.

Mais...

ISABELLE.

Dites?... dites?... ne vous serait-il pas possible... ne
vous serait-il pas doux, mon cher enfant, de m'appeler
votre mère.

HORACE.

C'est tout un autre ordre d'idées.

ISABELLE.

Ce que je mets à vos pieds, c'est mille fois plus que
moi-même. C'est mon trésor... c'est ma perle blanche...
le sang de mon cœur ; c'est cette fleur suave qui s'ouvre
à la vie, c'est ma fille à qui je dois le bonheur, à qui je
veux le donner... comme à vous !

HORACE.

Je suis profondément touché... Ma reconnaissance...

ISABELLE.

N'est-elle pas belle et charmante, dites ?

HORACE.

Resplendissante ! Mais ne suis-je pas un peu bien
grand garçon, moi ?...

ISABELLE.

Vous? Vous êtes le bonheur! Eh bien, voulez-vous, dites... Voulez-vous?

HORACE, *à part.*

La chose mérite peut-être considération... La jeune personne est bien... et le père possède quatre millions... c'est une perspective.

ISABELLE.

Vous ne dites pas oui?...

HORACE.

Je ne dis pas oui...

ISABELLE.

Ah!...

HORACE.

Mais, je ne dis pas non. Permettez-moi de me recueillir...

ISABELLE, *avec impétuosité.*

Embrassez-moi, mon fils! (*Elle l'embrasse.*)

HORACE, *à part.*

Sapristi... Mais elle va... elle va...

ISABELLE.

Je vais parler à ma fille... Allez, mon ami... et faites-moi l'amitié de revenir dîner en famille ce soir, je vous répondrai. (*Elle sonne.*)

HORACE, *à part.*

Allons! j'aurai donc la réponse avant d'avoir fait la demande. Ma foi, quatre millions!...

ISABELLE, *à Jean qui paraît.*

Prévenez Mⁱˡᵉ Berthe, que je l'attends ici.

SCÈNE VIII

ISABELLE, *seule.*

O Dieu! merci! merci!... de m'avoir envoyé cette pensée et ce courage! O ma fille! je t'avais donné mon sang... je te donne aujourd'hui mon âme.

SCÈNE IX

ISABELLE, BERTHE.

BERTHE.

Vous me demandez, mère?

ISABELLE.

Viens! ma fille, embrasse ta mère... écoute, maintenant. Le vrai bonheur n'est pas de ce monde, mon enfant, mais tout ce que la Providence permet qu'on en goûte ici-bas, tout ce que l'imagination et le cœur d'une femme en peuvent rêver sur la terre, tout ce que je n'ai pas eu, tu l'auras, toi... Comment trouves-tu M. de Crony ?

BERTHE.

Mais... je ne l'ai pas vu.

ISABELLE.

Écoute-moi bien, ma chérie. M. de Crony... est un gentilhomme accompli, il porte un beau nom, un titre, il est membre du Jockey...

BERTHE.

Du Jockey?

ISABELLE.

Oui, ma fille, mais tout cela n'est rien.

BERTHE.

Mais, c'est très important. Du Jockey! Il doit monter
parfaitement à cheval?

ISABELLE.

Il a toutes les élégances.

BERTHE.

Membre du Jockey, c'est bien mieux que député, pour
un homme, tu ne trouves pas?

ISABELLE.

C'est autre chose...

BERTHE.

Oh! moi, je préfère infiniment le Jockey. Les députés
ont une tournure ! regarde le tuteur de Julia !

ISABELLE.

Enfin, M. de Crony...

BERTHE.

Il a un joli pied, des manières parfaites... le regard...

ISABELLE.

Tu disais que tu ne l'avais pas vu.

BERTHE.

Oh!... entrevu !

ISABELLE.

Mais, ce qui est bien au-dessus de tous ces avantages,
ma fille, c'est que... c'est un archange! Oh! tu seras
bien heureuse.

BERTHE.

Alors, c'est lui que...

ISABELLE.

Oui.

BERTHE.

Mais.... et Louis?

ISABELLE.

Je t'ouvre le ciel, ma fille!

BERTHE.

Alors... Louis?

ISABELLE.

Oh! Louis... (*avec une émotion croissante.*) Crois-moi, ma chère Berthe, crois ta mère! Oh! oui, tu vas être bien heureuse! Et, quand tu jouiras de cette félicité, ô mon enfant, rappelle-toi qu'elle est mon ouvrage... pense à ta mère... à la pauvre mère... qui s'est... qui sera heureuse de tes joies... qui les partagera... (*Elle pleure.*) Oh! laisse-moi faire ton bonheur et le mien.

BERTHE, *essuyant une larme.*

Enfin, maman, puisque je dois être si heureuse... et toi aussi... pourquoi pleures-tu?

ISABELLE, *embrassant Berthe.*

Ah! pourquoi?... Va maintenant!

BERTHE, *à part.*

Membre du Jockey... Ce pauvre Louis! Ah! tant pis, ça lui apprendra. (*Elle va pour sortir.*)

ISABELLE, *à part, avec exaltation.*

Ah! quelle sainte joie dans ce cœur crucifié!

SCÈNE X

LES MÊMES, HENRIETTE.

BERTHE, *voyant entrer Henriette.*

Bonjour, ma bonne tante!

HENRIETTE.

Bonjour, ma toute belle!

ISABELLE.

A la bonne heure! tu es d'une exactitude...

HENRIETTE.

Je suis en avance... il me tardait d'embrasser ma charmante nièce. (*Elle embrasse Berthe.*) Et Louis, est-ce qu'il n'est pas arrivé ?

ISABELLE.

Il est même reparti. Mais il va revenir.

BERTHE.

Il n'a pas été gentil du tout, monsieur votre fils, ma tante. Il trouve que j'ai l'air d'une rosière.

HENRIETTE.

Il est fou !... Après tout, la comparaison...

BERTHE.

Maman, si j'allais mettre quelque chose dans mes cheveux ?

ISABELLE, *avec âme.*

Une fleur, oui.

BERTHE.

Une rose ! (*Elle sort en appelant au dehors.*) Julia Julia !

SCÈNE XI

ISABELLE, HENRIETTE.

ISABELLE.

Ma sœur, j'ai une grande nouvelle à t'annoncer.

HENRIETTE.

Une grande nouvelle ?

ISABELLE.

Je marie ma fille.

HENRIETTE.

Ta fille ? déjà ? à qui ?

ISABELLE.

Au comte de Crony.

HENRIETTE.

Ce n'est pas possible!

ISABELLE.

Pourquoi donc ?

HENRIETTE.

Mais... Berthe ne le connaît pas... ne l'aime pas.

ISABELLE.

Elle le connaîtra. Et, quand elle le connaîtra, elle l'aimera.

HENRIETTE.

Tu en es sûre?

ISABELLE.

Parfaitement sûre. C'est tout le compliment que tu trouves à me faire ?...

HENRIETTE.

Ah ! quant à te complimenter, ce sera de grand cœur si Berthe trouve le bonheur dans cette union.

ISABELLE.

C'est-à-dire que, jusqu'à nouvel ordre, tu la désapprouves.

HENRIETTE.

Mais... et Talandier, il l'approuve, lui?

ISABELLE.

Mon mari? Je ne lui en ai pas encore parlé.

HENRIETTE.

Ah ! Il est probable que tu lui en parleras un jour ou l'autre?

ISABELLE.

C'est probable. Qu'as-tu à reprocher à M. de Crony?

HENRIETTE.

Rien. C'est un séduisant cavalier. Trop séduisant peut-être...

ISABELLE.

Séducteur. Dis le mot.

HENRIETTE.

Enfin, je trouve cette décision un peu prompte, tu me permettras de te le dire.

ISABELLE.

Oui, mais tu me permettras de te répondre que tu n'es peut-être pas assez désintéressée dans la question pour la juger avec impartialité.

HENRIETTE.

Je ne puis être désintéressée dans une question d'où dépend le sort de ma nièce.

ISABELLE.

Oh! tu sais ce que je veux dire.

HENRIETTE.

Si tu le disais ce que tu veux dire, ce serait encore bien plus clair!...

ISABELLE.

Eh bien, je veux dire que peut-être trouverais-tu ma résolution moins prompte et moins irréfléchie si, au lieu de donner ma fille à M. de Crony, je la donnais à ton fils.

HENRIETTE.

C'est toi qui parles, ma sœur, et c'est à moi que tu parles?

ISABELLE.

Oui, moi à toi.

HENRIETTE.

Quoi! la passion t'égare au point...

ISABELLE.

La passion? quelle passion?

HENRIETTE.

Celle que tu apportes en toutes choses! ce feu! cette fougue! cette fièvre de ton imagination dont tu as déjà été tant de fois la dupe! Elle t'égare, elle t'aveugle à ce point que tu ne vois pas, que tu ne comprends pas, que

tu ne sens pas, toi dont l'âme est si haute, ce qu'il y a
de vrai courage et de généreuse abnégation dans le
devoir ingrat que je remplis! Car je te l'avoue, ma sœur,
je devinais ta pensée, mais je ne croyais pas que tu
aurais été jusqu'à me la jeter à la face avec cette dureté.

ISABELLE.

Oh! moi, tu sais, je suis franche et ce que je pense, je
le dis.

HENRIETTE.

Pense à ce que tu fais! et, quoi que tu puisses penser
et dire, c'est à ton bonheur à toi, c'est au bonheur de
ta fille, entends-tu bien, que je sacrifie en ce moment, ma
fierté de sœur et de mère. Et si ce n'est pas assez, je sacrifierai encore jusqu'à ces espérances que, toi et moi, nous
avions conçues et caressées ensemble pour le bonheur
de nos enfants.

ISABELLE.

Ah! tu l'avoues!

HENRIETTE.

Et pourquoi ne l'avouerais-je pas, quand c'est toi-
même qui as fait naître et favorisé ces espérances? Ces
deux enfants s'aiment, tu le sais bien... ils ont grandi
l'un près de l'autre, leur affection mutuelle est ton œuvre.

ISABELLE.

J'en étais sûre! Nous y voilà!

HENRIETTE.

Mais, tu es devenue riche, et, désormais, ni moi ni
mon fils, nous n'aurions fait la moindre allusion à ces
engagements...

ISABELLE.

Oh! engagements!...

HENRIETTE.

Comprenant bien qu'à toi seule il appartenait d'oublier
la distance que la fortune est venue mettre entre eux.

Mais, aujourd'hui que tu attribues mes appréhensions à
un calcul... oh! je vais te prouver qu'elles sont sincères!
et je le jure ici devant Dieu! quand même tu me sup-
plierais à genoux, quand même ta fille se traînerait aux
pieds de mon fils, je jure qu'il ne l'épousera jamais! Te
voilà rassurée. Tu peux m'écouter maintenant?

ISABELLE.

Qu'as-tu à reprocher à M. de Crony?

HENRIETTE.

Je n'ai rien à reprocher à M. de Crony, je ne le connais pas. C'est à toi que j'adresse un reproche, celui de
ne pas le connaître plus que moi, et d'aller, sans
attendre, sans consulter, sans réfléchir, jeter ta fille,
une enfant qui t'interrogera un jour, à la tête du premier
personnage titré que ton imagination...

ISABELLE.

M. de Crony, que je connais parfaitement, est pour ma
fille un parti...

HENRIETTE, *parcourant la scène avec agitation.*

Ce n'est pas un parti, c'est une particule!...

ISABELLE.

C'est un homme suivant mes goûts et...

HENRIETTE.

Ce n'est pas un homme suivant tes goûts qu'il faut à
ta fille, mais un homme suivant les siens.

ISABELLE.

Et ce mariage est décidé, j'ai hâte qu'il soit accompli,
j'ai pour cela mes raisons, ne fût-ce que celle de me délivrer des conseils désintéressés ou non, mais, en tous
cas, fort inutiles et que je ne demande à personne!

HENRIETTE.

On n'en demande jamais, à personne, quand on est
décidé à faire une sottise.

ISABELLE.

Ah! ma chère Henriette!...

SCÈNE XII

ISABELLE, HENRIETTE, TALANDIER.

TALANDIER, *entrant par la droite une plume à l'oreille.*

Pardon, mes enfants, je vous dirai que je suis en train
de finir un petit calcul... qu'est-ce qu'il y a donc?...
une contestation? Vous savez que je suis juge au tribunal de commerce? (*Un temps.*) Voyons, l'audience est
ouverte.

ISABELLE.

Il s'agit bien de commerce!

TALANDIER.

Si je suis incompétent, je me retire...

HENRIETTE.

C'est Isabelle... qui...

ISABELLE.

C'est Henriette... que...

TALANDIER.

Procédons par ordre. Henriette vous avez la parole.
De quoi s'agit-il?

HENRIETTE.

Mon cher Talandier, il s'agit du mariage...

TALANDIER.

Ah! du mariage! Très bien. Grave question.

HENRIETTE.

Du mariage de votre fille.

TALANDIER.

Du mariage de ma fille? Alors, ma fille se marie? Bon,
je ne savais pas... avec notre brave Louis?

ISABELLE.

Il n'est pas question de Louis. Vous ne dites que des absurdités!

TALANDIER.

Comment, des absurdités! Mais ce n'est pas la première fois...

ISABELLE.

Oh! non. Si c'était seulement la dernière!

TALANDIER.

Ce n'est pas là première fois qu'il est question de Louis. Je croyais que c'était une affaire arrangée.

ISABELLE.

Eh bien, vous vous trompiez, voilà tout. Et vous saurez que Louis ne veut pas de votre fille.

TALANDIER.

Ah! c'est différent.

ISABELLE.

Est-ce vrai, Henriette?

HENRIETTE.

Oui, Isabelle, seulement...

ISABELLE.

Ah! seulement?...

HENRIETTE.

Seulement, ton expression n'est pas celle que j'aurais choisie pour dire à Talandier (*Avec émotion*) combien je suis touchée de sa... de son... (*Elle tend la main à Talandier.*) Merci Talandier!

TALANDIER, *à part.*

Eh bien, n'en parlons plus, ce garçon-là est encore plus raisonnable que je ne croyais. Alors, nous marions Berthe ?... Il n'y aurait pas d'indiscrétion à vous demander avec qui?

ISABELLE.

Avec le comte Horace de Crony.

TALANDIER.

Ah! c'est très bien. Et qu'est-ce que vous dites de ça, vous, Henriette, qui êtes une femme sérieuse?

ISABELLE.

Décidément, mon ami, vous avez des mots malheureux!

TALANDIER.

Mais, ma bonne amie, de ce qu'Henriette est une femme sérieuse, il ne s'ensuit pas... que toi...

ISABELLE.

C'est bien, n'en dites pas davantage.

TALANDIER.

Enfin, cela m'a échappé, que veux-tu?

ISABELLE.

Ah! mon Dieu! Mais taisez-vous!

TALANDIER.

Je me tais. J'espère que tu ne trouveras pas mauvais qu'avant de rien conclure... je recueille quelques informations...

ISABELLE.

Des informations sur M. de Crony?

TALANDIER.

Mais, c'est un principe. Je ne fais pas la plus petite affaire sans préalablement...

ISABELLE.

Croyez-vous qu'il s'agisse de prêter dix mille francs à un client?

TALANDIER.

Non, il s'agit de donner un million à mon gendre et ma fille par-dessus le marché.

ISABELLE.

Mon ami, j'ai promis une réponse pour ce soir et...

TALANDIER.

Pour ce soir?

ISABELLE.

Et j'attends M. de Crony à dîner.

TALANDIER.

A dîner? Alors tu me donnes cinq minutes? Je ne peux pas prendre des renseignements en cinq minutes. L'agence demande quatre courriers.

ISABELLE.

Une agence! Vous feriez à M. de Crony l'injure de... mais il se retirerait.

TALANDIER.

Eh bien, nous nous passerions de lui!

ISABELLE.

Mon ami, j'ai rêvé, j'ai résolu ce mariage pour ma fille, j'ai juré qu'elle serait heureuse et elle le sera.

TALANDIER.

Une femme n'a pas besoin d'être duchesse pour être heureuse.

ISABELLE.

Pour être heureuse, mon ami, une femme d'une nature raffinée, délicate, exquise...

TALANDIER.

Comme toi, par exemple.

ISABELLE.

A besoin de n'être pas attelée à un mari vulgaire.

TALANDIER.

Comme moi. Bien obligé.

ISABELLE.

Je veux assurer à ma fille, le bonheur, le vrai bonheur, le seul qui ne soit pas une dérision, celui qu'on trouve dans le commerce...

TALANDIER.

Mais... si on le trouve dans le commerce...

ISABELLE.

Dans le commerce d'un esprit distingué, d'une âme
d'élite et en dehors de notre milieu trivial et bourgeois...
Je veux qu'elle passe sa vie auprès d'un homme qui
l'apprécie, qui la comprenne.

TALANDIER.

Et qui comprenne sa littérature.

ISABELLE.

Est-ce que ça a la prétention d'être spirituel, ce que
vous dites là, mon ami.

TALANDIER.

Oh! l'esprit! nous savons que ce n'est pas mon
affaire! et cependant... du temps... heureux... où tu
daignais m'écrire chaque jour des pages de sentimenta-
lités éthérées... il est à croire que tu ne me jugeais pas
si incapable d'en goûter les charmes! Et, de fait, quand
on s'est comme moi administré quatre paquets... de
cette ambroisie...

ISABELLE.

Administré!... paquets!...

TALANDIER.

Je veux dire que je m'en suis nourri... que je me les
suis assimilés... délicieusement. (*A Henriette.*) Oh!
voyez-vous, ma chère Henriette, des sentiments... de
la chaleur... de la poésie... à revendre!

ISABELLE.

Par paquets! Comme c'est poétique! Quatre paquets.

TALANDIER.

Quatre... quoi, alors? Quatre liasses? Quatre boîtes?
Enfin je les ai là! Non trois... non, je dis bien
quatre... seulement je ne sais plus ce que j'ai fait
du quatrième et ça me chiffonne, c'est une question
d'ordre. Tu ne l'as pas trouvé, toi, par hasard?

ISABELLE.

Le quatrième paquet ? non. Comme c'est galant ! Bref,
mon ami, je désire que ma fille épouse... un homme
supérieur.

TALANDIER.

C'est entendu, tandis que toi... tu as épousé...

ISABELLE.

Eh bien, oui, tandis que moi j'ai épousé un chiffre, et
quel chiffre ? Un zéro !

TALANDIER.

Un zéro ! Je te ferai observer que ce zéro-là ajouté
au chiffre de ta dot, n'a pas laissé que de la multiplier
par dix. Un zéro.... tu pourrais même dire deux zéros,
sans lesquels, par parenthèse, il te serait peut-être difficile de lui payer un marquis, à ta fille !

ISABELLE.

Soit ! C'est bien le moins alors, que le sacrifice de
toute ma vie serve à quelque chose et lui profite, à ma
fille !

TALANDIER.

Le sacrifice de toute ta vie ! Ma chère, si ce que je
te dis n'est pas galant, ce que tu me dis, toi, n'est guère
régalant ! (*A Henriette avec émotion et chagrin.*) Le
sacrifice de toute sa vie !

HENRIETTE, *à Talandier.*

C'est un cœur d'or, mais quand il s'agit de sa fille elle
est folle, et elle est féroce !

TALANDIER.

Sa fille ! sa fille ! Elle est peut-être bien aussi à moi,
sa fille !

ISABELLE.

Enfin ! Il faut que ce mariage se fasse ! entendez-vous ?
Il le faut ! est-ce clair ? Il le faut absolument ! Et s'il ne
se fait pas je... j'en mourrai !

TALANDIER.

Allons, allons! calme-toi, tu exagères!... Mais... et Berthe? Quel est son avis à elle, là-dessus? Il ne serait peut-être pas hors de propos de la consulter?

ISABELLE.

Consultez-la. La voici.

SCÈNE XIII

LES MÊMES, BERTHE, JULIA.

Julia, en entrant, achève d'arranger la toilette de Berthe qui a deux ou trois roses dans les cheveux.

TALANDIER, *solennel.*

Voyons, Berthe, tu sais de quoi il s'agit, mon enfant?

BERTHE.

Oui, père.

TALANDIER.

Il y a là une grave détermination à prendre... bien grave!

BERTHE, *à Julia.*

Oh! pas tant que ça?

TALANDIER.

Comment, pas tant que ça?

BERTHE.

Pas tant que ça sur l'oreille. C'est à Julia.

TALANDIER.

Ah! pardon. Si tu voulais bien m'écouter?

BERTHE.

Je t'écoute, père.

TALANDIER.

Eh bien, voyons, il y va de ta vie entière. L'heure est solennelle. Que penses-tu de M. de Crony?

BERTHE.

Tu sais, père, il est membre du Jockey!

TALANDIER.

Ah! Il est membre du Jockey! Pourquoi ne me le dit-on pas tout de suite?

BERTHE.

Et puis, il paraît que son château de Crony est à deux pas de Margival... Julia et moi nous serons voisines de campagne!

TALANDIER.

Oh! alors!...

ISABELLE.

Voici quelqu'un!

TALANDIER.

C'est lui? Mais je ne peux pourtant pas, de but en blanc... (*Voyant entrer Louis.*) Non, c'est Louis. Voilà mon affaire.

SCÈNE XIV

LES MÊMES, LOUIS.

TALANDIER.

Louis, tu connais M. le comte de Crony?

LOUIS.

Oui, mon oncle.

TALANDIER.

Bon. Eh bien, tu vas me renseigner.

(*Louis dépose deux volumes sur la table.*)

Il s'agit de marier Berthe. Pourquoi rougis-tu?

LOUIS.

Je rougis?

TALANDIER.

Tourne toi un peu... non... C'est un effet de soleil. J'aime mieux comme ça. — Mon cher ami, il paraît que le jugement doit être rendu, séance tenante. On ne me laisse pas le temps de délibérer... tu es un brave et loyal garçon, je te nomme arbitre rapporteur... je veux dire je te nomme arbitre des destinées de ta cousine.

ISABELLE.

Vous ne pouvez pas vous en rapporter à Louis... c'est à peine s'il connaît M. de Crony.

LOUIS.

Pardon, ma tante, je le connais parfaitement...

TALANDIER.

Ah ! — Tu jures de dire toute la vérité?

(Louis lève la main.)

Bien. Quel homme est-ce !

LOUIS.

Un parfait galant homme.

TALANDIER.

Rien à dire sur son compte? Moralité?

LOUIS.

L'honneur même.

TALANDIER.

Famille !

LOUIS.

Oh ! d'azur à trois besants d'or et même quatre, je crois.

TALANDIER.

Le nombre n'y fait rien. Fortune?

LOUIS.

Premier crédit.

TALANDIER.

Tu crois qu'il peut rendre ta cousine heureuse.

LOUIS.

J'en suis convaincu.

TALANDIER.

C'est net ! Et toi Berthe... qu'est-ce que tu dis pour conclure ?

BERTHE, *qui a regardé Louis avec une nuance d'étonnement.*

Moi...? je dis comme tout le monde.

TALANDIER.

Eh bien ! et moi aussi, alors. La cause est entendue !

JEAN, *annonçant.*

M. le comte de Crony.

SCÈNE XV

LES MÊMES, HORACE, *en habit, Louis et Talandier sont en redingote.*

HORACE, *à Isabelle qu'il salue en lui baisant la main.*

Madame! (*A Talandier qui lui offre la main.*) Monsieur...

TALANDIER.

Cher monsieur, je suis charmé...

HORACE, *saluant Berthe.*

Mademoiselle...

BERTHE, *avec une révérence.*

Monsieur...

HORACE, *saluant profondément Henriette.*

Madame!

HENRIETTE, *avec une révérence.*

Monsieur...

> *Horace s'incline devant Julia et échange un salut avec Louis. Cette entrée d'Horace a lieu sans précipitation et très silencieusement. Les saluts qu'il adresse à chacun sont nuancés avec la science de l'homme du monde.*

JEAN, *ouvrant la porte de gauche à deux battants.*
Madame est servie!

>> *Isabelle prend le bras d'Horace, Talandier offre*
>> *le sien à Henriette et ouvre la marche. Horace*
>> *suit. Louis donne le bras à Berthe.*

>> BERTHE, *marchant au bras de Louis.*

Ai-je toujours l'air d'une rosière?

LOUIS.

Oh! non. Tu as l'air d'un rosier maintenant.

BERTHE.

Est-ce que ça monte à cheval, les avocats?

LOUIS.

Comment donc! En robe et en toque, comme les
amazones!

BERTHE, *au moment de franchir le seuil de la porte, à*
>> *Julia restée derrière.*

Viens-tu, Julia?

FIN DU PREMIER ACTE.

ACTE II

—

Un vaste et élégant cabinet de travail. Tapisseries, meubles anciens, secrétaire et cabinet japonais. Portes au fond, à gauche et à droite.

SCÈNE PREMIÈRE

HORACE, puis UN DOMESTIQUE.

Horace, le chapeau sur la tête, achève de mettre ses gants pour sortir.

LE DOMESTIQUE, *paraissant.*
La voiture de Monsieur le comte est attelée.

HORACE.
Le petit break pour les bagages est parti?

LE DOMESTIQUE.
Non, Monsieur le comte, selon les ordres de Mᵐᵉ la comtesse, le break ne partira que dans une heure afin de ramener M. Talandier qui n'arrive que par le second train.

HORACE.
C'est bien. (*Le domestique sort.*) Voyons, j'ai mes cigares... mes clefs... ma bourse... Non, je n'ai pas ma bourse. (*Il ouvre le secrétaire dans lequel il prend une bourse qu'il met dans sa poche.*) Qu'est-ce que c'est que ça?

(*Il à retiré du secrétaire un paquet de lettres.*) Ah! les
lettres d'amour de ma belle-mère. J'allais les oublier!
(*Il feuillette distraitement une ou deux lettres.*) Quelle
exaltation! C'est qu'il y en a dans le nombre qui y res-
semblent furieusement à des lettres d'amour (*Il respire
l'odeur du paquet*), même pour un aveugle! Et pour
compléter l'illusion n'a-t-elle pas imaginé de me les
réclamer ses lettres! Allons, puisqu'il faut vous
rendre, que ce soit avec les honneurs de la guerre et
décorées du ruban rose traditionnel. (*Il noue les lettres
avec une faveur rose qu'il a prise dans le secrétaire.*)
Mᵐᵉ Talandier sera, j'espère, sensible à cette attention
galante. Portons-lui sa correspondance à la gare, elle
sera tranquille dix minutes plutôt, et moi aussi (*Il fait
de vains efforts pour introduire les lettres dans une de ses
poches.*) Bah! Je lui remettrai cela ici, à son arrivée.
(*Il jette les lettres dans l'intérieur du cabinet japonais.*)

SCÈNE II

HORACE, BERTHE, puis UN DOMESTIQUE.

BERTHE, *entrant par la gauche.*

Mais, où êtes-vous donc, vous?

HORACE.

Mais, me voici!

BERTHE.

Est-ce sûr, enfin? — Qu'est-ce encore que ce lieu
cabalistique? Un laboratoire d'alchimiste?

HORACE.

C'est mon cabinet de travail.

BERTHE.

Et qu'est-ce que vous y faites dans votre cabinet de travail, sans indiscrétion? Rien?

HORACE.

Comment, rien! J'y fais... ma sieste de temps en temps.

BERTHE.

Je vous dirai qu'il me paraît solennellement triste votre manoir héréditaire!... Pourtant ce petit boudoir masculin... quoiqu'un peu cabalistique... si je m'y installais, moi, en attendant que le mien soit prêt?

HORACE.

C'est beaucoup d'honneur que vous lui feriez.

LE DOMESTIQUE, *entrant.*

M. le capitaine des pompiers demande à quelle heure il pourra venir, musique en tête, saluer Monsieur le comte et Madame la comtesse.

HORACE.

Mais... quand il voudra... dans la matinée...

LE DOMESTIQUE.

Il prie Monsieur le comte et Madame la comtesse d'honorer de leur présence le concours...

HORACE.

Quel concours?

LE DOMESTIQUE.

Le concours de fromages du pays.

HORACE.

Une course alors? (*A Berthe.*) Le cœur vous en dit?

BERTHE.

Merci! — Non!

(*Le domestique sort.*)

HORACE.

Plaignez-vous donc ma chère! Vous voyez bien que la civilisation est ici...

BERTHE.

Très avancée. Oui.

HORACE.

Eh bien, au revoir! A tout à l'heure!

BERTHE.

Une demi-heure, alors?

HORACE.

Tout au plus. Il faut un petit quart d'heure pour aller au chemin de fer...

BERTHE.

Puisque vous verrez ma mère avant moi, donnez-lui un bon baiser de ma part.

HORACE.

Je lui en donnerai une demi-douzaine. (*Il va pour sortir.*)

BERTHE, *lui barrant le chemin.*

Eh bien?

HORACE.

Quoi?

BERTHE.

Vous allez lui porter ce que vous n'avez pas reçu?

HORACE.

Oh! je vous aurais bien fait crédit!... moyennant un gros intérêt...

(*Berthe embrasse Horace avec émotion.*)

Voyons! Il me semble que tu es un peu nerveuse, ce matin?

BERTHE.

Oh! vous auriez bien dû me laisser aller avec vous!

HORACE.

Ma chère enfant, il faut être raisonnable... nous rentrons de voyage cette nuit... tu as besoin de te reposer... et puis, la voiture pour toi maintenant...

BERTHE.

Est-ce que vous allez lui annoncer quelque chose à
maman?

HORACE.

Eh! eh! je n'aime pas me charger de mauvaises nouvelles...

BERTHE.

C'est donc une mauvaise nouvelle?

HORACE, *riant.*

Pour une femme de trente-huit ans, toujours belle...
devenir grand'mère...

BERTHE.

Ah! Eh bien, ne lui dites rien. Allez.

HORACE.

Allons, allons, je lui dirai tout.

SCÈNE III

BERTHE, seule.

Décidément, cette maison est lugubre! Ah! oui,
j'ai besoin de voir ma mère! Mais, qu'est-ce que j'ai
donc, moi? Allons, c'est trop d'enfantillage! Mon père et
ma mère vont arriver... C'est bien aimable à eux de venir
si vite... Ce pays est ravissant... et, quand nous serons
tous ici... — Par exemple, il ne sera pas superflu d'y
mettre un peu d'ordre, à votre cabinet de travail, monsieur mon mari. C'est un capharnaüm! (*Elle prend un
objet sur une crédence.*) Tiens! il est très gentil cet étui à
cigares!... brodé aux armes de M. le comte, je vous
prie! Un travail d'une finesse!... C'est quelque souvenir de... fée... Glissons... Mais non! Je me rappelle, j'ai
vu cette broderie dans la boîte à ouvrage de ma mère!
Voyez-vous, comme tout se découvre! (*Elle s'arrête devant*

le cabinet.) Qu'est-ce que cette chinoiserie?... Qu'est-ce
qu'un homme peut bien avoir à loger dans toutes ces
petites logettes? Le milieu ressemble à un tabernacle...
(*Elle a ouvert la porte centrale du cabinet et en a retiré le
paquet de lettres.*) Des lettres... nouées d'une faveur
rose!... Oh! pour le coup... (*Après un moment d'hésitation.*) Non. Remettons religieusement ces reliques dans
le sanctuaire... à la place d'honneur. (*On entend une
cloche.*) Tiens! la cloche du concierge! Une visite?
Mais personne ne peut savoir... Serait-ce déjà le capitaine... avec... les lauréats du concours? (*Elle regarde
par la fenêtre.*) Julia! Oh! cette bonne Julia... ma voisine de campagne! Je n'y pensais plus. Oh! mais plus
du tout!

SCÈNE IV

BERTHE, JULIA.

JULIA, *entrant par le fond.*

Bonjour! (*Elle se jette dans les bras de Berthe.*)

BERTHE.

A la bonne heure! Quelle charmante surprise! Je te
prie de remarquer que je me disposais à aller t'embrasser la première.

JULIA.

Par exemple! Avec une amie comme toi!... J'apprends
que tu arrives, et j'accours, moi, tout simplement.

BERTHE.

Que c'est aimable! A pied?

JULIA.

Sans doute. La maison est au bout de ton parc. Eh
bien, tu as fait un superbe et charmant voyage, ma chère
Berthe?

BERTHE.

J'ai fait un voyage de noces, voilà tout!

JULIA.

C'est bien quelque chose!

BERTHE.

Oui. C'est une formalité.

JULIA.

Tu auras donc toujours la manie de dissimuler tes joies! Oh! je te connais, beau masque! Tu as de l'imagination, de l'enthousiasme autant qu'une autre.

BERTHE.

Le mariage est le tombeau de l'enthousiasme, tu sais? Ou plutôt tu ne sais pas.

JULIA.

Et je compte bien ne jamais le savoir.

BERTHE.

C'est-à-dire que tu n'es pas curieuse d'en faire l'expérience? Au fait! Qu'est-ce que tu deviens donc, toi?

JULIA.

Tu ne sais rien?

BERTHE.

Non! rien du tout!

JULIA.

Alors, devine.

BERTHE.

Il y a donc quelque chose?

JULIA.

Oh! si peu de chose!

BERTHE.

Tu ne te maries pas, par hasard?

JULIA.

Ce hasard te semblerait bien invraisemblable?

BERTHE.

Tu es bébête! Qui est-ce?

JULIA.

Ah! devine!

BERTHE.

Je le connais?

JULIA.

Mieux que moi.

BERTHE.

Je ne trouve pas.

JULIA.

C'est bien facile.

BERTHE.

Je donne ma langue aux chiens.

JULIA.

Eh bien! depuis ton départ, car il a fallu ton départ pour l'accomplissement de ce prodigieux phénomène, il y a quelqu'un qui a daigné s'apercevoir de ma chétive existence.

BERTHE, *sans malice.*

Qui ça peut-il être?

JULIA, *piquée.*

Mon Dieu, quelqu'un qui avait ses deux yeux apparemment.

BERTHE.

C'est juste, il ne lui en fallait même qu'un à la rigueur. Mais... non... je ne vois pas...

JULIA.

L'inconsolable Amadis...

BERTHE.

Louis?

JULIA.

C'est toi qui l'as nommé!

BERTHE, *à part.*

C'est par dépit. (*Haut.*) Je te félicite de tout mon cœur,

ma chère Julia. C'est une des gloires... futures... du barreau que tu épouses... dans sa fleur!

JULIA.

Il est vrai qu'il n'a pas une expérience !... Ce n'est pas un héros de roman... comme ton illustre seigneur et maître... C'est un genre moins mousseux... moins étincelant... mais, en toute chose, il y a des compensations.

BERTHE.

Des compensations ?...

JULIA.

Oh! moi d'abord, je serais affreusement jalouse!

BERTHE.

Supposes-tu que le comte me donne des motifs de jalousie ?

JULIA.

Oh ! j'en parle au point de vue... comment dit-on... rétro...

BERTHE.

Rétrospectif... Ah! ah! ah! Tu en es là?

JULIA.

J'avoue que je serais médiocrement charmée de l'idée que mon mari fait, même rétrospectivement, des comparaisons qui pourraient ne pas être toutes à mon avantage.

BERTHE.

Ah ! ah ! ah! ma pauvre Julia !

JULIA.

Écoute donc... le souvenir jette sur le passé un voile qui le flatte toujours un peu... et dame!

BERTHE, *agacée.*

Il faut faire la part du feu. Et mieux vaut la faire dans le passé que dans l'avenir, ma chère.

JULIA.

L'avenir on le combat, on le conjure! mais... le passé...

BERTHE.

On l'enterre!

JULIA.

Oui, au fond des tiroirs mystérieux, sous forme de lettres nouées de soie rose et parfumées de peau d'Espagne! Oh! si jamais je faisais une pareille découverte, moi!

BERTHE.

Quelle enfant! Moi ça ne me ferait absolument rien.

JULIA.

Toi, tu es un esprit fort.

BERTHE, *allant chercher le paquet de lettres dans le cabinet.*

Veux-tu en voir des lettres nouées de soie rose? En voici. — Après?

JULIA, *saisie.*

Oh! Berthe! remets cela vite!

BERTHE.

Est-ce bien cela?

JULIA.

Remets cela, Berthe, n'y touche pas!

BERTHE.

Tu m'amuses! Veux-tu que je t'en fasse une petite lecture?

JULIA.

Ne fais pas de fanfaronnade. Referme ce meuble! Tu ne dois pas lire les lettres de ton mari!

BERTHE.

Ça, des lettres? Des archives! (*Elle détache une lettre.*)

JULIA.

Tu joues avec ton bonheur! Tu ne sais pas quelle impression cette lecture peut te faire.

20

BERTHE.

Eh bien, je vais le savoir — et toi aussi ! Regarde l'impression que ça me fait. (*Elle déplie une lettre et y jette les yeux avec une émotion qu'elle cherche à dissimuler. Elle rit.*) Ah! ah! ah! (*A part*) Tiens! c'est de ma mère! Et cette petite sotte qui m'avait presque... Mais qu'est-ce donc que ma mère pouvait avoir à écrire à Horace ? un volume !...

JULIA.

Tu vois, Berthe ! Voyons ne lis pas, je t'en supplie.

BERTHE, *riant plus fort.*

Ah! ah! ah! c'est prodigieux comme c'est effrayant ! (*Son visage change tout à coup d'expression, elle pâlit.*)

JULIA,

Berthe! Berthe! Mais tu es pâle comme une morte!
        (*Berthe n'entend plus, elle devient livide.*)
Berthe! Mais laisse-les donc, ces lettres maudites! (*Elle lui arrache les lettres qu'ella va remettre à leur place.*)

BERTHE, *comme pétrifiée, puis se parlant à elle-même.*

Quelle horrible lumière se fait dans mon esprit ? (*Comme cherchant dans ses souvenirs.*) Cet homme est l'idéal... le bonheur... un archange!... je t'ouvre le ciel... je partagerai tes joies... laisse-moi faire ton bonheur et le mien... et le mien! Ces choses sont-elles donc possibles. Non! non! non! Ce serait trop monstrueux! (*Plus bas.*) Quoi! cette hâte de venir nous rejoindre ici... son empressement à lui... son refus de me laisser l'accompagner... c'était... (*Avec égarement.*) Oh!...

JULIA.

Elle va se trouver mal. Voyons, Berthe!...

BERTHE.

Oh! c'est horrible! c'est horrible!

JULIA.

Berthe! Voici la mère et ton mari.

SCÈNE V

BERTHE, JULIA, HORACE, ISABELLE, LOUIS (*Ils entrent par le fond*).

(*On entend une fanfare dans l'éloignement. Voix d'Isabelle au dehors.*)

Où est-elle donc? Mais, où est-elle?

ISABELLE, *paraissant au fond, au bras d'Horace et apercevant Berthe.*

Ah! (*Elle se jette au cou de Berthe.*) Ma fille! ma fille!
Pendant qu'Isabelle embrasse Berthe, Horace salue Julia.)

Mais, embrasse-moi donc! Ah! que je suis heureuse!
Ma fille! Mon enfant! (*Bas à Horace.*) Elle est bien pâle!

HORACE, *bas à Isabelle.*

L'émotion... la joie... elle est très impressionnable.
(*Berthe observe cet aparté d'un œil ombrageux.*)

ISABELLE, *bas à Horace.*

Oh! oui, ménagez-la, mon ami! ménagez-la beaucoup!
(*A Julia, pendant que Louis salue Berthe.*) Ah! bonjour,
ma bonne Julia! Tu es venue voir Berthe? C'est très
gentil! Je t'amène ton fiancé, nous avons fait route
ensemble.

LOUIS, *à Julia pendant qu'Isabelle revient à Berthe,
l'embrasse, lui prend les mains, etc.*

Et j'ai accompagné ma tante jusqu'ici pour saluer ma
cousine... vous voyez que j'ai été bien inspiré, puisque

je vous trouve. (*Il lui baise la main.*) Ma mère est auprès
de vôtre tuteur pour quelques formalités...

> (*Un domestique vient parler bas à Horace qui
> sort par le fond. La fanfare s'est rapprochée.
> Elle se fait entendre jusque dans le cours de la
> scène VIII.*)

SCÈNE VI

LES MÊMES, moins HORACE.

ISABELLE, *à Berthe.*

Eh bien, ma chère enfant... commences-tu à te
remettre... Tu es heureuse, n'est-ce pas? bien heureuse?

BERTHE.

Oui, ma mère.

ISABELLE.

Ton mari est charmant, dis?

BERTHE.

Oui, ma mère.

ISABELLE.

N'est-ce pas qu'il est l'homme le plus parfait de la
terre?

BERTHE.

Oui, ma mère.

ISABELLE.

Mais... comme tu me dis cela!

BERTHE.

Je vous le dis comme je le pense.

ISABELLE.

Ma fille! Qu'y a-t-il?

SCÈNE VII

LES MÊMES, HORACE, *entrant par le fond, suivi d'un domestique portant deux superbes bouquets.*

HORACE, *à Berthe.*

Ma chère amie, les autorités de Crony sollicitent humblement l'honneur de présenter leurs hommages à la nouvelle châtelaine, mais (*Prenant des mains du domestique l'un des bouquets et le lui offrant*), permettez au plus humble et au plus soumis de ses féaux d'être ici le premier...

BERTHE.

Pour moi!... Ah! ma mère! le bouquet vous revient à tous les titres... c'est à vous qu'il doit être offert. (*Elle lui présente le bouquet.*)

ISABELLE, *refusant.*

Mais pas du tout! pas du tout! Comment?...

BERTHE.

Je vous en prie!...

HORACE.

Faites-moi la grâce de garder ces fleurs, madame, il y en a d'autres pour votre mère. (*Il offre à Isabelle l'autre bouquet. A Julia.*) Je n'en ai pas pour vous, mademoiselle... mais ce serait empiéter sur des privilèges... (*A Berthe*), Ne vous faites pas trop attendre n'est-ce pas? Je vais offrir le vin d'honneur, moi. (*Il sort par le fond.*)

SCÈNE VIII

LES MÊMES, moins HORACE.

LOUIS, *à Julia.*

Je no comptais pas vous voir ici, mes fleurs sont chez vous.

BERTHE, *à Julia.*

En attendant, je l'offre celles-ci, Julia.

JULIA, *refusant.*

Mais... Berthe...

> (*Berthe ne pouvant se contenir plus longtemps, jette son bouquet aux pieds de Julia, puis se dirige brusquement vers la porte du fond. Arrivée là, elle se ravise et va à l'extrême droite s'appuyer contre la cheminée. Elle étouffe ses sanglots.*)

ISABELLE.

Mon Dieu, que se passe-t-il ?... (*Allant à Berthe.*) Berthe ! mon enfant... (*Revenant à Julia.*) Julia... pourquoi cet affront à son mari? Pourquoi refuse-t-elle ses fleurs? Pourquoi les jette-t-elle à vos pieds... Vous étiez avec elle, quand nous sommes arrivés? Julia... je ne comprends pas... que s'est-il passé... que savez-vous ?

JULIA.

Mais... madame...

ISABELLE.

Mais, répondez-moi donc! Que s'est-il passé? De quoi avez-vous parlé?

JULIA, *embarrassée.*

Mais j'ai annoncé à Berthe mon mariage avec M. Louis...

ISABELLE, *à part comme illuminée.*

Ah! malheureuse! elle l'aime... Oui... oui! Voilà l'explication!... elle l'aime!... elle a pâli en l'apercevant... et la nouvelle de ce mariage la rend folle!... Qu'ai-je fait! Dieu du ciel! qu'ai-je fait! (*Haut.*) Allez, allez, mes enfants... laissez-moi seule avec ma fille.

SCÈNE IX

ISABELLE, BERTHE

ISABELLE, *allant à Berthe.*

Ma fille!... Ma pauvre fille!...

BERTHE.

Oh! allez-vous-en! allez-vous-en!... Et lui aussi! qu'il s'en aille!... Je ne veux plus le voir. Jamais! jamais! jamais!

ISABELLE.

Il est parti, Berthe... il n'est plus là... Oh ma fille! tu l'aimais donc!

BERTHE.

Oui, oui, oui, je l'aimais! Et j'en avais bien le droit peut-être! Mais aujourd'hui... Ah!

ISABELLE.

Aujourd'hui... tu ne le peux plus... non... tu ne le peux plus... sans crime! Ah! malheureuse que je suis!

BERTHE.

Et quel crime! oh! est-ce possible! est-ce possible! Oh! c'est horrible! oh! c'est affreux!

ISABELLE.

Je suis coupable! oui, bien coupable! Ne me maudis pas, ma fille! Ne maudis pas ta malheureuse mère!

BERTHE.

Ma mère! Vous!

ISABELLE.

Ma fille! pardonne-moi... je te demande pardon à genoux... à genoux...

BERTHE, *sortant.*

Ah! vous me faites horreur!

ISABELLE, *seule.*

Horreur! Ah! c'est trop dur! mais... ce désespoir peut la tuer!... Ah! mère insensée!... le voilà donc le vrai bonheur que tu rêvais pour ta fille!

SCÈNE X

ISABELLE, HENRIETTE, *entrant par le fond.*

HENRIETTE.

Ma sœur, je puis maintenant l'annoncer officiellement...

ISABELLE.

Tais-toi!... Ma fille aime ton fils!

HENRIETTE.

A qui le dis-tu? Pauvre Berthe!

ISABELLE.

Et la nouvelle de ce mariage la rend folle!

HENRIETTE.

Folle?

ISABELLE.

Folle!

HENRIETTE.

Ah! Eh bien, c'est terrible, j'en conviens, mais il fallait s'y attendre.

ISABELLE.

Ah! tu triomphes, n'est-ce pas? tu triomphes! Et tu crois que c'est noble et généreux!

HENRIETTE.

Je ne triomphe pas, ma sœur, je déplore, au contraire, les conséquences fatales de ton erreur.... Mais je les avais prévues, moi, qui ne suis pas la mère de ta fille!

ISABELLE.

Et tu m'as laissée la marier, ma sœur!

HENRIETTE.

Ah! c'est trop fort, ma sœur!

ISABELLE.

Oh! je te comprends, tu m'as avertie, oh! oui, tu m'as avertie, mais j'étais aveugle! mais j'étais insensée! mais il fallait m'ouvrir les yeux avec des tenailles de fer, il fallait me lier les mains! il fallait m'empêcher de faire l'éternel malheur de ma fille!

HENRIETTE.

Bref, c'est moi qui ai tort, n'est-ce pas? C'est ma faute? Mais qu'y faire, maintenant? Louis se marie à son tour, et il faut espérer que, ce double obstacle aidant, le cœur de ta fille... finira par se calmer.

ISABELLE.

Tu ne comprends donc pas que ce mariage est impossible!

HENRIETTE.

Impossible! ce mariage! ah par exemple! Mais d'abord, il est fait ce mariage... je viens d'engager ma parole et... tu trouveras bon... ma sœur.

ISABELLE.

Ce mariage ne peut avoir lieu! Ma fille en mourrait! Crois-tu que je vais te laisser assassiner ma fille!

HENRIETTE.

Ta fille! ta fille! ta fille est très intéressante, sans

doute, mais mon fils, à moi, crois-tu donc qu'il n'a été
créé et mis au monde que pour être son jouet, son
pantin, son polichinelle!... Car enfin, c'est un rôle qui
n'aurait de nom dans aucune langue! Comment! après
lui avoir outrageusement refusé la main de Berthe, —
qu'il ne demandait pas, par parenthèse — après l'avoir
traité comme un aventurier et moi comme une intri-
gante, après avoir sacrifié aux chimères de la vanité...

ISABELLE.

Oh! si tu savais!

HENRIETTE.

Après avoir foulé aux pieds le cœur de la fille, celui
de mon fils et le mien, il faut maintenant, que repoussé,
humilié, bafoué, il se condamne au célibat pour... Dans
quel but en définitive? Veux-tu me le dire, au juste?
Est-ce uniquement pour l'ineffable plaisir de pousser à
perpétuité, aux pieds de la fille, des soupirs... dont je
suppose bien que tu n'admets pas la récompense! Oh!
oui, tu trouves, sans doute, que ce serait encore une
trop précieuse faveur! Et tu t'imagines que mon fils ne
va rien avoir de plus pressé que de planter là sa fiancée
qui se donne tout entière à lui, pour se donner tout
entier à la fille qui est à un autre!

ISABELLE.

Ah! tiens, tu n'as pas de cœur! Tu n'as pas de cœur!
Ce n'est pas du sang, ma sœur, c'est du fiel qui te
coule dans les veines. Ton fils sera moins implacable
que toi. Il ne voudra pas tuer mon enfant! (*Elle pleure
et court à la porte du fond, appelant.*) Louis! Louis!

HENRIETTE.

Ah! c'est prodigieux!

SCÈNE XI

LES MÊMES, LOUIS, *entrant par le fond.*

ISABELLE.

Louis, ma fille vous aime! Elle en est folle! Elle en meurt! Sauvez-la! je vous en conjure! Ayez pitié d'elle! Ayez pitié de moi! Son existence est dans vos mains, Louis! Trouvez un mot qui la fasse vivre! Je vais vous l'envoyer... Oh! ne la tuez pas! ne la tuez pas! (*Elle sort par la gauche.*)

SCÈNE XII

HENRIETTE, LOUIS.

LOUIS.

Qu'est-ce qu'elle dit?

HENRIETTE.

Comment veux-tu que je le sache! Elle ne le sait pas elle-même.

LOUIS.

Est-ce que je rêve? Sa fille, — folle?

HENRIETTE.

Ah! je ne sais pas ce qu'est la fille!... mais la mère est bonne à enfermer.

LOUIS.

Elle va m'envoyer Berthe? à moi? ici?

HENRIETTE.

Voilà! Sa fille t'aime!

LOUIS.

Qu'est-ce qu'on veut que j'y fasse?

HENRIETTE.

Ah! sa fille l'aime! C'est une découverte qu'elle vient
de faire! Quoi! Berthe aurait un caprice, un désir, et
ce désir ne serait pas immédiatement satisfait! Cela ne
se serait jamais vu!

LOUIS.

Mais qu'attend-t-elle de moi, Berthe?

HENRIETTE.

La lune!

LOUIS.

Enfin, que puis-je faire?

HENRIETTE.

Apparemment l'adorer, le lui dire et le lui prouver!
Ah! c'est inouï! La voici. Débrouille-toi! Je n'ai que
faire ici! moi! (*Elle sort.*)

LOUIS, *voyant entrer Berthe.*

Ah ça, j'ai donc une tête à faire des victimes, moi?
Que diable est-ce que je vais lui dire?

SCÈNE XIII

LOUIS, BERTHE.

BERTHE, *entrant par la gauche. Elle s'essuie les yeux d'un
geste brusque. Sa voix est brève et saccadée, elle paraît
avoir pris une résolution extrême.*
Vous désirez me parler?

LOUIS.

Mais, ma chère Berthe!... (*A part.*) Pauvre fille!

BERTHE.

Eh bien! qu'avez-vous à me dire?

LOUIS, *à part.*

Pas un mot! Que peut avoir à dire en cette conjonc-

ture... un homme qui se marie dans huit jours! (*Haut.*)
Je vous avoue que...

BERTHE.

Ma mère m'envoie à vous... pourquoi ? Voyons ?

LOUIS, *à part.*

Eh oui! Pourquoi? C'est absurde! Je suis idiot (*Haut.*)
Elle ne vous l'a pas dit?

BERTHE.

Non.

LOUIS, *à part.*

Je suis ridicule. (*Haut.*) Elle m'a parlé à moi... de votre
chagrin... mais je suis à mille lieues de croire...

BERTHE.

Quoi? elle vous a avoué... tout?

LOUIS.

Est-ce donc possible, Berthe!

BERTHE.

Eh ! vous le voyez bien !

LOUIS, *à part très embarrassé.*

Sacrebleu! c'est gênant!

BERTHE.

Suis-je assez malheureuse, Louis!

LOUIS, *à part.*

Positivement, elle me fend l'âme!

BERTHE.

Voyons! il faut prendre un parti ! Que faut-il que je
fasse ? Je suis prête à tout : parlez!

LOUIS.

Comment... à tout ?

BERTHE.

Oui, à tout, à tout! Est-ce que vous ne comprenez pas?

LOUIS.

Pardon!... mais... (*A part.*) Mais... c'est que c'est très
gênant.

BERTHE.

Il faut en finir, Louis, vous m'entendez!... Que pro-
posez-vous... dites! Vite!

LOUIS.

Mais, ma cousine....

BERTHE.

Voyons! une solution! quelle qu'elle soit! je l'accepte!
Vous comprenez bien que je n'ai plus que vous au
monde! Vous le comprenez bien, n'est-ce pas? Tenez!
emmenez-moi, emmenez-moi. Cachez-moi, n'importe
où, partons à l'instant!

LOUIS.

Mais Berthe... vous avez un mari...

BERTHE.

Il vous fait peur?

LOUIS.

Et je vais me marier, moi.

BERTHE.

Pour Dieu! Qu'est-ce que cela fait!

LOUIS.

Permettez! C'est une complication.

BERTHE.

Partons! partons!

LOUIS.

Mais non... mais non...

BERTHE.

Oh! Louis, vous ne voyez donc pas ce que je souffre!

LOUIS, *à part.*

Je pourrai me flatter d'avoir reçu une déclaration en
forme!

BERTHE.

Je vous le demande en grâce! Emmenez moi! Faites-
moi cette charité!

LOUIS, *à part.*

La charité de l'enlever !

BERTHE.

Dieu vous récompensera !

LOUIS.

Ah ! par exemple !

SCÈNE XIV

LES MÊMES, HORACE, HENRIETTE, ISABELLE et JULIA.

HORACE, *du dehors.*

Mais, venez donc, toute la cave est à sec... si vous tardez encore !...

(*La porte du fond s'ouvre toute grande. On voit paraître Horace suivi d'Isabelle et d'Henriette qui semblent vouloir le retenir, puis Julia.*)

BERTHE, *cherchant à entraîner Louis.*

Oh ! partons ! Venez.

LOUIS, *voulant se dégager.*

Mais, en vérité, Berthe, c'est insensé !

HORACE.

Mais pas du tout ! Elle a raison !

LOUIS.

Elle a raison ?

HORACE.

Parbleu ! Allons, dépêchons-nous !

BERTHE.

J'ai raison, n'est-ce pas ? Mais il refuse, lui. Tenez, Louis, vous êtes un lâche !

HORACE.

Qu'est-ce que vous dites donc ?

BERTHE.

Vous le voyez bien! Je le supplie de m'emmener et il
refuse!

HORACE.

De vous emmener? Où donc cela?

BERTHE.

Où il voudra, pourvu qu'il m'emmène!

HORACE.

Perdez-vous la tête?

BERTHE.

Mais il n'ose pas! Il a peur de rencontrer votre épée!...
et je lui dis qu'il est un lâche! oui, un lâche!

HORACE.

Il n'est peut-être pas trop tard, qu'en pensez-vous,
madame? (*A Louis.*) Ah ça, me direz-vous, monsieur,
quel rôle ridicule vous jouez dans cette comédie?

LOUIS.

Ce rôle est moins ridicule que le vôtre, monsieur!

HORACE.

Vous êtes...

LOUIS.

Je suis à vos ordres!

ISABELLE.

Ils vont se battre!

HENRIETTE.

Se battre! Mais c'est un duelliste! Il me va tuer
mon fils!

ISABELLE.

Le tuer! Oh ma pauvre Henriette! Mon Dieu!... quel
dénouement!

HENRIETTE.

C'est juste! Il faudrait en rendre grâce à la Providence!

JULIA, *à Horace.*

M. Morel est mon fiancé, monsieur, que supposez-vous !

HORACE.

Votre prétendu mariage n'est-il donc qu'une mystification destinée à fournir à madame...(*Il montre Berthe*) l'occasion de se rapprocher de monsieur?(*Il montre Louis.*)

BERTHE.

Comment! quoi? vous osez!... Oh! l'abominable mensonge! Dites plutôt que notre mariage, à nous, n'a été qu'un infâme moyen de vous rapprocher de ma mère!

HORACE, *bondissant.*

Hein?

HENRIETTE, *en même temps.*

Comment?

ISABELLE, *en même temps courant à sa fille et lui prenant les mains.*

Mon Dieu ! que dit-elle? Sais-tu ce que tu dis, malheureuse enfant !

BERTHE.

Vous me l'avez avoué, vous-même, votre crime !

ISABELLE.

Moi! je t'ai avoué! Ah! mais, c'est atroce! Je t'ai avoué cela, misérable fille ! à toi ?

BERTHE.

Oui, à moi... et à Louis que voilà.

LOUIS.

A moi! Oh! elle est véritablement folle.

HORACE.

C'est plus que de la folie, c'est de la frénésie !

BERTHE, *montrant à Horace les lettres qu'elle retire du cabinet.*

Niez-le donc aussi, vous !...

21

HORACE, à *Isabelle.*

Vos lettres! (*A part.*) Ah! que le diable les emporte!
par exemple!

ISABELLE, à *part.*

Puissances du ciel! Ah! je suis perdue!

HENRIETTE, à *part.*

En voici bien d'une autre!

SCÈNE XV

LES MÊMES, TALANDIER.

TALANDIER.

Enfin! mes enfants, me voici... ma chère Berthe!
    (*Berthe se jetant dans ses bras en sanglotant et
    lui remettant les lettres.*)

BERTHE.

Tenez, mon père!

TALANDIER.

Calme-toi... ma chère fille! Calme-toi... non, je t'en
prie! Voyons donc, laisse-moi dire bonjour à ton mari,
au moins. (*A Horace.*) Bonjour, mon gendre. Allons
voilà un beau jour, mes enfants! voilà un beau jour!
Mais, je vous avertis que MM. les pompiers commencent à avoir quelques inquiétudes... dans les jambes.
Bonjour, Henriette, Bonjour, ma femme! Bonjour, Julia!
Bonjour, mon cher Louis! (*Examinant le paquet de
lettres.*) Qu'est-ce que tu me donnes là?

BERTHE.

Mon père...

TALANDIER

Voyons, calme-toi, ma fille! (*Il l'embrasse.*) Des lettres
nouées d'un ruban rose...

HORACE.

Monsieur...

TALANDIER.

Quoi, mon cher?... (*Il respire le parfum des lettres.*) Hum !
Peste ! c'est de ma femme ! (*Il feuillette les lettres.*) « Mon
charmant ami... » Ah bah ! quelle chance !

HORACE, *à part.*

Quelle chance?

ISABELLE, *à Talandier.*

Lisez ces lettres, mon ami, vous pouvez, vous devez
lire ces lettres !

TALANDIER.

Comment, les lire ! mais, sapristi ! je les sais par cœur !
Le voilà donc, mon quatrième paquet ! Je suis bien aise
de le retrouver, il manquait à ma collection. (*Il essaie
vainement d'introduire le paquet dans une de ses poches, puis
il le donne à Isabelle.*) Tiens ! ma bonne amie, serre-moi
bien ces précieux souvenirs... Non... attends que j'y mette
un numéro d'ordre. Il s'agit de ne plus les perdre !

BERTHE, *à Isabelle, pendant que Talandier procède au
numérotage.*

Quoi ! c'est à mon père que ces lettres ont été adressées?

ISABELLE.

Ma fille ! qu'as-tu osé croire ! Ah ! tu peux m'embrasser, va !

BERTHE.

Oh ! ma mère ! ma chère mère ! que je suis coupable !
pardon ! oh ! pardon ! Me pardonneras-tu jamais? Mais...
alors, de quoi donc t'accusais-tu?

ISABELLE.

Mais, de t'avoir mariée à un homme que tu n'aimes pas.

BERTHE, *avec explosion.*

Horace ! Mais je l'adore !

ISABELLE, *embrassant Berthe.*

Oh ! merci ! Dieu !

HENRIETTE.

Voilà un terrible quiproquo! Allons! tout est pour le mieux...

LOUIS, *baisant la main de Julia.*

Dans le meilleur des mondes.

HORACE, *à Berthe.*

Et voilà pourquoi vous vouliez vous faire enlever par votre cousin?

BERTHE.

Par n'importe qui! je voulais vous fuir!

HORACE, *à Louis, en lui tendant la main.*

Que d'excuses, monsieur!

LOUIS, *lui donnant la main, en riant.*

C'est un simple malentendu.

SCÈNE XVI

LES MÊMES, LE DOMESTIQUE, LE CAPITAINE DES POMPIERS, *suivi d'une escouade de sapeurs avec une bannière. La fanfare éclate.*

LE DOMESTIQUE, *annonçant.*

Monsieur le capitaine des pompiers !

HORACE.

Bon ! entrez! entrez! capitaine!

LE CAPITAINE, *titubant, après avoir salué, pris position et déployé un immense papier, d'une voix de stentor.*

Monsieur et madame la comtesse, en ce jour d'allégresse... en ce jour d'allégresse... en ce jour...

(*La toile tombe.*)

FIN.

L'ANDALOUSE

COMÉDIE EN UN ACTE

PERSONNAGES

LE COMTE, trente-cinq ans, chef d'escadron.
MARTIAL, son ordonnance.
LA TANTE OLYMPE.
LOUISA.

La scène se passe dans un hôtel à Wiesbaden.

L'ANDALOUSE

COMÉDIE EN UN ACTE

Un petit salon. Portes au fond, à droite et à gauche.

SCÉNE PREMIÉRE

LE COMTE, MARTIAL.

Le comte, en robe de chambre, étendu sur un canapé, fume discrètement, mais avec conviction, une belle pipe d'Allemagne.

MARTIAL, *entrant.*

Mon commandant, je crois que voici madame la comtesse.

LE COMTE.

Ma femme! déjà! (*Il donne précipitamment sa pipe à Martial qui l'emporte, puis il chasse l'air comme pour dissiper la fumée.*) Moi qui croyais avoir au moins une bonne demi-heure devant moi!

MARTIAL, *rentrant.*

Non, ce n'est pas madame la comtesse.

LE COMTE.

Tâche donc de voir clair, animal! Rends-moi l'Allemande.

MARTIAL, *présentant une pipe courte et noire.*
La voici, mon commandant.

LE COMTE, *la mettant à sa bouche, sans la regarder*
Je parie qu'elle est éteinte, pah !... pah !... Non... Mais
ce n'est pas l'Allemande, celle-ci ?... Ah ! ça, qu'est-ce
que c'est que ce brûle-gueule-là ?

MARTIAL.
Oh ! pardon, mon commandant... dans ma précipita-
tion...

LE COMTE.
C'est à toi ?

MARTIAL.
Oui, mon commandant. (*Avec modestie.*) C'est Marie-
Jeanne.

LE COMTE.
Pouah ! prou !... quelle infection ! maladroit ! Ah ! tu
te permets cela ici ? toi aussi ?

MARTIAL.
Oh ! une douzaine de petites bouffées, de temps en
temps, sous le manteau de la cuisine... mon commandant.

LE COMTE.
Que je t'y reprenne ! Allons, donne-moi l'Allemande
et, si elle est éteinte, apporte-moi la Négresse ou Victoria. Je ne rallume jamais une pipe chaude, moi.

MARTIAL.
Bien, mon commandant. (*Martial sort.*)

LE COMTE.
Le diable emporte cette prude de tante Olympe qui
s'en va fourrer dans la tête de ma femme de m'empêcher de fumer la pipe !

MARTIAL, *rapportant la première pipe.*
Mon commandant, elle est éteinte.

LE COMTE, *prenant la pipe.*

Comment le sais-tu?

MARTIAL.

Je... je le suppose.

LE COMTE, *au moment de mettre la pipe à la bouche.*

J'aime autant ne pas m'en assurer. Donne-m'en une autre.

MARTIAL.

Voici la Négresse, mon commandant.

LE COMTE, *prenant la pipe et l'allumant.*

Ah! je donnerais bien toutes les Négresses et toutes les Allemandes du monde pour l'Andalouse que tu as eu la bêtise de laisser à la maison.

MARTIAL.

Je ne pensais pas...

LE COMTE.

Tu n'es pas chargé de penser... Décampe et surtout laissons Marie-Jeanne tranquille, ou je te flanque huit jours de salle de police!

MARTIAL.

Suffit, mon commandant. (*A part.*) Heureusement que la salle de police ne s'emporte pas en voyage.

SCÈNE II

LE COMTE, *seul.*

Le fait est que je n'y ai pas pensé non plus... moi. On ne pense pas à tout un jour de noces... Et puis, la tante Olympe qui m'avait fait jurer mes grands dieux!... Et puis le décorum du voyage sentimental... Pah!... pah!... j'aurais tenu parole... mais la fatalité s'en mêla! La comtesse n'attrape-t-elle pas un rhume de cerveau! Ma foi! l'occasion était trop belle, la tentation était trop

forte et... pah !... pah !... j'y ai succombé. (*Il fume.*) Quoi
qu'en dise Aristote et sa docte cabale... il n'y a rien au-
dessus d'une bonne pipe! Ah! ça, mais... qu'est-ce qu'elle
a donc, ma petite femme, depuis deux ou trois jours ?
Elle est toute maussade... toute fantasque... Est-ce que?...
je ne m'y connais guère, moi. Bah ! la tante Olympe a
promis de venir nous rejoindre, elle nous dira ce qui en
est. Les vieilles filles ont ceci de particulier qu'elles
s'entendent souvent très bien à ces choses-là. Je ne sais
pas trop quand elles les ont apprises, par exemple; mais
ce qui est certain, pah!... c'est qu'elles s'y entendent.
Pah!... pah!... La science leur arrive un beau matin,
comme par enchantement... En attendant, ma femme a
quelque chose... elle devient farouche... elle roule des
yeux sombres... Il n'y a pourtant pas de belle-mère dans
la maison?... De ce côté, du moins, mon horizon est net
de tout nuage... pah!... pah!... Cependant... oui, oui, il
y a la tante Olympe! La tante Olympe affecte certaines
allures maternelles!... Quel besoin a-t-elle de venir nous
relancer ici... en pleine lune de miel... en plein voyage
de noces ! je vous le demande! Cette visite est absolument saugrenue. N'aurai-je évité de la belle-mère que
le nom? Ces vagues indices d'une hostilité sourde... eh,
parbleu! c'est l'approche de la tante Olympe! Ces in-
fluences-là sont tellement subtiles et pernicieuses
qu'elles s'exercent à distance comme le magnétisme. Eh
bien, je me demande ce que ce sera quand nous l'aurons
ici, la tante!

SCÈNE III

LE COMTE, MARTIAL.

MARTIAL, *de la porte du fond qu'il entr'ouvre.*
Mon commandant, on a éternué dans l'escalier.

LE COMTE, *vivement.*
Éternué! c'est la comtesse!

MARTIAL, *après avoir regardé derrière la porte.*
Madame la comtesse est avec une autre personne...

LE COMTE, *regardant derrière la porte et rentrant
vivement.*
Sacrebleu! c'est la tante Olympe! (*Donnant la pipe à
Martial.*) Tiens! cache ça! si elle me voyait en tête-à-
tête avec ma pipe, ce serait un cas de séparation de
corps!

(*Martial se retire.*)

C'est que la tante Olympe n'est peut-être pas enrhumée
du cerveau, elle! J'empoisonne, moi! je vais me changer
de fond en comble. (*Il fouette l'air avec son mouchoir et
sort par la droite au moment où Louisa et la tante Olympe
entrent par le fond.*)

SCÈNE IV

LA TANTE OLYMPE, LOUISA.

LOUISA, *à part, en voyant sortir son mari.*
Il se sauve!... Il n'était pas seul...

LA TANTE OLYMPE.
Et voilà votre petit salon? Ces appartements d'hôtel
conservent toujours je ne sais quelles odeurs suspectes!...
Tu ne sens pas?

LOUISA.

Non... mais je suis tellement enrhumée!

LA TANTE OLYMPE.

Je t'en félicite... Atch !! ça me gagne.

LOUISA.

Vous vous serez refroidie en route, ma tante.

LA TANTE OLYMPE.

Tu crois?... Cependant...

LOUISA.

Que vous êtes bonne et aimable, ma chère tante, d'être venue si tôt nous rejoindre.

LA TANTE OLYMPE.

Écoute... je n'y tenais plus... et me voilà! (*Elles ôtent leurs chapeaux et leurs manteaux.*) Et vos chambres?

LOUISA, *montrant la porte de droite.*

Voici la nôtre...

LA TANTE OLYMPE.

Une seule... pour vous deux, n'est-ce-pas?

LOUISA.

Mais... certainement.

LA TANTE OLYMPE.

Oui... c'est bien... c'est bien...

LOUISA.

Et voici celle que nous vous avons réservée. (*Elle montre la porte de gauche.*)

LA TANTE OLYMPE.

Ah! de ce côté?... n'est-ce pas un peu près de vous, cela? Il est vrai qu'avec le salon qui nous sépare... Eh bien, voyons, ma belle... Alors tu es contente? Causons un peu... ton mari est... il remplit ses devoirs ?

LOUISA.

Mais... certainement!

LA TANTE OLYMPE.

Car tu sais, ce mariage s'est fait sans mon consente-

ment... et pourtant je suis ta marraine... mais ton père
l'a voulu... toi aussi, d'ailleurs. Que pouvais-je contre
trois?... Moi, j'avais mon opinion faite sur les militaires.
Dieu merci ! je ne l'ai pas dissimulée... ces hommes ont
des mœurs! — Tu crois que cette chambre n'est pas un
peu près...

LOUISA.

Mais... quel inconvénient?...

LA TANTE OLYMPE.

Au surplus, moi... je m'enferme. — Enfin, je souhaite
d'avoir été mauvais prophète. Alors, ton mari... jusqu'à
présent...

LOUISA, *avec hésitation.*

Oui, ma tante.

LA TANTE OLYMPE.

Allons, tant mieux... puissé-je m'être alarmée à tort...
malheureusement l'expérience n'a pas encore été bien
longue... quinze jours de mariage...

LOUISA, *avec un soupir.*

Quatorze.

LA TANTE OLYMPE.

Quatorze! raison de plus, et pourtant il me tardait
de savoir... de m'assurer par mes yeux. Ah! ma pauvre
enfant!... Figure-toi qu'on m'a cité un jeune ménage...
qui... c'est affreux!... le mari, pendant son voyage de
noces... en vérité, je n'ose pas répéter...

LOUISA, *inquiète.*

Eh bien? le mari?...

LA TANTE OLYMPE.

Eh bien, le mari... il va sans dire qu'il était militaire,
ce mari!... recevait des lettres...

LOUISA.

Des lettres? de qui?

LA TANTE OLYMPE.

Oh! de qui? On ne me l'a pas dit, mais de qui un militaire peut-il bien recevoir des lettres, je te le demande? Ton mari n'en reçoit pas, n'est-ce pas?

LOUISA.

Ah! si ce n'était que cela!...

LA TANTE OLYMPE.

Comment?... il...,? Oh! parle!

LOUISA, *après un temps, avec explosion, en se jetant dans ses bras.*

Ah! ma tante, que je suis malheureuse!...

LA TANTE OLYMPE.

J'en étais sûre! Ma fille!... Qu'y a-t-il? Dis-moi tout, au nom du ciel!

LOUISA.

Mon mari me trompe! Il me trompe avec toutes sortes de femmes! Il me trompait pendant qu'il me faisait la cour!... il me trompait la veille même de notre mariage!... Il me trompe tous les jours! c'est un homme horrible!

LA TANTE OLYMPE.

Mais c'est monstrueux!... Ah! je l'avais bien dit!... avec toutes sortes de femmes?... Comment cela! explique-moi... tout! tout!..

LOUISA.

Il me trompe avec une Andalouse! avec une Allemande! avec une fille nommée Victoria!... avec toutes les femmes de la terre!...

LA TANTE OLYMPE.

C'est effroyable! mais ça ne m'étonne pas! Raconte-moi donc...

LOUISA.

Un matin... il me croyait endormie, lui... mais j'avais vos avertissements trop présents à l'esprit pour dormir, ou plutôt je ne dormais que d'un œil et, de l'autre,

j'observais mon mari. Je l'entends, à travers cette porte,
dire mystérieusement à cet affreux soldat qu'il a déguisé
en valet de chambre : « Dis donc, Martial, et l'Andalouse ? — Monsieur le comte sait bien qu'elle est restée
à Vincennes. — Comment, imbécile, tu l'as laissée
là-bas ? — Je croyais que monsieur le comte... une fois
marié... — Nous allions, l'Andalouse et moi, vertueuse-
ment et définitivement nous séparer, n'est-ce pas,
nigaud ? »

LA TANTE OLYMPE.

Est-ce possible ! Qu'est-ce que j'avais dit !

LOUISA.

Mon mari reprend : « C'est bon pour les premiers
jours, toutes ces simagrées-là. — Cependant, répond le
soldat, monsieur le comte a juré en se mariant... —
Laisse-moi donc tranquille... est-ce que c'est sérieux ces
serments-là !... »

LA TANTE OLYMPE.

Dieu du ciel ! Oh ! je ne veux plus en entendre davantage... et... c'est tout ?

LOUISA.

Non. Ce Martial a répondu : « Oh ! mon commandant
ne sera pas embarrassé de remplacer l'Andalouse, ici il
y en a de toutes les couleurs. »

LA TANTE OLYMPE.

De toutes les couleurs !... Mais c'est abominable ! Et
ton mari qu'a-t-il répondu ?

LOUISA.

Il a répondu tout bas : « Eh bien, va m'en chercher une
ou deux... »

LA TANTE OLYMPE.

Ou deux !...

LOUISA.

« Ou deux... tu sais comme il me les faut ? — Monsieur

le comte ne voudrait pas essayer d'une Turque, pour changer?... »

LA TANTE OLYMPE.

Une Turque !

LOUISA, *continuant.*

« J'en ai vu de très jolies. — Va pour une Turque !... Au fait, non ! C'est énorme une Turque !... prends-moi une Allemande de moyenne taille, et surtout *motus !* et qu'on ne te voie pas rentrer ici avec elle, sacrebleu ! »

LA TANTE OLYMPE.

Mais cet homme est un monstre ! L'imagination ne saurait concevoir... Ma pauvre enfant ! Mais tout est perdu ! Ton bonheur est à vau-l'eau ! ton existence... et alors ?

LOUISA.

Alors... naturellement j'ai surveillé de plus belle et j'ai acquis la certitude que...

LA TANTE OLYMPE.

Ah ! mon Dieu ! Oh c'est certain, ce n'est que trop certain !... un militaire, et un hussard encore !...

LOUISA.

Et tenez... vous n'avez pas vu cette porte qui s'est refermée au moment où nous sommes entrées?

LA TANTE OLYMPE.

Mais si... justement... c'était?...

LOUISA.

Eh bien ! c'était lui... il n'était pas seul, j'avais entendu des voix en montant...

LA TANTE OLYMPE.

Ah ! quel malheur!.. ma pauvre Louisa... quel malheur !

SCÈNE V

LA TANTE OLYMPE, LOUISA, MARTIAL.

MARTIAL.

Mon commandant m'a commandé de porter à la connaissance de mademoiselle qu'il achève de s'habiller et qu'il vient dans l'instant lui présenter ses devoirs.

LA TANTE OLYMPE.

C'est vous qui êtes le valet de chambre de monsieur le comte?

MARTIAL.

Subsidiairement, oui, mademoiselle.

LA TANTE OLYMPE, *lui remettant une pièce de monnaie.*

Voici pour vous.

MARTIAL.

Cent sous!... Merci, mademoiselle.

LA TANTE OLYMPE.

Monsieur le comte était dans cette chambre au moment où nous sommes entrées?...

MARTIAL, *avec hésitation.*

Euh!... oui.

LA TANTE OLYMPE.

Qu'y faisait-il?

MARTIAL, *avec embarras.*

Mais...

LOUISA.

Répondez, Martial! je suis votre maîtresse, moi, qu'y faisait-il?

MARTIAL.

Mais... madame la comtesse...

LOUISA.

Je vous somme de me répondre!

22

MARTIAL, *bas à Louisa.*

Mais c'est que mon commandant... disait que si la tante Olympe le savait, ce serait un cas de séparation de corps... Madame la comtesse comprendra que...

LOUISA.

Parlez, vous dis-je, il était en tête-à-tête avec Victoria, n'est-ce pas?

MARTIAL.

Oh! du moment que madame sait... jusqu'à leurs petits noms...

LA TANTE OLYMPE.

Est-ce possible? Vois-tu!

LOUISA.

Le misérable!

MARTIAL.

Ah! madame, il n'y a pas de ma faute... j'ai assez fait de morale à mon commandant. « Comment, mon commandant, que je dis, — respectueusement, — vous qui avez le bonheur de posséder un petit brin de femme, — faites excuse, madame la comtesse, — tout ce qu'il y a de distingué, et à qui vous avez juré de... — Eh! qui dit, elle ne le saura pas! fiche-moi la paix! » Que voulez-vous? c'est plus fort que lui, l'habitude! D'abord, moi, je ne saurais pas m'en passer non plus, voyez-vous! Ah! mais non! Quoique ça, madame la comtesse fait erreur...

LOUISA.

Je me trompe? Mais dites-le donc!

MARTIAL.

Madame la comtesse ne me trahira pas?... Ce n'est pas Victoria que mon commandant était en train de...

LOUISA.

Alors, c'était l'Allemande, ou la Turque!

MARTIAL.

Non, c'était la Négresse.

LA TANTE OLYMPE.

La Négresse, à présent !

LOUISA.

La Négresse !

LA TANTE OLYMPE.

Mais c'est révoltant !

LOUISA.

Et, alors, il les aime toutes indistinctement ? Pour lui, l'une vaut l'autre. Il n'y en a pas une qu'il préfère ?

MARTIAL.

Oh ! que si... c'est l'Andalouse !

LOUISA.

Ah ! c'est l'Andalouse ?...

MARTIAL.

Oui, madame la comtesse ; mais elle le mérite, il faut être juste !

LOUISA.

Est-ce qu'elle est plus belle que les autres ? que l'Allemande, par exemple !

MARTIAL.

Plus belle ! c'est comme si madame la comtesse allait comparer une lame d'épée avec une... saucisse !

LOUISA.

Comment est-elle ?

MARTIAL.

Oh ! elle est bonne ! elle est douce... d'une finesse... Et, avec ça, du montant, du piquant, et ça s'allume ! ça s'allume !

LOUISA.

Est-ce qu'elle est réellement Espagnole ?

MARTIAL.

Du tout ! c'est une Parisienne. Mon commandant l'a nommée l'Andalouse, parce qu'elle est admirablement

brune avec des reflets d'ambre... Ah! c'est celle-là qui
vous a un galbe!

LA TANTE OLYMPE.

Vous l'avez donc vue ?

MARTIAL.

Un peu! je l'ai même... hum!... (*Il s'interrompt comme
ayant trop parlé.*)

LA TANTE OLYMPE.

Comment?... vous l'avez ?...

MARTIAL.

Moi! jamais!... jamais! si mon commandant pouvait
supposer une chose pareille, il me passerait son sabre à
travers le ventre! Ce que je dis, c'est d'après lui!... Ah!
mon commandant a bien raison d'y tenir! il ne la rem-
placera jamais! Dans ce pays-ci, voyez-vous, mademoiselle Olympe, il n'y a que de véritables pots à tabac...
pas de grâce, pas de tournure, pas de saveur, pas de
chic et enluminées comme des images à quatre sous.

LA TANTE OLYMPE.

. Moi, ce qui me renverse, vois-tu... c'est la Négresse.

MARTIAL.

Je suis de l'avis de mademoiselle... je n'en voudrais
pas, parole d'honneur! non! D'ailleurs, moi, j'ai la
mienne, bien entendu. Marie-Jeanne! une solide gail-
larde! Elle a fait toutes mes campagnes... Voyez-vous,
après l'Andalouse... c'est Marie-Jeanne! (*Il envoie un
baiser dans l'espace.*)

LOUISA.

C'est bien... mon ami... allez... laissez-nous.

SCÈNE VI

LA TANTE OLYMPE, LOUISA.

LA TANTE OLYMPE.

Eh bien! c'est inimaginable! c'est... ah! je ne sais plus ce que c'est... Vois-tu enfin ce que sont ces soldats! Mais, c'est-à-dire que je ne le savais pas moi-même! Non! non, je ne m'en doutais pas!

LOUISA.

Est-ce assez d'horreur!

LA TANTE OLYMPE.

Quelle infamie!

LOUISA, *pleurant.*

Ha! ha! ha!

LA TANTE OLYMPE, *même jeu.*

Ho! ho! ho! Que vas-tu devenir!... (*En voyant entrer le comte, elles poussent un cri d'effroi et disparaissent par la porte de gauche, en la fermant violemment sur elles.*)

SCÈNE VII

LE COMTE, *seul.*

Ma chère tante... que c'est donc aimable à vous de... Eh bien! qu'est-ce qu'il leur prend? (*Allant à la porte de gauche.*) Louisa... c'est moi?... peut-on entrer? Qu'est-ce que ça signifie? Ça commence déjà bien! (*Allant à la porte du fond.*) Martial! eh, Martial!

SCÈNE VIII

LE COMTE, MARTIAL, LA TANTE OLYMPE,
derrière la porte.

Pendant que le comte appelle Martial et l'attend à la porte du fond, la tante Olympe entr'ouvre celle de gauche.

LA TANTE OLYMPE, *à Louisa, dans la coulisse.*

Il faut que je sache ce qu'ils vont se dire... tout cela me semble tellement exorbitant !...

LE COMTE, *à Martial qui entre.*

Tu as vu ces dames ? tu leur as parlé ?

MARTIAL.

Oui, mon commandant.

LE COMTE.

Qu'est-ce qu'elles ont ?...

MARTIAL.

Mon commandant...

LE COMTE.

Parle !

MARTIAL.

Eh bien ! ces dames savent tout !

LE COMTE.

Tout ?

MARTIAL.

Tout. (*Il fait le geste de fumer la pipe.*)

LE COMTE.

Allons, bon, Ah ! si tu as eu le malheur de dire un mot, toi...

MARTIAL.

Je n'ai rien dit, mon commandant. Mais, quand j'ai

vu qu'elles savaient tout, jusqu'à leurs petits noms,
dame!

LA TANTE OLYMPE, *à Louisa, dans la coulisse.*

Ah! ma pauvre fille!

LE COMTE.

Et comment ont-elles pris la chose?

MARTIAL.

Mal, mon commandant. La vieille a même dit que
c'était révoltant!

LA TANTE OLYMPE, *à part.*

La vieille!

LE COMTE.

Révoltant! la voilà déjà! révoltant! pour une peccadille!

LA TANTE OLYMPE, *à part.*

Une peccadille!

MARTIAL.

Une bêtise, quoi!

LE COMTE.

Va-t'en!

SCÈNE IX

LES MÊMES, moins MARTIAL.

LE COMTE.

J'en étais sûr qu'une fois la tante arrivée, adieu la
paix du ménage!

LA TANTE OLYMPE, *à part.*

Ah! c'est trop fort! la paix!

LE COMTE.

On n'est pas... bégueule à ce point!

LA TANTE OLYMPE, *à part.*

Bégueule!

LE COMTE.

J'aurais, parbleu! bien fait de ne pas me déranger et de continuer tranquillement!

LA TANTE OLYMPE, *à Louisa.*

Tu l'entends, Louisa! il aurait bien fait de continuer tranquillement.

LE COMTE.

A son nez et à sa barbe!

LA TANTE OLYMPE.

A mon nez et à... Oh!

LE COMTE.

Et je vais en attaquer une autre! ici même. (*Il sort.*)

SCÈNE X

LA TANTE OLYMPE, LOUISA.

LA TANTE OLYMPE, *à Louisa.*

Il va en attaquer une autre! sous nos yeux! Ah! partons, partons! Oh! quel monstre! mais, quel monstre!

LOUISA, *entrant.*

Oui, partons, partons vite!

LA TANTE OLYMPE.

Mon sac... mon sac...

LOUISA.

Oui, mon sac... mon sac...

LA TANTE OLYMPE.

Heureusement que mon bagage est resté à la gare... Où est ton sac?

LOUISA.

Quel sac! Ah oui!... Voici votre chapeau.

LA TANTE OLYMPE.

Donne... non, c'est le tien...

LOUISA.

Tenez, voici mon sac...

LA TANTE OLYMPE.

Non, c'est mon chapeau...

LOUISA.

Attendez! je vais y mettre mes éponges... mes brosses...

LA TANTE OLYMPE.

Dans mon chapeau?

SCÈNE XI

LES MÊMES, LE COMTE.

LE COMTE, *qui a ouvert la porte sans être vu et qui regarde
depuis un moment les préparatifs de départ.*
Ah! ça, qu'est-ce que vous faites donc?

LA TANTE OLYMPE et LOUISA, *ensemble, avec effroi.*
Arrrh!...

LE COMTE.
Encore?

LA TANTE OLYMPE, *qui s'est sauvée à l'autre bout de
la scène.*
Ah! avec elle!

LE COMTE.
Plaît-il?

LA TANTE OLYMPE.
Vous êtes seul?

LE COMTE.
Comment seul!

LA TANTE OLYMPE.
Adieu!

LE COMTE.
Vous partez?...

LA TANTE OLYMPE.

Ah ! je crois bien que nous partons !

LE COMTE, *riant.*

Toutes les deux ? Une séparation alors ?

LA TANTE OLYMPE.

Vous y pouvez compter ! Ah ! je l'avais bien dit qu'il fallait se garder de ces militaires comme de la peste !

LE COMTE.

Et moi, je... je ne l'avais pas dit, — je suis trop bien élevé pour cela, — mais je l'avais, pardieu, bien pensé ! qu'il fallait fuir comme un fléau les belles-mères et tout ce qui leur ressemble !

LA TANTE OLYMPE.

Quoi ! je devrais tolérer...

LE COMTE, *à Louisa.*

Voyons, voyons, Louisa, embrassons-nous, et que cette détestable plaisanterie finisse, n'est-ce pas ?

LA TANTE OLYMPE.

Lui offrir vos baisers, quand vos lèvres sont encore chaudes de... de...

LE COMTE.

Je viens d'avaler une boîte de pastilles de menthe.

LOUISA.

Ah !

LA TANTE OLYMPE.

Oh !

LE COMTE.

Voyons, Louisa, faut-il jurer que plus jamais de ma vie...

LOUISA.

Eh ! que me font vos serments, monsieur ? N'avez-vous pas dit qu'ils n'étaient pas sérieux ? Ne les avez-vous pas violés, foulés aux pieds ?...

LE COMTE, *en riant.*

Je les ai violés... d'accord, mais il y a une circonstance atténuante !

LOUISA.

Une circonstance atténuante !...

LE COMTE, *à Louisa.*

Puisque tu es enrhumée du cerveau ! voyons !

LA TANTE OLYMPE.

Comment ! parce que votre femme a le malheur d'avoir le bout du nez un peu rouge... vous vous croyez le droit...

LE COMTE.

Rouge ou blanc la couleur de son charmant petit nez n'y fait rien ; mais, du moment où elle en a perdu momentanément l'usage, vous m'avouerez bien...

LA TANTE OLYMPE.

Comment !

LE COMTE.

Sans doute !

LA TANTE OLYMPE, *à Louisa.*

Quel rapport y a-t-il ?

LE COMTE.

Comment, quel rapport !

LA TANTE OLYMPE.

Mais, monsieur, quand votre femme serait encore sourde, muette et aveugle, serait-ce une raison pour la tromper avec des drôlesses ?

LE COMTE.

Plaît-il ?

LA TANTE OLYMPE.

Pour introduire dans le domicile conjugal toutes sortes de créatures abominables ?

LE COMTE.

Hein ? (*A Louisa.*) Louisa...

LOUISA.

Oh! ne m'approchez pas!

LE COMTE.

Comment! tu peux croire... toi...

LOUISA.

Pensez-vous que je me ravale à vous disputer à votre Victoria?

LE COMTE.

Ma Victoria?

LA TANTE OLYMPE.

A votre Négresse!

LE COMTE, *comprenant.*

Ah! sacrebleu! ah! ah! ah!

LOUISA.

A votre Andalouse!

LE COMTE.

Ah! ah! ah!... Ah! ah! ah!

LA TANTE OLYMPE.

Il rit! tu le vois, Louisa! il rit, le monstre! Ah! ma tête se perd! j'en ferai une maladie!

LE COMTE.

Ah! ah! ah! moi aussi! le diable m'emporte!

LA TANTE OLYMPE.

Le diable! mais c'est vous le diable! oui, vous êtes le diable en personne!

LE COMTE, *reprenant un sérieux affecté.*

Alors, vous partez, décidément?

LA TANTE OLYMPE.

Ah! je vous prie de le croire!

LE COMTE, *à Louisa.*

Alors, ma chère Louisa, nous nous séparons... après quinze jours de mariage? C'est fini? Nous ne nous reverrons plus jamais? C'est bien entendu!

LOUISA.

Oh ! jamais ! jamais ! (*Elle pleure.*)

LE COMTE.

Eh bien ! vous avez raison. Le forfait dont je suis convaincu — car j'en suis convaincu, n'est-ce pas ? — n'est pas de ceux qu'on oublie, ni qu'on pardonne ; mais, avant de partir, laissez-moi faire amende honorable, et vous prouver la profondeur de mon repentir. (*Appelant.*) Martial !

LOUISA.

Mais... quelle preuve...

LE COMTE.

Après la condamnation, l'exécution ! Martial !

LOUISA.

Comment ?...

LE COMTE.

Et l'exécution sera complète ! Martial !

SCÈNE XII

LES MÊMES, MARTIAL.

LE COMTE.

Martial! avance à l'ordre! Combien y en a-t-il ici? pour le moment ?

MARTIAL.

Mon commandant en a quatre... à lui.

LE COMTE.

Et toi!

MARTIAL.

Moi une.

LE COMTE.

Où sont-elles ?

MARTIAL.

Dans ma chambre.

LE COMTE.

Va les chercher...

MARTIAL.

C'est que Marie-Jeanne n'est guère en toilette...

LE COMTE.

Va les chercher.

MARTIAL.

Bien, mon commandant.

SCÈNE XIII

LES MÊMES, moins MARTIAL.

LA TANTE OLYMPE.

Dieu du ciel, que va-t-il donc faire ?

LE COMTE.

Vous allez voir !

LA TANTE OLYMPE.

Mais je ne veux rien voir, moi !

LE COMTE.

Trop tard !

LOUISA.

Armand... qu'allez-vous faire ?

LE COMTE.

Les jeter par la fenêtre.

LA TANTE OLYMPE.

Par la fenêtre ! mais c'est un meurtre.

LE COMTE.

Parfaitement. (*Il ouvre la fenêtre pendant qu'on entend la voix de Martial disant :*) Les voici toutes, mon commandant.

LA TANTE OLYMPE, *se sauvant par la gauche.*
Mais il est devenu fou, c'est certain! c'est certain!

SCÈNE XIV

LE COMTE, LOUISA, MARTIAL.

MARTIAL *entrant, pendant que Louisa se tourne de l'autre côté pour ne pas voir.*
Donnez-vous la peine d'entrer, mesdemoiselles. (*Il apporte sur un plateau des pipes de diverses formes.*)

LE COMTE, *à Louisa, lui prenant les mains.*
Mais regardez-les donc, les criminelles!

LOUISA.
Non! non! où sont-elles!

LE COMTE.
Les voilà!

LOUISA.
Qu'est-ce que c'est que ça?

LE COMTE.
Eh bien, voilà Victoria, voilà l'Allemande, voici la Négresse.

MARTIAL.
Et voici Marie-Jeanne.

LOUISA.
Comment, ce sont des pipes?

LE COMTE.
Qu'est-ce que vous croyez donc que c'était?

LOUISA.
Mais... ah! mon Dieu! ah! ah! ah! (*Elle lui saute au cou.*)

LE COMTE.
Eh bien? quoi donc?...

LOUISA.

Mais, oh! que je suis honteuse!... je croyais que c'étaient des femmes.

MARTIAL.

Des femmes? Ah! nom de nom d'une pipe! j'y suis!... Ah! mille bombes! (*Il se tord de rire.*)

LE COMTE, *avec reproche et embrassant Louise.*

Es-tu assez folle!

LOUISA.

J'ai surtout été trop curieuse et trop soupçonneuse, ah! j'en ai été bien punie!

MARTIAL.

Eh bien, merci, en voilà une carabinée! Des femmes! On serait bien reçu de parler de femmes à mon commandant depuis qu'il a la sienne! Ah! nom d'une trompette! Marie-Jeanne, une femme! Il y a longtemps que je l'aurais lâchée, celle-là, par exemple!

LE COMTE, *prenant les pipes.*

C'est égal, elles y passeront...

LOUISA.

Non, non, non!

LE COMTE.

Ah! je l'ai juré... et cette fois...

MARTIAL.

Mon commandant, grâce pour Marie-Jeanne?

LE COMTE, *avec force.*

Pas de grâce! (*Il les jette.*)

LOUISA, *riant.*

Ma tante, ma tante! venez demandez grâce pour Marie-Jeanne!

SCÈNE XV

LES MÊMES, LA TANTE OLYMPE.

LE COMTE.

V'lan! patatras! Elles y sont!

LA TANTE OLYMPE, *pendant que le comte et Martial regardent par la fenêtre.*

Elles y sont! elles y sont! Seigneur Dieu!

LE COMTE.

Toutes!

LA TANTE OLYMPE.

Comment! Comment!

MARTIAL.

Pauvre Marie-Jeanne! elle s'est cassé la tête sur le trottoir... Bon! voilà une voiture qui lui passe en plein dessus!

LA TANTE OLYMPE, *ahurie.*

Mais... mais...

LE COMTE, *à Martial.*

Allons, ne pleure pas! je te cède l'Andalouse! es-tu content?

MARTIAL.

L'Andalouse à moi! quelle noce!

« Avez-vous vu dans Barcelone
« Une Andalouse au sein bruni! »

LOUISA, *au comte en l'embrassant.*

Je vous en offrirai une encore plus belle pour votre fête!

LA TANTE OLYMPE.

Elle lui en offrira encore une plus belle!

LE COMTE.

Et tu ne seras plus jalouse?

23

LOUISA.

Non ! plus jamais !

LA TANTE OLYMPE.

Comment... comment...

LE COMTE.

Vous voyez, ma belle tante, dès que vous n'avez plus été là, tout s'est raccommodé comme par magie. — A propos, vous ne m'avez pas encore laissé le temps de vous embrasser ! bonjour ma tante ! comment vous portez-vous? (*Il l'embrasse.*)

FIN.

FEU ET FLAMMES A DINARD

SCÈNE TRAGIQUE

PERSONNAGES

LE CAPITAINE LIONEL PARENT.
ROMAINE
ANNA.
LA PETITE MARIE.

FEU ET FLAMMES A DINARD

SCÈNE TRAGIQUE

Un petit salon. Au fond, porte-fenêtre avec balcon à balustrade donnant sur la mer. Portes à droite et à gauche.

SCÈNE PREMIÈRE

Romaine est censée avoir pour interlocutrice une petite fille qui est de l'autre côté de la porte de gauche.

ROMAINE.

C'est ça, ma chérie, va habiller la poupée. Anna va te conduire à ta chambre. Prends bien garde en traversant la rue... — Évidemment! elle ne peut pas rester toute la journée en costume de bain, ce ne serait pas convenable... — Oui, mets-lui sa belle robe et attends-moi. J'irai vous chercher tout à l'heure, nous irons toutes les trois jouer sur le sable. Va... — Oui, c'est ça. (*Elle va s'asseoir et prend un travail de broderie. Puis, elle prend un journal déplié sur sa table, et lit.*) « Retour de la mission du capitaine Parent. Réception à l'Élysée et au Cercle militaire. » — Il est très bien ce discours du ministre, très chaleureux, très patriotique. — Le capitaine Parent! Voilà un parent dont on a le droit d'être fière!... surtout quand on est sa cousine! (*Elle laisse le journal s'échapper de ses mains et reste un mo-*

ment absorbée.) Bah! à quoi vais-je songer! Sa pensée
est bien loin de moi en ce moment et depuis longtemps!
(*Elle reprend sa broderie.*)

SCÈNE II

ROMAINE, LE CAPITAINE, *en civil. Rosette d'officier.*

ROMAINE.

Comment, vous?... c'est vous?

LIONEL.

Mon Dieu... oui, ma cousine.

ROMAINE.

Mais, c'est un événement fabuleux!

LIONEL.

Je suis venu vous présenter mes respectueux hommages. Quoi de plus naturel?

ROMAINE.

Rien de plus aimable, en tous cas, et c'est, mon cousin, un bien grand honneur que vous me faites! Mais,
ce n'est pas, je suppose, dans cet unique but... que vous
vous êtes soustrait aux réceptions triomphales qu'on
vous fait à Paris et que vous êtes venu à Dinard...

LIONEL.

Je vous demande pardon, ma chère cousine, c'est
dans cet unique but. Je n'en connais pas de plus...
attirant.

ROMAINE.

Vous vous moquez de moi. Vous avez toujours eu
beaucoup d'esprit.

LIONEL.

Pas devant vous. Devant vous, je suis bête et je l'ai
toujours été.

ROMAINE.

Je ne m'en suis jamais aperçue.

LIONEL.

C'est que vous n'avez jamais daigné y faire attention.

ROMAINE.

Il y a longtemps que vous êtes à Dinard?

LIONEL.

Mais, je descends du train.

ROMAINE.

C'est juste, puisque, hier encore, vous étiez fêté à Paris! C'est moi qui suis bête. Je viens de le lire dans les journaux. Ils ne parlent que de vous les journaux. Et vous êtes ici pour quelques jours?

LIONEL.

Mais... si vous ne me renvoyez pas tout de suite.

ROMAINE.

Votre présence à Dinard est tellement invraisemblable!

LIONEL.

L'est-elle tant que cela pour vous?

ROMAINE.

Pour moi comme pour tout le monde. Vous, le héros du jour, l'explorateur intrépide que toute la France acclame, vous dérober aux ovations et venir dans ce petit coin breton... que vous allez mettre en ébullition, par parenthèse. On va vous porter en triomphe.

LIONEL.

Vous craignez que je ne vous compromette?

ROMAINE.

Il est certain que je vais refléter un peu de votre gloire! La cousine du capitaine Parent! C'est très intimidant! Je suis tellement saisie de vous voir surgir là... tout à coup!... j'oublie de vous féliciter... mais, que sont les félicitations d'une pauvre femme après les honneurs qui vous sont rendus!

LIONEL.

Ces honneurs ne sont rien pour moi auprès d'une approbation de vous.

ROMAINE.

Depuis quatre ans que vous êtes parti...

LIONEL.

Quatre ans et un mois.

ROMAINE.

Et un mois, en effet... que d'épreuves, que de fatigues, que de souffrances et que d'exploits!

LIONEL.

Je n'ai souffert qu'à mon retour.

ROMAINE.

Vous êtes changé.

LIONEL.

Changé? non. Et vous?

ROMAINE.

Moi?

LIONEL.

Vous vous êtes mariée?

ROMAINE.

Oui... j'ai une petite fille... de trois ans... Je vais vous la faire descendre... Tenez, elle est là-haut, au troisième étage de l'hôtel en face. On la voit d'ici. L'apercevez-vous à la fenêtre?

LIONEL.

Où donc?

ROMAINE.

Mais là, à gauche.

LIONEL.

Mais, j'en vois deux.

ROMAINE.

· L'autre, c'est sa poupée.

LIONEL.

Ah ! pardon.

ROMAINE.

Je vais vous la faire descendre.

LIONEL.

Non. Laissez-la s'amuser.

ROMAINE.

C'est prodigieux cette marche victorieuse à travers l'Afrique centrale ! Tout le désert du Sahara...

LIONEL.

J'avais traversé un autre désert avant celui-là. Le Sahara est moins aride.

ROMAINE.

Un autre désert ?

LIONEL.

Où ce que j'avais pris pour de fraîches oasis n'était qu'illusion et mirage.

ROMAINE.

Et... quel est ce désert ?

LIONEL.

Un cœur de femme.

ROMAINE.

Ah ! et depuis lors, vous avez rencontré sans doute d'autres oasis où vous avez pu vous désaltérer ?

LIONEL.

Non, ma cousine. Je n'en ai pas rencontré et d'ailleurs...

ROMAINE.

Quels prodiges d'endurance et d'intrépidité vous avez accomplis ! La France vous doit beaucoup !

LIONEL.

La France ne me doit rien. C'est à vous qu'elle doit ce que j'ai pu faire.

ROMAINE.

A moi? Je ne comprends pas.

LIONEL.

A vous, oui, à vous. Pour moi, je n'ai eu qu'un but, me rendre moins indigne de vous! Je n'ai rien fait que pour vous et par vous.

ROMAINE.

Allons! quelle folie!... Mais qu'espériez-vous donc?

LIONEL.

J'espérais que, mort, vous m'auriez pleuré, que, vivant, vous m'auriez attendu.

ROMAINE.

Attendu?

LIONEL.

C'était bien de la présomption, n'est-ce pas? Un pauvre petit officier?

ROMAINE.

Un officier pauvre, peut-être, mais grand, mais héroïque! Vous l'avez assez prouvé. Mais pouvais-je me douter?...

LIONEL.

Vous n'avez donc rien compris?

ROMAINE.

Pouvais-je comprendre ce que vous ne me disiez pas? C'est moi qui aurais été bien présomptueuse!

LIONEL.

Non, je ne vous ai jamais rien dit, et j'ai bien fait, n'est-ce pas?

ROMAINE.

Quel intérêt peut avoir cette question aujourd'hui?

LIONEL, *s'inclinant.*

C'est vrai. Alors, vous ne vous êtes aperçu de rien?

ROMAINE.

Mon Dieu, il m'a bien semblé... que je ne vous inspirais pas une aversion insurmontable, mais j'ai pensé, surtout en vous voyant partir pour si longtemps vers ces pays lointains... que rien ne vous retenait en France.

LIONEL, *s'exaltant par degrés.*

Je vous adorais ! Je vous adorais comme une divinité devant laquelle on ne peut que se prosterner ! Conscient de mon intimité, je suis parti avec l'espoir de faire quelque chose de grand. Je m'éloignais pour me rapprocher de vous ! Je vous emportais dans mon cœur. Votre image sacrée n'a pas un seul instant cessé d'être devant mes yeux ! Elle me montrait la route, soutenait mon courage. Les fatigues, les dangers, les privations étaient pour moi des joies, des jouissances ! Je les bravais pour vous, par vous, avec vous ! Avec la foi et l'enthousiasme des premiers chrétiens, je souriais au martyre et à la mort ! Atteint d'une blessure grave et croyant ma dernière heure venue, je voyais votre charmant visage se pencher vers moi... il me semblait sentir vos lèvres s'approcher des miennes !...

ROMAINE.

Ah ! Lionel, mon ami, je vous en prie !

LIONEL.

Vous parfumiez ma vie, mon sommeil et mes veilles ! Le désert était plein de vous ! Cette expédition si rude a été pour moi un perpétuel enchantement... jusqu'au jour où, parvenu à la dernière étape, au moment du retour, j'ai appris... Tenez, Romaine, je vais repartir bientôt, je sens, je sais que je ne reviendrai plus... voulez-vous faire une grande charité ?... laissez-moi vous embrasser ! (*Il se rapproche, elle s'éloigne.*)

ROMAINE.

Lionel, je vous en prie ! (*Lionel veut la saisir, elle se*

défend.) Non, non ! je ne veux pas ! Vraiment, vous me faites peur !

LIONEL, *même jeu.*

Laissez-moi seulement baiser vos pieds ! Cela ne vous coûtera pas grand'chose et j'emporterai du bonheur pour le reste de ma vie ! (*Il se jette à ses genoux et l'entoure de ses bras.*)

ROMAINE, *se débattant.*

Lionel ! laissez-moi !... je ne veux pas !

LIONEL, *saisissant énergiquement Romaine, d'une voix basse et concentrée.*

Eh bien ! oui, j'ai faim et soif de tes lèvres !

(*Courte lutte, tout à coup des cris : « Le feu ! le feu ! l'hôtel brûle ! »*).

ROMAINE, *se dégageant vivement et courant à la fenêtre.*

L'hôtel brûle ! Ah ! mon Dieu ! Ma fille ! ma fille ! (*Elle court vers la porte qui s'ouvre brusquement.*)

VOIX DU DEHORS.

Le feu est dans l'escalier de l'hôtel.

ROMAINE.

Dans l'escalier ! (*Elle court comme une folle à la fenêtre.*) Qu'on sauve ma petite fille, là-haut, au troisième, à la fenêtre !

VOIX DU DEHORS.

On ne peut pas y aller, l'escalier est en feu ! Il faut des échelles ! (*Cris : Des échelles ! des échelles ! Sauvez l'enfant ! Appelez les pompiers !*)

(*Romaine se précipite pour sortir, Lionel l'arrête.*)

LIONEL.

Où allez-vous ?

ROMAINE.

Je vais sauver ma fille !

LIONEL.

Vous vous perdrez avec elle. (*Avec autorité.*) Restez là.
J'y vais, moi.

> (*Il sort vivement et ferme la porte en dehors. Ro-
> maine veut le suivre, mais la porte est fermée
> à clef. Elle retourne au balcon dans une agita-
> tion extrême et se jette à genoux.*)

Mon Dieu! sauvez ma fille!

> (*On entend toujours crier.* « Des échelles! Sauvez
> l'enfant! » *et l'on voit, par intervalles, passer
> des étincelles et des tourbillons de fumée.*)

ROMAINE, *à la fenêtre, terrifiée, les mains jointes.*

Le voilà!... Il entre... il disparaît dans la fumée...
Mon Dieu! Ah! mon Dieu!... il sort, la main sur les yeux...
Où va-t-il? Mon Dieu, où va-t-il?... Il court vers la mer...
il se plonge!... il a les yeux brûlés!... Il revient en courant... il se couvre la tête de son pardessus mouillé... il
rentre dans la fournaise... Je ne le vois plus... Seigneur
Dieu!... Ah! le voici qui monte... il tombe... Il se
relève... Ah! le brave homme! ah! le brave! ah! le
brave!

> (*Murmures d'admiration dans la foule.*)

Courage, Lionel! courage! Ah! il a pris Marie dans
ses bras!... il paraît à la fenêtre...

> (*Hourras dans la foule.*)

Il demande une échelle! (*Criant.*) Une échelle! une
échelle! il n'y a donc pas une échelle! Ah! mon Dieu!
il n'y a donc pas une échelle! Ah! en voici une qu'on
dresse.... Dieu! qu'elle est courte! elle n'atteint pas le
second étage!... Que faire! que faire! Ils vont périr là...
être brûlés vifs!... Il fait une corde avec des draps... il
prend entre ses dents le corsage de Marie... Les voici
suspendus dans le vide... Oh! que c'est terrible... (*Elle*

se cache les yeux de ses deux mains.) Mon Dieu! pro-
tégez-les! Ayez pitié de moi!

⸳   (*Silence profond partout. Puis, tonnerre de hour-
ras et d'applaudissements. Bientôt, la porte
s'ouvre et Lionel paraît portant l'enfant dans
ses bras. Il a le visage et les mains noircis.
Romaine saisit sa fille et la couvre de baisers.
Lionel ferme la porte.*)

ROMAINE, *à Lionel.*

Ah! merci! merci! Mais vous devez être affreusement
brûlé!

LIONEL.

Ce n'est rien. Les mains seulement. Avez-vous un peu
d'eau?

ROMAINE.

Oh! oui, de l'eau! de l'eau.... tenez ici, dans mon
cabinet de toilette... entrez... mais vous êtes trempé...
il vous faudrait des vêtements...

LIONEL.

Ma valise est dans un fiacre, devant la porte.

ROMAINE.

Anna! allez chercher la valise qui est dans un fiacre
devant la porte. (*A Lionel.*) Que vous faut-il? de quoi
avez-vous besoin? Je ne sais pas, moi!

LIONEL.

De rien. Merci. (*Il entre dans le cabinet.*)

ROMAINE.

Je vous attends! Je vais vous faire préparer du thé...
ou du vin... ou du grog... bien chaud...

LIONEL.

Non, non, merci. Un peu de thé, si vous voulez bien.

ROMAINE.

Mais, vous avez peut-être faim? Avez-vous déjeuné
seulement?

LIONEL.

Non. Oui. Merci, merci.

ROMAINE, *à Anna qui est rentrée.*

Vite! du thé! des sandwichs, des brioches, des gâteaux... du vin de Porto... des biscuits, vite! Du rhum! du cherry brandy!... (*Anna sort.*) Ma petite fille!... ma petite fille!... (*A travers la porte.*) Est-ce qu'il y avait du monde dans l'hôtel quand le feu a pris? Y a-t-il des victimes? — Ah! tant mieux! tant mieux! Pauvres gens! (*Anna rentre.*)

ANNA.

Tout le monde était sorti et le personnel était descendu pour déjeuner. Pas un n'aurait échappé! Tout brûle. Les pompiers sont là maintenant. Personne ne savait que mademoiselle était dans sa chambre.

ROMAINE.

Vous l'aviez donc quittée?

ANNA.

Mais oui, madame, j'étais descendue pour déjeuner.

ROMAINE.

Quelle imprudence! (*Elle va à la fenêtre.*) Oh! là, là! Sans l'héroïsme de Lionel, ma pauvre enfant serait là! dans ce brasier! (*Elle embrasse sa fille avec frénésie.*) Va maintenant, ma chérie... Anna, conduisez-la là, sur le sable, ne la quittez pas et attendez-moi. (*Anna sort avec l'enfant.*) Ah! oui, c'est un véritable héros!... Mais... que vais-je lui dire? Que va-t-il exiger?... (*Elle reste pensive. Un maître d'hôtel a apporté un grand plateau qu'il a posé sur une petite table.*) Il va donc repartir?... pour ne plus revenir?...

SCÈNE III

ROMAINE, LIONEL.

LIONEL, *les mains enveloppées de mouchoirs.*
Là. Voilà le désordre réparé. Il n'y paraît plus.

ROMAINE.
Mais vos mains! vos pauvres chères mains...

LIONEL.
Un peu échaudées. Juste assez pour me rendre inté-
ressant.

ROMAINE.
Mais ces linges ne tiennent pas! Il faut arranger ça
mieux que ça! Dieu! que les hommes sont maladroits!
(*Elle se met en devoir de fixer les mouchoirs au moyen
d'épingles qu'elle détache de son corsage.*) Je ne vous fais
pas de mal?

LIONEL.
Non, pas du tout. Je ne suis pas habitué à être si bien
soigné!

ROMAINE.
Quelle dette j'ai à vous payer!... Comment m'acquitter
jamais! En affrontant une mort horrible, vous avez
sauvé la vie à ma fille et vous m'avez sauvé à moi plus
que la vie! Comment vous remercier seulement? vous
témoigner, vous exprimer ma reconnaissance infinie!

LIONEL.
Vous le pouvez, Romaine.

ROMAINE, *résolument.*
Eh bien! dites!

LIONEL.
Vous le pouvez en me pardonnant.

ROMAINE.

Moi, vous pardonner !

LIONEL.

Oui, je me suis indignement conduit avec vous, tout à l'heure.

ROMAINE.

Ah! je vous pardonne de bien bon cœur, allez !

LIONEL.

Merci et adieu.

ROMAINE.

Quoi! vous partez?

LIONEL.

Je pars, et, cette fois, c'est pour me faire oublier. Adieu, Romaine.

ROMAINE, *après un moment d'hésitation.*

Adieu, Lionel. (*Elle lui prend doucement la main et la baise. Lionel sort. Romaine reste les yeux fixés sur la porte par où il est sorti, puis elle court le rappeler.*) Lionel! Lionel! (*Lionel rentre.*) Lionel, je ne peux pas vous laisser partir comme ça, je ne le peux pas! Et d'abord, vous avez absolument besoin de prendre quelque chose. Vous m'avez demandé une tasse de thé, je vous l'ai fait servir et vous me le laissez pour compte! ce n'est pas aimable... Il est prêt, le voilà. Venez prendre une petite tasse de thé avec moi, je vous en prie!

LIONEL.

Romaine... ne me tentez pas !

ROMAINE.

Venez vous asseoir là, près de moi... et, puisque nous devons nous quitter... pour toujours... quittons-nous sur de bonnes paroles... affectueuses et sincères! Je vous dois tant ! Je vous dois tant !

LIONEL.

Ma cousine, je vous obéis... mais, vous avez tort... la

24

force d'un homme a des limites... (*Ils vont pour s'asseoir
à la table de thé. Brusquement Lionel s'arrête et revient.*)
Eh bien! non! non! Je ne puis rien accepter de vous!
En vous implorant, tout à l'heure, j'espérais qu'un peu
d'amour me répondrait. De votre amour j'aurais tout
demandé, mais vous ne m'aimez pas, Romaine. Je ne
peux, je ne veux rien accepter de votre reconnaissance.

ROMAINE, *doucement, en souriant.*

Pas même une tasse de thé?

LIONEL.

Non, car je ne veux pas m'exposer à vous demander
davantage. Me voyez-vous chercher à vous vendre la
vie de votre fille... en réclamer le prix!... Ah! ce serait
là, ma cousine, une infamie dont je suis incapable... à
laquelle je ne veux pas m'exposer! C'est au nom de l'a-
mour, de l'amour seul — et encore! — qu'on peut, dans
un moment de délire, demander à une femme de
sacrifier son honneur d'épouse et de mère! adieu!

ROMAINE.

Mais, d'abord, qui vous a dit que je ne vous aimais
pas?

LIONEL.

Vous m'aimez?

ROMAINE.

Ensuite, qui songe ici à sacrifier l'honneur de personne? Je vous prie de croire que je ne sacrifierai
jamais mon honneur de femme et de mère, et, quant à
mon honneur d'épouse... je suis veuve.

LIONEL.

Vous êtes veuve?

ROMAINE.

Vous ne le saviez donc pas?

LIONEL.

Vous êtes veuve! Mais, alors...

ROMAINE.

Alors?...

LIONEL.

Puisque vous m'aimez...

ROMAINE.

Mais, oui, oui, je veux bien! je veux bien!

LIONEL.

Ma femme! ma chère femme! (*Elle tombe dans ses bras.*)

ROMAINE, *se dégageant.*

Eh bien! et cette malheureuse tasse de thé? La prenons-nous, décidément? (*Ils s'installent.*)

FIN.

LES PLUMES DU PAON

COMÉDIE EN UN ACTE

PERSONNAGES

ROBINET.
LE MARQUIS.
LA MARQUISE.
UN MAITRE D'HOTEL.
UN GARÇON.
JULIE.

LES PLUMES DU PAON

COMÉDIE EN UN ACTE

Une chambre d'hôtel à Pau. Porte au fond. A droite, faisant face aux spectateurs, une autre porte fermée par un rideau blanc et donnant sur un cabinet de toilette. Cheminée, lit, table, commode, canapé, sièges.

SCÉNE PREMIÈRE

ROBINET, LE MAITRE D'HOTEL, LE GARÇON.

Entre le maître d'hôtel suivi de Robinet, en tenue de voyage (valise en bandoulière, sac à la main, etc.) puis le garçon, portant des bagages.

ROBINET, *affairé, empressé.*

Il faut que ce soit très convenable, n'est-ce pas ?

LE MAITRE D'HÔTEL.

Parfaitement. Voici, monsieur, un appartement spécialement affecté aux voyageurs de haute distinction. (*Montrant le cabinet.*) Il y a là un vaste cabinet pour les ablutions...

ROBINET.

Bien... mais... et la femme de chambre ? Où la mettrez-vous, la femme de chambre ?

LE MAITRE D'HÔTEL.

Parfaitement! Il y a, de l'autre côté du cabinet, une chambre attenante, contiguë et communiquante... Si monsieur veut prendre la peine... (*Il entre dans le cabinet.*)

ROBINET.

Bon! Très bien!... Faites déposer les bagages dans cette chambre. Arrangez tout avec soin, le plus grand soin, n'est-ce pas? Cette dame arrive à l'instant... elle me suit.

Le maître d'hôtel entre dans le cabinet avec les bagages.

SCÈNE II

ROBINET, LE GARÇON.

ROBINET.

Eh bien! Voilà! C'est fini. Elle... s'installe ici... moi, je prends congé et je repars. Qu'est-ce que cette femme? Une très grande dame, assurément. Pendant ces douze heures de chemin de fer, j'ai voyagé comme dans un rêve! J'étais sous le charme!... Quel prestige que celui de ces belles et riches patriciennes! Il me semblait que j'étais baigné dans cette atmosphère exquise et parfumée où naissent et s'épanouissent les fleurs délicates et rares de la haute aristocratie! Cette vision bat des ailes dans mon cerveau, il me semble que mon crâne résonne comme une cloche!... Je suis ivre... je balance comme un passager débarqué qui croit sentir encore le bercement des flots.

Parbleu! Il me serait bien facile de rester si je voulais!... Dans une ville d'eaux on se rencontre à chaque pas! oui... mais... il faudrait dire ce que je suis, comment je m'appelle! Or, je suis notaire et je m'appelle Robinet! Ah! encore trop heureux qu'elle ne me l'ait pas demandé, ce nom! Qu'aurais-je répondu?

Avoir l'instinct des choses exquises, élégantes... être créé pour cette existence de luxe... être homme du monde dans l'âme, dans le sang... dans la moelle, faire connaissance en route avec une duchesse... qui vous croit de son monde, de sa race... lui faire agréer des soins discrets dont elle vous remercie d'un regard... et finalement lui apprendre, en lui donnant la main pour descendre de voiture, qu'on est notaire et qu'on s'appelle Robinet !... Un nom de ferblantier ! trivial ! ridicule ! grotesque ! Quel effondrement ! Mais c'eût été avouer une trahison !... un abus de confiance ! Ah ! plutôt disparaître à jamais dans les entrailles de la terre ! Oh, oui ! dans un pareil moment on donnerait sa vie pour avoir pendant cinq minutes une couronne de n'importe quoi sur ses cartes de visite ! (*Il tire des cartes de son portefeuille et les regarde avec mélancolie.*) Anatole Robinet, notaire !... Ah !... la carte du marquis de Vire... un de mes nobles clients ! Il est heureux lui !... Voilà un nom... Marquis Raoul de Vire de Trois Fontaines !

SCÈNE III

ROBINET, LE GARÇON, LA MARQUISE, JULIE.

ROBINET, *remettant précipitamment la carte dans sa poche, à part.*

C'est elle ! (*Haut.*) Madame, voici l'appartement que... je viens d'avoir l'honneur de...

LA MARQUISE.

Mille remerciements et mille excuses, monsieur, pour les peines que vous avez bien voulu prendre... je suis confuse, vraiment...

ROBINET.

Il n'y a là pour moi, madame, qu'un grand... bonheur dont je remercie le hasard...

LA MARQUISE.

Je remercie également le hasard de m'avoir procuré le plaisir de faire la connaissance de... monsieur...

ROBINET.

Oh ! madame !...

LA MARQUISE.

Pourrais-je savoir à qui je dois toute ma reconnaissance pour tant d'obligeance et de courtoisie ?...

ROBINET.

En vérité... madame !... (*Il prend la carte dans sa poche et la remet à la marquise avec hésitation.*)

LA MARQUISE, *sans regarder la carte, saluant.*

Adieu, monsieur, et merci encore ! (*En se retirant par le cabinet de toilette, suivie de Julie et du garçon, elle laisse tomber la carte que le garçon ramasse.*)

SCÈNE IV

ROBINET.

Tant pis ! C'est la carte du marquis ! Maintenant que j'ai sauvé la situation... il s'agit de me sauver moi-même et vite ! Demain matin... l'express ! Prendre un faux nom !... Un notaire !... Si on savait !... Comment ai-je pu me résoudre ? Enfin, c'est fait !...

SCÈNE V

ROBINET, LE MAITRE D'HOTEL, LE GARÇON.

ROBINET, *au maître d'hôtel qui sort du*
cabinet suivi du garçon.

Vous voudrez bien me préparer une chambre, n'est-
ce pas ?

LE MAITRE D'HOTEL.

Parfaitement... Si monsieur veut avoir l'extrême
bonté de me donner son nom...

LE GARÇON, *remettant la carte au maître d'hôtel.*

Voici la carte de monsieur le marquis.

LE MAITRE D'HOTEL, *prenant la carte.*

Parfaitement.

ROBINET, *à part.*

Cette carte!

LE GARÇON.

Monsieur le marquis désire une chambre séparée ?

ROBINET.

Comment, séparée?

LE GARÇON.

Le lit est pour deux personnes.

ROBINET, *sévèrement.*

Vous dites, mon ami ?

LE MAITRE D'HOTEL, *au garçon.*

Qu'est-ce qu'il y a ?

LE GARÇON.

Monsieur demande une chambre séparée.

LE MAITRE D'HOTEL.

Eh bien? Parfaitement!

LE GARÇON, *bas, au maître d'hôtel.*

Monsieur est le mari de madame.

LE MAÎTRE D'HÔTEL, *bas, au garçon.*

Parfaitement! raison de plus! Est-ce que vous ne savez pas encore que, dans le grand monde, deux époux ne sont jamais censés se connaître et ne partagent jamais la même alcôve? Où donc avez-vous appris les hautes convenances! (*Haut, avec autorité.*) Donnez le n° 13 à monsieur le marquis et faites inscrire son nom sur le registre des voyageurs. (*Il lui rend la carte.*)

SCÈNE VI

ROBINET.

Sur le registre des voyageurs!... Un faux nom!... C'est impossible!... Comment faire? Ah! s'il y avait un train ce soir!... Mais il n'y en a pas... (*Appelant.*) Garçon!

SCÈNE VII

ROBINET, LE MARQUIS, *en tenue de cheval, éperons, cravache, pardessus sur le bras.*

ROBINET, *courant vers la porte pour appeler.*

Gar... (*En apercevant le marquis qui paraît à la porte il s'interrompt et redescend précipitamment en cherchant à n'être point reconnu. A part.*) Lui! ici!... le marquis! le vrai! Ah! fatalité! Où me fourrer!

LE MARQUIS, *regardant le numéro de la porte.*

Numéro 12! (*Avec impatience.*) Le numéro 22 n'existe donc pas! (*A Robinet.*) Pardon, Monsieur...

pourriez-vous me dire si cet appartement n'est pas celui qu'occupe madame la comtesse de Si-mione?

ROBINET, *à part, se dissimulant.*

C'est à moi qu'il parle, je crois!

LE MARQUIS.

Si vous êtes sourd, il faut le dire. (*S'adressant au dehors.*) Garçon! madame la comtesse de Simione?

LE GARÇON, *du dehors.*

C'est à l'étage au-dessus, monsieur.

LE MARQUIS.

Savez-vous si elle est chez elle?

LE GARÇON, *du dehors.*

Non, monsieur, elle vient de partir avec toute la cavalcade.

LE MARQUIS, *à part.*

Comment! sans m'attendre! mais, il n'est pas huit heures!... Je n'ai même pas pris le temps de dîner! (*Haut.*) Elle n'a pas indiqué de quel côté on pourrait la rejoindre?

LE GARÇON, *du dehors.*

Monsieur le saura peut-être au bureau de réception.

LE MARQUIS.

Eh bien, demandez-le donc! (*Il descend la scène et dé-gage la porte par laquelle Robinet cherche immédiatement à s'esquiver. A part.*) Partir sans m'attendre! moi! C'est se moquer des gens!... Si elle s'imagine que je vais courir après elle, par exemple!... Par où sont-ils bien allés? (*Il remonte vers la porte où il rencontre Ro-binet, au moment où celui-ci va sortir.*) Ah, bah! C'est ce cher maître Robinet!

ROBINET.

Tiens! le marquis!... Pardon, je suis tellement pressé.

LE MARQUIS.

Tant que ça? — Qu'est-ce que vous faites donc de si urgent?

ROBINET.

Moi?... je... je pars!

LE MARQUIS,

Ah! maintenant? par quel train?

ROBINET.

Celui de demain matin.

LE MARQUIS.

Vous ne le manquerez pas!

ROBINET, *à part.*

Je ne sais plus ce que je dis! (*Regardant avec inquié- tude du côté du cabinet de toilette et cherchant à emmener le marquis.*) Si nous allions...

LE MARQUIS.

Où donc? Non, j'attends ce garçon. Vous me saviez en villégiature à Pau?

ROBINET.

Non! oh non!... au contraire! Si j'avais su...

LE MARQUIS.

Merci, bien obligé. En effet, vous n'avez pas l'air autrement ravi de me rencontrer?

ROBINET.

Enchanté, enchanté!

LE MARQUIS.

Quoi donc?... Une bonne fortune, hé?... Eh bien, mais... que diable?...

ROBINET.

Oh! je vous supplie de croire...

LE MARQUIS.

Bon, bon... je ne vous demande pas de vous confes- ser. Moi, je suis ici en garçon, pour ma santé... hum, ce diable de larynx, vous savez!... ce qui n'empêche pas non plus de... hum!

SCÈNE VIII

LES MÊMES, LE MAITRE D'HOTEL,
puis LE GARÇON.

LE MAÎTRE D'HÔTEL, à *Robinet.*
Monsieur le marquis dînera à l'hôtel?

LE MARQUIS.
Ma foi, oui. C'est une idée.

LE MAÎTRE D'HÔTEL, à *Robinet.*
Qu'est-ce que monsieur le marquis désire manger?

LE MARQUIS.
Qu'est-ce que vous avez de mangeable?

LE MAÎTRE D'HÔTEL, *à part.*
C'est l'intendant, celui-là! (*Haut.*) Mais monsieur, nous avons tout.

ROBINET, *vivement.*
Eh bien! Servez-nous-le. Allez!

LE MAÎTRE D'HÔTEL.
Parfaitement... mais...

ROBINET, *même jeu.*
Allez donc!

LE MAÎTRE D'HÔTEL.
Parfaitement. (*Il se retire.*)

LE MARQUIS.
Vous êtes nerveux... pour un notaire!

ROBINET, *regardant du côté du cabinet.*
Si nous allions...

LE MARQUIS.

Où donc?... Mais non, j'attends cet imbécile de garçon, je vous dis.

ROBINET.

Eh bien... je vous laisse.

LE MARQUIS.

Vous ne dinez pas, vous?

ROBINET.

Mon Dieu, non... vous savez... en voyage, jamais!

LE MARQUIS.

Vraiment? Ah! c'est curieux!

LE GARÇON, *de la porte.*

Non, monsieur, madame la comtesse de Simione n'a laissé aucune indication.

LE MARQUIS, *à part.*

C'est une pécore! je lui revaudrai ça. (*A Robinet.*) Eh bien, venez me regarder manger. Ce n'est pas ça qui vous chargera l'estomac.

LE GARÇON, *à Robinet.*

Les bagages de monsieur le marquis sont dans sa chambre, au n° 13.

LE MARQUIS.

Quels bagages?

LE GARÇON, *étonné.*

Les bagages de monsieur le marquis.

LE MARQUIS.

Mais, je n'ai pas de bagages.

LE GARÇON, *à part.*

Est-il bête, l'intendant! (*Haut.*) Les bagages de monsieur le marquis de Vire de Trois Fontaines.

LE MARQUIS, *à Robinet.*

Ah, ça! qu'est-ce qu'il me chante, cet animal-là?

ROBINET, *au marquis.*

Je vais vous expliquer... C'est bien simple... (*Au garçon.*) C'est bon! Allez! Allez donc!

SCÈNE IX

LE MARQUIS, ROBINET.

LE MARQUIS.

Je ne sais pas si c'est la diète, mais positivement vous avez vos nerfs. — Je vous écoute.

ROBINET, *à part.*

Je suis un homme perdu! (*Il regarde avec inquiétude du côté du cabinet. Haut.*) Voici la chose en deux mots.

LE MARQUIS.

Du moment qu'il n'y a que deux mots, je vous demande la permission de m'asseoir, n'est-ce pas. (*Il s'assied. Haut.*) Allez, monsieur le notaire!

ROBINET, *même jeu jusqu'à la fin de la scène.*

De grâce... pas si haut!

LE MARQUIS.

Pas si haut?...

ROBINET.

Je vous avouerai... qu'en voyage... j'aime autant ne pas m'embarrasser de ce titre de notaire.

LE MARQUIS.

Ah! très bien. Au fait! Quand on voyage comme un corps glorieux... Eh bien donc, mon cher monsieur Robinet...

ROBINET.

Chut! pas mon nom!... (*A part.*) Ah! dans quelle impasse...

LE MARQUIS, *le regardant étonné.*

Ah ça! voyons! est-ce que vous partez pour la

23

Belgique, décidément, ou si vous fabriquez de la fausse monnaie?

LE ROBINET.

Eh bien, oui!... je suis un faussaire!

LE MARQUIS, *stupéfait*.

Vous?

ROBINET.

Et un voleur!... J'aime mieux tout vous dire! D'ailleurs, je ne peux pas faire autrement... la position n'est plus tenable!

LE MARQUIS, *se levant, inquiet*.

Dites donc! ne plaisantons pas! Vous avez quinze cent mille francs de valeurs à moi, Robinet!

ROBINET.

Ah! ce n'est pas votre argent que je vous ai volé!

LE MARQUIS, *à part*.

Que diable peut-il bien m'avoir volé? Je ne sais pas ce que c'est... mais j'aime mieux ça, moi. (*Haut.*) Voyons, que vous arrive-t-il? Expliquez-vous.

ROBINET, *piteusement*.

Hier soir... c'est-à-dire, non... ce matin... à Paris... je prends le train... l'express pour revenir à Orléans où j'étais attendu... pour un contrat de mariage... avec dîner... bal... etc. j'étais installé bien tranquillement... dans mon compartiment... rêvant régime dotal, communauté d'acquets...

LE MARQUIS.

Clause de franc et quitte, préciput, etc... je connais. (*Il se rassied.*)

ROBINET.

En effet... vous êtes marié... je n'ai pas l'honneur de connaître madame la marquise... quand je vois monter et s'installer vis-à-vis de moi... une femme, un éblouissement... une de ces beautés foudroyantes devant lesquelles on ne peut que tomber à genoux !

LE MARQUIS.

Oui, une cocotte.

ROBINET, *grave.*

Une grande dame ! Ah ! il n'y avait pas de confusion possible !

LE MARQUIS.

Eh bien ! Vous m'étonnez ! vous êtes plus fort que moi, vous.

ROBINET.

Il se peut que vous, marquis, qui êtes né, qui avez vécu dans un milieu aristocratique et raffiné... vous n'en distinguiez plus le parfum subtil, mais il me grise, moi... Du reste, son sac de voyage portait une couronne.

LE MARQUIS.

Une couronne de quoi?

ROBINET.

De marquise... de duchesse... que sais-je?

LE MARQUIS.

Son nom?

ROBINET.

Je l'ignore.

LE MARQUIS.

Pardon ! le secret professionnel ! Mais savez-vous que votre discrétion la compromet terriblement ! Il s'est donc passé ?...

ROBINET.

Ah!... c'est à peine si elle a pu s'apercevoir du trouble profond que... son nom, je l'ignore... Toujours est-il que, ensorcelé, fasciné, fou!... je laisse en plan le contrat de mariage, les futurs conjoints, le bal et le dîner, j'oublie de descendre à Orléans, je brûle Tours, je brûle Poitiers, je brûle Bordeaux...

LE MARQUIS.

Vous êtes donc un incendiaire, par-dessus le marché?

ROBINET.

Enfin, je m'arrête ici avec elle... où...

LE MARQUIS.

Toujours brûlant, bien entendu...

ROBINET.

Elle daigne accepter...

LE MARQUIS.

Votre bras?

ROBINET.

Ma main... pas davantage... pour descendre de wagon.

LE MARQUIS.

Ah! Eh bien, mais... jusqu'à présent...

ROBINET, *s'essuyant le front.*

Au moment de nous séparer, cette grande dame... cette princesse... devant qui j'avais eu, douze heures durant... la faiblesse... la sottise... de poser en héros de roman... ne s'avise-t-elle pas de me demander mon nom?...

LE MARQUIS.

Ah!... alors, c'est une femme du monde... Une cocotte se serait fait demander le sien. Et alors?

ROBINET.

Quoi! vous ne comprenez pas?

LE MARQUIS.

Non... Il y a quelque chose à comprendre?

ROBINET.

Comment?... Ce nom qu'elle me demande... pour l'enfermer peut-être dans l'écrin de ses souvenirs... elle... cette princesse... que j'adorais... voyons!... pouvais-je lui dire : je m'appelle Robinet, notaire?...

LE MARQUIS.

Oui... ce n'est peut-être pas très romanesque... mais...

ROBINET.

Sans doute!... c'est un nom honorable... celui que mon père a porté... m'a légué sans tache!... Ah! oui! tenez, je suis un misérable.

LE MARQUIS.

En quoi?

ROBINET, *s'essuyant la figure et le front.*

Pris au dépourvu... ne sachant que répondre... je trouve dans mon calepin la carte d'un de mes clients... titré lui... un grand nom... Et je la donne en perdant la tête!

LE MARQUIS, *riant.*

Ce n'était pas perdre la carte! Et elle connaît le client en question, je parie!

ROBINET.

Non! je ne crois pas... je n'en sais rien... Ah! mon Dieu! Il ne manquerait plus que cela pour m'achever de perdre!

LE MARQUIS.

C'est égal! C'est une drôle d'idée que vous avez eue là. Et, pour un notaire, il faut avouer que vous avez fait un pas de clerc!

ROBINET.

Oh oui! Et... ce n'est pas tout... (*Il hésite.*) Ce n'est rien encore!... Un instant après m'être affublé de ce nom sous lequel, par parenthèse, on m'inscrit d'office sur le registre des voyageurs... savez-vous qui je vois paraître, là, sous mes yeux?

LE MARQUIS.

Aïe! le légitime propriétaire?

ROBINET, *faisant signe que oui, d'un air désolé.*
Et savez-vous qui c'est?

LE MARQUIS, *comprenant.*
Ah bah! (*Robinet fait signe que oui*). Alors c'est à
monsieur le marquis de Vire que j'ai l'honneur de
parler? La chambre de monsieur le marquis... les
bagages de monsieur le marquis... (*Froidement.*) En
effet, ceci explique tout. Je vous remercie. (*A part.*)
Le pauvre notaire, il faut que je m'en amuse!

ROBINET.
Monsieur le marquis...

LE MARQUIS.
Ah! pardon! C'est à moi que vous... C'est que c'est
vous qui êtes le marquis maintenant et non moi. Nous
ne saurions tous les deux être la même personne. Mais,
moi, qu'est-ce que je suis, alors?

ROBINET.
Je vous ai offensé... j'ai eu tort!...

LE MARQUIS.
Comment donc, offensé! C'est beaucoup d'honneur
que vous m'avez fait! — Je vous avais confié la garde
de mes titres... Vous voulez bien vous charger de mon
titre... Est-ce que vous comptez me demander un supplé-
ment d'honoraires?...

ROBINET.
Soit! monsieur. Si vous exigez une réparation, je suis
prêt à vous la donner!

LE MARQUIS.
Un duel? et contre qui? Je ne puis me battre contre
moi-même, avec la meilleure volonté du monde. Vous
m'avez pris mon nom! et à moins que je ne m'empa-
nache du vôtre... (*A part.*) Il en a chaud! Le malheureux!

ROBINET.

Monsieur, je suis à votre merci. Ordonnez, j'obéirai. D'ailleurs, je vous l'ai dit, je compte repartir dès demain matin, ainsi...

LE MARQUIS.

En vérité! Demain matin! et laisser là, le bec dans l'eau, une dame, une grande dame, à ce qu'il paraît, à qui vous avez, sous mon nom, fait des avances signifi-catives! Permettez! Je ne tiens pas à passer pour un coquebin, moi!

ROBINET.

Je ne comprends pas... que voulez-vous dire?

LE MARQUIS.

Je veux dire ceci : puisque vous m'avez fait l'honneur de m'attribuer vos faits et gestes, puisque vous m'avez fait endosser la responsabilité de vos entreprises amou-reuses, il faut les mener à bonne fin. (*Mouvement de Robinet.*) Je dis que quand le marquis de Vire s'attaque à une femme, il en triomphe, ou tout au moins ne lève pas le siège avant d'avoir donné l'assaut. Je dis qu'il ne suffit pas de prendre le nom d'un gentilhomme mais qu'il faut encore savoir le porter et surtout ne pas le déconsidérer par une honteuse reculade et une fugue ridicule.

ROBINET.

Comment, monsieur!... vous voulez...

LE MARQUIS.

Eh oui! monsieur, certainement.

ROBINET.

Voyons, je vous comprends mal, sans doute.

LE MARQUIS.

Mais non! vous me comprenez fort bien.

ROBINET.

Vous désirez, vous exigez que sous votre nom je...

LE MARQUIS.

Oui, parbleu !

ROBINET.

Allons ! ce n'est pas sérieux ! jamais je n'ai eu l'intention de... Songez que je suis marié, moi !

LE MARQUIS.

Eh bien ! et moi ? — Et c'est moi, s'il vous plaît, et non vous, qui serai le titulaire responsable de l'emploi dont vous toucherez les émoluments. Il me semble que j'ai bien le droit d'exiger que vous ne vous comportiez pas comme un séminariste !

ROBINET.

Mais enfin, monsieur... quand serez-vous satisfait ? jusqu'où faudra-t-il aller ?

LE MARQUIS.

Jusqu'au bout !

ROBINET, *à part.*

Jusqu'au bout ! (*Haut.*) Monsieur le marquis, je le regrette, mais il m'est tout à fait impossible de vous donner le genre de satisfaction que vous exigez de moi... Je n'ai pas l'habitude de... ces choses-là... du moins dans ces conditions... et... ce rôle est au-dessus de mes modestes moyens.

LE MARQUIS.

Hé ! on a meilleur marché d'une duchesse que d'une bourgeoise ! Et, d'ailleurs, peu m'importe ! Si vous ne vous sentiez pas en état de tenir vos engagements, il ne fallait pas les prendre, surtout en mon nom. — Je vous préviens donc que si vous laissez ma signature en souffrance, que si je n'ai pas dès demain la preuve d'un commencement d'exécution, je tympanise votre aventure dans tous les journaux de votre province. Sur ce, monsieur le marquis, allez rejoindre votre princesse, je prie le dieu Cupidon qu'il vous ait en sa sainte garde, et, dans tous les cas, moi j'aurai l'œil sur vous.

ROBINET, *à part.*

Dans quel engrenage ai-je été fourrer le doigt !... (*Il sort en donnant des signes d'une grande perplexité.*)

SCÉNE X

LE MARQUIS, puis LA MARQUISE.

LE MARQUIS, *seul.*

Ha ! ha ! ha ! La bonne histoire ! Je crois que ceci pourrait s'intituler le notaire dans ses petits souliers, c'est-à-dire... dans les miens... c'est du pur talon rouge. Il faut que je leur raconte cela à tous !... Nous allons bien rire. Je voudrais bien apercevoir la princesse auprès de laquelle maître Robinet va me représenter... glorieusement... (*Il regarde du côté du cabinet de toilette et voit entrer la marquise.*) — (*A part.*) Ma femme ! (*Haut.*) Vous, marquise ?

LA MARQUISE.

Moi, marquis. Pardon ! vous vous serez trompé de porte.

LE MARQUIS.

J'avoue que je ne m'attendais pas... au plaisir...

LA MARQUISE.

Ni moi non plus. Croyez bien que si j'avais su que vous habitiez cet hôtel...

LE MARQUIS.

Mais, je n'habite pas cet hôtel.

LA MARQUISE.

Vous voyez qu'alors il n'y a pas de ma faute !

LE MARQUIS.

Je me permets de trouver, au contraire, que vous eussiez mieux fait de m'avertir de votre arrivée.

LA MARQUISE.

Eussé-je mieux fait ? — Comment va votre gorge, à propos ?

LE MARQUIS.

Mal, je vous remercie. — C'est pour vous informer de ma santé que vous avez fait ce voyage ?

LA MARQUISE.

Absolument. Il y a des choses qu'on est bien aise de constater par ses propres yeux.

LE MARQUIS.

Tenez, ma chère Dolorès, vous êtes folle.

LA MARQUISE.

C'est bien possible, mon cher Raoul, mais, dans tous les cas, ma folie est plus excusable que la vôtre.

LE MARQUIS.

Ma folie, ma chère, n'est autre que celle que votre démence me prête ! Ce qui est fou, madame, ce qui est sans excuse comme sans motif, c'est cette jalousie absurde à propos d'une femme que je ne daigne pas même éviter, parce que l'éviter serait paraître la craindre et que cette crainte serait une injure pour vous qui la valez cent fois.

LA MARQUISE.

Je vous rends grâce, mon ami, pour cette bonne opinion, en vertu de laquelle il est bien entendu, n'est-ce pas, que vous allez continuer à ne pas éviter cette femme et même à briller au premier rang de son état-major ?

LE MARQUIS.

Oui, madame, cela est parfaitement entendu... et j'ajoute que si, jusqu'à présent, j'ai fait profession de supporter l'injustice de vos soupçons, il ne me convient pas d'en accepter le ridicule en tolérant une extravagance comme celle-ci.

LA MARQUISE.

C'est à moi que vous parlez ? — Ainsi c'est moi,
l'épouse délaissée, trahie, moi qui ai le droit d'accuser,
c'est moi qu'on accuse ! et qu'on bafoue ! et qu'on outrage ! et qu'on chasse !

LE MARQUIS.

Vous avez le droit d'accuser, vous ?

LA MARQUISE.

J'en ai le droit et j'en use ! Vous êtes l'amant de
madame de Simione !

LE MARQUIS.

Ah ! prenez garde ! Ce n'est plus moi seulement, c'est
une femme que vous calomniez ! Oui, que vous
calomniez ! je l'affirme !

LA MARQUISE.

Il ne suffit pas d'affirmer, il faut prouver !

LE MARQUIS.

Prouver... et comment ?...

LA MARQUISE.

En cessant cette poursuite indigne.

LE MARQUIS.

Votre affirmation a précédé la mienne. C'est à vous
d'abord de produire vos preuves.

LA MARQUISE.

Il n'y a qu'à ouvrir les yeux, les apparences sont assez
claires !

LE MARQUIS.

Ah ! Pour vous les apparences sont des preuves ?

LA MARQUISE.

Que vous faudrait-il donc de plus, à vous, contre
moi ?

LE MARQUIS.

Voyons, tout ceci n'est pas sérieux ! — Que comptez-
vous faire, au surplus ?

LA MARQUISE.

M'en aller, puisque vous me renvoyez !

LE MARQUIS, *faisant plus que de s'adoucir
en regardant sa femme.*

Je ne vous renvoie pas !... Restez !... Voulez-vous
venir vous installer chez moi.... pour quelques jours ?

LA MARQUISE.

Mille grâces ! — Je ne veux pas vous donner ce ridicule ! — Je partirai demain.

LE MARQUIS, *même jeu.*

Cependant... vous ne pouvez demeurer seule ici...
cette nuit... Voulez-vous que je vienne vous faire compagnie ?

LA MARQUISE.

Merci, j'ai ma femme de chambre.

LE MARQUIS.

Laissez-moi venir ce soir et nous partons ensemble
demain. — Voulez-vous ?

LA MARQUISE.

Ah ! vous m'en direz tant ! (*Se ravisant.*) Mais... non !
non ! partons d'abord.

LE MARQUIS.

Pourquoi donc ? Commençons par signer la paix !

LA MARQUISE.

Nous la signerons à Paris.

LE MARQUIS.

De la défiance ?

LA MARQUISE.

De la dignité, simplement.

LE MARQUIS.

Adieu, marquise !

LA MARQUISE.

Adieu, marquis. (*Elle sort par le cabinet.*)

SCÈNE XI

LE MARQUIS.

Voilà ! C'est une tête comme ça !... C'est elle qui ne veut pas de moi ! J'en prends note ! Moi je l'aime ! très sérieusement... Et elle me repousse ! L'amant de cette femme ! Elle se trompe bien !... Mais quand cela serait ? Est-ce qu'un caprice à fleur de peau empêche un mari d'aimer sa femme ? Au contraire ! On la retrouve avec plus de plaisir, le diable m'emporte ! — Elle était vraiment très bien là, tout à l'heure, avec cette flamme de colère dans les yeux !... J'étais capable de partir avec elle et de planter là cette coquette qui commence à m'agacer, par parenthèse. Enfin elle ne le veut pas ! N'en parlons plus ! Adieu ! Soit. — Mais du diable si c'est moi qui reviens le premier, par exemple ! (*Il sort.*)

SCÈNE XII

LA MARQUISE.

Il est parti ? (*Elle s'essuie les yeux.*) Oui, j'ai eu tort !... J'aurais dû céder !... Mais c'est trop humiliant ! C'est trop bas ! C'est trop grossier aussi ce marché qu'il m'offrait ! Voilà donc comment ils aiment !... Et c'est tout ce que j'ai su lui inspirer ! Est-ce donc là ce que je venais chercher ! — J'ai refusé, il est parti. (*Elle s'absorbe dans sa pensée, et pleure silencieusement.*) Il est souffrant... malade... oui, plus qu'il ne le pense !... Sa voix est altérée... Il a besoin de soins... de ménagements et... j'aurais réussi à le retenir, peut-être ! J'ai eu tort ! Je suis coupable !... La fierté d'une femme doit passer après son affection... après sa pitié

pour ces grands enfants qu'on appelle des hommes !...
Il est parti ! Eh bien, tant pis ! Ce n'est plus moi qui irai
le chercher désormais ! Oh pour cela non, non, mille
fois non !

SCÈNE XIII

LA MARQUISE, LE MAITRE D'HOTEL.

LE MAITRE D'HÔTEL, *mystérieusement.*

Monsieur le marquis fait demander à madame la
marquise la faveur d'un moment d'entretien...

LA MARQUISE, *à part, avec joie.*

Ah ! il revient... le premier !

LE MAITRE D'HÔTEL.

D'entretien particulier.

LA MARQUISE.

Particulier ? mon mari ? mais certainement !

LE MAITRE D'HÔTEL.

Parfaitement ! Monsieur le marquis prie madame la
marquise de bien vouloir indiquer l'heure où elle pourra
lui accorder cette faveur.

LA MARQUISE, *riant.*

Mais... quand il lui plaira ! tout de suite ! Dites-lui
que je serai tout à fait charmée de le recevoir.

LE MAITRE D'HÔTEL.

Parfaitement ! Monsieur le marquis prie madame la
marquise d'avoir l'extrême obligeance de le lui marquer
par écrit.

LA MARQUISE.

Par écrit ?... En effet, c'est particulier, soit ! (*Elle lire
une feuille de son calepin.*) Quelle drôle d'idée. (*Écrivant.*)
« Venez, je vous attends ». (*Elle plie le billet en coin.*)
« A Monsieur le marquis Raoul de Vire. » (*Elle remet le*

billet au maître d'hôtel.) Vous ferez entrer monsieur le marquis, quand il se présentera.

LE MAÎTRE D'HÔTEL.

Parfaitement.

SCÈNE XIV

LA MARQUISE.

Par écrit!... Quel original! Enfin, l'important est qu'il revienne. Mon Dieu! je ferai ce qu'il exigera! Je suis bien aise de constater, par exemple, que c'est lui qui a remis les fers au feu. L'honneur du pavillon est sauf. Il ne va donc pas revenir tout de suite? (*Appelant.*) Julie!

SCÈNE XV

LA MARQUISE, JULIE.

JULIE, *paraissant.*

Madame?

LA MARQUISE.

Vous devez être fatiguée, ma fille. Faites la couverture, préparez mon peignoir, et allez dormir.

JULIE, *en arrangeant le lit.*

Madame n'aura plus besoin de moi?

LA MARQUISE.

Non, mon enfant.

SCÈNE XVI

LA MARQUISE.

Moi aussi, je tombe de sommeil, ce voyage m'a brisée... Qu'est-ce que j'ai donc fait de la carte de ce monsieur du chemin de fer?... Je ne l'ai pas regardée!

Décidément je dors debout! Je ne vois pas pourquoi
je ne me coucherais pas... Pour recevoir son mari, il
n'est pas nécessaire d'être en grand uniforme! Je crois
bien, d'ailleurs, que ce qu'il aura de plus pressé à faire,
lui aussi, ce sera de se reposer... (*Elle prend la lampe
et entre dans le cabinet. Obscurité sur la scène. Lumière
derrière le rideau sur lequel on voit se projeter un instant
la silhouette de la marquise.*) Julie! Julie! (*Julie ne
répondant pas, la marquise passe du cabinet de toilette
dans la chambre de Julie, ce qui se constate par la dégra-
dation de la silhouette et la disparition de la lumière.*)

SCÈNE XVII

ROBINET, puis LA MARQUISE dans le cabinet de toilette.

LE MAÎTRE D'HÔTEL, *annonçant de la porte.*
Monsieur le Marquis de Vire!

ROBINET, *saluant de la porte.*
Madame... il est sans doute... bien téméraire à moi...
Personne. Ah! tant mieux!... J'aurai le temps de me
recueillir, j'en ai besoin. (*Un temps.*) Jusqu'au bout!
Jamais de ma vie! D'ailleurs, il n'est pas possible qu'il
soit question... Pourtant... quelle situation!... qui
pouvait s'attendre!... une grande dame à qui je fais
demander par un valet un rendez-vous nocturne... et
qui me l'accorde; mais je comptais, moi, sur un refus
péremptoire! que j'eusse communiqué au marquis
comme preuve de mon obéissance! Il n'eût sans doute
pas exigé davantage et les choses n'allaient pas plus
loin... mais elle accepte! C'est inconcevable. Les portes
du temple tombent devant moi comme les murailles de

Jéricho au son des trompettes bibliques. « Venez, je
vous attends »! J'ai envoyé tout de suite cette réponse
au marquis. Il verra du moins que je m'exécute! Mais...
non, jamais de la vie!... Elle ne veut, sans doute,
que donner une leçon à l'insolent... Plût au ciel que
je n'eusse à faire que des excuses! Voyons! le moment
approche. Qu'est-ce que je vais lui dire?... Madame...
il est assurément bien téméraire à moi... oui, mais...
c'est un langage de notaire, ceci! C'est en marquis
qu'il faut parler! et agir! hum!... (*Il fait mine de
s'avancer, le jarret tendu, vers une dame et de lui baiser
la main d'un air dégagé.*) En vérité, belle marquise...
hum! par la sambleu! je suis heureux... Non! ce n'est
pas dans mes cordes! Quand je pense, qu'en ce
moment même, ils sont là-bas tous à m'attendre pour
ce contrat... Ah! sapristi, non, je ne suis pas à la noce!
(*La lumière reparaît derrière le rideau.*) La voici! (*La
silhouette de la marquise s'accuse avec intensité sur le
rideau. On lui voit exécuter les mouvements d'une femme
qui commence à se déshabiller pour la nuit. Cette pantomime se prolonge jusqu'au commencement de la scène
suivante.*)

ROBINET, *avec un embarras progressif, regardant par
intervalles le rideau dont il détourne aussitôt les yeux.*

Ah! ça, mais... elle ignore donc que je suis ici?...
Ou bien, elle ne se rend pas compte... mais alors
cela peut aller fort loin... Il faut la prévenir! Ce
serait une trahison que de... oui, mais d'un autre
côté, lui indiquer que je suis témoin... c'est assez
délicat! (*Regardant.*) Oh! (*Détournant les yeux.*) D'autre
part, ne serait-il pas... un peu niais de paraître se
scandaliser? Ces duchesses sont parfois si... étonn-
nantes... dit-on! (*Regardant.*) Ah! pourtant, ceci...

26

(*Détournant les yeux.*) Si je pouvais manifester ma présence sans le vouloir. Quel meuble pourrais-je bien lancer en l'air sans le faire exprès? (*Regardant.*) Oh! oh!... (*Il tousse avec affectation.*) Hum! hum!

LA MARQUISE, *du cabinet.*

C'est vous qui êtes là, mon ami?

ROBINET, *à part.*

Eh bien!... elle le sait!... (*D'une voix altérée par l'émotion.*) Oui, oui, c'est moi.

LA MARQUISE.

Bon! Eh bien, taisez-vous, n'est-ce pas? Ne parlez pas. (*A part.*) Quelle voix il a, le malheureux!

ROBINET, *à part.*

Et elle continue! Ah! c'est un peu raide, par exemple!

LA MARQUISE.

Voulez-vous me faire la grâce d'attendre un petit instant? Je suis à vous. (*Geste de Robinet.*) Vous êtes gentil d'être revenu.

ROBINET, *à part.*

Et moi qui m'attendais!... Ah! ce qui m'arrive là est fabuleux!

LA MARQUISE.

Alors, il faut que je vous cède, n'est-ce pas! Vous allez être glorieux de votre triomphe! Avouez que vous ne comptiez pas sur de telles avances de la part d'une marquise qui passe pour un peu fière.

ROBINET, *à part.*

Je l'avoue! Oh! je l'avoue! C'est une marquise!

LA MARQUISE.

Vous jurez de m'être fidèle toute votre vie!

ROBINET, *à part.*

Voyons, voyons... est-ce bien à moi que ce discours s'adresse!

LA MARQUISE.

Savez-vous ce que vous allez faire, monsieur le marquis Raoul de Vire de Trois Fontaines?

ROBINET, *à part.*

C'est bien à moi... il n'y a pas d'erreur.

LA MARQUISE.

Eh bien! vous allez vous mettre dans le dodo, tout de suite!

ROBINET, *à part.*

Comment!... Non, elles vous ont des allures...

LA MARQUISE.

Voyons, mon ami, déshabillez-vous vite! Que je ne vous voie pas debout! N'est-ce pas?

ROBINET, *à part.*

Après tout ce sera peut-être plus convenable!

LA MARQUISE.

Vite! vite! vite!

ROBINET.

Allons! il faut s'exécuter. (*Il se met en devoir d'obéir.*)

SCÈNE XVIII

LES MÊMES, LE MARQUIS.

LE MARQUIS, *sans voir Robinet qui ne le voit pas. A part.*

Cette petite comtesse de Simione n'est décidément qu'une drôlesse! Me traîner six mois à sa remorque pour se donner à un autre à mon nez et à ma barbe! Allons, rien ne vaut une honnête femme! Et puisque

la mienne me rappelle... car elle me rappelle. (*Tirant
de sa pôche un billet.*) « Venez, je vous attends. » (*Après
avoir un moment considéré la silhouette du rideau. Très
haut.*) Dites-moi donc, marquise, est-ce pour me montrer la lanterne magique que vous m'avez appelé?

ROBINET, *qui vient d'ôter une pièce importante de son
vêtement, s'arrêtant.*

Le marquis!... Il a pris le billet pour lui!... Ah! par
exemple. Et c'est sur ce ton qu'il entame la conversation avec une femme qu'il n'a jamais vue! Ah! voilà
ce que j'appelle une désinvolture de gentilhomme!...
Mais... qu'est-ce que je deviens, moi, dans cette combinaison? C'est un déplorable quiproquo!

LA MARQUISE.

Qu'est-ce que vous voulez dire avec votre lanterne
magique?

LE MARQUIS.

Voyez donc l'agréable effet que vous faites, là, sur ce
rideau!

LA MARQUISE.

Ah! mon Dieu. (*La silhouette disparaît.*) Il est heureux
que vous soyez mon mari, par hasard!

ROBINET, *à part.*

Son mari! C'est la marquise de Viro! (*La marquise
entre en scène avec la lumière. Robinet se précipite vers
le lit dont il referme sur lui les rideaux.*) Me voilà dans
de beaux draps!

LA MARQUISE.

Pardon de vous avoir fait attendre, mon ami!...

LE MARQUIS.

Mais vous ne m'avez pas fait attendre du tout et je le
regrette! Votre petite représentation était tout à fait
charmante!

LA MARQUISE.

C'est une très mauvaise plaisanterie que ce rideau!

LE MARQUIS.

Mais non, je vous assure! (*riant.*) Comment appelle-t-on ce genre de spectacle? Les ombres chinoises, je crois? Vous les faites manœuvrer avec un art... une grâce... un brio! — Cette manière de recevoir ses invités est extrêmement originale.

LA MARQUISE.

D'abord vous n'êtes pas mon invité, ne confondons pas.

LE MARQUIS.

Ah! qu'est-ce que je suis donc?

LA MARQUISE.

Vous êtes admis, sur votre demande, à faire valoir vos droits...

LE MARQUIS.

Sur ma demande?... Pardon! ma demande ayant été repoussée il n'en est plus question et nous marchons maintenant sur de nouveaux frais!

LA MARQUISE.

Eh bien... certainement!

LE MARQUIS.

Eh bien, c'est donc vous qui avez daigné faire les avances. Je me ferais scrupule de vous en disputer le mérite.

LA MARQUISE.

Comment, c'est moi! Pardon! c'est vous!

LE MARQUIS.

Je n'ai pas rêvé que vous m'avez écrit ce billet, je présume?

LA MARQUISE.

Je n'ai pas inventé que vous m'avez envoyé ce domestique, j'imagine?

LE MARQUIS.

Quel domestique?

LA MARQUISE.

Ah! par exemple! Mais ce maître d'hôtel qui, tout à l'heure, est venu de votre part solliciter humblement la faveur d'une lettre d'audience!

LE MARQUIS.

Une lettre d'audience, moi?

LA MARQUISE.

Ne l'avez-vous pas reçue?

LE MARQUIS.

Evidemment, je l'ai reçue puisque me voici, mais je ne vous l'ai pas demandée.

LA MARQUISE.

Allons, vous vous moquez! Alors vous retirez votre ambassade?...

LE MARQUIS.

Je me retire moi-même! Bonsoir marquise!

LA MARQUISE.

Bonsoir marquis! (*Le marquis va pour sortir, la marquise va à lui en riant et le retient.*) Non, c'est trop bête! Eh bien, ces avances, je vous les fais, là, maintenant! sans exception ni réserve. Je vous supplie en grâce de rester! Faut-il encore vous l'écrire? Mais pourquoi n'êtes-vous pas couché, à propos?

LE MARQUIS.

Couché?

LA MARQUISE.

Voilà une demi-heure que je vous en prie.

LE MARQUIS.

Moi?

LA MARQUISE.

Et qui donc? Le grand Turc?

LE MARQUIS.

Mais, j'arrive à l'instant même!

LA MARQUISE.

Mais, il y a une demi-heure que nous causons ensemble!

LE MARQUIS, *se touchant le front, à part.*

Est-ce que ma femme commencerait à...

LA MARQUISE, *même jeu.*

Est-ce que mon mari finirait par...

LE MARQUIS, *à part.*

Ah! la pauvre petite femme!

LA MARQUISE, *à part.*

Ah! le malheureux garçon!

LE MARQUIS, *à part.*

Voilà où mène une idée fixe!

LA MARQUISE, *à part.*

Voilà où conduisent les coquettes!

LE MARQUIS, *à part.*

Il faut en avoir le cœur net!

LA MARQUISE, *à part.*

Il faut savoir à quoi s'en tenir!

LE MARQUIS ET LA MARQUISE, *ensemble.*

Voyons, ma chère amie...
Dites-moi, mon bon Raoul...

LE MARQUIS.

Dites...

LA MARQUISE.

Parlez...

LE MARQUIS.

Je vous en prie.

LA MARQUISE.

Je voulais vous demander... Combien y a-t-il de temps que vous êtes ici, dans cette chambre? suivant vous?

LE MARQUIS, *à part.*

Suivant vous est admirable! C'est moi qu'elle soupçonne d'hallucination (*Haut.*) Mais deux ou trois minutes, tout au plus! J'entrais juste au moment où votre ombre... (*Il indique une des dernières attitudes de la marquise derrière le rideau.*)

LA MARQUISE.

Bien, bien... mais un quart d'heure avant, vous m'avez parlé!

LE MARQUIS.

Je n'ai pas pu vous parler puisque je n'étais pas ici!...

LA MARQUISE.

Il fallait bien que vous y fussiez puisque vous m'avez répondu. Je vous ai même trouvé la voix plus enrouée qu'à l'ordinaire... Et... comme vous toussiez beaucoup, je vous ai prié de vous mettre au lit.

LE MARQUIS, *avec condescendance.*

Ah!... et alors?...

LA MARQUISE.

Je vous ai entendu retirer vos bottines et même avec assez de difficulté... par parenthèse.

LE MARQUIS.

Très bien! (*Montrant ses pieds.*) Mais il me semble que je les ai, mes bottines...

LA MARQUISE.

En effet... vous les avez. (*A part.*) Voilà qui est singulier.

LE MARQUIS, *avec douceur.*

Ma chère amie... vous êtes fatiguée... Il faut vous reposer.

LA MARQUISE.

Oui, et je vous engage à en faire autant.

*(Pendant que la marquise prend ses dernières dis-
positions pour la nuit, le marquis ôte son habit,
le dépose avec son pardessus sur un des coins du
canapé et s'assied, à l'autre coin, sur les habits de
Robinet, ce que voyant, il s'assied au coin opposé,
sur ses propres habits. Il se déplace de nouveau
et s'asseoit au milieu en regardant alternati-
vement chaque extrémité du canapé, comme quelqu'un qui ne comprend pas. Finalement, il soulève
le vêtement dont Robinet s'est dépouillé en dernier
lieu et l'examine à l'aide de son binocle.*

LA MARQUISE.

Qu'est-ce que vous examinez donc là, au microscope?

LE MARQUIS, *montrant l'objet qu'il déploie.*

Pardon, mais... j'allais vous le demander.

LA MARQUISE.

Un pantalon!

LE MARQUIS, *gaîment.*

Dites-moi donc, marquise, vous qui jugez sur les apparences!... (*Il sonne.*)

SCÈNE XIX

LES MÊMES, LE MAITRE D'HOTEL.

LE MARQUIS.

Qu'est-ce que c'est que ça?

LE MAITRE D'HOTEL.

Ça, monsieur le mar... Ah! pardon! (*A part.*) Tiens!
l'intendant! parfaitement. (*Regardant autour de lui
comme pour chercher Robinet.*) Eh bien, et le marquis?

LE MARQUIS.

Je vous demande ce que c'est que ça ?

LE MAÎTRE D'HÔTEL, *à part.*

Les habits du marquis? (*Haut.*) Mais... (*Il regarde le lit, puis la marquise comme pour lui demander une inspiration.*) Je... parfaitement! (*A part.*) Je ne comprends pas.

LA MARQUISE.

Parlez. Pourquoi me regardez-vous...

LE MARQUIS.

Oui, bêtement !

LE MAÎTRE D'HÔTEL, *indiquant le lit du regard, bas à la marquise.*

Monsieur le marquis est rentré !

LA MARQUISE.

Plaît-il?

LE MAÎTRE D'HÔTEL, *même jeu, au marquis.*

Filez ! vite!

LE MARQUIS.

Hein?

LE MAÎTRE D'HÔTEL, *même jeu.*

Ce sont les vêtements de votre maître !

LE MARQUIS.

De qui ?

LE MAÎTRE D'HÔTEL.

Du mari de madame!

LE MARQUIS.

Mais le mari de madame, jusqu'à nouvel ordre, je crois que c'est moi !

LE MAÎTRE D'HÔTEL.

Hein? ah!... oh! (*A part.*) Diable! parfaitement. (*Il veut s'esquiver.*)

LA MARQUISE, *au maître d'hôtel.*

De qui donc voulez-vous parler?

LE MAITRE D'HÔTEL, *embarrassé.*

Du moment que monsieur le marquis n'est plus... le mari de madame la marquise. Ma foi! je ne sais plus ce qu'il est... moi... ce monsieur.

LE MARQUIS ET LA MARQUISE.

Quel monsieur?

LE MAITRE D'HÔTEL.

Le monsieur du numéro 13 que madame m'a autorisé à introduire... il y a vingt minutes.

LA MARQUISE.

Moi?

LE MAITRE D'HÔTEL.

Parfaitement!

LA MARQUISE, *au marquis.*

Il y avait donc là... tout à l'heure... un monsieur!

LE MARQUIS, *à la marquise.*

Là, aux fauteuils d'orchestre? Ah! Mais, pourquoi a-t-il mis là ses habits? Un gant suffit pour marquer sa place!

LA MARQUISE.

Ah!... mon Dieu! C'est moi qui l'ai prié de... se déshabiller!

LE MARQUIS.

Charmant! Où est-il passé?

LA MARQUISE.

Il se sera sauvé!

LE MARQUIS, *à part.*

Pardieu! Voilà un plaisant drôle! (*Haut au maître d'hôtel.*) Emportez ça! (*Le maître d'hôtel hésite en regardant le lit.*) Emportez ça!

LE MAITRE D'HÔTEL, *sortant avec les habits.*

Oui... parfaitement!

SCÈNE XX

LE MARQUIS, LA MARQUISE, ROBINET.

LE MARQUIS, *avec une colère concentrée, se rhabillant précipitamment.*

Attendez! Jo vais lui laver la tête au numéro 13, moi!

LA MARQUISE, *frappée d'une idée.*

Ah! mon Dieu!

LE MARQUIS.

Quoi encore!

LA MARQUISE.

Moi qui ai dit à ce monsieur de se... (*Voyant s'agiter les rideaux du lit.*) Il est là. (*Elle se sauve dans le cabinet.*)

LE MARQUIS.

Ah! (*Il marche vers le lit.*) Eh bien! Il a de l'aplomb ce bonhomme-là! (*Il veut écarter les rideaux que Robinet, du dedans, cherche à maintenir fermés.*)

ROBINET.

Il y a quelqu'un!

SCÈNE XXI

LE MARQUIS, ROBINET.

LE MARQUIS, *cherchant à ouvrir les rideaux.*

C'est ce qu'il me semble! (*Il écarte violemment les rideaux.*) Allons! Sortez! (*Surpris.*) Vous? c'est vous qui... osez...

ROBINET.

Mais... je vous ai obéi!

LE MARQUIS.

C'est juste! — mais je ne savais pas que c'était ma femme!

ROBINET.

Ah! si je l'avais su, moi!

LE MARQUIS, *commençant à comprendre.*

Alors... ce billet...

ROBINET.

Eh oui! Il était pour moi... C'est-à-dire... pour vous... mais... vous l'avez pris pour vous... tandis que... je l'ai pris pour moi!

LE MARQUIS, *comprenant tout à fait et pris d'un fou rire pendant que Robinet cherche ses vêtements.*

Ha! ha! ha! ha! j'en ferai une maladie! hi! hi! hi! hi! Voulez-vous que je vous présente à la marquise, monsieur de la Robinetterie? Hi! hi! hi! hi! hi! ho! ho! ho! ho! ho!

ROBINET, *vexé, regimbant et changeant de ton.*

Après tout, si vous n'y voyez pas d'inconvénient...

LE MARQUIS.

Comment donc! (*Se ravisant.*) C'est-à-dire...

ROBINET, *d'un air dégagé.*

Ma foi, marquis, je n'ai vu ce soir madame de Vire qu'en effigie... et puisque vous le permettez...

LE MARQUIS, *ne riant plus.*

Mon Dieu, vous avez vu...

ROBINET.

Je n'ai pas le mauvais goût de m'en plaindre.

LE MARQUIS, *vexé.*

Vous êtes bien bon!

Après réflexion.

Ma foi! mon cher maître, nous n'avons ni l'un ni l'autre un intérêt majeur à aller raconter cette petite aventure, hé? Si vous m'en croyez...

ROBINET.

Ma foi! mon cher marquis, il en sera ce que vous voudrez!

LE MARQUIS, *lui jetant son pardessus sur les épaules.*

Eh bien, bonsoir! (*Il le pousse dehors.*)

SCÈNE XXII

LE MARQUIS, LA MARQUISE.

LA MARQUISE.

Eh bien?... Ce monsieur?...

LE MARQUIS.

Un client de la comtesse de Simione qui s'était trompé d'étage.

FIN.

IL NE FAUT QUE

S'ENTENDRE

PROVERBE

●

A MADAME ...

Vous allez me trouver l'assurance d'un page,
D'oser vous envoyer des vers de ma façon
Arborant votre nom sur leur première page!
  – J'en viens timidement vous demander pardon!

Ces humbles feuillets sont dans un tout petit nombre
Imprimés pour mes sœurs, mes cousines et... vous.
Un seul, de votre nom, ose illustrer son ombre :
Il est entre vos mains ; l'auteur, à vos genoux.

27

PERSONNAGES

MARCELLE.
HENRI, son fils.
HIPPOLYTE, son neveu.
CAMILLE, sa fille.
JOSEPH, son domestique.

IL NE FAUT QUE
S'ENTENDRE

PROVERBE

Petit salon.

SCÈNE PREMIÈRE

JOSEPH, HIPPOLYTE.

HIPPOLYTE, *entrant.*

Henri n'est pas ici?

JOSEPH.

Pardon, monsieur, il est
Là-haut ; je vais lui dire...

HIPPOLYTE.

Un moment, s'il vous plaît...
Il est seul ?

JOSEPH.

Oui, monsieur, tout seul. Monsieur Marcelle,
Juste, vient de sortir avec mademoiselle.

HIPPOLYTE, *désappointé.*

Ah!... bien... merci... bonsoir...

(*Il va pour sortir.*)

JOSEPH, *étonné.*

Monsieur ne veut pas voir
Monsieur?

HIPPOLYTE, *malgré lui.*

Soit!

(*A part.*)

A quoi bon?

(*Haut.*)

Où sont allés ce soir
Mon oncle et ma cousine?

JOSEPH.

A l'Opéra-Comique,
Monsieur.

(*Il sort.*)

SCÈNE II

HIPPOLYTE, *seul, regardant sortir Joseph.*

Oui, je voudrais être son domestique!
Je la verrais, du moins!... *Margaritas ante...*
Enfin! — Si je partais, moi? car, en vérité,
Il faut bien vous loger ceci dans la cervelle,
Cher cousin, ce n'est pas une mode nouvelle,
Quand d'une sœur charmante un frère est possesseur,
Le frère est un prétexte à visiter la sœur.

(*Voyant des fleurs sur la cheminée.*)

Délicieuses fleurs!

(*Devant un portrait.*)

Elle!

(*Il prend une broderie.*)

Sa broderie!
Son dé.... Qu'il est mignon!

(*Il approche la broderie de ses lèvres.*)

Quel parfum!

(*Il la baise.*)

Tiens, chérie,
J'enferme mon secret dans ceci!... C'est vraiment
Singulier! Je devrais bénir un tel moment!

Il ne faut que s'entendre. 421

Ici tout est plein d'elle... Eh bien, non, chose étrange !
En vous, cher paradis, je souffre sans votre ange.
Ma foi, tant pis ! je pars.

(*Il va pour sortir.*)

SCÈNE III

HIPPOLYTE, HENRI.

HENRI, *entrant et barrant le passage.*
Doucement, cher ami !
Sais-tu que tu n'es pas excentrique à demi ?
Comment ! tu viens ici pour me faire visite,
Et tu pars sans me voir ?

HIPPOLYTE, *embarrassé.*
Je me sauve au plus vite !
J'ai donné rendez-vous à quelqu'un... des amis...

HENRI.
Allons donc !

HIPPOLYTE.
Vrai.... bonsoir.

HENRI.
C'est trop fort !

HIPPOLYTE.
J'ai promis.

HENRI, *prenant le chapeau d'Hippolyte.*
Qu'est-ce que tu viens faire, alors... Reste !

HIPPOLYTE, *voulant reprendre son chapeau.*
Impossible
J'avais oublié...

HENRI.
Quoi ? C'est incompréhensible !
C'est donc un rendez-vous d'amour ?

HIPPOLYTE, *impatienté.*
D'amour.

HENRI.
Vrai?

HIPPOLYTE.
Vrai.

HENRI, *à part.*
Ma parole d'honneur, il est un peu timbré.
(*Rendant le chapeau.*)
Allons ! puisqu'il le faut !... Mais à bientôt, j'espère ?
(*Ils se dirigent vers la porte.*)

HIPPOLYTE.
Elle est à l'Opéra-Comique avec ton père,
Camille?

HENRI.
Du tout.

HIPPOLYTE, *s'arrêtant.*
Bah !

HENRI.
Il en fut question,
Mais, pstt !... elle a changé de résolution.
Eh ! mon Dieu ! nous changeons aussi souvent d'idée
Que de manches ! D'ailleurs, c'est chose décidée :
Tête de jeune fille est un objet mouvant
Plus qu'une girouette : elle tourne sans vent

HIPPOLYTE, *à part.*
Alors, elle est ici !

HENRI, *voulant reconduire Hippolyte.*
Te voilà libre... Preste !
Bonne chance et va-t-en... allons, bonsoir !

HIPPOLYTE, *déposant son chapeau.*
Je reste,
Tu le veux...

HENRI.

Pas au prix d'un rendez-vous manqué !
L'amour excuse tout.

HIPPOLYTE, *s'asseyant.*

Je reste.

HENRI, *à part.*

Il est toqué !
On veut qu'il reste, il part. On le met à la porte,
Il reste ! Je m'y perds.

(*Il sonne, le domestique paraît.*)

Joseph, qu'on nous apporte
Du thé.

(*Ils s'installent en silence, Henri roule une ciga-
rette. Hippolyte paraît préoccupé.*)

Décidément, tu parais soucieux !
Est-ce que tout de bon tu serais amoureux ?
Il faut soigner cela. Voyons le pouls... la mine...
Hum ! diable ! c'est mauvais ! Oui ! plus je t'examine...
Très grave ! Cependant, rien n'est désespéré.
Tu n'en es pas encore au troisième degré...
— Est-elle mariée ?

HIPPOLYTE.

Est-tu fou ?

HENRI.

Quoi !... serait-ce
Une veuve ?...

HIPPOLYTE.

Non, non, c'est une enchanteresse,
C'est une enfant au rire insensible et moqueur,
Mais que depuis longtemps j'aime de tout mon cœur !
C'est une jeune fille et c'est la candeur même,
N'ayant pas seulement le soupçon que je l'aime.

HENRI.

Touchant !... Mais jusqu'ici très peu substantiel.
Tu vas, j'espère bien, déménager du ciel.

Et prosaïquement donner à l'aventure
Une solution... conforme à la nature ?

HIPPOLYTE.

Mais qu'entends-tu ?... Je crois devoir bien préciser :
Ma joie et mon bonheur seraient de l'épouser.

HENRI, *tombant des nues.*

Remède de cheval !... Il s'agit d'hygiène
Et non de chirurgie ! On attend la gangrène
Avant que d'amputer et de s'estropier
Pour la vie !... Allons donc !... Tu veux te marier ?
　　　(Joseph apporte le thé.)

HIPPOLYTE, *négligemment.*

Je ne vois pas la sœur ?

HENRI, *lui offrant une tasse.*
　　　　　　Non, elle est chez ta mère.

HIPPOLYTE, *se levant.*

Comment !

HENRI, *tenant la tasse.*
　　　Que vois-tu donc là d'extraordinaire ?

HIPPOLYTE.

J'en viens !

HENRI.
　　Vous vous serez croisés.

HIPPOLYTE, *à part.*
　　　　　　　Ai-je un guignon !
HENRI.

Mon père, un peu souffrant, voulait rester, mais non !
Je ne sais, depuis peu, ce qu'elle a qui l'agace,
Mais Camille ne peut rester une heure en place.
A peine est-elle ici qu'elle veut être ailleurs...
Comme toi, tout à fait...
　　　　　　(Il offre la tasse et un cigare.)
　　　　　　Tiens, il est des meilleurs.

HIPPOLYTE, *prenant son chapeau.*

Adieu.

HENRI.

Bon! voilà l'autre à présent!... Mais, j'espère
Qu'à vous deux, elle et toi, vous faites bien la paire!
On est tranquillement à causer de ceci,
De cela... paf! il part comme un coup de fusil!
C'est un homme à détente, où le diable m'emporte!
Tu ne sortiras pas! Joseph, fermez la porte
A double tour!... Au moins, ne pourrais-je savoir
Qui me marchande ainsi le plaisir de te voir?
Explique-toi, pour Dieu! de façon claire et nette!

HIPPOLYTE.

Un autre jour.

HENRI.

Voyons, brunette ou blondinette!

HIPPOLYTE.

Blonde! un éclat... de rose, et des yeux...

HENRI.

Délirants.
— Tu vas le formuler vis-à-vis les parents?

HIPPOLYTE.

J'ai peur...

HENRI.

Laisse-moi donc! car, en définitive,
Il faudra mettre un terme à cette expectative!
Tu sais qu'on l'aime enfin?

HIPPOLYTE.

Pas même.

HENRI.

As-tu lancé,
Du côté des parents, quelque ballon d'essai,
Pour tâter d'où le vent souffle?

HIPPOLYTE.

                           Pour cela, j'ose
Dire qu'en cet instant je ne fais autre chose.

HENRI.

A la bonne heure ! A qui d'abord l'adressas-tu ?

HIPPOLYTE.

Au frère.

HENRI.

          Bon cela ! Que t'a-t-il répondu,
Ce frère-là ? Voyons, conte-moi l'aventure.

HIPPOLYTE.

Soit !... De mes sentiments je lui fis l'ouverture...

HENRI.

Parfait !

HIPPOLYTE.

         Mais tout d'abord il s'est moqué de moi...

HENRI.

Bah !

HIPPOLYTE.

        Disant que j'étais malade...

HENRI.

                  Par ma foi !
C'est une oie !

HIPPOLYTE.

        Il voulut connaître...

HENRI.

              Ta bergère !
Très bien.

HIPPOLYTE.

      Je la voilais de gaze si légère !...

HENRI.

Eh bien ?...

HIPPOLYTE.

      Quelle que fût du voile la minceur,
Il n'a jamais compris que j'adorais sa sœur.

HENRI.

Ah! c'est très curieux! ce frère me fait rire!
C'est un grand animal! Tu n'as pas su lui dire,
A celui-là, qu'il est bête à manger du foin?

HIPPOLYTE, *riant.*

Ma foi, mon bon ami, je t'ai laissé ce soin.
Adieu !

HENRI, *le reconduisant.*

Va donc trouver ce benêt face à face
Et dis-lui carrément...

(*Camille et Marcelle entrent au moment où il
ouvre la porte.*)

SCÈNE IV

LES MÊMES, MARCELLE, CAMILLE.

CAMILLE, *chassant l'air avec son éventail.*

Prrou!... quelle odeur! De grâce,
Qu'est-ce que tu fais donc, Henri? fumer en bas?
(*Faisant une grande révérence à Hippolyte.*)
Mille pardons, monsieur, je ne vous voyais pas!
C'est ce brouillard...

HIPPOLYTE, *saluant Marcelle.*

Mon oncle...

MARCELLE.

Ah! bonjour, Hippolyte,
C'est bien aimable à vous de nous faire visite.

HENRI, *reconduisant Hippolyte qui résiste.*

Hippolyte est entré pour me dire bonsoir
Et se sauve...

CAMILLE.

Ah! monsieur ne tient pas à nous voir?
C'est poli!
(*Apercevant le guéridon sur lequel le thé est servi.*)
Mais, je crois que nous troublons la fête,
Peut-être vous vouliez garder le tête-à-tête?

MARCELLE.

En effet, je le vois, vous étiez installés,
Et nous vous dérangeons...
(*A Hippolyte.*)   Et vous vous en allez?

HIPPOLYTE.

Non... pardon... j'ai le temps...

HENRI, *l'interrompant.*

J'ai le temps! Quelle audace!
Il a si bien le temps qu'il ne tient plus en place.
Tenez, vous entriez qu'il courait comme un fou,
Sans plus rien écouter, allant... je ne sais où.

MARCELLE.

A la bonne heure au moins, car ce ne n'est pas, j'espère,
Camille qui vous chasse?

HIPPOLYTE.

Ah! mon oncle!

CAMILLE.

Ah! mon père!

HENRI.

Mais vous n'êtes donc plus chez ma tante à présent?

CAMILLE.

Tu sais bien que papa n'est que convalescent...
J'ai craint...

MARCELLE, *l'interrompant.*

C'est un peu fort !

(*Aux jeunes gens.*)

Voilà mademoiselle
Qui déclare d'abord qu'elle reste chez elle.
Bon. Jusque-là c'est bien... Ensuite, elle a voulu
Aller à l'Opéra-Comique... Soit! conclu.
C'est très bien. Je m'habille en deux temps. Bon! Camille
A mal aux nerfs, contre-ordre... et je me déshabille.
Vous croyez que c'est tout? Vous allez voir ceci :
Je me disposais donc à demeurer ici,
Voilà qu'il faut aller voir la tante...

(*A Hippolyte.*)

Ta mère...
Elle se porte bien... je m'habille... chimère !
A peine nous étions arrivés d'un instant,
Et je n'avais pas dit : bonsoir, qu'on se prétend
Souffrante... Soit. Au whist aussitôt je renonce.
Or, mon dîner, ce soir, me pèse moins qu'une once!
Et voilà que c'est moi qui suis convalescent!
Eh bien ! qu'en dites-vous mon neveu?

HIPPOLYTE.

Ravissant !

HENRI.

Je te trouverais fort d'oser te moquer d'elle
Quand c'est toi justement qu'elle a pris pour modèle!
Ce sont deux chiens de Jean de Nivelle!

MARCELLE, *qui a ôté son habit à demi.*

Vraiment,
Je ne sais si je dois changer de vêtement!

(*A Camille.*)

Restons-nous cette fois? pour tout de bon?... Camille?

(*Il ôte son habit et passe une robe de chambre que
le domestique lui présente.*)

CAMILLE, *prenant son ouvrage.*

Oui, nous restons... Qui donc a tiré mon aiguille?
Henri, c'est toi qui fais de ces sottises-là?

(*A Hippolyte.*)

Venez ici, monsieur, et tenez-moi cela.

> (*Elle lui donne son ouvrage à tenir pendant qu'elle
> se met à le raccommoder.*)

HENRI, *reprenant l'ouvrage des mains d'Hippolyte pour le
remettre à Camille.*

Camille, n'ayez pas l'atroce barbarie
De le retenir, car, dans sa galanterie,
Il est homme à manquer un rendez-vous... urgent.

MARCELLE.

Une affaire d'honneur?

CAMILLE.

Une affaire d'argent?

HENRI.

Non, sérieusement, j'ai fait tout le possible
Pour le retenir, mais...

CAMILLE, *froidement.*

Si c'est irrémissible....

MARCELLE.

C'est donc vrai?

HIPPOLYTE.

Non!

CAMILLE, *avec intention.*

Papa, nous serions indiscrets.

HIPPOLYTE.

Camille, je vous jure...

CAMILLE.

Oh! gardez vos secrets!

HIPPOLYTE.

Je n'ai pas de secrets et, vous m'en pouvez croire...

HENRI.

Je gage qu'il s'en va vous conter son histoire!
Le malheureux garçon! Vous le mettez vraiment
Sur la sellette.

HIPPOLYTE.

Eh! non!

HENRI.

Non!... Voyez comme il ment :
Il vous dit qu'il n'a pas de secrets! c'est un leurre,
Il m'en confiait un précisément sur l'heure!
On vous donne congé, bel amoureux!

MARCELLE, *à Hippolyte.*

Parmi
Les plus simples devoirs d'un hôte, mon ami,
Nous possédons qu'il faut, en telle circonstance,
Savoir discrètement limiter l'insistance...
Quel que soit de vous voir notre commun désir,
Nous savons l'écouter moins que votre plaisir.
Adieu.

(*Il tend la main à Hippolyte qui sort avec Henri.*)

SCÈNE V

MARCELLE, CAMILLE.

Camille assise, travaille.

MARCELLE.

Camille!

CAMILLE, *sans lever les yeux.*

Quoi?

MARCELLE.

Tu sembles soucieuse.

CAMILLE, *de même.*

Mais non.

MARCELLE.

Mais si. Parlons de chose sérieuse,
Si tu veux?

CAMILLE.

Volontiers. De quoi?

MARCELLE.

Tu sais de quoi.
De monsieur de Pierrins qui t'adore et que, toi,
Tu traînes à ton char depuis plus d'une année
Il faut qu'une réponse enfin lui soit donnée.
As-tu donc oublié, folle! que c'est demain
Qu'il vient décidément me demander ta main,
Qu'il me faut prononcer, et qu'en définitive
Un prompt départ suivrait sa vaine tentative?...
Il t'a laissé le temps de la réflexion;
Mais voici le moment d'une solution...
Je t'écoute. Voyons, quel sera mon langage?
                    (*Camille se détourne en s'essuyant les yeux.*)
Eh bien, décidément, c'est de l'enfantillage!
Ce n'est pas de pleurer qu'il s'agit, sapristi!
Ce monsieur de Pierrins est un fort beau parti!
Plus très-jeune, il est vrai,
                    (*A part.*)
                                C'est là que le bât blesse!
          (*Haut.*)
Mais riche, galant homme et de vieille noblesse,
Portant de... je ne sais plus trop, — un écusson
Superbe! — Il ne va pas t'aimer à la façon
D'un jeune tourtereau, d'une ardeur sans pareille,
Mais saura galamment garnir une corbeille.
C'est la raison avant le cœur qui doit parler.
La jeunesse aujourd'hui ne sait plus calculer!
Certes, s'il faut entendre aux âmes vertueuses,
Il eut quelques amours un peu tumultueuses,

Mais ceux-là font plus tard les plus stables maris.
C'est reconnu.
(*A part.*)
           Pour moi je n'en suis point surpris :
Quand un homme est perclus, c'est de toute évidence
Qu'on ne redoute pas qu'il s'en aille à la danse ;
Cet avantage-là n'est pas ce qui m'en plaît,
Mais puisqu'il est ainsi, prenons-le comme il est !
      (*Haut.*)
Il me conviendrait fort que je l'eusse pour gendre.
A ton tour, maintenant ; je suis prêt à t'entendre...
Allons !... ton dernier mot... hein ?... Tu ne réponds pas ?
Qu'est-ce que tu réponds, dis ?... tu parles trop bas...
           (*Silence.*)
Eh bien, veux-tu savoir, chose assez manifeste ?
Hippolyte te plaît ! là !

CAMILLE, *vivement.*
      Moi ! je le déteste !

MARCELLE.
Soit ! c'est la même chose. Or, raisonnons. Tu sais
Que depuis son retour nous le voyons assez ;
Il ne faut pas vingt ans pour que ma fille plaise,
Je suppose ! Il t'a vue et détaillée à l'aise,
Et s'il t'aimait, pardieu ! sans plus ample examen,
Il aurait pu cent fois me demander ta main.
Or, il ne l'a pas fait, la chose est donc très claire :
C'est que nous n'avons pas le bonheur de lui plaire.
Que dirai-je à Pierrins ?

CAMILLE, *avec brusquerie.*
      Vous direz : oui.

MARCELLE, *désorienté.*
         Vrai ?

CAMILLE.

Vrai.

MARCELLE.

Eh bien, c'est entendu! Voilà! je lui dirai...
            (*A part.*)
Je lui dirai qu'il aille au diable! Là, j'espère
Que je suis, après tout, un bon enfant de père!
Pauvre fillette! moi je veux ce qu'elle veut.
Mais on ne peut pourtant pas dire à son neveu :
Soyez donc assez bon pour épouser ma fille!
Il sait parler, je pense, et, père à part, Camille
En vaut deux comme lui... Moi, je n'ai rencontré
De ma vie une enfant plus charmante ! c'est vrai!
Quant au scabreux détail de la dot, ma fortune
N'est pas dans un contrat pour laisser de lacune !
Mais comprend-on vraiment ce petit morveux-là?
        (*A Camille d'un ton bourru.*)
Soit!... Vous épouserez Pierrins!

SCÈNE VI

LES MÊMES, HENRI.

HENRI ; *il entre en chantonnant.*
                        Tra la la la.
(*Voyant l'agitation de Marcelle.*)
Qu'avez-vous?

MARCELLE.

Rien.

HENRI.

Mais...

MARCELLE.

Rien, rien, rien! qu'on ne m'assomme!
Donne-moi ce fauteuil.

(*Henri avance un fauteuil.*)

Bon. Je vais faire un somme.

*Marcelle s'assied à gauche, près de la cheminée.
— Camille travaille assise sur un canapé, au
milieu du théâtre. — Henri fait signe à Camille
comme pour demander : « Qu'y a-t-il ? » Camille
répond de même : « Je l'ignore. » Henri prend
un journal et va s'installer dans un fauteuil à
droite près d'une fenêtre. Après un instant de
silence, il semble frappé d'une idée, il se lève.*

HENRI, *à part.*

Hum! ces pleurs? ce regard? pas possible! ma foi!
Si fait!... Non. Si, parbleu! Je suis donc bête, moi?
Non, mais je suis idiot! c'est évident, palpable!
Vérifions le fait!

(*Il va pour s'élancer sur les traces d'Hippolyte et revient.*)

Trop tard! il est au diable.

(*Marcelle, feignant de dormir, écoute attentivement.*)

Tout jeune! très gentil! sage! mais c'est charmant!
Je donne mon suffrage et mon consentement!
Petite sœur! c'est là tout à fait ton affaire!
Et tu n'aurais pas mieux, quand je l'aurais fait faire!
Tout s'explique... j'y suis! non, ce n'est pas douteux!
Quel vaillant petit couple ils feront tous les deux!
Le frère, c'est donc moi! l'animal, c'est moi! l'oie!...
Eh bien! j'en suis fort aise et j'en pleure de joie!

SCÈNE VII

LES MÊMES, HIPPOLYTE.

CAMILLE, *faisant signe à Hippolyte, qui entre, de marcher sans bruit pour ne pas éveiller Marcelle.*
Encore vous?

HIPPOLYTE.
Il fait un temps désespérant...

CAMILLE.
Ah!

HIPPOLYTE.
J'ai monté la garde un quart d'heure durant,
Pas un fiacre!

HENRI.
Ah!

MARCELLE, *à part.*
Ah!

HIPPOLYTE.
Paris se canalise!
Avec ce macadam, nous sommes à Venise.

CAMILLE.
Vraiment! vous avez peur de vous mouiller le dos!
Léandre traversait le détroit d'Abydos,
Monsieur!

HENRI.
Considérez, ma sœur, que la coutume
De Léandre aujourd'hui n'admet plus le costume!

MARCELLE, *à part.*
Je crois que je commence à débrouiller ceci.

CAMILLE.
Asseyez-vous, cousin, puisqu'il en est ainsi.

HENRI, *à part.*

A nous deux !

(*Haut.*)

Je vais dire à Joseph qu'on attelle.
(*Il prend le cordon de sonnette.*)

MARCELLE, *surpris, à part.*

Il est fou !

HIPPOLYTE, *à Henri.*

Non, merci !...

HENRI.

C'est une bagatelle !

HIPPOLYTE, *retenant le bras d'Henri prêt à sonner.*

C'est inutile, non !

HENRI, *à part.*

Poussons-le jusqu'au bout !
(*Il sonne.*)

HIPPOLYTE.

Tu me chasses !

HENRI, *à part.*

J'y suis !

MARCELLE, *à part.*

Je n'y suis plus du tout !

HENRI.

Mais ton rendez-vous, donc ?
(*Au domestique qui paraît.*)
Attelez, je vous prie.

(*A part.*)

Elle va lui donner contre-ordre, je parie.

CAMILLE, *sonnant.*

Mais il veut qu'on ignore où se portent ses pas !
Comprenez donc !

HENRI, *à part.*

Voilà !

CAMILLE, *au domestique qui paraît.*
        Que l'on n'attelle pas!

HENRI, *à part.*
L'avais-je dit?

HIPPOLYTE.
    Camille, êtes-vous si cruelle?

CAMILLE.
Vous trouvez, n'est-ce pas, que je le suïs pour *Elle*
En vous emprisonnant! Ce n'est pas pour longtemps!
Je vous laisserai libre aussitôt que le temps...
Tenez, mettez-vous là.
        (*Elle indique un siège près d'elle.*)

HENRI.
        Non pas! ne vous déplaise,
Je l'emmène là-haut, nous serons plus à l'aise,
Sans reproche! — attendu que nous pourrons fumer.

CAMILLE.
Le moment me paraît choisi pour parfumer
Le beau Léandre.

HENRI, *à part.*
        Est-elle assez fine! Il me semble
Qu'il est temps maintenant qu'ils s'expliquent ensemble.
    (*A Hippolyte.*)
Prends garde que, pour prix de l'hospitalité,
Elle ne te demande une infidélité!
        (*Il va s'asseoir à droite et feint de se plonger dans
            la lecture du journal.*)

CAMILLE, *travaillant.*
Héro n'a point en moi rivale si hardie!

HIPPOLYTE.
Vous tenez donc beaucoup à cette comédie,
Chère cousine?

CAMILLE.
                    Moins que vous, probablement.
Cher cousin.

HIPPOLYTE.
          Brisons-là. Je n'y tiens nullement.

CAMILLE, *riant.*
Eh quoi! vous reniez sitôt la chère idole!
Vous abjurez son culte! Ah! vous êtes frivole!
Auriez-vous éprouvé quelque fâcheux revers?
Je vous trouve aujourd'hui le visage à l'envers.

HIPPOLYTE.
Ah! — c'est que j'ai cru voir — est-ce illusion pure? —
Sur le bord de vos cils...

CAMILLE, *s'essuyant vivement les yeux*
               Quel conte!

HIPPOLLTE.
                    Êtes-vous sûre?

CAMILLE.
C'est pure illusion, comme vous allez voir:
J'ai de grandes raisons d'être heureuse ce soir.

HIPPOLYTE.
Vous m'en voyez ravi. Mais il serait peut-être
Indiscret...

CAMILLE.
          Mon Dieu! non.

HIPPOLYTE.
                    Alors, puis-je connaître?...

CAMILLE.
Oh! moi, je ne suis pas mystérieuse, allez!
Et je vous avouerai, puisque vous le voulez...

HIPPOLYTE.
Oh! si c'est un secret, gardez-le, je vous prie.

CAMILLE.
Ce secret, cher cousin, c'est que je me marie.

HIPPOLYTE.

Est-il possible!

CAMILLE.

      Il est très possible, vraiment!
Vous n'êtes pas du tout poli, dans ce moment.

HIPPOLYTE.

Je vous souhaite donc le sort le plus prospère.

CAMILLE.

Merci.

HIPPOLYTE.

   C'est sérieux?

CAMILLE.

      C'est encore un mystère
Pour tout le monde. Mais, ma vieille affection
Daigne, en votre faveur, faire une exception.
J'ai voulu vous le dire avant qu'à la famille.

HIPPOLYTE, *s'inclinant.*

Merci. — Je vous en sais beaucoup de gré, Camille
    (*Se levant.*)
Il ne pleut plus. Bonsoir.

HENRI.

  (*Il lit.*)
        « Un triste événement
« Vient de jeter l'alarme. Un jeune homme charmant... »
— Jeunes filles, voyez, voilà ce que l'on risque! —
« S'est jeté, par amour, du haut de l'obélisque! »

CAMILLE.

Est-ce que vous partez pour tout de bon?...

HIPPOLYTE.

              Voilà
Une épigramme.

CAMILLE.

   Non. Tenez, mettez-vous là.
Bien. Et racontez-moi maintenant votre histoire.

HIPPOLYTE.

Mon histoire?

CAMILLE.

Sans doute! à votre tour.

HENRI, *à part.*

Victoire!

HIPPOLYTE.

Que pourrais-je vous dire?

CAMILLE.

Eh! mais, je n'en sais rien!

Mon Dieu!... son nom?

HIPPOLYTE.

Son nom?... M'avez-vous dit le sien?

C'est monsieur de Pierrins, probablement?

CAMILLE.

Lui-même.

Verriez-vous un obstacle?...

HIPPOLYTE.

Et... vous l'aimez?

CAMILLE.

Il m'aime.

C'est déjà quelque chose...

HIPPOLYTE.

Oh oui!

CAMILLE.

Vous connaissez

Cet air des *Porcherons :*

« L'amour est le bien suprême ;
« Aimez, aimez qui vous aime... »

Ces deux vers sont assez

Ma devise.

HIPPOLYTE.

La mienne alors n'est pas la même.

CAMILLE.

Les hommes n'aiment pas la femme qui les aime?

HIPPOLYTE.

Pardon! Ils sont toujours assez sots, assez plats,
Pour aimer justement qui ne les aime pas!

CAMILLE.

Je vous plains, mon ami.

HIPPOLYTE, *avec brusquerie.*

Moi, je n'aime personne!

(*La pendule sonne.*)

CAMILLE.

De votre rendez-vous, voici l'heure qui sonne.
Vous retenir encor serait de la rigueur.

HENRI, *à part.*

Ça n'ira pas!

HIPPOLYTE.

Eh bien! ce que j'ai sur le cœur,
Vous le saurez!...

HENRI, *à part.*

Ça va!

CAMILLE.

C'est...

HIPPOLYTE, *hésitant.*

Qu'il est une chose
Fatale...

CAMILLE.

Quelle chose?

HIPPOLYTE.

Et qui fait que l'on n'ose...

HENRI, *à part.*

Allons donc!

HIPPOLYTE.

Exprimer franchement un désir...

MARCELLE, *à part.*

Allons donc!

HIPPOLYTE *avec effort.*
        C'est la peur de ne pas réussir.

CAMILLE.
Mais c'est absurde ! Il faut pourtant qu'on se prononce !
Peut-on sans question attendre une réponse ?
Seriez-vous de ces gens, ennemis du danger,
Qui n'iront pas dans l'eau qu'ils ne sachent nager ?

HIPPOLYTE.
Ah ! pour l'homme de cœur, ombrageux, susceptible,
Un insuccès n'est pas un échec peu sensible,
Et j'en sais qui mourront plutôt que s'exposer
A ce cruel affront de se voir refuser.

CAMILLE.
Quelle folie ! Alors, on ne peut pas soi-même,
Quand on a de l'esprit, deviner qui vous aime?
Est-ce qu'on ne voit pas ces choses dans les yeux ?

HIPPOLYTE.
Il faut ne pas aimer pour être audacieux.
Mais, quand on aime, on voit une image adorée
De tant de poésie et de grâce entourée,
Si haute, si divine enfin, qu'un pauvre amant,
Camille, est bien obscur près d'un tel diamant.
                    (*Il prend la main de Camille.*)

CAMILLE, *émue.*
Que vous êtes méchant et moqueur, Hippolyte !

HENRI, *à part.*
Ah çà ! mais tout à l'heure ils vont aller trop vite !
        (*Il lit.*)
« Aujourd'hui treize octobre, à dix heures du soir,
« Éclipse de soleil. »
                (*Écartant les rideaux.*)
                On ne peut pas la voir.
Attendu qu'il fait nuit. C'est fâcheux.

CAMILLE, *impatientée.*

                        Qu'il est bête!
(Montrant son père, qu'elle croit endormi.)
Henri, décidément, vous lui rompez la tête!

HENRI.

Allons donc! le cher père a le sommeil si lourd
Que pour le réveiller il faudrait...

MARCELLE, *à part.*

                       Le tambour.
Comptes-y.

CAMILLE, *à Hippolyte.*

          Je ne sais vraiment de quoi s'effraye
La fierté des messieurs! elle est exagérée.
Mais que deviendrait donc l'orgueilleux sentiment
Chez les femmes, alors? Suivez mon argument,
Et n'imaginez pas que l'orgueil nous abuse :
Qui ne demande pas notre main la refuse.
Est-ce vrai?

HIPPOLYTE.

            Pas du tout! On n'a pas refusé
Pour ne pas s'être offert ne l'ayant point osé!
A ce compte un laquais refuse une princesse!

CAMILLE.

Dans un cercle sans fin nous tournerons sans cesse.
Moi, si j'étais garçon, je serais plus hardi!
Je me présenterais d'emblée! en plein midi!

HIPPOLYTE.

Si j'étais fille, moi, je saurais faire entendre
Une chose gentille, une parole tendre
Aux vœux respectueux que j'aurais préférés,
Et qui pour ces vœux-là voudrait dire : Espérez!

CAMILLE, *cherchant.*

Vous en parlez à l'aise... une chose gentille
Laquelle, par exemple?

HIPPOLYTE, *embarrassé.*

Ah! je ne suis pas fille!

CAMILLE, *dont la voix s'altère.*

Vous voyez bien! Et si l'on n'avait pas compris?
Si l'on ne répondait que par un froid mépris?
Ce serait, voyez-vous... pour pleurer!

(*Elle se détourne.*)

MARCELLE, *à part.*

Moi, j'enrage!

CAMILLE.

A votre place, vrai, j'aurais plus de courage,
Je dirais franchement!...

HIPPOLYTE.

J'écoute la leçon...

Vous diriez?...

CAMILLE.

Rien!... Ma foi, je ne suis pas garçon!

HIPPOLYTE, *très bas.*

Vous diriez : Je vous aime! et dites-moi de même
Ce que je répondrais, moi fille?...

(*Il lui prend la main et glisse à ses genoux.*)

CAMILLE, *d'une voix à peine distincte.*

Je vous aime!

HENRI, *à part.*

Ah! diantre! tout à l'heure ils vont aller trop loin!
(*Il se lève, et s'adressant à Hippolyte avec une emphase
comique.*)
Vous me rendrez raison!

MARCELLE, *à Henri en prenant les mains d'Hippolyte et
de Camille.*

Non, tu seras témoin.

Cantin, 1855.

FIN.

JEAN DE CHIMAY

DRAME LYRIQUE EN QUATRE ACTES

PERSONNAGES

GONZO DE COUVIN.
JEAN DE CHIMAY.
CHARLES LE TÉMÉRAIRE.
MARGUERITE DE CRAON.
GILBERTE.
LIBERT, héraut de Couvin.
BALOUX, héraut de Chimay.
CRAON.
Un archer.
Un page.
Une jeune fille.
Seigneurs, hommes d'armes, serviteurs, villageois, bayadères, etc.

JEAN DE CHIMAY

DRAME LYRIQUE EN QUATRE ACTES

ACTE I

—

Cour principale d'un château féodal au xvᵉ siècle. Sur l'un des côtés de la scène, un vaste perron forme estrade. Une fête est préparée. Décorations de feuillages, oriflammes, etc.

SCÈNE PREMIÈRE

Villageois, archers, serviteurs, — GILBERTE
puis BALOUX.

GILBERTE, *à un archer juché sur un parapet et regardant au loin.*
Eh bien, là-bas, eh bien!

L'ARCHER.
Ma foi! je ne vois rien.

GROUPE DE JEUNES FILLES, *à Gilberte.*
On dit que le futur est un homme superbe.

GILBERTE.
Tu n'as donc jamais
Vu Jean de Chimay,
Beau comme les amours et blond comme la gerbe!

LES JEUNES FILLES.
Ah Dieu, quel malheur!
Ce gentil seigneur,
Aussi va partir pour la guerre!

GILBERTE.
Avec Charles le Téméraire
Contre ce roi Louis maudit!
— C'est du moins ce que chacun dit.
Chimay n'a pas voulu partir pour les batailles
Sans célébrer ses fiançailles,
Afin d'emporter dans son cœur
L'assurance de son bonheur.

LES JEUNES FILLES.
Vive Jean de Chimay! Qu'il revienne vainqueur!

GILBERTE, *à l'archer.*
Eh bien! Arrive-t-il?

L'ARCHER.
Je ne vois rien encore.

GILBERTE.
Si tu savais comme son regard luit!

LES JEUNES FILLES.
Ta marraine sera bien heureuse avec lui!

GILBERTE.
Figure-toi qu'elle l'adore!

(*A l'archer.*)

Eh bien, là-bas, eh bien!

L'ARCHER.
Je ne vois toujours rien.

LES JEUNES FILLES.
Épouser beau seigneur qu'on aime,
Gilberte, quelle joie extrême!
Ce doit être le bonheur même!
N'est-ce pas ma Gilberte, dis,
Ce doit être le paradis!

GILBERTE, *riant.*

Épouser beau seigneur qu'on aime,
C'est en effet le bien suprême,
Le paradis, le bonheur même,
Et ma chère marraine, oh oui,
Sera bien heureuse avec lui !

Ensemble.

LES JEUNES FILLES, GILBERTE, *chacune son couplet.*

LA FOULE.

Le voilà ! le voilà !

L'ARCHER.

Je vois des cavaliers soulevant la poussière !

LA FOULE.

Le voilà ! le voilà !

L'ARCHER.

Une magnifique bannière...

LA FOULE.

Le voilà ! le voilà !

L'ARCHER.

Étincelant dans la lumière !
(*On entend sonner les trompes des hérauts.*)

LA FOULE.

Le voilà ! le voilà ! le voilà ! Quel bonheur !

LES JEUNES FILLES.

Mais il va partir, quel malheur !

LA FOULE.

Vive la Ligue ! et monseigneur !
Vive Chimay ! Qu'il revienne vainqueur !

SCÈNE II

LES MÊMES, *un héraut* **(BALOUX),** — **CRAON,**
MARGUERITE, *seigneurs, écuyers, dames, pages, etc.*

BALOUX, *à Craon qui est venu se placer avec Marguerite*
et toute sa suite sur le perron.

A vous seigneur de Craon (1), très haut, très renommé,
De mon maître, Jean de Chimay
J'annonce en ces lieux la venue.

CRAON.

Sa visite en nos murs sera la bien venue.

LA FOULE.

Vive Jean de Chimay ! Qu'il revienne vainqueur !

SCÈNE III

LES MÊMES, JEAN.

JEAN, *suivi d'une brillante escorte.*

Vénérable et digne seigneur,
Chef par tous respecté d'une illustre famille,
J'aime ta belle et noble fille
Et d'obtenir sa main j'ose briguer l'honneur !
Je veux lui consacrer et mon cœur et ma vie
Vivre pour l'adorer est le sort que j'envie !
Je t'en apporte ici les solennels serments.
Lâche si je défaille et traître si je mens !

(1) Craon se prononce Cran.

CRAON.

Chimay, je vous honore autant que je vous aime!
Mon orgueil sera triomphant
Le jour où je pourrai vous nommer mon enfant.
Je trouve bon qu'ici Marguerite elle-même,
Par de tendres aveux,
Couronne devant tous le plus cher de mes vœux.

MARGUERITE.

Jean de Chimay, votre âme est loyale et sincère,
Je vous aime profondément,
Je me rends avec joie au désir de mon père
Et je reçois votre serment.

JEAN.

Oui, mon âme est loyale! Oui, mon âme est sincère.
Je serai, j'en fais le serment
Le plus fidèle époux, ainsi que de la terre
Je suis le plus heureux amant.

Ensemble.

MARGUERITE. JEAN.

Jean de Chimay, etc.

JEAN.

Oui, mon âme est loyale! etc.

CHOEUR.

Oui, son âme est loyale! Oui, son âme est sincère.
Il sera, j'en fais le serment,
Le plus fidèle époux, ainsi que de la terre
Il est le plus heureux amant.

*(Jean baise la main de Marguerite et rentre au
château avec elle et toute la suite, aux accla-
mations de la foule.)*

SCÈNE IV

LES MÊMES, moins JEAN, CRAON; MARGUERITE
et la suite.

LES JEUNES FILLES, GILBERTE, *ensemble.*
Épouser beau seigneur qu'on aime, etc.

GILBERTE, *à Baloux qui s'avance.*
Ah ! ah ! voici Baloux, le beau porte-bannière
De monseigneur Jean de Chimay
Et des dames le plus aimé.
Bonjour, Baloux!

BALOUX.
Bonjour, ma cousine très chère !

GILBERTE.
Qu'avez-vous donc, cousin ? Je vous trouve aujourd'hui
L'air plus bête qu'à l'ordinaire.

BALOUX.
Est-il possible?

GILBERTE.
Vraiment, oui.

BALOUX.
C'est que ta présence m'inspire.
J'avais précisément quelque chose à te dire.

GILBERTE.
Et de quoi s'agit-il?

BALOUX.
D'amour!
Tu sais ce que c'est?

GILBERTE, *riant.*
Point du tout.

BALOUX.

L'autre semaine,
Tu m'as dit : « Je voudrais me marier le jour
Où se mariera ma marraine. »

GILBERTE.

En effet, je l'ai désiré.

BALOUX.

Moi, de mon côté, j'ai juré
De l'hymen d'accepter la chaîne
Le jour où monseigneur se la mettrait au cou.
Pour mener à bien cette affaire,
Faisons les deux noces d'un coup,
C'est le mieux que nous puissions faire.
Est-ce dit ?

GILBERTE.

Soit ! C'est dit.

BALOUX.

Tope.

GILBERTE, *lui frappant dans la main.*

Tope.

BALOUX.

Signons !
(*Gilberte l'embrasse.*)
Signez tous, compagnons !
(*Tous embrassent Gilberte.*)

BALOUX.

O chance admirable !
O Destin charmant !
La plus adorable
Me veut pour amant !
Et bientôt, ma blonde.
Ton tendre Baloux,
Sur la terre et l'onde.
Sera ton époux !

GILBERTE.

Devant les hommages
D'un tendre garçon,
Pourquoi plus d'ambages
Et plus de façon?
Et pourquoi, ravie
De vous marier,
Toute votre vie
Vous faire prier?

(*Les paysans dansant.*)

Devant les hommages... etc.

BALOUX.

Ah! pour la conquête
D'un minois mutin,
Un air un peu bête
Est parfois malin!
Mais point ne faut, certe,
Au fond être un sot,
Et, la brèche ouverte,
Faut tenter l'assaut.

(*Il embrasse Gilberte.*)

GILBERTE.

Quand l'amant agile
A pris le baiser,
C'est peine inutile
De le refuser!
Pusqu'il faut se rendre
Tôt ou tard, vraiment.
A quoi bon attendre
Indéfiniment?

(*Elle embrasse Baloux.*)

LES PAYSANS, *dansant.*

Quand l'amant agile..., etc.

(*Tous les jeunes gens embrassent les jeunes filles.
— On entend l'appel d'un héraut.*)

SCÈNE V

LES MÊMES, *un héraut* (LIBERT). — CRAON, MAR-
GUERITE, JEAN *et leur suite entrent en scène.*

(*Le héraut s'avance — Attente et surprise générales.*)

LIBERT, *à Craon.*

Messire de Couvin, mon maître,
Très illustre seigneur,
D'être admis près de vous sollicite l'honneur
Et par ma voix, il vous le fait connaître.

MARGUERITE.

Quoi ! Gonzo de Couvin,
Lui, de notre maison l'ennemi séculaire,
Ose venir braver votre colère ?

CRAON.

Elle s'éteindra dans le vin.
Héraut, va dire à celui qui t'envoie
Qu'en ce jour de bonheur, d'allégresse et de joie,
Ennemis aussi bien qu'amis.
Tous à ma table sont admis.

(*Libert se retire. Musique.*)

SCÈNE VI

LES MÊMES, GONZO *et toute sa suite de brillants hommes d'armes.*

GONZO.

A vous charmante reine,
A qui Dieu dévolut
La grâce souveraine,
A vous, seigneur, à tous ici présents, salut!

CRAON.

De votre courtoisie
Ma fille ainsi que moi, Couvin, vous remercie
Et je vous salue à mon tour.

JEAN.

Gonzo, je suis joyeux de la noble pensée
Qui vers nous vous guide en ce jour
Rayonnant pour nos cœurs d'allégresse et d'amour.
Venez donc embellir la fête commencée,
Et nous faites le grand honneur
De boire avec nous au bonheur
De notre belle fiancée.

GONZO.

Fiancée? A qui donc? à toi?

CHIMAY.

A moi-même.

GONZO.

Oui-dà! par ma foi!
Jean de Chimay, l'erreur est forte
De croire que Couvin, suivi de son escorte,
S'est, de si bon matin, mis en route à cheval
Pour venir s'atteler au char de son rival!

CHIMAY.

Son rival ?

CRAON.

Quel est donc le but de ta visite ?

GONZO.

Mon but est d'épouser la fille Marguerite.
De mon donjon au tien je n'ai fait le chemin
Que dans le seul dessein de demander sa main.

CRAON.

Quoi ! vous me proposez de vous donner ma fille,
Vous dont toujours la haine assaillit ma famille ?

GONZO.

La haine s'est changée en amour, et Couvin
N'a point accoutumé de soupirer en vain.

MARGUERITE.

Je vous rends grâce,
Puissant seigneur,
D'un grand honneur
Qui m'embarrasse.
Mais j'ai donné mon cœur
Et ne puis accepter ni cet honneur insigne.
Ni ce destin brillant.

GONZO, *hautain.*

Votre cœur doit être au plus digne !

JEAN, *tirant son épée et marchant sur Gonzo.*

Oui, certe ! ainsi qu'au plus vaillant !

MARGUERITE.

Arrêtez ! arrêtez ! La guerre est annoncée !
Jean, ce combat je le défends !
Quand le duc à son aide appelle ses enfants,
La robe d'une fiancée
Ne peut se tacher de leur sang.

(*On entend une fanfare guerrière, des chants
et des cris.*)

VOIX, *au loin.*
Aux armes ! Aux armes !

MARGUERITE.
Tenez, l'entendez-vous ce cri retentissant ?
Voici le signal des alarmes !
C'est contre un ennemi puissant
Qu'il faut mettre au soleil le glaive éblouissant !

LES CRIS, *se rapprochant.*
Aux armes ! Aux armes !

MARGUERITE.
Entendez-vous les clairons retentir ?
Le Duc commande, il faut partir.

CHŒUR DES CHEVALIERS.
La voix des clairons nous appelle.
Aux étendards il faut courir,
Et pour son prince et pour sa belle
Un bon chevalier doit mourir !

CHŒUR DES VILLAGEOIS.
Quand la voix des clairons l'appelle,
Tout laboureur devient soldat :
Laissant la charrue et la pelle,
Il court au-devant du combat.

CHEVALIERS.
La voix..., etc.

VILLAGEOIS.
Quand la voix..., etc.
Aux armes !
Aux armes !
Entendez-vous les clairons retentir ?
Le duc commande, il faut partir.

GONZO, *railleur.*

Voici l'occasion de montrer ta vaillance,
Jean de Chimay, mais, par ma foi !
L'amour te retiendra sans doute sous sa loi
Et sa flèche sera ta lance ?
Reste ! nous combattrons sans toi.

JEAN, *dédaignant de répondre.*

Marguerite, je vous adore !
Restez libre de votre cœur !
De vos serments d'amour je ne veux pas encore.
Si je reviens vivant, je reviendrai vainqueur
Et plus épris, ô Marguerite !
Acceptez alors pour époux
Qui se sera montré le plus digne de vous
Par sa vaillance et son mérite.

CHŒUR GÉNÉRAL.

Entendez-vous les clairons retentir ?
Le Duc commande, il faut partir !
Aux armes !
Aux armes !
Entendez-vous ce cri retentissant ?
Voici le signal des alarmes !
C'est contre un ennemi puissant
Qu'il faut mettre au soleil le glaive éblouissant !
Aux armes !

*(Balour embrasse Gilberte. — Marguerite détache
un nœud de son corsage et le présente à Jean
qui le reçoit à genoux.)*

FIN DU PREMIER ACTE.

ACTE II

—

Le camp du comte de Charolais, aux environs de Montlhéry. Tout un pittoresque horizon de tentes, chariots, canons, bombardes, engins de guerre. Çà et là, chevaux et hommes d'armes. Au fond, la tour du château de Montlhéry. Au premier plan, d'un côté, sorte de marquise formant péristyle de la tente de Charles. Vases précieux, riches étoffes, vaisselle d'or, toute la magnificence dont Charles avait coutume de s'entourer. De l'autre côté de la scène, la tente de Gonzo. D'autres tentes de moindre importance s'échelonnent derrière les premières, formant perspective. Le camp est silencieux. Par intervalles, on entend les appels des sentinelles et des sonneries. Il est nuit. La lune éclaire. Des feux brillent de distance en distance. Au loin, le son du canon. Gonzo, seul devant sa tente, est plongé dans de sombres réflexions.

SCÈNE PREMIÈRE

GONZO, puis LIBERT.

GONZO.

Ils se battent là-bas ! — et moi je suis ici !
J'ai la garde du camp ! — Oh ! ne pouvoir aussi
    Prendre ma part d'une victoire
Où peut-être Chimay va se couvrir de gloire
    Et s'en retourner triomphant !
Chimay combat, — j'ai la garde du camp !
                 (Entre Libert.)
    Quel est le sort de la journée ?
Sait-on si la bataille est perdue ou gagnée ?

LIBERT.

On dit qu'elle est perdue.

GONZO, *avec un feu sauvage.*

Eh bien, j'en suis content,
Pourvu que les mitrailles
D'un rival préféré déchirent les entrailles
Pour les jeter au vent !

SCÈNE II

GONZO, LIBERT, GILBERTE, *déguisée en cavalier et amenée par des soldats.*

GONZO.

Quel est cet homme qu'on m'amène ?

LIBERT.

Un jeune cavalier qui rôdait dans la plaine
Et que mes gardes ont saisi.

GILBERTE, *à part.*

Ciel ! Gonzo de Couvin !

GONZO.

Approchez !

GILBERTE.

Me voici.

SCÈNE III

GONZO. — GILBERTE.

GONZO.

D'où venez-vous ? Que faites-vous ici ?
Vous êtes un enfant.

GILBERTE.

Non, je suis une femme.

GONZO.

Et pourquoi ce déguisement?

GILBERTE.

Ma maîtresse, une noble dame,
Voulant faire tenir ce gage à son amant,

(Elle montre un coffret.)

Moi, sa camériste fidèle,
J'ai chevauché pour l'amour d'elle.

GONZO.

C'est du courage, assurément,
Mais pourquoi ce beau dévouement?

GILBERTE.

Monseigneur, c'est que j'ai moi-même
Dans votre camp quelqu'un qui m'aime,
Avec qui je voudrais bien causer un moment.

GONZO.

Ce tendre gage
Est enfermé dans ce coffret!

(Il veut prendre le coffret.)

GILBERTE.

Ce doux message
Est un secret!

GONZO.

Il n'est point de secrets sur un champ de bataille!
Les traîtres sont de toute taille!
Voyons, vous dis-je, ce coffret.

(Il lui arrache le coffret et l'ouvre.)

GILBERTE.

C'est un portrait.

GONZO, *à part.*

Ciel ! Marguerite !

(Très doux.)

Et pour qui ce présent, s'il te plaît, ma petite?
Pour qui ce trésor parfumé ?
C'est donc pour moi ? Réponds bien vite ?

GILBERTE.

C'est pour monseigneur de Chimay.

GONZO.

O fureur ! ô rage !
(Il jette violemment à terre le portrait qui se brise.)
A ce Chimay, tiens, porte cette image !
Du bonheur qui l'attend c'est le juste présage !
J'en fais serment, car, aussi vrai
Que je broie à mes pieds ce portrait abhorré,
Entre ses dents je briserai
Sa coupe de bonheur qu'il me jette au visage !
(Gilberte s'enfuit effrayée.)

SCÈNE IV

GONZO.

Depuis qu'elle m'a repoussé
En l'acceptant pour fiancé,
Pourquoi faut-il que je l'adore !
Son souvenir m'obsède nuit et jour
Et pour Chimay la haine me dévore !
Adorer, haïr tour à tour!
Mon sang bout! j'exècre et j'implore!
Et je ne sais lequel l'emporte encore
De ma haine ou de mon amour!

SCÈNE V

GONZO, LIBERT, *des soldats amènent un vieillard*
habillé en prêtre.

GONZO.
Quel est cet autre?
LIBERT.
                              C'est un prêtre
Que l'on vient de trouver porteur de cette lettre
Dans un repli de son manteau.
          GONZO, *prenant la lettre.*
Pas d'adresse?... D'où viens-tu, traître?
                              (*Silence.*)
Parleras-tu, l'homme au chapeau!
(*Il lui renverse son chapeau d'un revers de main*
et lui tire la barbe qui se détache.)
Ah! tu t'obstines à te taire!
                              (*Ouvrant la lettre.*)
C'est l'écriture d'Olivier,
L'infâme et sinistre barbier
De Louis et son secrétaire...
Complot d'assassiner Charles le Téméraire!
A qui portes-tu ce papier?
Tu ne répondras pas! Soit! qu'on garde cet homme!
(*Les soldats se retirent emmenant le faux vieillard.*)

SCÈNE VI

GONZO, LIBERT.

GONZO, *après un moment de réflexion.*
Libert, veux-tu gagner une fort belle somme?

(Brandissant la lettre.)

Ce moyen de perdre un rival,
C'est Lucifer qui me l'envoie !
Et ce plan vraiment infernal
Me remplit d'espoir et de joie !
Il sert en même temps ma haine et mon amour !
Je tiens tout à la fois ma vengeance et ma proie !
Merci, Satan ! voici mon tour !

LIBERT, *ensemble avec Gonzo qui répète son couplet.*

Ce moyen de perdre un rival,
Oui, c'est Lucifer qui l'envoie !
Et ce plan vraiment infernal
Le remplit d'espoir et de joie !
Il sert en même temps sa haine et son amour,
Il tient tout à la fois sa vengeance et sa proie !
Gloire à Satan ! Voici son tour !

GONZO, *poussant Libert vers une table et lui présentant la lettre.*

Prends cette plume, écris sur cette page
L'adresse de Jean de Chimay.

LIBERT.

Mais pour lui, monseigneur, c'est la mort en partage !
Quel dessein avez-vous formé ?

GONZO.

Oui, c'est la mort ! et c'est la honte !
La mort seule est trop peu : mort, il serait pleuré.
Je veux qu'il soit déshonoré !
— Soupèse cette bourse et vois si c'est ton compte !
(Il jette une bourse sur la table.)

LIBERT, *hésitant.*

Monseigneur...

GONZO, *terrible.*

Obéis! obéis! ou tu seras puni!
Il faut qu'il soit infâme! il faut qu'il soit honni!
Du cœur de Marguerite,
Il faut qu'il soit banni!
Écris, te dis-je, et vite!
Ou tu seras puni!

LIBERT, *ensemble avec Gonzo qui répète son couplet.*

Obéir! obéir! ou je serai puni!
Il faut qu'il soit infâme, il faut qu'il soit honni!
Du cœur de Marguerite,
Il faut qu'il soit banni!
Il faut écrire et vite
Ou je serai puni!

GONZO, *pendant que Libert écrit.*

Ah! ah! Jean de Chimay, toi que le prince honore,
Devant tous je t'abaisserai!
Et la femme qui t'aime et que ton cœur adore,
Moi, je la veux et je l'aurai!

GONZO, LIBERT, *rendant la lettre (Ensemble).*

Ce moyen de perdre un rival... etc.

SCÈNE VII

LES MÊMES, GILBERTE.

GILBERTE, *accourant.*

Grande bataille à Montlhéry!
Nos Bourguignons sont en déroute!
Le comte Charles, fort marri,
Revient en hâte par la route!

GONZO.

Quoi! le prince est battu?

GILBERTE.

Oui, hélas!

GONZO.

Et sais-tu
Des nouvelles de ton beau sire
Jean de Chimay?

GILBERTE.

Nul ne connaît son sort!
Hélas! hélas! il est sans doute mort
Avec Baloux pour qui mon cœur soupire!
Que je désire
Savoir son sort!
Qui peut me dire
S'il n'est pas mort!

Ensemble.

GILBERTE.

Que je désire
Savoir son sort!
Qui peut me dire
S'il n'est pas mort?

GONZO.

Que je désire
Savoir son sort!
Il sera pire
S'il n'est pas mort!

SCÈNE VIII

LES MÊMES, CHARLES, suite.

*Grand tumulte dans le camp. Fanfares lointaines de
ralliement. Charles paraît au fond, à cheval, suivi d'un
nombreux état-major, capitaines, princes, barons. On
met pied à terre et Charles, à la lueur des torches, vient
avec une partie de sa suite sur le devant du théâtre.*

CHARLES, à Gonzo.

Du Maine a fui sous mon effort.
Mais devant le roi, par Hercule!
Saint-Pol tout débandé recule!
Oui, ce roi, dont le glaive était un sac d'écus,
Ose livrer bataille, et nous sommes vaincus!
Il marche sur le camp, moi je l'y veux attendre,
M'y retrancher et m'y défendre.
Couvin, n'est-ce pas ton avis?

GONZO.

Mon avis, monseigneur, est qu'il est téméraire
D'attendre ici le roi Louis.

CHARLES.

Téméraire, dis-tu? Malgré le sort contraire,
Le parti le plus téméraire
Est le parti que je choisis?
Et qu'on sache que je préfère
L'excès de la témérité
A l'excès de la lâcheté!

(*Aux Seigneurs.*)

Le Seigneur de Chimay, notre ami que Dieu garde!
S'est jeté sur du Maine avec notre avant-garde.
    Que fait-il? Est-il revenu?

GILBERTE.

Monseigneur, nul ne sait ce qu'il est devenu.

CHARLES.

Que je désire
Savoir son sort!
Si Jean respire
Ou s'il est mort!

Ensemble.

CHARLES.

Que je désire
Savoir son sort!
Si Jean respire
Ou s'il est mort!

GILBERTE.

Que je désire
Savoir son sort!
Qui peut me dire
S'il n'est pas mort?

GONZO.

Que je désire
Savoir son sort!
Il sera pire
S'il n'est pas mort!

SCÈNE IX

LES MÊMES, BALOUX, HOMMES D'ARMES
PORTANT DES ÉTENDARDS.

Des clairons sonnent au loin la victoire. Cris de triomphe.
Le jour se lève.

CHŒUR, *lointain.*
Joie et victoire!
Le roi Louis,
Par Jean surpris,
Fuit sur Paris!
Le roi Louis
A fui sans gloire,
A fui sans bruit
Pendant la nuit.

CHARLES, LIBERT, GONZO, *avec le chœur.*
Joie et victoire!
Quels sont ces cris?
Par Jean surpris,
Le roi Louis
Fuit sur Paris!
La bonne histoire!
D'où vient le bruit
Qui se produit?

(*Baloux entre en scène avec les hommes d'armes.*)

CHŒUR GÉNÉRAL.
Joie et victoire!   Etc.

BALOUX, *sur le devant de la scène, s'adressant à Charles.*
Notre intrépide capitaine
En poursuivant le duc du Maine,

Fort loin d'ici l'a reconduit.
Comme nous revenions de nuit,
Nous fondons, et sans crier gare,
Sur les derrières de Louis
Qui, dans cette obscure bagarre,
Entre deux feux se croyant pris,
Bat en retraite sur Paris
En abandonnant sa victoire.

(*Tous, sauf Gonzo.*)

Victoire! victoire! victoire!
Le roi Louis
Bat en retraite sur Paris!

CHARLES.

Et le nom de ton capitaine?

BALOUX.

C'est monseigneur Jean de Chimay.

CHARLES.

Jean de Chimay! Qu'on nous amène
Jean, notre cousin bien-aimé.

SCÈNE X

LES MÊMES, CHIMAY.

LE CHŒUR.

Victoire! victoire! victoire!
Le roi Louis
Bat en retraite sur Paris!

CHARLES.

C'est à vous, mon cousin, que la victoire est due,
Que grâce vous en soit rendue!

(*Il embrasse Jean.*)

JEAN.

Vous m'honorez trop, monseigneur!
Si j'eus cet insigne bonheur
De mettre l'adversaire en fuite,
Tout le mérite
Et tout l'honneur
En reviennent à Marguerite,
Elle, dont la pensée emplissant tout mon cœur,
Inspira mon ardeur,
Enflamma mon courage,
Et je proclame ici que si je suis vainqueur
Ma victoire est son seul ouvrage!

CHARLES.

Qu'on nous apporte ici du vin!
Viens boire à la santé de ton rival, Couvin!

(On verse du vin. Tous boivent. Couvin exprime
sa fureur. On le voit pendant le chœur qui suit,
donner des ordres à Libert qui sort.)

CHŒUR DES BOURGUIGNONS.

Les compagnons bourguignons
Sont de rudes compagnons!
A l'amour comme à la guerre
La même ardeur les conduit.
Bourguignons ne chômont guère
Non plus le jour que la nuit.
Sur la besogne ils font rage,
Et, le jour comme la nuit,
Si Bourguignons font du bruit,
Ils font encore plus d'ouvrage.

Les compagnons bourguignons
Sont de rudes compagnons.

N'importe à quelle bataille,
Ils ne craignent point les feux,
Non plus ceux de la mitraille
Que ceux de deux jolis yeux.
Ne fuyant aucune lutte,
Ils vont, jouant tour à tour
De la flûte et du tambour,
Du tambour et de la flûte!

SCÈNE XI

LES MÊMES, LIBERT, *des soldats amenant le prêtre.*

LES SOLDATS.
A mort! à mort! trahison!

CHARLES.
D'où vient ce prêtre?

LIBERT.
De la prison
Car c'est un traître
Sur qui l'on vient de saisir cette lettre.

LA FOULE.
A mort! à mort! trahison!

CHARLES, *prenant la lettre et lisant.*
De l'infernale créature
Du roi Louis c'est l'écriture...
Je devais être, ici, ce soir, assassiné!
                    (*Il lit l'adresse. Au prêtre.*)
Ce billet, c'est à lui qu'il était destiné?
                    (*Il montre Jean.*)

JEAN.
Infamie! horrible imposture!

CHARLES.

Abominable forfaiture!

Ensemble.

JEAN.

Infamie! horrible imposture?

CHARLES.

Abominable forfaiture!

CHARLES.

Je comprends maintenant pourquoi
Ce bon roi Louis, devant toi,
En retraite a bien voulu battre!
C'est qu'il préfère, par ma foi!
Pour se débarrasser de moi,
M'assassiner que me combattre!

LA FOULE.

Trahison! trahison! et mort à l'assassin!
Trahison! trahison! Vive le comte Charles!

CHARLES, *au prêtre.*

Toi, d'abord, il faut que tu parles!
Ou je plonge à l'instant ce glaive dans ton sein!

LA FOULE.

A mort! à mort! Vive le comte Charles!

CHARLES.

Ce billet, est-ce à lui qu'il était destiné?
Tu te tais! — Que cet homme à la mort soit mené!
Toi, Couvin, viens ici!
Cet homme, m'as-tu dit, cet homme que voici,
Est ton rival? Eh bien, par la Madone!
Cet homme-ci, je te le donne!
Fais-en ce que tu veux! il est à ta merci!

(Il écrit quelques mots sur la lettre et la donne à
Gonzo.)

GONZO, *branlissant la lettre.*

Cet homme, je l'ai dit, cet homme que voici,
Cet homme est sans rival, il me le donne!
Il est en mon pouvoir, par la Madone!
Il est en mon pouvoir, il est à ma merci!

JEAN.

Qui, moi, Jean de Chimay, moi, l'homme que voici,
A mon rival le duc Charles me donne!
Je suis en son pouvoir, par la Madone!
Je suis en son pouvoir, je suis à sa merci!

LIBERT, GILBERTE, BALOUX, *ensemble.*

Quoi! lui, Jean de Chimay, lui, l'homme que voici,
A son rival le duc Charles le donne!
Il est en son pouvoir, par la Madone!
Il est en son pouvoir, il est à sa merci!

CHARLES.

Cet homme, m'as-tu dit..., etc.

GONZO.

Cet homme, je l'ai dit..., etc.

JEAN,

Qui, moi, Jean de Chimay..., etc.

LIBERT, GILBERTE, BALOUX, LE CHŒUR.

Quoi, lui, Jean de Chimay..., etc.

(*Les soldats de Gonzo entraînent Jean, aux imprécations de la foule.*)

FIN DU DEUXIÈME ACTE.

ACTE III

—

Une vaste salle du c :eau de Couvin, style du xv⁰ siècle. Vitraux, haute cheminée, abuts, riches tapisseries d'Arras et de Beauvais.

SCÈNE PREMIÈRE

BALLET

GONZO, PAGES, ÉCUYERS, BAYADÈRES.

D'un côté de la scène, Gonzo est seul assis devant une table somptueusement ornée. Il est silencieux et sombre. La danse représente une provocation aux sens de Gonzo. Des pages viennent successivement lui offrir des mets qu'il refuse. Les bayadères viennent ensuite s'offrir elles-mêmes. Gonzo les repousse et, finalement, les renvoie.

SCÈNE II

LES MÊMES, moins les danseuses.

GONZO, *se levant impatienté.*
Et Libert? et Libert? reviendra-t-il enfin?

UN SERVITEUR.
Il n'est pas de retour encore.

GONZO.

J'ai soif! Qu'on me serve du vin !

(*Un serviteur lui présente une coupe, il y goûte,
puis il jette la coupe.*)

Non! c'est une autre soif qui brûle et qui dévore!
J'ai soif de son amour ! j'ai soif de sa beauté,
De son sourire et de ses larmes !
Mais, dans la joie ou les alarmes,
C'est lui, lui seul qu'elle aime et je suis détesté !
Malgré son forfait exécrable,
C'est l'homme que je tiens sous mes pieds enfermé,
C'est ce félon, ce misérable
Qui de Marguerite est aimé !
Et j'ai beau lui montrer l'abîme
De honte où j'ai su le plonger,
Elle ne croit pas à son crime
Et veut sa honte partager !
Et moi bourreau, las d'égorger,
Je porte envie à ma victime !

SCÈNE III

GONZO, LIBERT, *quelques serviteurs au fond.*

LE SERVITEUR.

Voici Libert.

GONZO, *à Libert.*

Parle! Quel est mon sort?

LIBERT.

Monseigneur, j'ai rempli mon message auprès d'elle.

GONZO.

Qu'a-t-elle répondu?

LIBERT.

Même réponse encor.

GONZO.

Elle ne m'aime pas?

LIBERT.

Et veut rester fidèle
A Jean de Chimay vif ou mort.

GONZO.

As-tu bien dit torture pour torture !
As-tu dit qu'il ne mourra pas !
Que, loin de vouloir son trépas,
Je veux que son supplice dure !
Que la peine la plus horrible et la plus dure
Me vengera sur lui des tourments que j'endure?

LIBERT.

J'ai tout dit, monseigneur!
La malheureuse femme est folle de douleur,
Elle fait peine à voir, on souffre de l'entendre
Et d'un peu de pitié je n'ai pu me défendre!
Mais son amour et sa fierté
Sont encore plus grands que votre cruauté!

GONZO.

Plaît-il ? valet ! Qu'oses-tu dire ?

LIBERT.

Voici trois mois bientôt que dure ce martyre
Et nous savons combien il est immérité,
Combien votre colère est injuste et coupable...

GONZO.

Tout beau ! maître Libert ! Où prends-tu, par le diable !
L'audace de juger ton seigneur suzerain?
Veux-tu que je t'envoie, avec ce misérable,
Pourrir au fond d'un souterrain !

LIBERT.

Monseigneur...

GONZO.

C'est assez! — D'où le vient ce vertige?
Son crime est d'être mon rival!

LIBERT.

Monseigneur...

GONZO.

C'est assez! le dis-je.

(*S'adressant au fond.*)

Écuyer! je monte à cheval!

(*Il sort.*)

SCÈNE IV

LIBERT, *seul.*

Que maudit soit le jour de ma naissance!
Que maudit soit le sort fatal
Qui m'a fait naître en la puissance
De ce maître injuste et brutal!
J'ai peur que Dieu ne me punisse,
J'ai déjà fait beaucoup de mal;
Je ne puis plus longtemps demeurer le complice
De ce monstre infernal!

SCÈNE V

LIBERT, MARGUERITE.

LIBERT.

Quoi! vous ici, madame,
Au château de Couvin!
Ah! fuyez, sur mon âme!
Passez votre chemin!

MARGUERITE.

Non ! je braverai la mort même !
Je veux essayer d'attendrir
Ce bourreau, dussé-je en mourir !
Je veux sauver celui que j'aime
Ou partager son triste sort !
Ah ! mon âme en serait ravie !
Mourir avec lui c'est la vie,
Vivre loin de lui c'est la mort !

SCÈNE VI

MARGUERITE, GONZO, *d'un geste il congédie Libert.*

GONZO.

Ah ! j'en étais bien sûr qu'elle y serait venue !
Madame, en ce château, soyez la bienvenue !
Mais quel bon sentiment en ces lieux vous conduit ?
Votre pitié pour moi ?

MARGUERITE.

                    Non ! mon amour pour lui.
(Mouvement de Gonzo.)

          Hélas ! je viens en suppliante,
          Seigneur, me mettre à vos genoux !
          Grâce ! pour mon futur époux
          Et pour mon âme défaillante !

          Grâce ! pour lui, grâce pour moi !
          Grâce ! pour un compagnon d'armes
          Que le sort tient sous votre loi !
          Ayez pitié ! voyez mes larmes !

          Ah ! soyez juste ! soyez bon !
          Jean de Chimay n'est pas coupable !
          Je jure qu'il est incapable
          De cette horrible trahison !

GONZO.

Votre Jean de Chimay, madame,
N'est qu'un traître et n'est qu'un infâme!
Mais, que m'importe à moi qu'il soit coupable ou non!
Cet homme que je tiens ici, sous mon talon,
Ce n'est pas le flétri, ce n'est pas le félon,
Ce n'est pas l'assassin lâche et vil de son maître,
Ce n'est pas cet infâme et ce n'est pas ce traître,
Non, non, c'est le rival pour qui vous affectez
Cet amour insolent dont vous me souffletez,
Qui vous a mis au cœur une pareille audace,
Et dont vous me jetez le triomphe à la face!
Eh bien! cet homme-là sera libre demain,
Mais il faut aujourd'hui m'engager votre main.

MARGUERITE.

L'un peut-il accepter la main,
Quand le cœur appartient à l'autre?

GONZO.

J'aurai bientôt conquis le vôtre,
Consacrons d'abord cet hymen

MARGUERITE.

Non! jamais! Je n'y puis souscrire!

GONZO.

Comment! mais s'il en est ainsi,
Madame, voulez-vous me dire
Ce que vous venez faire ici!

MARGUERITE.

Sais-je pas comment on vous nomme?
Je crois être en sécurité
Dans la maison d'un gentilhomme,
Me fiant à sa loyauté!

Je viens faire un appel suprême
A sa justice, à sa bonté,
Pour délivrer celui que j'aime
Et le rendre à la liberté.

Hélas ! je viens en suppliante,
Seigneur, me mettre à vos genoux
Grâce ! pour mon futur époux
Et pour mon âme défaillante !

GONZO.

Quoi ! vous venez en suppliante
Me demander grâce, à genoux,
Pour un rival aimé de vous,
Que je hais de rage impuissante !

Ensemble.

MARGUERITE.

Hélas ! je viens en suppliante,
Seigneur, me mettre à vos genoux !
Grâce ! pour mon futur époux
Et pour mon âme défaillante !

GONZO.

Quoi ! vous venez en suppliante
Me demander grâce, à genoux,
Pour un rival aimé de vous
Que je hais de rage impuissante !

GONZO.

Ah ! devant mes yeux, sous mon toit,
C'est trop insulter à ma flamme !
Avec ou sans amour, madame,
Vous êtes désormais à moi !

(*Il veut saisir Marguerite.*)

MARGUERITE, *tirant un poignard.*

Homme sans honneur et sans foi,
Fais un seul pas ! et cette lame

Se plonge à l'instant dans mon sein !
C'est toi le lâche et l'assassin !

GONZO, *après un moment d'hésitation.*

Non, madame, je me retire,
Mais, rappelez votre raison
Et songez que vous seule infligez son martyre
A l'homme qui gémit au fond de sa prison !

(Allant à la porte.)

Tu m'en réponds, Libert !

SCÈNE VII

MARGUERITE, LIBERT.

MARGUERITE.

Sainte Vierge Marie,
O vous à qui jamais en vain nul n'a recours,
Ah ! venez, je vous prie,
Venez à son secours !

Ensemble.

MARGUERITE.

Sainte Vierge Marie,
O vous à qui jamais en vain nul n'a recours,
Ah ! venez, je vous prie,
Venez à son secours !

LIBERT.

Sainte Vierge Marie,
O vous à qui jamais en vain nul n'a recours,
Ah ! venez, je vous prie,
Venez à son secours !

LIBERT.

Vous n'attendrirez pas ce tigre sans entrailles!
Savez-vous où se meurt Jean de Chimay?

(*Frappant le sol.*)

Ici!

Dans un caveau profond, aux infectes murailles,
C'est là que, demi-nu, mourant de faim, transi,
Sentant autour de lui se remuer un monde
De reptiles hideux, à la morsure immonde,
Oui, c'est là qu'agonise un seigneur de Chimay,
Dans une cage en fer, comme un fauve enfermé!

Et c'est là qu'entouré de femmes
Qu'à cette table il fait asseoir,
L'horrible bourreau, chaque soir,
Les régale, ô festins infâmes!
D'un spectacle effroyable à voir
De supplice et de désespoir!

Plein d'une haine sauvage,
Couvin pousse ce ressort,
Du plancher la prison sort
Et Jean paraît, dans sa cage,
Comme un spectre de la mort!
Couvin l'insulte et l'outrage
Et, las enfin d'outrager,
Il lui jette de loin quelque reste à ronger!

MARGUERITE.

Horreur! horreur!

(*Elle se jette à genoux.*)

Dieu! mon père!

LIBERT.

Entendez-vous ce chant qui sort de terre?

LA VOIX DE JEAN.

O toi, qui dans un jour de bonheur, un seul jour,
M'as dit : je t'aime ! sois à tout jamais bénie !
Que Dieu verse sur toi les flots de son amour
  Et sa grâce infinie !

MARGUERITE.

 Oui, c'est sa voix ! O Dieu ! Seigneur !

LIBERT, *s'approchant du ressort.*

 Voulez-vous le voir ?

MARGUERITE, *avec effroi.*

    Non ! j'ai peur !
O ma Sainte Vierge Marie !
Secourez-le, je vous en prie !

LA VOIX DE JEAN.

Que du ciel il envoie un ange au front vermeil
  Étendre sur ton front ses ailes,
Couvrir de fleurs les pieds et bercer ton sommeil
  Aux sons des lyres éternelles !

Que Dieu, dans sa bonté, cache à tes yeux le sort
  Du pauvre martyr qui succombe,
  Qui t'adora jusqu'à la mort !
  Qui t'adorera dans sa tombe !

MARGUERITE.

Pitié ! je deviens folle ! Ah ! devant l'Éternel,
Quel crime a pu valoir un si cruel martyre !

LIBERT.

 Écoutez ! je vais tout vous dire !
 Non, Chimay n'est pas criminel !
Le traître, le félon, le lâche c'est mon maître
  Et son complice, le voici !

    (*Il se frappe la poitrine.*)
La main qui mit le nom de Chimay sur la lettre...

MARGUERITE.

Quoi !...

LIBERT.

Cette main, c'est celle-ci...

MARGUERITE.

Misérable ! il faut que tu parles !
Que tu dises tout au duc Charles !

LIBERT.

Mais il faudra prouver !

MARGUERITE.

Oui, prouver... mais comment ?

LIBERT.

En lui montrant l'adresse de la lettre
Et puis en l'écrivant moi-même, simplement.

MARGUERITE.

Mais tu vas à la mort !

LIBERT.

Je vais au châtiment !

MARGUERITE.

Et cette lettre, où donc est-elle ?

LIBERT.

Où peut-elle être,
Sinon dans les mains de Couvin ?

MARGUERITE.

Il faut l'en arracher !

LIBERT.

On l'essaierait en vain !
Mieux vaut user de ruse et feindre la tendresse,
Et, d'une adroite main qui flatte et qui caresse,
Savoir dérober doucement,
Sur son cœur que l'amour oppresse,
L'irréfragable document !

(*Marguerite cache son visage dans*
ses mains.)

Alors, donnez-le-moi, madame,
Et, sur le salut de mon âme !
Chez le duc je cours à l'instant.
Puissé-je, ô bonheur que j'envie !
Par ma mort racheter ma vie,
Absous par vous et repentant !

MARGUERITE.

Moi, feindre de l'aimer, ce tigre plein de rage !

LA VOIX DE JEAN.

Que du ciel il envoie un ange au front vermeil
Couvrir de fleurs tes pieds et bercer ton sommeil...

MARGUERITE.

Eh bien ! oui, j'aurai ce courage !

SCÈNE VIII

LES MÊMES, GONZO.

GONZO.

Avez-vous réfléchi ?

MARGUERITE.

Je repousse vos vœux,
Car mon cœur est à Jean de Chimay. Mon excuse,
C'est que je ne crois pas au papier qui l'accuse,
Et tant que, de mes yeux,

Je n'aurai pas pu voir la preuve de son crime,
Que je ne l'aurai pas touchée avec mes mains,
Vous êtes le bourreau, lui n'est que la victime,
Mon amour est pour Jean et ma haine pour vous !

GONZO.

Si je vous montrais cette lettre ?

MARGUERITE.

Je dirais que Jean est un traître
Et le flétrirais devant tous !

GONZO.

Et vous pourriez m'aimer ?

MARGUERITE

Peut-être.

GONZO.

C'est lui que votre cœur haïrait désormais ?

MARGUERITE.

Je le haïrais à jamais !

GONZO.

Et vous lui diriez à lui-même
Que votre cœur le hait, et que c'est moi qu'il aime ?
Vous le jurez ?

MARGUERITE.

Je le promets !
(*Gonzo, triomphant, tire la lettre de son pour-
point et la fait lire à Marguerite. Celle-ci veut la
garder, mais Gonzo la replace dans l'intérieur
de son vêtement.*)

MARGUERITE.

Misérable !

GONZO, *se méprenant.*

Victoire ! et que chacun s'apprête
De l'hyménée à célébrer la fête !

(*Tous les serviteurs, pages, etc., rentrent en scène.*)

CHŒUR.

Allons qu'ici chacun s'apprête
De l'hyménée à célébrer la fête !
Buvons, mangeons, dansons, chantons !
En avant, flûtes et chaudrons,
Ménétriers et marmitons !
Battez tambour ! Sonnez trompette !

GONZO.

Que l'on nous serve, de ce pas,
Des fiançailles le repas !
Jean de Chimay, je fus témoin des tiennes.
A ton tour d'assister aux miennes !
Tu ne me refuseras pas ?
A souper avec Marguerite,
Jean de Chimay, Couvin t'invite !

(*Il va pousser un ressort. Le plancher s'ouvre. On
entend la voix de Jean de plus en plus distincte.
La terreur de Marguerite est extrême. Couvin
lui fait signe de s'asseoir près de lui, elle obéit.*)

SCÈNE IX

LES MÊMES, puis **JEAN**, *dans une cage qui émerge lentement du sol, pâle et déguenillé.*

VOIX DE JEAN, *pendant que la cage monte.*

O toi, qui, dans un jour de bonheur, un seul jour,
M'as dit : je t'aime ! sois à tout jamais bénie.
Que Dieu verse sur toi les flots de son amour
      Et sa grâce infinie !

Que du ciel il envoie, etc.

JEAN, *paraissant, couché sur un banc.*
(*Il ouvre les yeux.*)

Que vois-je ? Oh ! c'est un rêve affreux !
Marguerite ! est-ce vous que je vois en ces lieux ?

GONZO.

Jean, si tu n'en crois pas tes yeux,
      Tu croiras du moins tes oreilles !
Marguerite, daignez expliquer ces merveilles
      A votre incrédule amoureux.

MARGUERITE, *avec effort, sur un regard impérieux de Gonzo.*

      Jean de Chimay, la forfaiture
De mon serment d'amour me dégage aujourd'hui.

JEAN.

Marguerite !... c'est vous qui me jetez l'injure !
      Qui croyez à cette imposture !
Quoi ! vous me condamnez et vous l'absolvez ?

MARGUERITE, *même jeu.*
                                                    Oui !

Oui ! ma haine est pour vous et mon amour pour lui !

JEAN.

Oh! l'intolérable torture!

(Ensemble.)

JEAN.

Oh! m'accuser de forfaiture!
Et me renier aujourd'hui!
Elle! me jeter cette injure!
Elle! croire à cette imposture!
Haine pour moi, !'amour pour lui!
Quelle intolérable torture!

MARGUERITE.

Oh! l'accuser de forfaiture
Et le renier aujourd'hui!
Moi, lui jeter pareille injure!
Sembler croire à cette imposture!
Le condamner, l'absoudre lui!
Quelle intolérable torture!

GONZO.

Oh! l'accuser de forfaiture
Et le renier aujourd'hui!
Elle! lui jeter cette injure!
Elle croit à son imposture.
Elle m'aime et le hait! Pour lui,
Quelle intolérable torture.

LIBERT.

Oh! l'accuser de forfaiture!
Oh! le renier aujourd'hui!
Elle, lui jeter cette injure!
Sembler croire à cette imposture.
Le condamner, l'absoudre lui!
Quelle intolérable torture!

*(Gonzo verse du vin dans une coupe qu'il envoie à
Jean, puis il lève sa propre coupe.)*

GONZO.

Jean de Chimay! c'est du bon vin!
Prends, misérable! et bois bien vite
A la santé de Marguerite!
De Marguerite et de Couvin!

(Tous en chœur, buvant.)

Vivent Couvin et Marguerite!

JEAN, *prenant et vidant la coupe qu'un échanson
lui présente.*

Marguerite de Craon! c'est du fond de son cœur
Qu'un malheureux boit à votre bonheur.

*(Pendant que Marguerite, la tête appuyée sur
l'épaule de Couvin, cherche à l'endormir sous
les caresses pour lui prendre le papier, la cage
commence à descendre et l'on entend le chant de
Jean qui va en décroissant et finit par s'éteindre.
Pendant ce temps, Marguerite a saisi le papier
et l'a remis à Libert qui disparaît. Marguerite
à bout de forces vient en chancelant se mettre
à genoux sur la trappe qui s'est refermée; elle
y tombe évanouie aux derniers accents de la
voix de Jean.)*

FIN DU TROISIÈME ACTE.

ACTE IV

―――

Une vaste et haute galerie du château de Chimay décorée pour une fête. Aux arcades de la voûte sont suspendues des oriflammes et des bannières. D'un côté de la nef, sur la première bannière, on lit :

1330
CONFRÉRIE DE SAINT-GEORGES,
JEAN DE HAINAUT, SEIGNEUR DE CHIMAY.

La galerie décrit une courbe, de sorte qu'on n'en aperçoit pas l'extrémité. Au second plan, faisant saillie, le portique fermé de la chapelle se présente obliquement. D'un côté de la scène, au premier plan, des sièges d'honneur sont disposés sur une estrade surmontée d'un dais.

Au dehors, musique champêtre, airs de danse, éclats de la joie populaire.

SCÈNE PREMIÈRE

BALOUX, GILBERTE, *entrant latéralement, suivis de pages, gens du château, paysans, etc.*

BALOUX.

Enfin, cousine, ma belle,
Après des jours pleins d'ennuis
Et des nuits
D'une aridité cruelle,
Nous nous marions,
Chantons et rions !

GILBERTE.

Avec ma pauvre marraine
J'ai bien assez soupiré
    Et pleuré
Sur nos maîtres dans la peine!
    A présent rions
    Et nous marions!

BALOUX.

Mal passé n'est que vain songe!
Ils sont contents, — nous aussi,
    Dieu merci!
A l'amour il faut qu'on songe!
    Nous nous marions,
    Chantons et rions!

GILBERTE.

Plus de craintes, plus d'alarmes!
Chantons! nous nous marions,
    Et rions!
Plus de soucis, ni de larmes!
    Chantons et rions,
    Nous nous marions!

GILBERTE et BALOUX, *ensemble.*

Plus de craintes, plus d'alarmes!   Etc.

SCÈNE II

LES MÊMES, JEAN, MARGUERITE, CRAON, *avec une suite nombreuse de parents, amis, seigneurs, dames.*

Ils sont précédés d'un cortège de diverses corporations et confréries du pays de Chimay, qui, après avoir défilé, se groupent sur la scène :

> *Corporations des archers et arbalétriers avec leurs bannières.*
> *Corporation des merciers (bannière bleue).*
> *Confrérie du Rosaire avec son guidon, porté par le Cessier.*
> *Le magistrat de Chimay, précédé de son guidon.*
> *Confrérie des Trépassés (bannière noire).*
> *Confrérie de Saint-Joseph (bannière et baguettes blanches et cires dans la main de chaque membre).*
> *Confrérie de Saint-Georges (bannière rouge).*
> *Confrérie de la Sainte-Trinité. Gabion magnifique, porté par le Meunier du Chapitre.*

LE CHŒUR.

Liesse ! liesse ! liesso !
Vive Jean de Chimay revenu parmi nous !
Que la foule, en ce jour, autour de lui s'empresse !
Disons-lui tous, disons-lui tous
Notre amour et notre allégresse !
Liesse ! liesse ! liesse !

JEAN.

Vous tous que mon bonheur a réuni ici,
Dont la foule, en ce jour, autour de moi s'empresse,
Merci, mes chers amis, merci !
Pour tant de joie et de tendresse !

LE CHŒUR.

Liesse ! liesse ! Etc.

33

JEAN.

Si le Très-Haut, prenant pitié de mon tourment,
    En bonheur a changé ma peine,
Je le dois au sublime et tendre dévouement
    De celle qui, dans un moment,
    Sera ma dame et votre suzeraine.

LE CHOEUR.

Si le Très-Haut, prenant pitié de son tourment,
    En bonheur a changé sa peine,
Il le doit au sublime et tendre dévouement
    De celle qui dans un moment
    Sera sa dame et notre suzeraine !

Vive Jean de Chimay, de retour parmi nous !
Que la foule en ce jour autour de lui s'empresse !
    Disons à l'épouse, à l'époux
    Notre joie et notre allégresse !
Vive notre seigneur de retour parmi nous !

JEAN.

    Après la nuit obscure
    Et l'horreur du tombeau,
    Oh ! revoir la nature,
    Le soleil clair et beau !

    Après la froide haine,
    Après ton fier mépris,
    Te voir, tendre et sereine,
    Charmer mon cœur épris !

    Après le dur martyre
    D'un arrêt sans retour,
    Oh ! revoir ton sourire
    Et renaître à l'amour !

Renaître à l'espérance,
Et renaître au bonheur,
Après tant de souffrance !...
Ah ! reste sur mon cœur !

BALLET.

Des jeunes filles chargées de fleurs viennent en faire hommage aux futurs époux. Jean, Marguerite et leur suite se sont placés sur l'estrade.

Fanfares éclatantes au fond. Surprise générale. Les jeunes filles s'échappent. Du fond de la galerie s'avance un cortège resplendissant.

SCÈNE III

LES MÊMES, CHARLES LE TÉMÉRAIRE, SA SUITE, QUATRE HÉRAUTS.

JEAN.

Quelle est la fanfare qui sonne ?

LE CHŒUR.

Monseigneur le duc ! monseigneur
Le duc de Bourgogne en personne !

JEAN.

Qu'entends-je ? Un tel excès d'honneur !
O surprise extrême !
Hommage suprême !
Quoi ! le duc lui-même !
Le duc à Chimay !

LES QUATRE HÉRAUTS.

Monseigneur le duc de Bourgogne!

LE CHŒUR.

Vive notre duc bien-aimé!

*(Tous se sont levés sur l'estrade et en descendent,
Jean va au-devant du prince et met un genou en
terre. Le prince le relève et s'avance.)*

CHARLES.

A toi, Jean de Chimay, qu'un traître sans vergogne
Accusa lâchement, moi, Charles de Bourgogne,
      Je viens publiquement
Envers toi réparer une grande injustice
      Et proclamer ta loyauté!
Que désormais ta gloire éclate et retentisse,
      Honorant ta postérité!

LE CHŒUR.

      Liesse! liesse! liesse!
Vive notre bon duc et vive monseigneur!
      Disons-leur tout notre bonheur,
      Notre amour et notre allégresse!

LES QUATRE HÉRAUTS, *se plaçant de manière à se tourner
respectivement vers chacun des points cardinaux.*

Princes, vassaux, manants! ceci soit écouté.
      Et par tous respecté!
Au nom du très puissant, très haut, très redouté
      Duc de Bourgogne, notre maître,
      A tous faisons ici connaître
      Son plaisir et sa volonté :

Le seigneur de Chimay rentre en puissance pleine
      De son fief et de son domaine
      Que nous érigeons en comté,
Et, pour lui témoigner notre reconnaissance,
Par le présent édit nous le faisons encor
      Chevalier de la Toison d'or !
      (*Charles met sur les épaules de Jean le collier et
      le manteau de la Toison d'or qu'un de ses offi-
      ciers lui présente.*)

LE CHŒUR.

Vive le duc Charles ! Honte
      Et mort
Au traître Couvin ! Gloire à Jean de Chimay, comte,
      Chevalier de la Toison d'or !

JEAN.

Jamais, ô monseigneur ! jamais je n'ai douté
      Ni de votre bonté
      Ni de votre justice
Qui me rend à la fois honneur et liberté.
En ce château par vous, en ce jour, visité
      Que l'écho retentisse
De nos serments d'amour et de fidélité.

LE CHŒUR.

Vive le duc Charles ! Honte
      Et mort.   Etc.

CHARLES, *à Marguerite.*

Souffrez qu'avec respect je baise cette main,
      Cette main fidèle et charmante
      D'une héroïque et noble amante
      Dont le courage surhumain,
Défiant la fureur et la ruse et l'envie,
Du plus lâche bourreau que l'enfer ait formé
      A sauvé l'honneur et la vie
      Du premier comte de Chimay.

LE CHŒUR.

Liesse! liesse! liesse!
Vive notre duc bien-aimé!
Vive le comte de Chimay!
Vive le comte et la comtesse!

(On entend le son des cloches.)

LE CHŒUR.

Du bourdon c'est le son,
C'est le son du bourdon!
Pour vous unir à la chapelle,
La voix du Seigneur vous appelle.

CHARLES.

Après la récompense il faut le châtiment!
Nous n'avons pas encor rendu toute justice.
Qu'on m'amène, sur le moment,
Couvin l'infâme et son complice!

SCÈNE IV

LES MÊMES, GONZO, LIBERT, *enchaînés, amenés par des soldats.*

CHARLES.

Moi qui l'ai secondé dans un si noir dessein,
En livrant au bourreau l'innocente victime,
A la victime aussi je livre l'assassin
Pour lui faire expier son crime!
Jean de Chimay, toi seul, arbitre de leur sort,
Prononce! la prison, la torture ou la mort!

MARGUERITE.

Oh! grâce! clémence!
O Jean! que ce jour
De joie et d'amour
Ne soit pas un jour de vengeance!

JEAN.

Non! pas de clémence!
Non! que sans recours,
Justice ait son cours!
Il faut prononcer la sentence!

Ensemble.

MARGUERITE.

Oh! grâce!   Etc.

JEAN.

Non! pas de clémence!   Etc.

CHARLES.

Prononce! la prison, la torture ou la mort!

JEAN.

Je les condamne à vivre!
De ces chaînes qu'on les délivre!
Qu'ils gardent celles du remords?

*(Les chaînes tombent. Marguerite saisit la main
de Jean et la baise.)*

LIBERT, *se jetant à genoux devant Marguerite.*

J'accepte humblement la sentence.
Pour le cloître je vais partir
Et consacrer mon existence
Au remords, à la pénitence,
A la prière, au repentir.

(Il reste prosterné. On entend le son des cloches.)

JEAN, MARGUERITE, *ensemble.*

Pour nous unir, à la chapelle,
La voix du Seigneur nous appelle.

LE CHŒUR.

C'est le son du bourdon,
Du bourdon c'est le son.
Pour les unir, à la chapelle,
La voix du Très-Haut les appelle.
C'est le son du bourdon,
Du bourdon c'est le son.

(*Pendant ce dernier couplet, les portes de la
   chapelle se sont ouvertes laissant passer des
   torrents de lumière et d'harmonie religieuse.
   Tout le monde se rend lentement à la chapelle.
   Gonzo reste seul avec Libert. La scène s'as-
   sombrit.*)

GONZO.

Jean, grand merci pour ta clémence,
Mais Couvin ne l'accepte pas !
Moi, subir ton bonheur, subir ton insolence !
Non, jamais ! Plutôt le trépas !

(*Il tire un poignard caché sous ses vêtements et
   se tue.*)

FIN DE JEAN DE CHIMAY.

TABLE

—

CORBEIL. — IMPRIMERIE ÉD. CRÉTÉ